KLUB MAŁO UŻYWANYCH DZIEWIC

klub mało używanych dziewic

Monika Szwaja

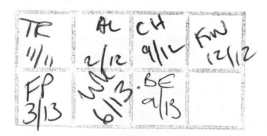

Wydawnictwo SOL

SOL OMNIBUS LUCET

Redakcja:
Elżbieta Tyszkiewicz

Redakcja techniczna
Dominik Trzebiński

Korekta:
Monika Kołakowska

Skład i łamanie:
Ilona Trzebińska

ISBN 978-83-925879-0-3
Warszawa 2007

Wydawca:

Wydawnictwo SOL
Monika Szwaja
Sławomir Brudny
Mariusz Krzyżanowski
05-600 Grójec, Duży Dół 2a
wydawnictwo@wydawnictwosol.pl

Dystrybucja:

Grupa A5 Sp. z o.o.
92-101 Łódź, ul. Krokusowa 1-3
Tel: (042) 676 49 29
handlowy@grupaa5.com.pl

Druk i oprawa: **OPOLgraf** SA
www. opolgraf.com.pl

Mariuszowi i Sławkowi
– na dobry początek

A teraz jeszcze niezbędne podziękowania za konsultacje oraz inspiracje:

- *Andrzejowi Grzeli vel Qni, Maćkowi Jędrzejce oraz Krzysiowi Łochowiczowi, czyli bardzo poważnym Panom Doktorom – za cierpliwość w udzielaniu mi wyjaśnień w temacie, jak wiarygodnie uszkodzić na zdrowiu bohaterkę powieści...*
- *mojej przyjaciółce, Ani – psycholożce, za prowadzenie mnie po psychologicznych oraz odwykowych (he, he...) meandrach...*
- *panu Wojtkowi Łęckiemu za historyjki ogrodnicze...*
- *jazzmanom za jazz...*
- *Irlandczykom za ballady...*
- *pewnemu znawcy literatury amerykańskiej za niezawodne wsparcie moralne...*
- *i szczególnie czule – Jarkowi Marendziakowi, mojemu sympatycznemu koledze redaktorowi z TV Szczecin – za messerschmitta bombardującego...*

– Tatatatata! Tatatataata! – Karabiny maszynowe na skrzydłach myśliwskiego samolotu zaterkotały wściekle i do talerza Michaliny Hart posypał się deszcz pocisków. Ściślej mówiąc, obfity deszcz pieprzu i soli.

Pieprzniczka i solniczka (w tym przypadku groźna broń) spoczywały w pewnych dłoniach Jasia Narębskiego, w cywilu dyrektora poważnej państwowej firmy o dużym znaczeniu dla gospodarki kraju, chwilowo pełniącego obowiązki pilota samolotu i jednocześnie strzelca pokładowego. Właściwie nie spoczywały, bo odkąd Jasio został myśliwcem, to jest od jakichś dziesięciu minut, nie dawał sobie ani chwili luzu. Kursował między stolikami i obficie ostrzeliwał kolejne cele, niezależnie czy były to porcje pikantnych sałatek, czy solidne kawały tortu orzechowego. Ponieważ o tej porze w sali gimnastycznej, zamienionej na bankietową, nie było już ani jednego trzeźwego, nikt Jasiowi specjalnie nie przeszkadzał, tylko właściciele tortu starali się usunąć talerzyki spod ostrzału solniczkowego. Pieprz w nazbyt słodkim kremie był nawet interesującym dodatkiem.

– Jasiek, zwariowałeś kompletnie! – Agnieszka Borowska, śmiejąc się, zamachała gwałtownie rękami. – Nie syp mi tego świństwa do oczu!

– Opp, przepraszam! Cele cywilne są dla nas święte! – Jasio cmoknął ją w czubek głowy i hojnie sypnął soli do jej sałatki śledziowej. – Tatatata! Tylko wojskowe! Tatata! Jestem messerschmittem. Bombardującym! – zawiadomił koleżanki, posunął serią gdzie popadnie i wziął kurs na północny zachód, na stolik pod przeciwległym oknem, zajęty przez dawne ciało profesorskie i zarządy klasowe.

Cały ten nalot miał miejsce na powtórce ze studniówki, zorganizowanej przez cztery dawne klasy maturalne jednego ze szczecińskich liceów w dwudziestolecie tej pierwszej i zasadniczej. Studniówka główna odbyła się w roku 1986 czyli „w stanie powojennym", jak go nazywał szkolny historyk i była raczej ponura. Dziewiętnaście lat później dawna gospodyni klasy „c", Agnieszka Borowska, demon organizacji, a obecnie dyrektorka nowiutkiego prywatnego liceum spotkała przypadkowo w centrum zakupowym Krzysztofa Łosia, gospodarza klasy „a" – oboje bardzo ucieszeni, poszli na kawę i na tej kawie synchronicznie wpadli na pomysł zorganizowania ripleja ponurej studniówki. Zastanawiali się przez chwilę nad balem maturalnym, ale doszli do wniosku, że studniówka lepsza, bo w karnawale.

No i tym razem absolutnie nie ma prawa być smętna.

Co najmniej równie dobrą zabawą jak przewidywane balety, stały się comiesięczne posiedzenia komitetu organizacyjnego, w którego skład Agnieszka i Krzysztof powołali czołówkę intelektualno- -rozrywkową swojego rocznika. W rezultacie powstał plan balu, na który wstęp przysługiwał wyłącznie dawnym abiturientom, bez żadnych współmałżonków i innych osób postronnych, plus, oczywiście, wybranym osobom spośród ciała profesorskiego. Namiętne dyskusje wzbudził wybór miejsca balu: komitet podzielił się na zwolenników wypasionej knajpy (ostatecznie maturzyści dorośli i też się trochę wypaśli) oraz entuzjastów klimatycznej potańcówki w sali gimnastycznej z prowiantem przygotowanym przez troskliwe mamy.

Zwyciężył kompromis – prawdopodobnie z powodu braku entuzjazmu troskliwych mam co do przygotowania furażu. Postanowiono wykorzystać salę gimnastyczną – dla klimatu udekorowaną w stylu lat minionych, z portretem towarzysza Pierwszego Sekretarza włącznie – oraz zamówić profesjonalny catering. Klimat miała stworzyć Marylka Wąsik, absolwentka Akademii Sztuk Pięknych w Krakowie i ceniona scenografka teatralna. Szeroko pojętą wyżerkę wraz z wytworną zastawą i kelnerami obiecał załatwić Mirek Lipko, dyrektor orbisowskiego hotelu.

Oboje sprawili się znakomicie, podobnie jak cała reszta komitetu, odpowiedzialna za odnalezienie wszystkich absolwentów i ulubionych nauczycieli, pozbieranie pieniędzy i tak dalej. Kurtuazyjnie zaproszono obecną dyrekcję, która wprawdzie miała w nosie hulanki i swawole dawnych uczniów i najchętniej nie dałaby zezwolenia na cały ten bałagan w murach szkoły – tylko bała się podskoczyć aktualnemu wicekuratorowi... niestety, jednemu z filarów komitetu organizacyjnego. Nie tylko więc zezwoliła, ale poszła na całość i jako jedna z pierwszych strąbiła się pokazowo... a nawet zatańczyła kankana na chwiejącym się stole – ku radości wicekuratora, który jej szczerze nie lubił.

Generalnie jednak na balu panowała atmosfera szczęścia i słodyczy, ogólnej radości ze spotkania, życzliwości, pogody i wesela. Odnalazły się dawne sympatie, odżyły zapomniane przyjaźnie, odkurzono liczne nieśmiertelne anegdoty z życia uczniowskiego, a środek sali zaroił się od par, grupek i solistów tańczących dynamiczne tańce młodzieżowe sprzed lat dwudziestu.

Pod jednym z wysokich, zakratowanych okien mieściła się kwatera główna, czyli obszerny i doskonale wyposażony we wszystkie dobra stolik komitetu. Skład osobowy zmieniał się tu jak w kalejdoskopie, a od mniej więcej kwadransa siedziały przy nim cztery interesujące damy, dostatecznie już wytańczone i uchachane, żeby wreszcie móc nieco odpocząć i pogadać o życiu.

Agnieszka Borowska, zadowolona z wyniku swoich wielomiesięcznych trudów – o ile trudami można nazwać radosne posiedzenia komitetu – stanowczym ruchem (na ogół ruchy miewała stanowcze) sięgnęła po butelkę szampana.

– Dajcie jeszcze trochę tych bąbelków, dziewczyny. Głupi Jasiek dosolił mi śledzia, muszę go czymś zapić. To co, Marcysia, kiedy wychodzisz za ten mąż?

– Tylko nie Marcysia! – Marcelina Heska, ładnie zarumieniona, podstawiła jej własny kieliszek. – Podobno na wiosnę. Tak twierdzi mój narzeczony. Słuchajcie, czy były w ogóle messerschmitty bombardujące?

– Matko święta, a kto wie takie rzeczy! Lepiej powiedz, jak on się nazywa, ten twój narzeczony, bo zapomniałam – Alina Grosik, dla odmiany bez śladu wypieków, które zawsze uważała za okropnie niewytworne, sięgnęła po tort. – Jakoś tak bardziej ślicznie, Korkociąg… czy Grajcarek?

Misia Hart, skora dziś do nieopanowanych chichotów, rozchichotała się po raz kolejny.

– Korkociąg… nie mogę! Alka, kobieto, on się nazywa Firlej! Marcela mówiła dziesięć razy! Albo sto. To jest piękne, szlacheckie, staropolskie nazwisko! Trzeba było czytać „Paziów Króla Zygmunta"!…

– Nie było w lekturze – wzruszyła ramionami Alina. – Słuchajcie, dziewczynki, to nawet fajnie będzie: Marcelina Heska-Firlej! Cesia, nie zmarnujesz swojego nazwiska, co? Będziesz miała podwójne?

– Moja mama na taką drewnianą bełtaczkę do jajek mówiła „firlejka" – powiedziała z zastanowieniem Agnieszka. – To może nie tak głupio ci się skojarzyło z korkociągiem, Alcia?

– No widzisz. – Ala była zadowolona. – Ty słuchaj, Celiakio. Z takim nazwiskiem, a właściwie z takimi dwoma nazwiskami powinnaś mieć piękny ślub. Z ekstra wypasem. Z wielkim tortem, koniecznie różowym. Z limuzyną. I z druhnami. Chcesz, będziemy twoimi druhnami, co, dziewczynki?

– Kiedy to ma być skromny ślub – próbowała protestować Marcelina, ale oczka jej świeżo odzyskanych koleżanek już zdążyły zabłysnąć blaskiem zdrowego, damskiego podniecenia.

– Genialne! – Michalina znowu była cała rozradowana. – Będziemy sypać kwiatki!

– Urżnęłaś się – wyprowadziła ją z błędu Agnieszka. – Kwiatki to na procesji. Będziemy miały różowe sukienki i bukiety. Jak na tych debilnych filmach amerykańskich.

Michalina zamachała rękami.

– Tylko nie różowe! Ja nie mogę różowego! Zielone...

– Faktycznie – zmartwiła się Alina. – Pożresz się. A może się przefarbuj... tylko na ten ślub? Druhny powinny być różowe...

Michalina z oburzeniem potrząsnęła rudą czupryną.

– Na pewno nie! Wiesz, co to jest kicz? Wiesz! To, co w owalu. A co jest tandeta? Różowe. No.

Agnieszka dolała wszystkim rosyjskiego szampana.

– Miśka, ty nic nie rozumiesz! Ma być tandeta i kicz! Róże, złoto i kolie w trwałej ondulacji! Brylanty jak kurze jaja albo i większe! Falbanki i tiule! Dużo falbanek...

– I od zarąbania tiuli – wtrąciła krnąbrnie Marcelina. – Żadnych tiuli! Oszalałyście! Ja jestem estetka! A wręcz artystka! Nie zamierzam wyglądać jak królowa torcików bezowych! Jeśli się uprzecie, proszę bardzo, możecie wystąpić jako druhny. Ale jak zobaczę chociaż jedną falbankę, to was nie wpuszczę za próg...

– O co się tak ładnie kłócicie, dziewczynki? Nie chowajcie talerzyków, tu już i tak wszystko zbombardowałem i widzę same ruiny...

Istotnie, w piątej godzinie imprezy talerze z wytwornej hotelowej zastawy nie wyglądały reprezentacyjnie. Zmordowany nalotami Jasio przysiadł na wolnym krześle i nalał sobie szampana do jakiejś pustej szklanki, po czym wychylił go duszkiem.

– Strasznie się pić chce przy tej robocie – wyznał. – A może ja sobie zrobię przerwę i potańczę? Czy któraś z was mnie zaszczyci? Agnieszko, kwiatku? Nie? Alinko, skarbie? Wy też nie? Misia? Marcysia? Rozumiem. Wolicie dalej się kłócić. To ja lecę. Wwwwwum, wwwwum!

Zapuścił silniki i już prawie wystartował, ale jeszcze się zawahał.

– A nie powiedziałyście mi, o co się bijecie, gwiazdeczki! Czy dobrze słyszałem, że wychodzicie za mąż?

– Marcelina wychodzi – odpowiedziała Alina. – Na nas nie było chętnych. Może chcesz się z nami ożenić?

– Zbiorowo? – ucieszył się Jasio. – Bardzo chętnie. Mały, kochany haremik! Zawsze chciałem być Turkiem!

Dolał sobie szampana i nagle posmutniał.

– A nie, jednak się z wami nie ożenię. Coś sobie przypomniałem: mam żonę. Hendryczkę – Handryczkę. Nie mogę wam tego zrobić, bo ona by was wykończyła. Mnie właśnie wykańcza. Moje biedactwa – rozczulił się nagle. – Nikt was nie chciał? Naprawdę? To może chociaż załóżcie jakąś wspólnotę, komunkę malutką, będzie wam raźniej... Stowarzyszenie wyższej konieczności. Wyższej użyteczności, chciałem powiedzieć. Będziecie się mogły starać o dotacje. Nawet unijne. Masa szmalu.

– Jakie stowarzyszenie? – Cztery kobiety pękały ze śmiechu, widząc autentyczne zaangażowanie życzliwego kolegi.

Jasio – nomen omen Narębski – zastanowił się dwie sekundy.

– Klub dziewic – rzekł. Po czym, spojrzawszy na nie krytycznym wzrokiem, poprawił: – Klub używanych dziewic. No, powiedzmy, mało używanych dziewic.

Michalina, czołowa klasowa chichotka, popłakała się z radości.

– Jasieńku kochany, z czego wnosisz, że mało używane?...

– Nie mogę ci tego powiedzieć – oświadczył godnie i ponownie zapuścił silniki. – Wwwwum. Muszę wracać do obowiązków, służba nie drużba, moje kochane. Spotkamy się po wojnie. Wwwummmmm! Czy waszym zdaniem powinienem udać się teraz zbombardować Londyn, czy raczej polecieć na Dooooouuuver?

– Leć na Dooouuuver – powiedziała Michalina stanowczo i z tym samym bardzo angielskim akcentem. – Daj im popalić.

– Jesteście słodkie – oświadczył Jasio i odleciał.

Słodkie i też już nieco zalane koleżanki spojrzały po sobie.

– Ja nie wiem – powiedziała z wahaniem Alina – czy to dobrze, że mało używane, czy źle...

– Przestań – zażądała Agnieszka. – W naszym wieku!

– No tak – westchnęła Marcelina. – Teraz to podobno już w trzeciej klasie szkoły podstawowej wstyd się przyznać, że się jeszcze nie miało faceta. Może naprawdę pójdziemy potańczyć, zanim kolejni mądrale przyjdą nam tu robić afronty?

Na parkiecie szalał dziki tłum, bawiący się doskonale przy dźwiękach przebojowej grupy U2. Cztery mało używane dziewice dołączyły do nich i już po chwili hasały radośnie w potężnej koedukacyjnej grupie równolatek i równolatów. Nie wiadomo dlaczego, bab, jak zwykle, było więcej.

Po dwóch muzycznych kawałkach grupę U2 zastąpiła grupa Queen, a potem Hanna Banaszak, seksownie szemrząca o tym, co ma w swoim magicznym domu. Grupa na parkiecie podzieliła się na podgrupy damsko-męskie, poprzytulane jak w najlepszych czasach prywatkowych.

Spośród naszych czterech przyjaciółek tylko Alina pozostała bez partnera. Nie zamierzała się tym przejmować, wyminęła rozmarzone pary i pożeglowała w stronę Roberta Sójki, dwadzieścia lat temu wyróżniającego się bujnymi lokami do pasa, a dzisiaj kompletnie łysego (co mu jednak nie ujęło ani odrobiny wdzięku, jakim czarował wszystkie koleżanki i co młodsze nauczycielki). Robert pracował w radiu jako realizator, znał się zatem na wszelakiej aparaturze grającej i obecnie fachowo pełnił funkcję didżeja, używając na przemian nowych płyt kompaktowych i starych, czarnych winylowych krążków.

– Cześć, Robciu – zagaiła Alina mało oryginalnie – co tam jeszcze masz z tych staroci?

– Różne mam – odparł Robcio, popijając finlandię rozcieńczoną sokiem z grejpfruta (co do drinków, postanowiono nie trzymać się kurczowo tradycji, uznając zdecydowaną wyższość alkoholowej teraźniejszości). – A co byś chciała, aniołku?

Zanim jednak Alina zdążyła zażądać wczesnych Beatlesów, po których przyszła, na schodkach wiodących na didżejski podest pojawiła się jeszcze jedna osoba. Osoba miała wyraźne trudności z ujarzmieniem trzech schodków, ale zamierzała trudności pokonać, nie bacząc na ewentualne straty. Dżentelmen Robcio wyciągnął ku niej pomocną dłoń i na podest wtoczyła się, omal nie przewracając stojaków z aparaturą, pani doktor Eugenia Białuń, od sześciu lat dyrektorka liceum, osoba szczupła do granic anorektycznej chudości, odziana w wiszące na niej smętnie fioletowe szaty, bogato zdobne w sztrasy i sztuczne perełki. Olbrzymi dekolt odsłaniał obojczyki tak spiczaste, że Robcio w pierwszym odruchu (spowodowanym zapewne dużą ilością finlandii z sokiem) cofnął się gwałtownie, żeby sobie nie wybić oka.

Pani doktor Białuń, wdarłszy się na podwyższenie, postała chwilę bez ruchu, odzyskała równowagę i wyciągnęła w stronę Roberta kościstą prawicę.

– My się jeszcze nie znamy – powiedziała uprzejmie. – A przecież pan tutaj jest najważniejszy na tej sali, nieprawdaż, zgadza się pan ze mną?

– Prawdaż – zgodził się posłusznie Robert. – Jestem najważniejszy. A to jest Ala, ona jest też najważniejsza.

– Ach! – Pani doktor dyrektor uścisnęła Alinie rękę, nieomal gruchocząc jej kości. Kto by się spodziewał takiej krzepy w chudzinie? – Jakże się cieszę, pani Alu. Proszę mi wierzyć, bardzo szanuję wasze pokolenie, bardzo. Tyle przeżyliście. Prawdziwa martyrologia. Ale cóż, ja właściwie jestem z tego samego pokolenia… – Przez chwilę zadumała się, zapewne nad swoją osobistą martyrologią. – No, może mam kilka lat więcej, ale też młodo zaczęłam stan wojenny. Pamiętam, pamiętam… te konspiracje, powielacze, internowania na każdym kroku… Boże, co to był za kraj…

Alina słuchała jednym uchem, zastanawiając się, czy pani Białuń przewróci się na Robciowe konsole, czy nie.

– To było zbrodnicze państwo i na dobrą sprawę należałoby wszystkich wystrzelać – oznajmiła tymczasem pani Białuń. – Wszystkich jak leci. Oprócz tych, co walczyli, oczywiście. Porządni ludzie walczyli. Tacy jak wy. Jak ja. I drogo za to zapłacili.

Gibnęła się niebezpiecznie i zadała Robciowi dramatyczne pytanie:

– Co się stało z waszą klasą?!

– Nic się nie stało – odpowiedział, lekko zdziwiony. – Prawie wszyscy tu są. Ja byłem z „b".

– Nie wszyscy, tylko ci, którym się udało – poprawiła go pani Białuń. – Którzy przeżyli. Których nie złamała esbecja, którzy nie wyjechali do Izraela, którzy nie odebrali sobie życia...

– Co ona bredzi? – Robcio pochylił się do ucha Aliny.

– Moim zdaniem cytuje Kaczmarskiego albo kogoś z tej paczki – mruknęła Alina. – Jak jej stąd nie usuniesz, zacznie śpiewać „Mury". Albo „Żeby Polska".

Wyczucie słusznie jej podpowiadało. Pani Białuń sięgnęła po mikrofon, którego na szczęście nie potrafiła włączyć.

– Czy to nie jest dobra chwila, żebyśmy wszyscy zaśpiewali jedną z tych pieśni, co nam kiedyś dodawały sił do przetrwania złego czasu?

– Nie – powiedział Robert stanowczo i odebrał jej mikrofon. – Ale mogę pani puścić „Imagine" Lennona. To też jest ideologiczne. Pozwoli pani, że pomogę zejść?

– Ja pomogę, a ty dawaj tego Lennona. – Alina delikatnie, choć z determinacją popchnęła panią Białuń w stronę schodków. Udało się jakimś cudem bez ofiar w ludziach. – Jezu, Robciu, prawie wytrzeźwiałam z wrażenia. Co ona ma za szajbę?

– Kombatancką – wyjaśnił Robert. – Ujawnia jej się pod wpływem napojów wyskokowych. Mam nadzieję, że ta ciotka rewolucji nie uczy dzieci historii.

– Nie mam pojęcia, czego ona uczy. Pokaż, co tu jeszcze masz. Ale fajne! To teraz daj Simona i Garfunkela, ja ich lubię. Patrz, Roberto, ona organizuje wiec?

Istotnie, pani doktor Białuń działała teraz na środku sali, a wokół niej zbierał się coraz większy tłumek. Nie minęły dwie minuty, a „Scarborough Fair" zostało niemal zagłuszone, ochoczo, acz fałszywie wykonywanym refrenem:

– „Wyrwij murom zęby krat, zerwij kajdany, połam bat"…

Pani Białuń, szczęśliwa, stała wśród śpiewających jak prawdziwa „Wolność wiodąca lud na barykady". Lud śpiewał nader ochoczo – wyłącznie refren, bowiem słowa całości znało tylko kilka osób, a te nie miały szans przedarcia się z mikrymi raczej głosami solowymi przez potężny chór.

W pewnym momencie zaktywizował się Paweł Szumilas z klasy „c", kapitan żeglugi wielkiej, dowodzący potężnymi masowcami, a dwadzieścia lat temu najlepszy tancerz liceum, który nic a nic ze swych umiejętności nie stracił i od początku był królem tego balu.

– To jest walc – wrzasnął i przekrzyczał chór. – Wszystkie pary tańczą! Pani pozwoli!

Porwał opierającą się nieco panią Białuń i ruszył z nią w posuwisty taniec. Po chwili tańczyli wszyscy, wskutek czego, kiepskie od urodzenia, masowe wykonanie przeboju do reszty straciło znamiona sztuki.

Nie przeszkadzało to balowiczom w najmniejszym stopniu i nie wiadomo, jak długo trwałby ten walc z figurami (Paweł wziął na siebie rolę wodzireja), gdyby w sam środek tańczących nie wkroczył nagle Jasio Narębski. Solniczkę i pieprzniczkę gdzieś posiał, za to cały owinięty był srebrnymi i złotymi łańcuchami, a z uszu zwisały mu dwie różnobarwne bombki. Najwyraźniej pożyczył sobie trochę ozdób z choinki stojącej do tej pory w holu i już prawie pozbawionej igliwia.

Widok bogato zdobionego Jasia spowodował nagłe znieruchomienie baletu.

Jasio, zadowolony z efektownego entrée, rozłożył szeroko ramiona i zaszeleścił łańcuchami.

– Panie i panowie, wygraliśmy tę wojnę! Już nie jestem myśliwcem. Ani bombowcem. – Zachwiał się lekko, ale zaraz odzyskał pion. – Jestem Tajtanikiem w dziewiczym rejsie – oznajmił, wywołując okrzyki podziwu oraz zrozumienia dla swego przybrania. „Tajtanik" w dziewiczym rejsie doprawdy miał prawo tak wyglądać.

– Za chwilę rozbiję się o górę lodową. Czy ktoś z was, koledzy, zechciałby być moją górą lodową?

– Jasiu! Dla ciebie wszystko! Będę ci górą! – Uradowany swoimi tanecznymi sukcesami Paweł wystąpił z tłumu i natychmiast tego pożałował. Tajtanik w dziewiczym rejsie rozpędził się bowiem, pochylił i uderzył dziobem w lód, to jest wyrżnął go głową prościutko w splot słoneczny.

Historycznie rzecz wyglądała inaczej, ale tym razem utonęli obaj. I Tajtanik, i góra lodowa.

~

– Jakbym widziała twojego ojca. Tak samo paskudnie wyglądał za każdym razem, kiedy się ponapijał jak głupi. Te oczka czerwone. Te worki pod oczami. Cały tatuś. Calutki. Właściwie to chyba nawet lepiej, że wyjechał, bo jakbym tak stale miała mu rosołki gotować…

– Masz rosołek, mamo?

Michalina spojrzała na matkę z nadzieją, ale ta zaśmiała się ironicznie.

– Rosołek. Barszczyk. Kwaśna kapustka i ogóreczki kiszone. I co jeszcze? Trzeba było myśleć, zanim zaczęło się pić. Jest grochówka od przedwczoraj… o ile twoja wątroba dzisiaj zniesie grochówkę.

Michalina poczuła bardzo wyraźnie, że nie zniesie ani trzydniowej grochówki – sama myśl o niej sprawiła jej dużą przykrość – ani, przede wszystkim, gadania własnej matki. Jeżeli trzydzieści pięć lat temu matka miała tak samo… trudno dziwić się ojcu, że wybrał wolność w rodzinnej Irlandii. Michalina chętnie natychmiast wyjechałaby do Irlandii albo gdziekolwiek indziej, nie było to jednak możliwe.

Za bardzo rąbała ją głowa.

Wolnym krokiem udała się do kuchni, znalazła w szufladzie swoje ulubione zupki z papierka i nie mogąc się zdecydować, co jej zrobi lepiej, sporządziła kubek rosołku i drugi kubek barszczyku. Starannie wyłowiła miniaturowe grzaneczki i wyrzuciła je do śmieci. Żadne grzaneczki. Za dużo żucia. Tylko płyny.

Makaronik się nie liczy, makaronik sam przeleci.

Matka wciąż coś tam nadawała, ale Michalinie udało się wyłączyć. Kwestia wprawy. Gdyby ojciec trochę poćwiczył, zamiast od razu uciekać, też by się nauczył. Tylko czy to jest życie?

Niby jest. Wewnętrzne.

Boże jedyny. Takie życie wewnętrzne jest dobre dla ślimaka winniczka, a nie dla człowieka.

Telefon.

Telefonu nie odbieramy, o nie.

– Michalino, telefon ci dzwoni. Nie masz zamiaru odebrać? Przecież to niegrzecznie! Ja odbiorę. Halo!... Nie, to matka. Michalina źle się czuje, za dużo wczoraj wypiła... Przepraszam, co?... Pani też za dużo wypiła? I też zmusza pani starą, schorowaną matkę, żeby specjalnie dla pani gotowała barszczyki?

Matka najwyraźniej zamierzała się rozwinąć, ale Michalina bez słowa odebrała jej słuchawkę.

– Halo. Jestem. Słucham.

– Misia?

Głos Agnieszki był najwyraźniej udręczony, niemniej gdzieś tam z bardzo daleka przebijały w nim iskierki dobrego humoru. Słabiutkie, lecz wyraźne. Michalinie natychmiast zrobiło się lepiej. Nie ona jedna cierpi.

– Ja. Żyjesz, Agniecha? Bo ja raczej nie.

– Ja też nie. Okładam się kotem, ale na razie nie pomaga.

– Jakim kotem?

– Moim. On jest bardzo duży. Podobno kot kładzie się tam, gdzie człowiek ma jakieś kuku. Ja mam wszędzie. On się przemieszcza. To mądry kot. Nazywa się Rambo.

– O matko. Kot? Rambo?

– Bo to bandyta. Ale mnie kocha. Ty, Miśka... ty masz dobrze, mamunia o ciebie dba...

– Zapomnij. Moja matka tylko tak gada. Proponowała mi przedwczorajszą grochówkę. Niewykluczone, że na dobicie…

Przedwczorajsza grochówka rozśmieszyła Agnieszkę do tego stopnia, że ta zaryzykowała bardzo delikatny chichocik. Nie wyszedł jej na zdrowie.

– Boże, jednak nie mogę się śmiać. Misia, ty pamiętasz, umawialiśmy się na jakieś spotkanie, ale ja do końca nie wiem, z kim i kiedy…

– Ohohoho, to ze mną nie jest tak najgorzej. Z komitetem, oczywiście. Za tydzień u jazzmanów. Mają być wszyscy, tym razem z rodzinami. Marcela, Ala, Krzychu z Marylką, Andrzej z Kasią, Jasio z Heńką, Mareczek z Mireczkiem… Aga… czy ty też odniosłaś wrażenie, że Mareczek z Mireczkiem?…

– Że co? Że są razem? Nie musiałam odnosić niczego. Sami powiedzieli, bardzo zadowoleni. Tylko chętnie by mieli jakieś dziecko, a to się jakby nie może udać, rozumiesz. Chcieli adoptować, ale ich wyśmiano.

– Kurczę, to właściwie szkoda, nie? Oni są obaj strasznie fajni.

– Dziecko ma mieć mamusię, nie wiesz?

– To chyba lepiej żeby miało dwóch tatusiów niż nic wcale? Dwóch fajnych tatusiów, zauważ. Ja się przeważnie chowałam bez żadnego tatusia i na pewno z tej przyczyny nie mam teraz żadnego chłopa. Moja mamusia nienawidzi chłopów i może mi coś tam przekazała. Mareczek z Mireczkiem mogliby zaadoptować dziewczynkę, miałaby królewskie życie. Podobno córeczki są zawsze tatusiowe, wiesz. Ja przez chwilę byłam.

– Daj spokój. Mój tatuś mnie nie znosił. Mamusia też. Jak byłam mała, to podobno byłam brzydka jak nieszczęście…

– Przestań. Ty, brzydka?

Agnieszka była smukłą, wysoką blondynką, o absolutnie klasycznych rysach twarzy, przy których mogła spokojnie ściągać włosy do tyłu bądź, jak teraz, strzyc je prawie po męsku. Wielkie fiołkowe oczy miały wyraz tajemniczości, być może dlatego, że Agnieszka nie lubiła swoich okularów, które, jako krótkowidz, powinna nosić na co dzień. Jeszcze bardziej nie znosiła soczewek kontaktowych. Poddawała się tylko, prowadząc samochód, bo wtedy już brak okularów groził jej śmiercią lub kalectwem. No i czasem, kiedy czytała coś wydrukowane naprawdę małymi literkami... ale starała się to robić bez niepotrzebnych świadków. Jako dyrektorka szkoły miała z tym czasami problem.

– Byłam ohydnym dzieckiem – powiedziała samokrytycznie.

– Tłusta jak Chruszczow. I ogólnie podobna. Mordę miałam prawie taką jak on.

– Kto to jest Chruszczow?

– Był. Towarzysz sekretarz, generalny czy jak tam, Komunistycznej Partii Związku Radzieckiego. Dawno, jeszcze przed pieriestrojką. Podobno dzięki niemu tak naprawdę możemy tutaj mieszkać.

– Gdzie, w Zdrojach? – Michalina z matką mieszkały w niewielkim domku w prawobrzeżnej dzielnicy Szczecina.

– Też. Ale generalnie tu, na Ziemiach Zachodnich. Zaparł się. Kiedyś ci to wszystko opowiem.

– Nie, dziękuję. – Michalina była osobą ahistoryczną, w przeciwieństwie do Agnieszki, posiadaczki dyplomu Wydziału Historii Uniwersytetu imienia Mickiewicza w Poznaniu, gdzie swego czasu jeździło na studia pół Szczecina. Nie przeszkadzało jej to pasjonować się bieżącą polityką, choć tylko biernie. – Wiszą mi luźniutko wszystkie partie świata tego. Z radzieckimi na czele. Nasze też. Nie wiesz, jak tam koleżanki?

– Alka i Marcela? Przypadkiem wiem. Dzwoniłam do nich w pierwszej kolejności. Rozumiesz, alfabetycznie jesteś trzecia. A, Ma, Mi. Cierpią, biedaczki. Ale Alinę pielęgnuje Wisia, ta jej córka, a Marcelę osobisty Firletek. Firlejek. Kurczę, wy to jednak macie dobrze, każda z was kogoś w domu ma, żeby ratował w potrzebie, a choćby i wysłuchał, a ja mam tylko mojego Rambusia.

~

Agnieszka była w błędzie.

Matka Michaliny, jak już wiemy, była jak najdalsza od pielęgnowania skacowanej córki i nie omieszkała tego wiele razy powiedzieć, wypominając jej przy okazji podobieństwo do tatusia, Irlandczyka, który kiedyś, dawno temu przyjechał do Polski, aby w Krakowie, na Ujocie, studiować slawistykę. Na tym samym Ujocie Bożena Konik studiowała rusycystykę, której zresztą nie lubiła i sama nie wiedziała, dlaczego na nią poszła. Zdaje się, że stosunkowo łatwo było się dostać na ten wydział, a Bożena bardzo chciała się wyrwać ze Szczecina i uciec jak najdalej od rodziców, pionierów tego miasta. Miała im za złe obrzydliwą ascezę w zakresie potrzeb życiowych, a zwłaszcza to, że mogąc w latach pionierskich zająć obszerną poniemiecką willę na Pogodnie, zadowolili się domkiem w Zdrojach. Bo jacyś przyjaciele mieszkali obok. A cóż to za powód?!

Rodzice pani Bożeny byli parą łagodnych nauczycieli matematyki, którzy we Lwowie jakimś cudem uniknęli podróży na białe niedźwiedzie, a niedługo po wojnie, na fali tak zwanej repatriacji, z trzyletnim dziecięciem na rękach przybyli do Szczecina. Dwa miesiące wcześniej zamieszkało tu, właśnie w dzielnicy Zdroje, zaprzyjaźnione małżeństwo państwa Duszyckich i właśnie ze względu na nich pan Antoni Konik zrezygnował z willi na Pogodnie. Jak również dlatego, że lewobrzeże razem z reprezentacyjnym Pogodnem było mniej bezpieczne niż prawobrzeżny Szczecin. Wciąż jeszcze słychać tam było strzały. Pan Antoni nienawidził strzałów. Potem jeszcze długie lata wszyscy byli przygotowani na to, że „przyjdzie chwila" i będą musieli na gwałt pakować walizki i wyjeżdżać… Bóg jeden wie, dokąd tym razem. Denerwowali się tak czternaście lat, aż wizyta Nikity Siergiejewicza w Szczecinie w pięćdziesiątym dziewiątym roku, oznaczająca, że Wielki Brat ostatecznie przyklepał Szczecin jako miasto polskie, spowodowała, że odetchnęli z ulgą i odstawili walizki na pawlacze.

Tyle lat życia w nerwach spowodowało jednak spore spustoszenia w dobrych sercach obojga państwa Koników, a ponieważ kardiolodzy nie potrafili jeszcze wtedy robić wielu rzeczy, które dzisiaj są dla nich drobiażdżkiem – pan Antoni opuścił nasz padół w roku siedemdziesiątym drugim, a jego małżonka, pani Nela, rok później.

Zanim jednak doszło do tych smutnych wydarzeń, Bożenka zdążyła dorosnąć, zwiać do Krakowa, rozpocząć studia, poznać czarującego slawistę in spe, zakochać się w nim i niespodziewanie urodzić mu śliczną malutką córeczkę Michalinkę.

Niestety, urodziła mu tę córeczkę na trzecim roku i musiała wziąć dziekankę, która stała się początkiem końca jej edukacji. Czarujący Noel Hart robił właśnie dyplom, wysłał więc młodą mamę z dziecięciem przy piersi do rodziców, a sam obiecał do nich dołączyć niebawem.

Był to rok tysiąc dziewięćset sześćdziesiąty siódmy, już zapowiadający burzliwe wydarzenia marcowe, a ponadto odznaczający się tym, że przyszła wówczas na świat ponad setka niemowlaków, które w odpowiednim czasie spotkały się w murach jednego ze szczecińskich liceów, a jako maturzyści mieli byle jaką studniówkę, więc po dwudziestu latach zorganizowali sobie drugą, o wiele lepszą.

Dziadkowie Konikowie wnuczunią byli zachwyceni, szczęściem napawał ich również powrót córki, którą uznali już niemal za straconą dla siebie.

Bożenka nie była zachwycona ani posiadaniem dziecka, ani przerwaniem studiów. Zanosiło się na długi i nudny okres macierzyństwa. A cholerny Noel niczego nie zamierzał przerywać, konik polny irlandzki. Boże jedyny, co ona w nim widziała?! Te rude włosy... ciemnorude, jeśli mamy być dokładni, brązowe oczy, piegi na gębie... Głos. No pewnie, wszystkie filolożki się w nim kochały z powodu głosu i rzewnych ballad, które śpiewał przy gitarze. Jej rok podzielił się wtedy na dwie grupy: tych, co biegali do Piwnicy pod Baranami i tych, którzy byli stałymi gośćmi w akademiku, gdzie Noel śpiewał te durnowate piosenki. Znał ich chyba z tysiąc. Irlandzkie, szkockie, walijskie, angielskie, bretońskie i nie wiadomo jakie jeszcze.

Państwo Konikowie z ciekawością czekali na przyszłego zięcia, ale córka szybko ochłodziła ich serdeczne zapały do uroczystych powitań, ślubu i tak dalej. Miała absolutną pewność, że chwila, kiedy rudy Noel żegnał je obydwie na dworcu głównym w Krakowie była ostatnią okazją do popatrzenia w te łajdackie oczka. Wyrażała to przekonanie soczyście i z dużą częstotliwością.

Nie były to czasy powszechnego posiadania komórek, a nawet telefony stacjonarne stanowiły rarytas. Noel zaś nienawidził pisania listów. Wieści od niego nie przychodziły żadne.

Dziadkowie dali się zasugerować i też stracili nadzieję na tatusia dla Michalinki.

Michalinka miała pół roku, zwątpienie jej dziadków i zgorzknienie matki sięgało szczytu, marzec sześćdziesiąt osiem stał u wrót kraju, kiedy do drzwi domku w Zdrojach zastukał Noel Hart, szalenie zadowolony, z dużym bukietem kwiatów i tytułem magistra (aczkolwiek obronił się dość kiepsko, bo na chybcika – jego promotor, który też biegał do akademika na improwizowane koncerty, zrozumiał niecierpliwość młodego ojca stęsknionego za prawie niewidzianym dzieciątkiem, przyspieszył mu egzamin dyplomowy i nie czepiał się szczegółów).

Dziadkowie omal się nie rozpłynęli ze szczęścia, a Bożena z trudem powstrzymała się od strzelenia ukochanego Irlandczyka w dziób. Uważała, że mu się słusznie należy.

Noel w Szczecinie przyjął się bardzo dobrze i dość szybko znalazł sobie pracę w jakiejś niemieckiej spółce żeglugowej, gdzie gwałtownie potrzebowano ludzi znających języki. Ślub z Bożenką wziął w najszybszym możliwym terminie, nazwisko Michalinie dał już na starcie, więc z tym problemów nie było, w córeczce zakochał się nieprzytomnie od pierwszej chwili, a potem tylko mu się to pogłębiało, starszych państwa Koników oczarował bez najmniejszego trudu (a oni jego), natomiast stosunki ze świeżo poślubioną małżonką pozostawiały wiele do życzenia.

Półroczne oczekiwanie na Noela połączone z intensywnym samonapędzaniem się w przekonaniu o jego podłej rejteradzie spowodowały u Bożeny przykrą reakcję.

Przestała go kochać, mianowicie.

Prawdopodobnie od samego początku jej uczucie było średniej próby. Owszem, to fajnie, że uwielbiany przez wszystkie studentki Irlandczyk wybrał właśnie ją, Bożenę Konik, skromną rusycystkę. Miło było, kiedy śpiewał te głupie piosenki specjalnie dla niej i w nią wlepiał te swoje oczy, podczas gdy reszta obecnych dziewczyn patrzała na to z nieukrywaną zawiścią. Przerwanie jednak studiów, oczekiwanie miesiącami na przybycie amanta, gotowanie w kociołku pieluszek tetrowych (czasy, czasy…), wywieszanie ich dziesiątkami, setkami, tysiącami i milionami w ogródeczku przydomowym… ooo, to mogło zjadowić najłagodniejszą!

No i zjadowiło Bożenkę nad podziw.

Gdyby Noel nie był tak ciężko zakochany w córeczce, gdyby dziadkowie Konikowie nie stali przy nim murem i nie traktowali go jak najmilszego syna, prawdopodobnie nie wytrzymałby w Szczecinie dłużej niż rok, dwa. Wytrzymał sześć lat. Pół roku po śmierci babci Neli Konikowej z bólem serca zwiał od ukochanej niegdyś żony Bożeny.

Nie dała mu żadnych szans.

Któregoś dnia popłynął jednym ze statków spółki, w której pracował, do Belfastu i stamtąd zawiadomił Bożenkę, że ma serce rozdarte z powodu Michalinki, ale nie wraca, bo jeszcze mu życie miłe.

Bożenka dostała ataku dzikiej furii i odcięła niewiernemu wszelkie kontakty z córeczką. Nie obudziły się w niej żadne skrupuły – również wtedy, kiedy regularnie co trzy miesiące pojawiał się w Zdrojach coraz to inny pracownik dawnej firmy Noela i przekazywał jej przyzwoitą sumę w funtach. Noel Hart dostatecznie długo mieszkał w Polsce Ludowej, żeby nie wygłupiać się z przekazami bankowymi i oficjalnym przelicznikiem silnej angielskiej waluty na socjalistyczne złotówki.

Przesyłki przychodziły do momentu, kiedy Michalina skończyła studia na warszawskiej SGGW, na kierunku architektura krajobrazu. Tatuś Noel miał niezły wywiad. Musiał się nim posiłkować, ponieważ osobiste kontakty zostały mu uniemożliwione.

Michalina początkowo tęskniła za kochanym tatuśkiem, dla którego była królewną, wróżką i elfem z wrzosowisk (niezupełnie rozumiała, co miał na myśli, kiedy ją tak nazywał), ale po jakimś czasie, słuchając regularnych opowieści Bożeny na temat, jaką to Noel był świnią – zwątpiła. Zapamiętana postać ojca śpiewającego uwielbianej córeczce na dobranoc śliczne ballady niemal zatarła się w jej świadomości. Ku tajonej złości Bożeny, Michalina nigdy jednak nie dała się wciągnąć w rozpamiętywanie jego podłych uczynków.

Po studiach zamierzała rzucić się z głową w wir życia. Niestety, przeszkodziło jej w tym odziedziczone po dziadkach, względnie po tatusiu, dobre serce. Jej matka, która właśnie przeszła na rentę inwalidzką z tysiąca, doprawdy, powodów, nie podejmowała się mieszkać sama. Tak to właśnie określiła.

– Nie podejmuję się – przemawiała do telefonu, na którego drugim końcu, w dalekiej stolicy wisiała zdenerwowana do szaleństwa Michalina. – Nie podejmuję się i już. Jestem zbyt chora, żeby wziąć na siebie trudy utrzymania tego domu... tego domu, którego zresztą nie znoszę, jak wiesz, Michalino...

– No to może sprzedajmy go i się przeprowadź. – Michalina starała się mówić tonem beztroskim, ale słabo jej to wychodziło. Matka swoim, latami trenowanym, uchem wyczuła fałsz.

– Gdzie, twoim zdaniem, mam się przeprowadzić? – spytała lodowato. – Do domu opieki społecznej? Żeby jakaś nieczuła pielęgniara nie podała mi nawet szklanki wody, kiedy jej będę potrzebować? Czy może pod most? Albo od razu na Ku Słońcu...

Nazwę ulicy, przy której mieści się przepiękny, rozległy, zabytkowy cmentarz, wymówiła ze szczególnym jadem. Wiedziała doskonale, jak to podziała na Michalinę.

– No, mamo, co ty mówisz, przecież ja nic takiego nie miałam na myśli! Chodziło mi o to, że ja teraz mam szansę na fajną pracę, i gdybyśmy rzeczywiście sprzedały chałupkę, to mogłybyśmy kupić jakieś mieszkanko w Warszawie. I tam byśmy zamieszkały. Razem, mamo!

– Ty mnie jednak nienawidzisz. – To zdanie Bożena wygłosiła z dużą przyjemnością; dawno już je sobie przygotowała, tylko nie miała dotąd okazji go użyć. – Chcesz mnie oderwać od tego miejsca, gdzie przeżyłam prawie całe życie. Gdzie są groby moich rodziców. Gdzie przez krótkie lata dzieciństwa byłam szczęśliwa… Tak. Ty mnie nienawidzisz. To zrozumiałe. Jesteś córką swego ojca. Wszyscy mnie nienawidzicie. Taki mój los. Trudno. Ale żeby własna córka?… Nie obchodzi cię matka, która zrujnowała sobie kręgosłup, dźwigając cię, kiedy byłaś mała… zawsze byłaś o wiele za gruba, to przez to twoje łakomstwo… Teraz zapewne czeka mnie wózek inwalidzki, ale ciebie to nie obchodzi. Wiedziałam, że w końcu tak będzie, chociaż łudziłam się, że wrócisz… łudziłam się przez te wszystkie lata, kiedy ty sobie studiowałaś na mój koszt…

Koszty ponosił Noel, ale dla Bożeny był to drobiazg niewart wzmianki.

– Widocznie tak musi być. Matka rodzi, wychowuje, kocha… kocha, powiadam, bo nikt tak nie kocha dziecka jak jego matka! I w rezultacie zawsze, powiadam, zawsze zostaje sama.

Zamilkła znienacka, czekając na efekty przemowy.

Nie rozczarowała się. Ciąg dalszy rozmowy świadczył o tym, że wzbudziła w Michalinie potężne poczucie winy.

Nie było już więcej mowy ani o sprzedaży rozpadającego się domku w Zdrojach, ani o wspólnym zamieszkaniu w Warszawie. Michalina zacisnęła zęby, spakowała walizki, wzięła swój bezcenny dyplom z wyróżnieniem i wróciła na stare śmiecie.

Nie zwierzała się matce z rozczarowania, jakiego doznała, nie mogąc skorzystać z różnych pięknych perspektyw zawodowych, jakie się przed nią otwierały w Warszawie. Nie opowiedziała jej również o niejakim Darku Jureckim, świeżym absolwencie prawa, z którym od jakiegoś czasu miała coś w rodzaju romansu. Miły romans byłby się przerodził w coś poważniejszego, a może nawet zakończył małżeństwem – niestety, Darek, syn dyplomaty, szykował się do wielkiej kariery, a taką, jak wiadomo, można robić wyłącznie w stolicy. Nie w Szczecinie. Michalina nawet nie żądała tego od swego nominalnego „chłopaka". Powiadomiła go o swojej decyzji, pożegnała z pewnym żalem i zarazem pożegnała marzenia o wielkiej, szczęśliwie zakończonej miłości. W Szczecinie znalazła pracę w firmie utrzymującej zieleń na terenie tegoż cmentarza, którym straszyła ją matka. Michalina od dawna lubiła ogromną, przepiękną nekropolię, którą czasem odwiedzała, żeby wyszukiwać oryginalne gatunki drzew i krzewów, więc odżałowała swoje perspektywy. Od czasu do czasu trafiała jej się jakaś nieduża fucha, przeważnie załatwiana przez Marcelę Heską, która skończyła podobne studia na szczecińskiej uczelni, pracowała w magistracie i miała szerokie znajomości środowiskowe.

Oczywiście matka dawała Michalinie nieźle w kość. Ciężko przeżywane klimakterium, które dawno powinno się skończyć, ciągnęło się latami i zapewne postanowiło pozostać z nią na zawsze. Miała tysiąc dolegliwości, hodowała je pieczołowicie i wykłuwała nimi córce oczy przy każdej okazji. Szczególnie pożyteczne były bóle kręgosłupa, bo mogła się na nie w każdej chwili powołać i na przykład uniemożliwić Michalinie wyjście po południu gdziekolwiek... z przyjaciółmi, do knajpki, do kina, czy ulubionego przez nią teatru.

Być może panna Hart (panna coraz dalej w latach posunięta, nawiasem mówiąc) powinna się jakoś uodpornić, utwardzić, skamienieć zgoła – w obronie własnej – ale nie potrafiła. Nie wiadomo, jakim cudem zachowała pogodę i dobry humor oraz skłonność do śmiechu, może po prostu geny odziedziczone po ojcu były jakiejś nadzwyczajnej jakości.

~

Marcelina Heska również łatwo się uśmiechała i prezentowała światu nieodmiennie pogodne oblicze. W przeciwieństwie do swojej koleżanki po ogrodniczo-krajobrazowym fachu, nie była jednak w tej pogodzie do końca szczera.

Wychowała się w licznej rodzinie na podkoszalińskiej pegeerowskiej wsi i jedyna z sześcioosobowego rodzeństwa (cztery siostry i dwaj bracia) doszła do tak imponujących wyników w karierze naukowej. Jej dwaj bracia skończyli technikum rolnicze i od razu zaczęli pracę w spółdzielni rolniczo-produkcyjnej, dwie siostry zostały pielęgniarkami i zatrudniły się w sanatorium w Połczynie Zdroju, trzecia nie miała głowy do nauki, więc skapitulowała po drugiej klasie liceum, po czym poszła do pracy w sklepie spożywczym. I tam została na dobre.

Marcelina wybiła się z familii dość szybko, nie wiadomo po kim odziedziczywszy dużą inteligencję. Złośliwi plotkarze wsiowi twierdzili, że jako najmłodsza pozbierała wszystkie szare komórki niewykorzystane przez rodzeństwo. Istniała też prostsza hipoteza – że to IQ po księdzu wikarym, który jakoś tak niedługo po przyjściu na świat dziewczynki został przeniesiony do innej parafii. Ponieważ jednak podobna była do matki, więc nie bardzo dało się złośliwe ploty uwiarygodnić. Badań DNA jeszcze wtedy powszechnie nie stosowano, zresztą tatuś Marceliny nie zgłaszał reklamacji. Córka była mu doskonale obojętna, podobnie jak jej trzy siostry. Serce miał tylko do synów. Matka usiłowała kochać wszystkie dzieci po równo, ale była zbyt zarobiona karmieniem i opieraniem dziewięciu osób (dochodzi tu niedołężna babcia z daleko posuniętą miażdżycą) – nie miała w tym zakresie wsparcia żadnych automatów i robotów, z wyjątkiem pralki wirnikowej „Frania” i maszynki do mielenia mięsa na korbkę.

Na swoje szczęście, Marcelina miała nie tylko inteligencję. Miała też matkę chrzestną, która zapewne przez przypadek była ciotką wikarego, a poza tym posiadała w Szczecinie mieszkanie, w którym nie lubiła mieszkać sama. Kiedy Marcela doszła do wieku licealnego, matka chrzestna zaproponowała jej, żeby zamieszkała razem z nią w wieżowcu naprzeciwko kina „Kosmos”, na Wojska Polskiego, czyli w pryncypalnym punkcie miasta.

Pani Helena Jabłońska była dożywotnią panną i nie miała żadnych dzieci. Z Marceliną dogadywały się znakomicie – obie spokojne, inteligentne, zazwyczaj zagłębione w książkach i pozornie pogodne.

Dlaczego tylko pozornie?

Pani Helena całe życie bała się choroby i przedwczesnej śmierci. Zamiast jednak dbać o siebie, chodzić do lekarzy i robić badania, kupowała mnóstwo książek o zdrowym trybie życia, prawidłowym odżywianiu, wpływie psychiki na kondycję, witaminach, gimnastyce i czarnej magii. Zaczytywała się w nich i coraz bardziej była przekonana, że umrze na dniach. Jedyną rozrywką, jakiej oddawała się namiętnie, było cotygodniowe wypełnianie kuponów totolotka. W przypadku trafienia czwórki – na więcej nie liczyła – byłoby ją stać na przyzwoity pogrzeb i śliczny nagrobek z wyrytymi w marmurze kwiatami lilii.

Coś, co kryło się pod wesołością Marceliny i przeszkadzało jej naprawdę cieszyć się życiem, spowodowane było chyba tą konsekwentną obojętnością ojca. Kiedy była dzieckiem, wychodziła po prostu ze skóry, żeby wreszcie się nią zainteresował. Nie mogła znieść, że ojciec zachowuje się, jakby nie istniała, że kiedy mu przeszkadza, odsuwa ją po prostu od siebie jak krzesło. I przywiązuje do niej tyleż wagi co do krzesła.

Bez tapicerki.

Tak. Marcelina w domu czuła się jak stare, niepotrzebne krzesło bez tapicerki.

Gdy zamieszkała z ciotką wikarego, tak jakby przybyła jej owa tapicerka. Wciąż jednak była tylko krzesłem, tyle że cieszącym się sympatią pani Heleny. Sympatia nie oznaczała prawdziwego zainteresowania. Zbyt absorbujące było wertowanie mnóstwa książek i poradników oraz cotygodniowe czekanie na wielką forsę.

Któregoś dnia stał się cud. Pani Helena trafiła szóstkę. Była to wyjątkowo tłusta szóstka, bo od czterech tygodni nie notowano dużych wygranych.

Marcelina była wtedy na trzecim roku Akademii Rolniczej.

Po odebraniu jakiejś kosmicznej ilości forsy pani Helena przestała nagle czytać swoje poradniki. Udała się do biura podróży Orbis i wykupiła najbardziej ekstrawagancką wycieczkę, jaką jej zaoferowano. Spakowała kufry i pojechała do Egiptu.

I stamtąd już nie wróciła.

Ależ nie, broń Boże, nie dlatego, żeby ją dopadły te wszystkie choroby, na które czekała. Przeciwnie. Ta pięćdziesięciopięcioletnia, niepozbawiona urody dama spotkała tam najzupełniejszym przypadkiem mężczyznę swego życia, którym okazał się podróżujący indywidualnie i dla przyjemności zangielszczony Polak, syn lotnika RAF, który to lotnik wziął udział w Bitwie o Anglię, zestrzelił sześć samolotów wroga, a po wojnie nie zaryzykował powrotu do ojczyzny. Nastąpiło klasyczne oczarowanie i pani Jabłońska wyjechała z Egiptu z nowiutkim pierścionkiem na serdecznym palcu. Nie do Szczecina. Do Vancouver, gdzie potomek dzielnego pilota miał niewielki domek, niewielki sklep z dziełami sztuki i całkiem spory majątuczek. Potomek nie okazał się ani oszustem, ani zboczeńcem, ani bigamistą, więc w krótkim czasie pani Jabłońska zmieniła nazwisko na Vtorkovsky.

Marcelina ucieszyła się zarówno szczęściem ciotki wikarego, jak i mieszkaniem, które otrzymała w prezencie. Mrs Vtorkovsky załatwiła wszystko perfekcyjnie, tak że Marcelinie pozostało już tylko zmienić tabliczkę na drzwiach.

Może jednak coś było w plotkach o wikarym?

A może po prostu pani Helena naprawdę kochała swoją chrzestną córkę, która przez siedem lat dzieliła jej samotność.

Marcelina skończyła studia i zaległa na średnio ambitnym stanowisku w miejskim biurze planowania przestrzennego. Nienawidziła biurowych rygorów, przychodzenia i wychodzenia na godziny, rytualnych kawek i herbatek, imieninek wszystkich współpracowników, pożałowania godnych dowcipów szefa. Nienawidziła tego z całego serca, a jednak bała się porzucić wygodny i stabilny etat. Jej zewnętrzna pogoda była podszyta niewidoczną warstwą smutku. Czymś, co nasi dziadkowie nazywali bólem istnienia, ewentualnie bardziej elegancko – weltszmercem.

Może ten weltszmerc odstraszał od Marceliny wielbicieli? Bo miewała ich, owszem. Trwało to zazwyczaj kilka miesięcy, czasem kilka lat. Kiedy kolejny kochaś docierał do owego podskórnego pokładu, zwijał się raczej szybko i pryskał do mniej refleksyjnych kobitek.

Mikołajowi Firlejowi nic w Marcelinie nie przeszkadzało. Ten niepozorny urzędnik, a właściwie nawet kierownik wydziału lokalowego w ratuszu, zdawał się akceptować ją z całym dobrodziejstwem inwentarza. Od półtora roku mieszkał już z nią w wieżowcu na Wojska Polskiego, własne mieszkanie wynająwszy za całkiem niezłą sumę. Być może komuś mniej wielkodusznemu niż Marcelina wydałoby się niezupełnie w porządku, że nie dokładał się do żadnych opłat domowych, czasem tylko dając jej drobne kwoty na bieżące zakupy spożywcze – podczas kiedy własne pobory i wszystko, co dostał od swojego lokatora, składał pieczołowicie w banku na własne, nienaruszalne konto. Marcelinie ani w głowie było robić Mikołajkowi wyrzuty. Ostatecznie, niebawem ślub, a wtedy jego prywatne konto stanie się kontem rodzinnym.

A może on zbiera pieniądze na jakąś obłędną podróż poślubną? To już nie te czasy, kiedy Egipt ciotki Heleny robił za bógwico. Teraz można jechać wszędzie, na najbardziej nieprawdopodobne Wyspy Szczęśliwe.

Mikołaj nie zaprzeczał. Uśmiechał się w sposób przywodzący na myśl Pierce'a Brosnana w charakterze Jamesa Bonda, dobierającego się właśnie do jakiejś szczególnie apetycznej gwiazdki filmowej. Oczywiście nie był taki zabójczy jak Brosnan, ale Marcelinie jakoś tam go przypominał.

Wielka jest potęga uczucia.

∼

Kiedy Agnieszka zobaczyła Mikołaja Firleja wchodzącego do jazzowej piwniczki na Starówce, skojarzył jej się raczej ze szczurkiem. Nie był to żaden szczególnie obrzydliwy szczur, raczej jeden z tych trzymanych w domu, w klatce, którym pozwala się biegać po kołnierzu. Agnieszka prędzej by skonała, zanim by wpuściła nawet najpiękniejszego szczura na swój kołnierz – i tego Firleja całego też by tam nie wpuściła. Ze względu jednak na koleżankę postanowiła (chwilowo nieskutecznie) nie zwracać uwagi na jego szczurkowatość, wyrażającą się również w pewnej charakterystycznej przymilności. Podobną prezentują niektórzy fryzjerzy starej daty oraz kelnerzy w restauracjach kiepskiej kategorii.

– Uprzedziłaś się – szepnęła jej na boku Michalina, kiedy Agnieszka na tymże boku zwierzyła jej się ze swoich odczuć w stosunku do narzeczonego koleżanki. – Wcale nie jest taki, jak mówisz. Normalny, uprzejmy facet. I nie rozumiem, dlaczego szczurek?

– Szczurek, mówię ci, szczurek – syczała nieprzejednanie Agnieszka. – Ząbki ma, zobacz…

– Każdy ma ząbki!

– Ale jemu wystają!

– Przestań! Gdzie wystają? Śmieje się, to mu je widać!

– A ja ci mówię, że on tymi ząbkami może chlasnąć…

– O czym tak szepczecie, dziewczynki? – Niezawodny Jasio Narębski spieszył wymienić im szklaneczki puste na pełne. – To samo pijecie, rozumiem? No więc o czym było szeptane?

– To samo. A szeptane było o chłopach, oczywiście. Dawno was nie widziałyśmy, balu nie liczymy, bo i tak wszyscy się nabombali, teraz się zastanawiamy, który z was najśliczniejszy…

– Proszę, nie mówcie mi o żadnym bombaniu – poprosił Jasio troszkę żałośnie. – I co, na którym miejscu jestem w waszym rankingu? Bo nie ukrywam, że jestem odrobinę próżny…

– W ścisłej czołówce, Jasiu, w ścisłej czołówce – zaśmiała się Michalina, która przepadała za Jasiem od pierwszej klasy liceum. – Nie ma się co dziwić, że taka piękna kobieta na ciebie poleciała…

Istotnie, Hendryczka-Handryczka, jak ją nazwał kochający mąż w stanie wzmożonej szczerości, posiadała urodę zbliżoną do Miss Universum (koło czterdziestki). Ani jej się śniło handryczenie się na żaden temat, przeciwnie, prezentowała znakomity humor i siała wokół siebie rozliczne perły dowcipu. Obecni panowie – wyłączając może Mireczka z Mareczkiem – byli oczarowani i dawali temu wyraz, co z kolei powodowało powstawanie charakterystycznych błysków w oczach ich ślubnych żon. Alina, Michalina i Agnieszka obserwowały zjawisko z pewnym rozbawieniem, Marcela z nieco mniejszym, bowiem jej osobisty Mikołaj adorował hożą Henrykę z prawdziwym zaangażowaniem.

– Ładna to ona jest, faktycznie – przyznał Jasio, kiwając głową zgodliwie. – Ale powiem wam, dziewczynki, że wcale nie jesteście od niej gorsze. Gdybym był wtedy taki mądry jak teraz, to bym się ożenił z którąś z was. A propos, zdaje się, że na studniówce naszej nagadałem wam jakichś strasznych impertynencji. Czy dobrze pamiętam?

– Kazałeś nam założyć Klub Mało Używanych Dziewic – zawiadomiła go, chichocząc, Agnieszka. Jasio zbladł, sczerwieniał i złapał się za głowę.

– Jezus Maria – jęknął. – Ależ ze mnie cham... Oraz idiota. Dziewczynki kochane, czy jesteście w stanie mi to wybaczyć?

Dziewczynki – z wyjątkiem Marceliny, która zajęta była obserwowaniem spod oka swojego narzeczonego, obskakującego przystojną panią Narębską – pękały ze śmiechu.

– Nie rycz, mały – powiedziała litościwie Alina. – My ci wybaczymy, bo to chyba wcale nie jest takie głupie, jak by się mogło wydawać. Osobiście mam wrażenie, że wszystkim nam czterem czegoś brakuje...

– Chłopa – wtrąciła konkretna Agnieszka. – Marceli nie brakuje. Ma swojego Firlejka.

– Ja nie o tym. Powiedzcie mi, kochane, kiedy ostatnimi czasy zajmowałyście się czymś pożytecznym?

– Puknij się w czółko. – Michalina zademonstrowała jak Alina powinna to zrobić. – Bez przerwy robię coś pożytecznego. Jak tylko firma mnie wypuści z łap, dobiera się do mnie moja mamunia. Siusiu nie mam kiedy zrobić. Tobie chodzi o jakieś samodoskonalenie, Alka?

– Niezupełnie…

– No to o co? – chciała wiedzieć Agnieszka. – Kobieto, jak ty wyglądasz, zadbaj o siebie, jedź do spa, daj się wymasować gorącymi kamieniami? Uprawiaj sporty, leć do siłowni, bądź fit?

– Też nie. Kiedyś nawet próbowałam, ale jakoś brakowało mi do tego serca. Miałam wrażenie, że usiłuję podnieść swoją wartość towarową, jeśli wiecie, co mam na myśli. Poczułam się parszywie i dałam spokój.

– Nie rozumiem – wtrącił się do dyskusji Mareczek, podobnie jak jego partner Mireczek, imponujący klatą, barami oraz doskonałą cerą. – Odrobina wysiłku fizycznego, właściwie skierowanego, może zdziałać cuda, kochana Alinko. Nie twierdzę, że tobie akurat jest to potrzebne.

– Dziękuję ci, mój drogi. Sama wiem, gdzie mam nadmiary, a gdzie mi się zmarszczki robią. Może trafił mnie właśnie jakiś kryzys wieku średniego czy coś w tym rodzaju, ale naprawdę, mam wrażenie, że marnuję życie.

– Przecież masz córkę – bąknęła niepewnie Kasia Szumilas, żona Andrzeja i matka trojga udanych dzieci. Uważała, że posiadanie chociażby jednego dziecka stwarza aż nadto okazji do bycia pożytecznym w codziennym życiu. Własne córeczki dawały jej nieźle do wiwatu, a synek dokładał, jak potrafił.

– No mam. Nawet nieźle nam idzie razem, ale Wiśnia przechodzi kolejny etap negacji i neguje wszystko, jak leci, ze mną na czele. Chyba muszę to przeczekać.

– Przeczekanie nic ci nie da – zauważyła pewnym siebie tonem Henryka Narębska. – Jak jej nie weźmiesz za twarz w stosownym momencie, to ci wlezie na głowę. Gdybym pozwoliła Jankowi wychowywać nasze dzieci jego metodą, to już dawno pisaliby o nas w gazetach. W kontekście kryminalnym. Wiecie: w prywatnej willi na Bezrzeczu policja znalazła dziś rano zwłoki małżeństwa N. Z gospodarstwa domowego wyparowały dwa maybachy i cztery kilo kosztowności. Oraz troje małoletnich dzieci.

– Macie dwa maybachy?

– Macie cztery kilo brylantów?

Dwugłos Mireczka i Mareczka zabrzmiał z idealną synchronizacją. Jasio spojrzał na żonę z wyrzutem.

– Henia, co ty gadasz za bzdury. Jakie maybachy. Dwie toyotki. Jedna po przejściach, bo Henia kilka razy siedziała z nią na słupie. Nie lubi jednego takiego zakrętu i czasem musi dać temu wyraz.

– Mój mąż to świnia – oznajmiła żona. – Dobrze zrobiłyście, dziewczyny, żeście za nikogo nie powychodziły. Mógłby wam się trafić taki Narębski…

Michalinie przemknęło przez głowę, że gdyby nie trzeci podwójny dżin z tonikiem, trudno by jej było wytrzymać dłużej podobne dialogi. Zaczęła się zastanawiać, czy przypadkiem słynny riplej studniówki nie był tak udany z podobnych przyczyn. Czymś zupełnie innym były posiedzenia komitetu, wtedy bawili się świetnie, nawet bezalkoholowo (wbrew temu, co sądziła o niej matka, Michalina nie miała zadatków na alkoholiczkę, a imprezy oparte wyłącznie na szampańskim szwungu raczej ją nudziły). Dzisiejszy, dość bezbarwny w sumie wieczór w gronie komitetowym, świadczył o tym, że sama tylko wspólnota przeżyć z lat młodości, wspólnej szkoły i tak dalej – to za mało, żeby stworzyć jakąś głębszą więź ludzi dorosłych.

Przyjemnie gra ten łysy saksofonista… cały jego zespół fajnie gra, proszę, takie młode chłopaki, a mają takie wyczucie do starych standardów… Jazz jest w ogóle w porządku.

No więc co się tyczy dawnych kolegów, to jednak krawat starej szkoły nie wystarcza.

Natomiast to, o czym zaczęła mówić Alina, mogłoby mieć sens. Oczywiście teraz już się o tym poważnie pogadać nie da, ale za dzień, dwa… Michalina też miała wrażenie, że dobrze byłoby znaleźć sobie zajęcie inne niż to wszystko, co zajmowało cały jej czas przez ostatnich kilkanaście lat i powodowało, że dzień od dnia coraz mniej się różnił. Oczywiście, próbowała już sama paru możliwości, ale jakoś nie trafiła na tę właściwą. Polityka nie wchodziła w grę, chociaż Michalina dostawała już propozycje od miejskich komitetów dwóch przeciwstawnych partii – jednej lewicowej, drugiej prawicowej. Michalina była namiętną oglądaczką i słuchaczką programów politycznych (lubiła wiedzieć na bieżąco, jak się układa kariera Darka Jureckiego), jednak traktowała je jako skrzyżowanie kryminału z kabaretem i możliwość wejścia w ten świat budziła w niej zdecydowany sprzeciw. Podobnie zareagowała na zaproszenie do stowarzyszenia się z mocno ideową organizacją zielonych, a jakiś czas później – walczących feministek.

Nigdy nie lubiła życia wielkostadnego.

Co innego kameralne stadko czteroosobowe, w którym na dodatek każdy działa na własną rękę. Trzeba będzie spotkać się z dziewczynami w jakiś inny dzień i pogadać w ścisłym gronie. Jasio miał rację – mały, inteligentny klubik, towarzystewko wzajemnej adoracji… adoracyjki.

Nagły gwar niemal zagłuszył saksofonowe produkcje młodego łysego. Michalina, wyrwana ze swojego zamyślenia, stwierdziła, że cały komitet z przyległościami wykonuje dziwny balet, to zrywając się z krzeseł, to siadając na powrót i wydając przy tym mnóstwo radosnych okrzyków. Nie brali w tym udziału jedynie Marcela i Mikołaj Firlej, ona wyraźnie zmieszana, on dumny i gotów do przyjmowania gratulacji.

– Kiedyż ma nastąpić to radosne wydarzenie? – Mireczek zaglądał Marceli ciekawie w oczy, podczas gdy Mareczek pańskim gestem przywoływał kelnera aby zamówić szampana dla wszystkich.

Michalina zaczęła się domyślać przyczyny całego przedstawienia.

– Podobno we wrześniu – ogłosił Firlej, krygując się niemiłosiernie. – Marceleczka moja pójdzie do ślubu w szerokiej sukience, cha, cha!

Łysy saksofonista zaniósł się saksofonowym łkaniem.

~

Jadwiga Grosik, zwana przez swoją matkę Wisią, Winią, Wiśnią albo zgoła Wisienką, nienawidziła swojego idiotycznego imienia i wszystkich tych zdrobnień. Życzyła sobie być Jagą i byłą nią wszędzie poza domem. Dom ją uwierał między innymi z tej przyczyny. Ale nie jedynie.

Czekała właśnie na matkę z zamiarem wygarnięcia jej paru prawd prosto w oczy. Było ich kilka mniej ważnych, jak na przykład całkowicie realna perspektywa pozostania na drugi rok w pierwszej klasie liceum czy konieczność pokrycia dwustuzłotowego długu zaciągniętego u koleżanki celem natychmiastowego nabycia torby imitującej słynną „birkin", za którą szaleje cały stylowy Zachód (tak w każdym razie napisano w jednym z pism kolorowych dla wytwornych kobiet). Była też jedna naprawdę istotna: Jaga dojrzała do poznania prawdy o swoim ojcu i tę prawdę chciała poznać jak najszybciej – skoro już się na to zdecydowała.

Jaga Wiśnia Grosikówna nie znosiła czekania.

Nic więc dziwnego, że kiedy późnym wieczorem Alina przekręciła klucz w zamku Gerda Tytan (jako stuprocentowy bankowiec preferowała solidne zabezpieczenia) – jej córka znajdowała się w stanie wrzenia. Alina rozpoznawała ten stan bezbłędnie, chociaż u Jagi nie dawał on żadnych objawów.

Brak objawów świadczył o tym, że dzisiejszego wieczoru Jaga kipi z wściekłości.

Przez chwilę Alina zastanawiała się, czy uciec jak najszybciej do łazienki, wskoczyć pod prysznic i szumem wody zagłuszyć co się da, czy może raczej przezwyciężyć słabość charakteru i wziąć byka za rogi.

Sumienie matki zwyciężyło.

Nastawiła wodę w elektrycznym czajniku i zabrzęczała filiżankami.

– Robię sobie herbatę, zrobić w dzbanku? Będziesz piła?

Alina zdziwiłaby się, gdyby usłyszała odpowiedź. Córka siedziała na kanapie i kamiennym wzrokiem wpatrywała się w ekran wyłączonego telewizora. Ale matka znała te numery.

– To ci zrobię – zakomunikowała pogodnie. – Cytrynową? Pomarańczową? Bo ja dzisiaj zwykłego liptonka na szelkach. Nie będę kombinować.

Cisza.

– Wisienka, nie nadymaj się. Pomarańczową ci dam, cytryna mogłaby pogłębić to, co cię dręczy.

Zero reakcji.

Alina postawiła na stoliku dwie zachęcająco parujące filiżanki w niebieski wzorek. Jaga zerwała się na równe nogi, omal nie przewracając stolika.

Tu już Alinę trochę tąpnęło, opanowała się jednak.

– Chciałam, żeby to była nasza fajka pokoju – powiedziała łagodnie. – Dlaczego narażasz moje ukochane filiżanki na takie stresy?

Zupełnie niechcący trafiła.

– Ukochane filiżanki! – rozdarła się córeczka. – Wiem, wiem, ukochane filiżanki! China Blau! Tysiąc razy mi mówiłaś! Zabytki klasy światowej! To po co je narażasz? Ja mogę pić w kubku! Czy ja cię zresztą prosiłam o herbatę?

Alina policzyła do dziesięciu.

Będę spokojna, będę spokojna, nie dam się sprowokować, jej tylko o to chodzi...

– Czy to coś złego, że przyniosłam ci herbatę?! – Nie chciała tego, naprawdę, jednak też wrzasnęła. – Czy to coś złego, że lubię te filiżanki? Nie są klasy światowej, ale to ładne starocie! Mogę lubić starocie, nie uważasz?

– Możesz sobie lubić, co chcesz! O wiele prościej jest lubić jakieś porąbane skorupy niż własne dziecko, prawda? Filiżaneczki! Talerzyczki! Półmiseczki w kwiateczki! Bo one wszystkie są ciche i bezwonne! Nie stwarzają problemów! Nie ruszą się z półeczki, żeby ci powiedzieć prawdę w oczy!

W miarę jak córka się rozpędzała, matka odzyskiwała spokój. Popiła herbaty i poczekała, aż Wisiunia się zatchnie.

– Proszę cię uprzejmie – powiedziała nieco chłodniej, niż zamierzała. – Służę oczami. Jestem gotowa na wysłuchanie prawdy. Siądziesz ze mną, czy będziesz tak stała?

– Nie będziesz mi dyktować, czy mam stać, czy siedzieć!

– Uważaj, bo tą metodą tylko się zapętlisz.

Niestety, Jaga zdała sobie sprawę, że właśnie się zapętliła. Atmosfera, którą sama stworzyła tak starannie, nie nadawała się absolutnie do negocjacji finansowych. Trudno było też wykrzyczeć w tych warunkach dramatyczną prawdę o własnych, pożałowania godnych, wynikach z polskiego, historii i, częściowo również, biologii oraz o tym, co wychowawca powiedział na temat jej szans na przejście do drugiej klasy.

Można było jednak wyciągnąć ojca.

– Jeżeli wobec mojego ojca byłaś taką samą zimną…

Omal nie poleciała tekstem z tysięcy scenariuszy filmowych i nie powiedziała „suką", nie odważyła się jednak.

– Taką zimną, nieczułą, obojętną… babą… to ja wcale się nie dziwię, że cię zostawił… że nas zostawił! Ciekawa jestem, czy kiedyś wreszcie zdobędziesz się na to, żeby mnie wtajemniczyć w szczegóły mojego, bądź co bądź, życia rodzinnego! Czy może będę musiała dać kiedyś ogłoszenie w prasie: „pan, który kiedyś zaryzykował małżeństwo z moją matką, uprzejmie proszony o kontakt"!

Alina zamroziła się już na amen. Nie chciała, żeby córka brała ją za zimną sukę (usłyszała to, co miało być powiedziane, chociaż nie było), ale chęć dokopania, tak doskonale wyczuwalna w wystąpieniu Jagi, sprawiła jej dotkliwą przykrość. Miała teraz do wyboru: albo się poddać i rozpłakać, albo właśnie zamrozić.

– Moja droga. Przestań się ciskać, bo w ten sposób nigdy nie zdołamy porozmawiać normalnie. Proszę, przypomnij sobie, że kilka razy chciałam z tobą pogadać o twoim ojcu i że to ty nigdy nie chciałaś mnie słuchać.

– Może nie byłam jeszcze gotowa!

– Rozumiem, że teraz jesteś.

Jaga zastanowiła się szybko. Miała ochotę jeszcze powrzeszczeć, tylko że pewnie wtedy matka zrobiłaby to, co zawsze – wstałaby, sztywna jak kołek i odeszła godnie do swojego pokoju. Jaga nie miała pojęcia, że było to wyrazem kompletniej bezsilności Aliny, która w kontakcie z jakąkolwiek agresją wpadała w regularną panikę. Niewykluczone, że swego czasu wybrała pracę w banku z tego właśnie powodu – w cichych i dobrze chronionych salach bankowych prawdopodobieństwo wystąpienia agresji wydawało się raczej niewielkie. Bardzo krótko zresztą pracowała w głównej hali, szybko znalazła sobie lepsze zajęcie, ostatnio w tak zwanej bankowości prywatnej. Jej klienci byli na ogół spokojni, dobrze wychowani i cisi.

Demonstracyjnie i dramatycznie Jaga rzuciła się na fotel.

– Tak, teraz jestem. Od dawna jestem, tylko ty tego nie widzisz!

– Co chcesz wiedzieć?

– Wszystko! Chyba że nie zasługuję!

Alina wzięła głęboki oddech.

Męża miała przez jakieś dwa lata. Kuba Grosik był wiecznym studentem Politechniki i obiektem westchnień bywalczyń klubu „Pinokio", gdzie spędzał większość wieczorów. Dość prędko Alina zaczęła podejrzewać, że jest tylko jedną z wielu podrywek wesołego Kubusia. Jedyną natomiast, która nie uważała dostatecznie.

Jak to powiedzieć dorastającej córce, aby jej nie zranić? No i nie chodzi o to, żeby wziąć całą winę na siebie – o ile mamy tu do czynienia z jakąkolwiek winą.

– I co? Jednak wolisz jeszcze poczekać? Może do mojej pełnoletności, to w zasadzie niedługo, jakoś wytrzymam!

– Nie, powiem ci wszystko, co chcesz wiedzieć. Zastanawiałam się tylko, od czego zacząć…

– Najlepiej od początku!

Alina zauważyła, że Wisienka trochę jakby sklęsła, acz wciąż nadrabia miną.

– Dobrze. Będzie od początku. Poznałam twojego ojca w klubie studenckim…

– Wiem, w „Pinolu" – mruknęło dziecko. – To już kiedyś z siebie wydusiłaś, pewnie przez pomyłkę. „Pinol" zwany ogiernią, tak?

– W niektórych kręgach. Ja wtedy studiowałam ekonomię, a twój przyszły ojciec obchodził właśnie jubileusz dziesięciolecia studiów na lądówce. Wiesz, urlopy dziekańskie i tak dalej. Kubuś był królem życia, śpiewał w Chórze Politechniki, robił różne kabarety, filmy amatorskie, radio akademickie, Bóg wie co jeszcze i miał mnóstwo przyjaciół... oraz przyjaciółek... a ja byłam taka szara myszka wtedy, nie mam pojęcia jak to się stało, że zwrócił na mnie uwagę. Jeżeli naprawdę koniecznie chcesz wiedzieć, jak to było, to tak to było, że się dałam poderwać...

Zastanowiła się przez chwilę, czy przyznać się, że dała się poderwać tego samego wieczoru, kiedy poznała nadaktywnego Kubusia. To chyba jednak byłaby szczerość zbyt daleko posunięta.

– No i po jakimś czasie okazało się, że jestem w stanie błogosławionym. Strasznie się wtedy zastanawiałam, co zrobić, czy powiedzieć Kubie, bo on już zaliczał kolejne przyjaciółki, ale ostatecznie mu powiedziałam, a on, ku mojemu zdumieniu okazał się dżentelmenem i zaproponował małżeństwo.

– To znaczy, że wyście się wcale nie kochali – powiedziała Jaga tonem, który miał być spiżowy. Nie wyszło jej do końca z tym spiżem i głos jej zadrżał... odrobinę.

– Na etapie ślubu chyba naprawdę nie. Z tym że ja się zakochałam dość szybko, Kuba miał taki etap, kiedy próbował się ustatkować i był wtedy szalenie miły, uważający, usiłował nawet dbać o mnie i o ciebie, jak już się urodziłaś. No i wystarczyło mu tego uczucia rodzinnego na jakieś dwa lata. Skończył wtedy swoje słynne studia, nawiasem mówiąc.

– I co? I wtedy tak po prostu powiedział „do widzenia"? Skoro było dobrze?

– Ja nie wiem, czy było dobrze. On się starał... twój ojciec... albo przynajmniej wywoływał takie wrażenie. W drugą rocznicę naszego ślubu zostawił mi na stole dużą wiązankę róż... nawiasem mówiąc, nie miał pomysłu, żeby ją wstawić do wody i one prawie zwiędły, te róże... a do kompletu liścik, że przeprasza, ale nie umie tak żyć, nie jest do tego stworzony, próbował, ale się nie udało, jeśli zażądam rozwodu, to on mi go da bez problemu. Życzy nam szczęścia.

– Masz gdzieś ten list?

– Nie mam. Trzymałam go jakiś czas, na wypadek, gdyby był potrzebny, na przykład przy rozwodzie, aż w końcu go wyrzuciłam.

Tu Alina umyślnie rozminęła się z prawdą. List w stanie nienaruszonym spoczywał w jej osobistej szufladzie, na samym dnie. Bezsensowny kobiecy sentymentalizm, tak dalece sprzeczny z przytomnością umysłu bankowca, kazał jej zachować jedyny ślad tego, że ktoś ją jednak kiedyś kochał. Krótko bo krótko, ale potem nie było już nikogo takiego.

– Nie pomyślałaś, że może kiedyś powinnaś dać mi go do przeczytania?

Alina pomyślała, owszem. List od Kuby zawierał jednak kilka zdań, których Wisienka nie miała prawa nigdy poznać.

– To był list do mnie – powiedziała krótko. – Interesuje cię dalszy ciąg?

Jaga ponuro i ledwie dostrzegalnie skinęła głową.

– Nie zdążyliśmy się rozwieść, bo nam się nie spieszyło, twój ojciec pewnie miał dobrą wymówkę dla swoich kolejnych pań, że przecież się z nimi nie ożeni, bo ma żonę i dziecko. A potem do rozlicznych swoich zainteresowań dołączył amatorskie rajdy samochodowe. Prawdopodobnie był dobrym kierowcą, ale kiedyś czegoś tam nie wziął pod uwagę i rozbił się na jakimś górskim etapie. W Beskidach. Zostało mi po nim to mieszkanie, przedtem mieszkaliśmy u moich rodziców na Jarowita. Pamiętasz mieszkanie dziadków, prawda? Miałaś sześć lat, kiedy się przeprowadzałyśmy.

– A czemu nie mieszkaliście od razu tutaj?

– Twój ojciec nie powiedział mi, że to mieszkanie ma. Dowiedziałam się, że dostał je w spadku po jakichś krewnych, którzy wyjechali do Szwecji. Chyba trzymał je w tajemnicy na wszelki wypadek. No i przydało mu się, kiedy nas zostawił. Pomieszkiwał tu sobie z kolejnymi kobietami swojego życia.

– Skąd wiesz, że z kobietami?!

– Tak sobie myślę. Twój tatuś nie był ascetą.

– Wiesz, co ja myślę? Że ty go nienawidziłaś od początku i ucieszyłaś się, kiedy odszedł. A potem jeszcze bardziej ucieszyłaś się, kiedy zginął.

Alina była wstrząśnięta.

– Wisienko kochana, skąd takie przypuszczenia, na Boga?

– Nie mów do mnie „Wisienko"! I nie udawaj, że jestem dla ciebie kochana! Gdybyś nas kochała, ojca i mnie, to byś mi dawno powiedziała, że zginął w tym rajdzie! I dawno byś mnie tam zawiozła, gdzie zginął! Ja wcale nie wiem, czy ty mi mówisz prawdę, czy coś zmyślasz!

Wstrząs się pogłębił. Alina gwałtownie szukała sposobu na przekonanie córki, że nie łże, ale nic inteligentnego nie przychodziło jej do głowy. Wisienka najwyraźniej chciała robić awanturę i napędzała się ze wszystkich sił, byle tylko nie stracić szwungu. Rozsądku ani logiki w tym szwungu nie było za grosz, więc żadne rozsądne i logiczne argumenty, które byłaby w stanie wymyślić Alina, nie miały szans.

Poczuła, że znowu się zamraża. I że za chwilę straci głos.

Wisienka niczego nie straciła.

– Ja nie wiem, jak ty mogłaś tyle lat trzymać mnie w niewiedzy! Ja wiele potrafię zrozumieć, moje koleżanki różne też się chowają w rozbitych rodzinach, ale im przynajmniej rodzicc nie kłamią w żywe oczy! Nie wierzę w nic, co powiedziałaś! I skąd ja teraz mam wiedzieć, kim właściwie jestem?

Zanim Alina zdążyła powiedzieć „Jezus Maria", bo tylko tyle udało jej się wymyślić, Jaga zwana czasem Wisienką wypadła z pokoju, wpadła do swojego i rąbnęła drzwiami, nieomal wyrywając je z futryny.

Matka buntowniczki trwała w szoku. Wszystko, co jej zarzuciła rozwścieczona córeczka, było kompletnie bez sensu. Co ją zresztą siekło z tym dochodzeniem w sprawie ojca? Kiedy była zupełnie małą dziewczynką, miała jakieś cztery czy pięć lat, Alina w trosce o nieuchronne rozmowy w przedszkolu i szkole powiedziała jej, że tatuś od nich odszedł. Rzeczywiście, dzieci z rozbitych rodzin było wszędzie pełno i Wisienka nie stanowiła wyjątku. W tamtych latach całkiem dobrze się ze sobą dogadywały. Fakt śmierci Kuby Grosika na beskidzkim świerku tuż pod Przełęczą Salmopolską nie wpłynął jakoś specjalnie na ich życie, mało troskliwy tatuś nie poczuwał się bowiem przed tą śmiercią do jakiejkolwiek pomocy finansowej ani do kontaktów z córką. Po prostu więc nie rozmawiało się o nim w domu. Aż do dzisiaj.

O ile można to coś nazwać rozmową.

Alina westchnęła i sięgnęła po telefon.

– Halo… dzień dobry, panie doktorze, Alina Grosik, dawno mnie u pana nie było… Czy mogę się umówić na wizytę? Coś się takiego dzieje, że nie umiem sobie sama dać rady…

~

Alina nie wiedziała o tym, ale jej świeżo odzyskana koleżanka Agnieszka Borowska umawiała się regularnie na wizyty u tego samego psychiatry. O ile jednak Alina szczerze opowiadała doktorowi Wrońskiemu o coraz to nowych przejawach swojej depresji, o tyle Agnieszka kłamała mu jak z nut.

Agnieszka była trochę kłamczuchą.

Powiedzmy raczej: konfabulatorką. A może konfabulantką? Jeśli w słowniku nie ma takiego słowa, niech to będzie nasz twórczy wkład w język polski. Polsko-łaciński. Agnieszka nie tyle kłamała, ile tworzyła sobie swoje własne światy, bardziej przyjazne niż ten rzeczywisty.

Doktor Grzegorz Wroński trochę się tego domyślał, bo kilka razy złapał ją na różnych niekonsekwencjach. Jako lekarz inteligentny, nie przejmował się jednak drobiazgami. Rozpoznał depresję i leczył ją farmakologicznie, uznając, że odrobina konfabulacji nie zaszkodzi pacjentce, a może nawet pomóc w relacjach ze światem.

Relacje Agnieszki ze światem były pozornie jak najlepsze.

We wczesnym dzieciństwie rzeczywiście przypominała nieco wyglądem Nikitę Siergiejewicza Chruszczowa, ale już od trzeciego roku życia jej uroda zaczęła się rozwijać gwałtownie, aż doszła mniej więcej do standardu obowiązującego Miss Universum. No, wicemiss. Ponadto zawsze była prymuską. Zawsze i wszędzie. Jej laurki na Dzień Matki malowane w przedszkolu wywoływały zachwyt przedszkolanek i rodziców. Recytacja wierszyków w zerówce spowodowała zaproszenie jej do programu telewizyjnego, żeby mógł się nią zachwycić cały Szczecin. Podstawówkę przeleciała jako jej duma i chluba. Gimnazjum jeszcze wtedy nie było, więc z rozpędu została chlubą liceum. Olimpiady zwyciężała, nie przerywając snu. Nie miała ani jednego świadectwa bez czerwonego paska. Na studiach natychmiast dostała nagrodę rektorską, a potem brała ją regularnie co roku. Gdyby chciała, mogłaby się starać o stypendium choćby w Oksfordzie, ale nie chciała.

Chciała uczyć dzieci historii.

Małolaty pokochały ją natychmiast miłością pierwszą. Nigdy przedtem nie widziały nauczycielki z tak wysokim ilorazem inteligencji, nauczycielki, która na dodatek ma tyle pomysłów, wdzięku, humoru, która by ich darzyła taką sympatią.

Współpracownicy, a właściwie współpracownice, bo szkoła była sfeminizowana prawie w stu procentach, przełknęli zawiść i polubili Agnieszkę.

Wszyscy lubili Agnieszkę.

I wszyscy jednakowo dziwili się, że jest sama.

Co bardziej dociekliwe osoby snuły po cichu różne przypuszczenia co do jej orientacji seksualnej, ale obserwacje wykazywały zawsze to samo.

Piękna, mądra i ogólnie lubiana Agnieszka była singielką i już.

Nikt nie ośmielił się jej zapytać o przyczynę, nawet na alkoholowych imprezkach, na których, jak wiadomo, rozmawia się o wszystkim. Domysły szły w tysiące.

Nikt nie wpadł na jedynie słuszną odpowiedź: Agnieszki nikt nie chciał. Było to tak idiotyczne, że sama Agnieszka dziwiła się i zadawała sobie dramatyczne pytanie: dlaczego?

A cholera wie.

Zdarzyło jej się kilka przygód, wszystkie jednak były bardzo chwilowe i żadna nie pociągnęła za sobą uczucia.

Kilka znajomych osób miało taką teorię, że Agnieszka jest z natury zimna. Nic podobnego. Agnieszka miała nielichy temperament i nosiła w sobie całe pokłady miłości do dania komukolwiek, tylko jakoś nikomu ta jej miłość nie była potrzebna.

Kariera zawodowa natomiast kwitła Agnieszce jak prymulka w kwietniu... kiedy ciepłe deszcze padają i ptaszki wiją gniazda.

Co do gniazda, miała je Agnieszka w starej kamienicy przy ulicy Krasińskiego, w dzielnicy Niebuszewo. Odziedziczyła mieszkanie po rodzicach, którzy swego czasu spakowali manatki i wyjechali na zawsze do Stanów. Bardziej od Agnieszki lubili bowiem starszą córkę, Agatę, która miała swoje pięć minut w stanie wojennym, kiedy to, ku swej wielkiej radości, została internowana jako działaczka solidarnościowa. Agatka była prawdziwą córą rewolucji: pobyt w internacie w Gołdapi uznała za przygodę życia, postarała się, aby zwolniono ją jako jedną z ostatnich, wróciła w glorii do Szczecina, podczas niedzielnej mszy w katedrze demonstracyjnie poszła środkiem głównej nawy do ołtarza (prowadzona szmerem ludzi, którzy dobrze ją znali z gazet i telewizji), padła na kolana i tak trwała całą mszę. Agnieszka przy rodzinnym obiedzie nieśmiało skrytykowała ten cyrk, co spowodowało ostateczne odwrócenie się od niej matki i ojca. Niebawem Agacie udało się wyjechać do Stanów – nie mogła patrzeć na Ojczyznę jęczącą w okowach... Tam się doskonale urządziła i w krótkim czasie zawołała do siebie rodziców. Dwa razy do roku, na Boże Narodzenie i Wielkanoc, szły przez ocean w obie strony konwencjonalne karteczki.

Agnieszce, która nie chciała wyjechać, na pocieszenie pozostało M-3 w starym budownictwie.

W miarę jak rosły jej zarobki, co następowało dość wolno – pozbywała się reliktów przeszłości i urządzała je po swojemu. Po jakimś czasie było już absolutnie JEJ – bez nadmiaru mebli, eleganckie jak ona sama, z rozsądną ilością durnostojek i nierozsądną ilością książek panoszących się wszędzie.

Wbrew pozorom Agnieszka nie mieszkała samotnie.

Co jakiś czas wprowadzał się do niej kolejny amant.

Wymyślony.

Doktor Wroński zdziwiłby się zapewne, ale od dłuższego czasu to on mieszkał na trzecim piętrze starej czynszówki.

～

– Droga pani – mówił doktor Wroński, psychiatra i psychoterapeuta, do siedzącej przed nim pacjentki. – Ja pani, oczywiście, dam różne mądre specyfiki, które podniosą pani nastrój i trochę zniwelują te lęki. Ale jakoś się pani musi dogadać z własną córką. Podejrzewam, że sama pani o tym wie i wie pani też, że jedynie niewyczerpana cierpliwość może się tu okazać pomocna. Gdyby Wisienka… naprawdę Wisienka?

– Ja ją tak nazywam od dzieciństwa, a ona nie znosi tego zdrobnienia… to od Jadwigi. Ona chce być Jaga. Okropnie, prawda?

– Wisienka jest o wiele milej, ma pani rację. Niemniej, jeśli ona tego nie chce, to niech jej pani niepotrzebnie nie zmusza do bycia Wisienką. To ją dodatkowo rozjusza, jeśli pani czuje, co mam na myśli…

– Chyba czuję, tylko nie wiem, czy się potrafię przemóc.

– Należy czynić starania. No więc, wracając do naszej sprawy zasadniczej. Gdyby pani córka, Jaga, wyrażała wobec pani jakieś konkretne zarzuty, można byłoby odpowiadać na nie równie konkretnie. Niestety, z tego, co mi pani mówi, ona po prostu chce walczyć. Może pani z nią walczyć, oczywiście, przywołując swój autorytet matki, ale to nic nie da, obawiam się.

– Ja chyba nie jestem dla niej żadnym autorytetem.

– Mam nadzieję, że pani się myli. W każdym razie proszę się trzymać dzielnie i nie dać się wciągnąć w awanturę.

– Ja się boję awantur, panie doktorze.

– Nie może pani bać się własnego dziecka.

– Ale się boję. Coś we mnie się boi.

Alina już wcześniej kilkakrotnie tłumaczyła doktorowi Wrońskiemu, że boi się właściwie wszystkiego, z wyjątkiem klarownych relacji bankowych. Doktor skinął głową.

– Rozumiem. Zobaczymy, jak podziałają te specyfiki. Wpadnie pani do mnie za trzy tygodnie, dobrze?

– A jak przetrzymam trzy tygodnie?

– Siłą woli. Zapewniam, że ją pani posiada. A jakieś przyjaciółki też pani posiada?

– Sama nie wiem. Zawsze byłyśmy raczej same z Wisienką...

– Z Jagą, droga pani, z Jagą.

– Nigdy się do tego nie przekonam!

– Niech pani tak do niej mówi bez przekonania. Przerwałem pani. I co dalej?

– Ostatnio spotkałam się z kilkoma koleżankami...

– Bardzo dobrze. Niech pani się z nimi spotyka jak najczęściej. Niekoniecznie po to, żeby rozmawiać o burzliwie dojrzewających dzieciach. Zajmujcie się sobą, a w ogóle czymś przyjemnym. Życie składa się również z przyjemności.

– Przyznam, że myślimy raczej o zajęciu się czymś pożytecznym...

– Nie mówimy o dużym praniu ani o myciu okien, prawda?

– Nie, nie. Mówimy o czymś pożytecznym dla ludzkości... jakieś wolontariaty może albo coś w tym rodzaju. Co do mnie, chciałabym wiedzieć, że ktoś mnie naprawdę potrzebuje.

– Zabrzmiało to dramatycznie. Zapewniam panią, że córka pani potrzebuje. Ale dobre będzie wszystko, co na chwilę oderwie pani myśli od waszych konfliktów. Co otworzy wam nowe drogi i wskaże nowe horyzonty. Proszę, jak ja potrafię pięknie przemawiać pacjentkom do rozsądku. Do czynu więc. Szukajcie wolontariatów. Opiekujcie się zwierzętami. Chrońcie przyrodę ojczystą. Klub Niewiast Pożytecznych, tak?

– Prawie. Klub Mało Używanych Dziewic.

– O mój Boże! – wyrwało się niechcący doktorowi Wrońskiemu.

~

– Ja właściwie nie wiem, dziewczyny, czy się nadaję do waszego klubu. Sytuacja mi się odmieniła.

Cztery dawne koleżanki szkolne, tym razem bez żadnej obstawy, znowu siedziały w piwniczce o dumnej nazwie Royal Jazz Club i słuchały muzyki. Łysego saksofonisty nie było, żadnych innych żywych muzyków również, za to gdzieś z kątów dobiegał cudny, choć niegłośny śpiew tego starego mafiosa, Franka Sinatry.

Alina, Agnieszka i Michalina popijały przez słomki dżin z tonikiem, którego zwolenniczkami były od niedawna. Marcelina kontentowała się sokiem jabłkowym jako osoba w stanie poważnym, przyszła Matka Polka, odpowiedzialna i szczęśliwa…

– Szczęśliwa jesteś? – zapytała ją prosto z mostu Agnieszka. Nie udało jej się jak dotąd polubić szczurka i miała pewne obawy co do uczuć Marceliny.

– Raczej tak – odparła Matka Polka ostrożnie. – Trochę się boję, bo same wiecie, w tym wieku nie powinno się zaczynać przygody z macierzyństwem…

– A co ty gadasz – obruszyła się Michalina. – Musisz tylko uważać na siebie i swoje małe. Chyba się obstawiłaś lekarzami? Ten twój o ciebie dba?

– Dba, oczywiście. Kakao mi na śniadanie robi i bułeczki z masłem do gęby wpycha. Czasami ledwie zdążę dolecieć do łazienki. Nie mogę mu przetłumaczyć, że rano jest mi niedobrze.

– Żeby mnie ktoś chciał bułeczki do gęby wpychać – westchnęła Alina. – Kiedy byłam przez chwilę mężatką w ciąży, miałam wrażenie, że mój Kuba nawet się stara, ale to było jakieś dziwne staranie. Potrafił odgrzać na śniadanie pół kilograma kiełbasy podwawelskiej albo zrobić jajecznicę z dziesięciu jajek. Wszystko strasznie tłuste. Żeby się dzidzia prawidłowo rozwijała. Po bułeczki mu się nie chciało latać.

– My mamy sklep pod blokiem – wzruszyła ramionami Marcela.

– A mnie się zdarzają bułeczki – uśmiechnęła się nieco marząco Agnieszka. – Tylko, niestety, nie na co dzień…

– Masz kogoś od święta?

– Czasami mam. Mieszka na Śląsku, dlatego nie spotykamy się przesadnie często. Nie mówiłam wam o nim dotąd, bo to taki niezobowiązujący… narzeczony. Wykłada historię na uniwersytecie. Trochę młodszy ode mnie.

– I wysyłasz go po zakupy, jak do ciebie przyjedzie?

– Sam kupuje. Po drodze z dworca.

Alina jak zwykle żądała konkretów.

– On jest jakiś przyszłościowy, ten twój? Jak mu?

– Jędrzej. Nie wiem, czy przyszłościowy. Na razie jest nam dobrze tak na doskok, oboje jesteśmy zajęci zawodowo… Chociaż, prawdę mówiąc, on jest bardziej zajęty niż ja.

Trzy koleżanki spojrzały na nią: Alina z nutką zrozumienia (rozkoszny Kubuś za życia był zawsze okropnie zajęty), Michalina z zaciekawieniem (historyk na doskok?), Marcelina ze współczuciem (ostatnio wszystkim polecałaby ścisły związek męsko-damski, najlepiej żeby od razu uwieńczony dziecięciem poczętym).

Kolejne pytania wisiały w powietrzu.

Agnieszka poczuła, że musi natychmiast skierować rozmowę na inne tory, zanim przyjaciółki zażądają kolejnych szczegółów romansu, który wymyśliła przed chwilą. Jak dopracuje Jędrusia, to będzie o nim opowiadać szerzej. Swoją drogą, można by pomyśleć o zakończeniu przydługiego romansu z doktorem Wrońskim. Nie ma już na niego nowych pomysłów.

– No więc, jak mówię, mam za dużo wolnego czasu na myślenie i jakoś to muszę skanalizować. Za przeproszeniem. Kto wymyślił to obrzydliwe powiedzonko?

– Na pewno politycy – uznała Michalina, która kolekcjonowała polityczne nowotwory językowe z dużą uciechą. – Masz wolny czas? Dyrektorka szkoły?

– Wszystko jest kwestią organizacji. Słuchajcie, dziewczynki, a co będzie z Klubem Mało Używanych Dziewic – Stowarzyszeniem Wyższej Konieczności Względnie Użyteczności? Mamy jakieś pomysły na rzecz ludzkości, czy nie?

Tym razem Alina i Michalina wyraźnie rozkwitły, natomiast Marcelina skrzywiła się lekko.

– Nie wiem, czy ja się kwalifikuję – powiedziała. – Za trzy miesiące wychodzę za mąż. No i spodziewam się dziecka.

– Dziecko nie przeszkadza – oświadczyła autorytatywnie Alina. – A męża jeszcze nie masz. Kwalifikujesz się. Chodzi o to, czy chcesz?

– No, może…

– W takim razie konstytuujemy się i wybieramy prezesa.

– Proponuję siebie! – zawołała Michalina, popijając trzeci dżin z tonikiem. – Wy jesteście wszystkie trochę lewe. Dzieci macie, facetów! Ja mam najlepsze warunki!

Agnieszka omal nie zaprotestowała odruchowo, że przecież ona nie ma dziecka, ani faceta, ale w porę przypomniała sobie o Jędrzeju.

– Bardzo dobrze – zgodziła się Alina, chichocząc pod wpływem swojego drinka. – Od czego zaczynamy?

– Od określenia, co chcemy robić dla ludzkości – orzekła pani prezes. – Rozumiem, że nie będziemy tego robić w kupie, tylko indywidualnie, co? Jakoś nie wyobrażam sobie, żebyśmy razem latały na jakieś prace społeczne. Nawet trudno by nam było zsynchronizować wolny czas, pewnie każda ma go kiedy indziej. Uważam, że wszystkie musimy znaleźć sobie zajęcie, a raz w miesiącu możemy się spotykać, na przykład tutaj, u jazzmanów i zdawać relację z osiągnięć twórczych. Co wy na to?

– Jak na lato. Ja wam się przyznam, dziewczynki, że myślałam już na ten temat. – Alina spoważniała nieco. – Miałam na początku taki odruch, żeby pójść w jakieś zwierzaki, rozumiecie, schronisko, wyprowadzanie bezpańskich psów, takie rzeczy. To mi się wydawało w miarę bezpieczne, bo ostatnio nie mogę się dogadać z własną córką, może z psami byłoby mi łatwiej. Ale potem doszłam do wniosku, że właśnie dlatego spróbuję z dziećmi. Może coś zrozumiem przy okazji... coś, o czym w ogóle nie mam pojęcia?

– Konkretnie poproszę! – Michalina weszła w rolę pani prezes. – Co ty z cudzymi dziećmi chcesz robić i gdzie?

– W szpitalu. Nie wiem co. W szpitalach z reguły brakuje ludzi do opieki nad tymi dziećmi. Pójdę i się zorientuję. Zobaczę. Jak wyjdzie, to wyjdzie, a jak nie, to nie. Więcej wam dzisiaj nie powiem, bo sama nie wiem. Kropka.

– Dobrze. Agnieszka. Teraz ty.

Agnieszka zabulgotała słomką w szklaneczce.

– Mnie, kochane, na żadne dzieci nikt nie namówi. Ja mam dużo cudzych dzieci na co dzień. Ja wprost przeciwnie.

– Dom starców?

– Brawo, pani prezesowo. Tylko nie cały dom, a jedna staruszka. Mam nawet konkretną. U mnie w kamienicy, tylko dwie bramy dalej mieszka taka jedna babcia, niestety, od niedawna całkiem samotna, bo jej mąż zszedł był na serce. Lub na wylew. Nie pamiętam, co to było. Babusia ma lumbago i nie bardzo może chodzić po schodach. Zdaje się, że wózek puka do bram. Wyobrażacie sobie babcię na wózku, zjeżdżającą po wysokich schodach z trzeciego piętra starej kamienicy na Niebuszewie? Prędzej zemrze na tym trzecim piętrze.

– A ty skąd o niej wiesz?

– Pani sklepowa mi mówiła. Mam taką sklepową, co funkcjonuje jako Agencja Reutera. Pani sklepowa ma u mnie w szkole synala drągala. Nawet fajny ten jej synal, iloraz inteligencji ma jak Einstein, a iloraz szajby mniej więcej proporcjonalny. Lubię go, chociaż stale mnie zmusza do pracy koncepcyjnej. W tym roku robi maturę i jak ją zda, a zda śpiewająco, będzie mi się nudziło bez niego. Jego mamusia bardzo mnie szanuje i powtarza mi wszystkie ploty z całej ulicy.

– I co, tak po prostu pójdziesz do babci i powiesz, że chcesz ją wziąć pod opiekę?

– Się zobaczy. Zobaczę ją i będę twórczo improwizować. Może być?

– Jasne. Marcela, ty się jakoś włączysz, czy już będziesz tylko honoris causa?

– Sama nie wiem. Zastanawiałam się kiedyś nad domem pomocy społecznej dla przewlekle chorych... kiedyś byłam w takim jednym i wiem, że tam też można pomóc.

Alina, Michalina i Agnieszka popatrzyły po sobie i pokręciły zgodnie głowami.

– To już lepiej bądź honoris causa – powiedziała stanowczo Agnieszka. – Na mój rozum, oglądanie nieszczęścia w dużym stężeniu nie będzie korzystne dla twojego dziecka. Daruj mu te stresy. Bo nie wierzę, żebyś się nie przejmowała tym, co można zobaczyć w domu dla ciężko chorych ludzi, których rodziny tam zostawiły... Cicho, ja wiem, że przeważnie z musu, ale to nie zmienia postaci rzeczy! Nie, nie. Nawet o tym nie myśl. Myśl o sobie, wyłącznie. W kontekście dzidziusia, oczywiście, ale o sobie. Czy wyrażam się jasno?

– Bardzo dobrze się wyrażasz – pochwaliła ją pani prezes. – Jak młode się urodzi, dostaniesz zdrowo na zapęd. Ja o tym wiem z teorii, moja matka mi to stale powtarza. To teraz ja wam powiem, co wymyśliłam dla siebie. Tylko się nie śmiejcie. Hospicjum.

Zapadła cisza z niezawodnym Sinatrą w tle.

– Ty oszalałaś – powiedziała ze zgrozą w głosie Alina. – Dlaczego hospicjum?

– I dlaczego mamy się śmiać? – z niemniejszą grozą spytała Agnieszka.

– Nie wytrzymasz – wyszeptała Marcelina.

– Nie wiem, czy nie wytrzymam. Jeśli nie spróbuję, to się nigdy nie dowiem.

Agnieszka z wrażenia wypiła duszkiem pół szklaneczki dżinu z tonikiem.

– Praca na cmentarzu ci zaszkodziła! Chcesz trzymać umierających ludzi za rączkę?

– No… mam nadzieję, że tam nie tylko do tego można się przydać.

Alina miała oczy jak talerzyki deserowe.

– A ty chcesz iść do tego hospicjum gdzie ludzie leżą, czy do tego… chodzonego?

– Zobaczę. Mam takiego znajomego księdza, który z nimi współpracuje, pogadam z nim. Jezu, nie róbcie takich min! Przecież zawsze będę się mogła wycofać!

– To ja się muszę jeszcze napić – oznajmiła Agnieszka. – Halo, halo! Prosimy jeszcze raz to samo!

~

– Uważasz, Grzegorzu, że to dobry pomysł z tym odgrywaniem dzielnych wolontariuszek?

Grzegorz Wroński nie odpowiedział z tej prostej przyczyny, że go w mieszkaniu Agnieszki Borowskiej nie było. Nawiasem mówiąc, nie było go tam nigdy przedtem. Nie sypiał również regularnie z Agnieszką, która była dla niego wyłącznie pacjentką, a romansowanie z pacjentkami doktor Wroński stanowczo odrzucał.

Agnieszka, która właśnie wróciła ze szkoły, powiesiła okrycie na wieszaku, zrzuciła buty i boso weszła do pokoju. Siedzący na półce futrzany świstak z dwiema bateriami w brzuszku zagwizdał przeraźliwie, kiedy przechodziła obok.

– Cześć, mały. Nie drzyj się. Już jestem. Jestem i nigdzie więcej dzisiaj nie wychodzę.

Podrapała w przelocie świstaka między uszkami. Zasłoniła mu przy tym fotokomórkę, więc świsnął znowu.

– Prosiłam. Przepraszam cię, futrzaczku, ale chwilowo odwrócę cię do ściany. Pośpij sobie albo co. Nie wytrzymam twoich wrzasków. A gdzie jest Rambuś?

Nadnaturalnej wielkości kocisko złaziło właśnie niespiesznie z parapetu okiennego, zgrabnie lawirując między doniczką z kwitnącym storczykiem a pojemnikiem pełnym bazylii, rozmarynu, tymianku i lebiodki, znanej u nas powszechnie jako oregano. Jak na pospolitego dachowca, kot był rzeczywiście ogromny, łeb miał jak mała główka kapusty i potężne łapska. W jego chytrze zmrużonych oczkach czaił się uśmiech, znany doskonale wszystkim czytelnikom „Alicji w krainie czarów".

Rambo, cały w lansadach, podszedł do swojej pani i psią metodą wspiął się przednimi łapami po jej spódnicy. Gdzieś z głębi pręgowanego szarego futerka wydobywał się niski pomruk.

– Na rączki – domagał się pomruk wyraźnie. – Na rączki!

Agnieszka z niejakim trudem podniosła ośmiokilogramowego kota, a ten natychmiast zaczął się do niej przytulać, mrucząc zgoła euforycznie.

– Cześć, malutki! Stęskniłeś się za pańcią, mordko wąsata. Już jestem, jestem, nie piskaj. No, starczy tych pieszczochów, starczy. Złaź, mówię, schowaj te pazurki! Idź lepiej coś zjeść, przecież widzę, że nic nie ruszyłeś. A ja sobie zrobię kawy.

Rambo, wciąż demonstrując radość i szczęście, dał sobie przetłumaczyć i na miękkich łapach odszedł od pańci w kierunku miski pełnej kociego żarcia. Agnieszka uruchomiła ekspres do kawy, trochę sfatygowany po upadku na podłogę (bawiła się z Rambusiem w chowanego).

– Czy ja się twoim zdaniem już uzależniłam od kawy, czy jeszcze nie? Jak myślisz. Grzesiu?

Grześ nie odpowiedział, a Agnieszka na chwilę zastygła z puszką kawy w ręce.

– Grzesiu? Czy może raczej: Jędrusiu?

Odstawiła puszkę na miejsce.

– Jędrusia trzeba dopracować. Może nawet będzie lepszy niż Grzegorz, bo w końcu zapomnę się i chlapnę panu doktorowi po imieniu na wizycie albo co… Rambuś, nie wiesz czasem, jak pan Jędrzej wygląda?

Ekspres zaprzestał właśnie swojego prychania i popluwania ciemnobrązowym płynem wszędzie dookoła. Agnieszka wzięła filiżankę i siadła z nią przy stole. Za oknem lały się z nieba ogólnie zniechęcające strugi deszczu.

To naprowadziło Agnieszkę na pewne skojarzenie.

Chłopiec z deszczu.

Gdzie był chłopiec z deszczu?

W jakiejś sztuce teatralnej.

Nie. Żaden chłopiec. Agnieszka, będąc prawdziwą kobietą, z krwi i kości, nie przepadała za przerośniętymi chłopcami. Taki doktor Wroński na przykład w najmniejszym stopniu nie przypomina chłopczyka. Jest interesującym, zapewne odpowiedzialnym mężczyzną, niewątpliwie starszym od niej o kilka lat oraz dość byle jakiej urody, ale to bez znaczenia. Coś on ma w sobie takiego, że chciałoby się poprosić go o opiekę... nie tylko medyczną.

Bycie kobietą niezależną ma mnóstwo zalet, prawie same zalety, czasem jednak zdarzają się chwile zmęczenia (zwłaszcza dyrektorkom ambitnych szkół)... jak na przykład w tej chwili... nic nie pomoże ta kawa, tyle że dołoży wątrobie i spowoduje hercklekot... I nie ma, niestety, w domu nikogo, kto by powiedział: „na litość boską, nie pij tyle tego świństwa, połóż się, prześpij, odpocznij, nie musisz być wieczną prymuską, kochanie"...

Być może Rambo powiedziałby coś takiego – gdyby nie był tylko tłustym kotem.

Tłusty kot wskoczył na parapet i ułożył się na leżącej tam poduszce. Jego wąsate oblicze miało wyraz zadowolenia.

Mógłby mieć wąsy ten Jędrzej, czemu nie. Siwiejące. No to już niech cały będzie w kolorystyce szarawej. Szare oczy. Ziemista cera.

Nie, tylko nie ziemista cera. Opalony sportowiec. Nie wiadomo, czy wśród wykładowców historii występują opaleni sportowcy, ale Jędrek może być chlubnym wyjątkiem. Szare garnitury. Elegancja wykładowa nawet w domowych pieleszach. Przystojniak.

Doktor? Docent? A właściwie dlaczego nie profesor?

Nie, jednak lepiej doktor. Niech ma do czego dążyć, a ona, Agnieszka, będzie mu kibicować przy habilitacji.

Kawa jednak zrobiła swoje. Agnieszka odzyskała trochę werwy i postanowiła ją od razu spożytkować.

– Drogi Jędrusiu – powiedziała w stronę kota bałwaniącego się na parapecie. – Strasznie cię przepraszam, ale muszę jeszcze wyjść. Nie powinnam długo marudzić. Idę do tej babci, o której ci mówiłam. Będziesz pracował czy raczej się prześpisz?

Rambo spojrzał na nią przymrużonymi oczami.

– Widzę, że zasypiasz. Bardzo dobry pomysł. Ty sobie śpij, a ja znikam. Przykryj się kocem, bo zmarzniesz. Pa, kochany.

Rambo, który doskonale widział, na co się zanosi, westchnął zrezygnowany i zamknął oczy. Tylko jego poruszający się ogon wyrażał dezaprobatę.

Agnieszka zeszła ze swojego trzeciego piętra, chowając się pod wielkim parasolem przebiegła kilkadziesiąt metrów i stanęła w obliczu konieczności zdobywania kolejnego trzeciego piętra. Na moment dopadła ją wątpliwość co do własnego postanowienia bycia pożyteczną (za taką cenę?), sprężyła się jednak i wspięła po stromych schodach.

Na drzwiach mieszkania numer 12 widniała niegdyś błyszcząca mosiężna tabliczka z napisem: Róża i Tadeusz Chrzanowscy. Tadeusz Chrzanowski był, zapewne, nieboszczykiem mężem sędziwej pani Róży. Drzwi były drewniane, kiedyś ładne, teraz dość obdrapane. Dzwonek w głębi mieszkania zadźwięczał jakoś niesympatycznie.

Może jednak zwiać?

Prymuski nie uciekają od podjętych zobowiązań.

Agnieszka zadzwoniła jeszcze raz i zaczęła nasłuchiwać odgłosów dobiegających zza drzwi.

Mówiąc ściśle – nic nie dobiegało.

Agnieszka odczekała chwilę i oparła się dłonią o taster.

Jej myśli odbiegły na chwilę od starej niebuszewskiej kamienicy i poszybowały w kierunku świeżo wymyślonego i jeszcze niedopracowanego Jędrzeja. Przede wszystkim, potrzebne mu nazwisko. Co by tu dopasować do takiego pięknego, staropolskiego imienia? Kochanowski. Mościcki. Paderewski. Rej, kurczę, z Nagłowic.

Agnieszka rozejrzała się, szukając natchnienia. Schody. Korytarz. Sufit. Jak się nazywają sąsiedzi? Kolbaczyńscy. Bezimienni. Kolbaczyński nie. A lokatorzy obok? Janina i Paweł Rusakowie. Szkoda, że tak strzeliła tym Jędrzejem, Paweł byłby lepszy.

Jędrzej Pawlak. Jędrzej Pawłowski. Jędrzej Pawełko.

Dobre! Jędrzej Pawełko. Dźwięczne i kontrastowe. Doktor Jędrzej Pawełko. Adiunkt na Wydziale Historii. Specjalność – mediewista. Wielbiciel trubadurów i truwerów. Bien!

– No i czego się dobija, przecież widzi, że mnie nie ma w domu!

Agnieszka aż podskoczyła.

Na ostatnim stopniu koszmarnych schodów stała mocno wybujała starsza osoba, płci prawdopodobnie żeńskiej, choć barytonowe brzmienie głosu wcale na to nie wskazywało. Podobnie odzienie: kozaki, spodnie od jakiegoś za wielkiego garnituru i kożuch jakby żywcem z lat siedemdziesiątych – posiadanie wówczas takiego mówiło o przynależności do lepszej sfery. Tylko nakrycie głowy świadczyło o pewnym procencie kobiecości: okropny kapelusz typu Windsor w kolorze bladoniebieskim, z granatową wstążeczką dookoła główki. Trzeba być królową, żeby bezkarnie nosić takie szkaradzieństwo.

Osoba stała na tym ostatnim, koszmarnym stopniu i dyszała ciężko.

– Z opieki wreszcie kogoś przysłali?

– Z opieki? Nie... to znaczy niezupełnie...

Osoba z trudem pokonała ostatni stopień i stanęła, oparta o rzeźbioną poręcz.

– Od razu wiedziałam. Nikt mi nie wierzy, że choruję! Za dobrze wyglądam. Wszystko przez to, że jestem taka wysoka. Gdybym była malutka i cherlawa, to wszyscy by mnie żałowali. A ja jestem duża i cherlawa, to nawet w przychodni mnie nie traktują poważnie. Czy ja jestem winna, że mam metr osiemdziesiąt dwa? A pani w jakiej sprawie do mnie dzwoniła? Bo widziałam, że do mnie!

W Agnieszce zalęgły się wątpliwości Czy taka dynamiczna osoba naprawdę potrzebuje opieki?

Trudno. Przyszła tu celem dokonania dobrego uczynku dla ludzkości i nie powinna się zniechęcać na pierwszej przeszkodzie. Nawet jeśli przeszkodą jest, jak by to powiedzieć, przedmiot tego dobrego uczynku. Przedmiot, czy podmiot, na Boga?

Przeszkoda wciąż wlepiała w nią przenikliwe oczka, tak wypłowiałe, że prawie bez koloru. Sapała przy tym niemiłosiernie, z a jej zapadniętej piersi wydobywały się świsty o wysokiej częstotliwości.

Te świsty dodały Agnieszce motywacji.

– Nazywam się Agnieszka Borowska, mieszkam dwie bramy dalej. Kupujemy w tym samym sklepie, u pani Kaliskiej...

– Gdybym miała tyle siły, żeby dojść do Lidla albo Biedronki, to bym u niej nie kupowała – sarknęła pani Róża. – Drogo u niej, a ja muszę żyć z renty. – Obrzuciła elegancką Agnieszkę potępiającym spojrzeniem. – Pani i tak nie wie, o czym mówię. Pani nie wygląda na taką, co by musiała kupować w Biedronce. No i co z tą Kaliską?

– Rozmawiałyśmy z panią Kaliską na różne tematy i zgadało się, że pani potrzebuje pomocy – powiedziała mężnie Agnieszka. – Przyszłam, żeby pani tę pomoc zaproponować.

Wybujała pani Chrzanowska pokonała ostatni stopień i zaświszczała straszliwie. Jej pomarszczone, chude oblicze pokryło się plackowatym rumieńcem. Agnieszka prawidłowo zdiagnozowała go jako rumieniec wściekłości.

– Pomoc? Jaką pomoc? Mnie pomoc? A kto panią prosił? Kto prosił tę wścibską sklepikarę?

– Ale... sama pani mówiła, że czeka pani na opiekę... zrozumiałam, że na pomoc z opieki społecznej...

– Społecznej! Nikt pani nie prosił, żeby tu przychodziła i pakowała nos w nieswoje sprawy! Nikt pani do tego nie upoważnił! Niech się pani jak najszybciej wynosi stąd i żeby moje oko już nigdy pani tutaj nie widziało! Coś podobnego! Czy ja jestem taka kompletnie niedołężna starucha, żeby na mnie nasyłać jakieś charytatywne paniusie?! Niech ja spotkam tę Kaliską, dam jej do wiwatu! Będzie ona musiała odpowiedzieć na kilka pytań! No już, czego pani tu jeszcze sterczy? Do widzenia! Żegnam! Już jej tu nie ma!

Tu panią Różę Chrzanowską zatchnęło ostatecznie, poprzestała więc na wykonywaniu dramatycznych gestów i wydawaniu wściekłych świstów z samej głębi trzewi. Mniej więcej od połowy obelżywej tyrady, stosunek Agnieszki do awanturniczej damy zaczął się zmieniać, a pod koniec monologu był już zgoła życzliwy. Starucha imponowała. Miała temperament, honor mołojecki i nawet pewien rodzaj wdzięku. Dobrze by jednak było, żeby nie dostała jakiegoś ataku, podobno jej serce szwankuje…

– Ależ znikam – powiedziała Agnieszka najuprzejmiej jak potrafiła. – Skoro pani sobie nie życzy… Tylko… może pani pozwoli, zostawię wizytówkę, gdyby pani zmieniła zdanie, chętnie przyjdę, porozmawiamy…

– Nie mamy o czym rozmawiać – wychrypiała pani Róża i trzęsącymi się nieco rękami otworzyła trzy zamki broniące dostępu do mieszkania. – Niedoczekanie – dodała, znikając za drzwiami i trzaskając nimi potężnie. Prawdopodobnie zużyła na to resztę sił i w zaciszu mieszkania, nie obserwowana przez intruza, padła jak ścięta lilia.

Agnieszka, nie wiadomo czemu do końca rozbrojona, wyjęła z torebki wizytówkę i zatknęła ją za mosiężną tabliczkę na drzwiach. Może babcia się zreformuje i zadzwoni.

Babcia?

Babcia to ktoś ciepły, miły, słodki. Samo słowo „babcia" przytula człowieka do serca. Pani Róża Chrzanowska budziła w Agnieszce-historyczce skojarzenia z carycą Katarzyną Drugą. Względnie z wiedźmą, w chwilach wolnych dosiadającą szczególnie potężnej miotły.

Podśmiewając się pod nosem, Agnieszka wykonała w tył zwrot. Miała dosyć zajęcia na wieczór, żeby się nie przejmować porażką w pojedynku z carycą Katarzyną. Powinna jeszcze dopieścić kota Rambusia, dopracować sylwetkę doktora Jędrzeja Pawełki i doprecyzować stanowisko dyrekcji liceum wobec kolejnych dziwnych sugestii kuratorium, dostarczonych dziś rano faksem dyrektorom liceów, a dotyczących zbliżających się matur.

Dopieścić, dopracować, doprecyzować, dostarczonych i dotyczących!

Życie jest do... skonałe.

Doprawdy.

~

Alina wiedziała wprawdzie mniej więcej, czego chce, nie miała jednak pojęcia, od czego zacząć. Pójść tak po prostu do szpitala, na jakiś oddział dziecięcy, zgłosić się do ordynatora... i co mu powiedzieć?

Od ostatniego spotkania Klubu w piwnicy jazzmanów minął tydzień, a ona wciąż była na mało twórczym etapie zastanawiania się. Rozwiązanie problemu przyszło samo – jedna z bankowych koleżanek, niejaka Małgosia Piernik, urodziła trojaczki (w ciąży była okropnie gruba, ale spodziewała się góra bliźniąt!) i odeszła na bliżej nieokreślony czas, potrzebny do odchowania licznego potomstwa. Kilku jej klientów przejęła Alina. I oto jeden z nich okazał się lekarzem, ordynatorem oddziału onkologii dziecięcej w klinice.

Nie wyglądał na to wcale. Wyglądał na gwiazdora, importowanego do naszego kraju prościuteńko z Hollywood. Miał blond czuprynę, najbielsze i najrówniejsze zęby na świecie, i góra trzydzieści pięć lat. Na widok. Jego pesel mówił co innego, facet zbliżał się do pięćdziesiątki. Alina miała szaloną ochotę zadać mu bezczelne pytanie, co go tak rewelacyjnie konserwuje, powstrzymała się jednak jako urzędniczka doskonała. Klient to klient. Ważne, żeby miał konto – najlepiej tłuste i stabilne.

Doktor Orzechowski miał takowe. Zjawił się w banku, żeby się zorientować w swoich możliwościach kredytowych. Wyjaśnił Alinie, że poważnie myśli o założeniu małej prywatnej kliniki… razem z kilkoma kolegami.

Alina obejrzała sobie uważnie to jego konto i poinformowała go, że po pierwsze, prawie dałby radę bez kredytu, po drugie, dostanie kredyt dowolnie potężny, więc jeśli ci jego koledzy mają podobne, to mogą już szukać architektów i budowlańców do zbudowania tej kliniczki oraz dekoratorów wnętrz do jej przyozdobienia wazami z epoki Ming.

Przy okazji przez moment zastanowiła się, jak to jest, że lekarze masowo uciekają z kraju za chlebem, a wygląda na to, że i u nas można zarobić…

Imponujący pan doktor już zaczynał błyskać pożegnalnie swoim reklamowym uzębieniem, kiedy Alina zdecydowała się poprosić go o radę.

– Chwileczkę, panie doktorze, czy mogę pana jeszcze zatrzymać na moment? Ale to już prywatnie…

Doktor Orzechowski nie widział przeciwwskazań, ale uśmiech mu nieco zwiądł. Chyba nie pomyślał, że ona się chce z nim umówić, na litość boską??? A może raczej, że ma chore dziecko?…

– Nie, nie – pospieszyła wyjaśnić wątpliwości. – Nie mam nikogo w żadnym szpitalu i nie chodzi mi o żadną protekcję. Przeciwnie. Chciałabym pomóc.

– Finansowo? – spytał natychmiast i ponownie rozbłysnął.

– Niezupełnie. Ja wiem, że w banku wszystko się kojarzy z pieniędzmi. Myślałam o pewnym rodzaju wolontariatu, pomocy przy opiece nad chorymi dziećmi. Tyle się czyta o braku personelu w szpitalach, może taka dochodząca osoba jak ja mogłaby się do czegoś przydać…

Zamilkła, w obawie, że wysłowiła się niejasno i piękny doktor ma ją za chachmęciarę. Nie doceniła jednak bystrości faceta, którego IQ dalece przewyższało normy obowiązujące wśród normalnych ludzi.

– Rozumiem – powiedział po prostu. – Taka popołudniowa ciocia, co to będzie chodziła po szpitalu i przytulała dzieci, które akurat mają dół. O to chodzi?

– Dokładnie o to – ucieszyła się Alina.

– No to zapraszam na mój własny oddział. Jeżeli pani się nie boi, bo nie każdy ma dość silne nerwy, żeby pracować z moimi łysolkami.

– Matko Boska – wyrwało się Alinie. – Dlaczego pan tak o nich mówi?

– Bo łyse, proszę pani. Nie wszystkie, czasem większość na oddziale, czasem połowa. Dla nich to nie jest obelga. Ani dyskredytacja. One wiedzą, że po chemii włosy wypadają. Potem odrastają. A czasem się umiera. Wszystko wiedzą. Niektóre nie potrafią sobie z taką wiedzą poradzić i tym może się pani przydać. Przytulić, pogadać. Opowiedzieć bajkę. Poczytać. Pomilczeć. Potrzymać za rękę. Czasem za rączkę. O taką, malutką. No, no, jeśli pani będzie płakać, to niewiele pani zdziała.

– Wiem, wiem – zapewniła szybko i zamrugała oczami. – Ja nie płaczę, oczy mi się pocą chwilowo, ale mam nadzieję, że będę umiała się zmobilizować.

– Czemu pani chce to robić?

– Sama nie wiem – wyznała. – Coś mnie do nich ciągnie. Moja własna córka już jest dorastającą panną i zaczyna mieć własne życie. Męża nie mam, więc dom mnie specjalnie nie absorbuje...

– Rozumiem. – Skinął głową jakby naprawdę rozumiał. – Kiedy pani chce zacząć?

– Choćby jutro.

– Popołudniami, jak sądzę?

– Popołudniami i w weekendy.

– To niech pani przyjdzie jutro na mój oddział. Mam dyżur, pomogę pani poznać wszystkich. Pielęgniarki mamy świetne, ale rzeczywiście czasami musiałyby się rozdwajać, roztrajać i rozpięciarzać. Klonować. Wie pani, gdzie to jest?

– Wiem. Przyjdę koło siedemnastej. Może być?

– Jasne. Cieszę się. Mam nadzieję, że nam się uda. Do widzenia.

Jezu, skąd on ma taki uśmiech? Uścisnęli sobie dłonie i lekarz wyszedł krokiem sportowca, a Alina opadła na swój fotel prawie bez siły.

– Podsłuchiwałam! – zawiadomiła ją koleżanka od sąsiedniego biurka. – Ty naprawdę?

– Sama w to nie mogę uwierzyć…

～

Michalina również bała się własnej decyzji. Przez ostatnie kilka dni, zamiast pracować przykładnie, planując zazielenienie i ukwiecenie reprezentacyjnych miejsc Cmentarza Centralnego, urywała się pod różnymi pretekstami i wałęsała po błotnistych cmentarnych alejkach.

Przy okazji zresztą stwierdziła, że w jednej z nich sosna wejmutka została poważnie uszkodzona przez niedawną wichurę (na morzu skończyła się wtedy skala Beauforta, w mieście wyrywało drzwi i okna z ościeżami), a znów gdzie indziej cisy tak się rozrosły, że prawie zablokowały ścieżkę i trzeba będzie przykrócić im te wielkomocarstwowe zapędy.

Pomysł z hospicjum zrodził się w głowie Michaliny dosyć dawno. Czytała gdzieś artykuł, widziała reportaż w telewizji… Zrobiły swoje złośliwości matki, która z upodobaniem twierdziła, że ma córkę darmozjadkę, udającą, że pracuje, a w rzeczywistości obijającą się wśród kwiatów. Matka doskonale wiedziała, że gada bzdury, Michalina wiedziała, że matka gada bzdury, te bzdury były jednak dobrze wymierzone. Bolały nie tyle one same, ile świadomość, że mamunia tak bardzo chciała dokopać.

Jako przeciwwaga potrzebne było coś potężnego.

Nic potężniejszego od hospicjum nie udało się Michalinie wymyślić.

Pętając się po cmentarzu, coraz to zaglądała do kaplicy, gdzie odbywały się pogrzeby. Pchała ją tam nadzieja na spotkanie pewnego księdza – nie, nic z tych rzeczy, żadne zakazane fascynacje. Księdza poznała przypadkowo poprzedniej wiosny, wracał z jakiegoś pogrzebu na przełaj przez cmentarz, a deszcz lał jak opętany; schowali się oboje pod szczególnie dorodnym platanem i zaczęli ze sobą rozmawiać. Okazało się, że ksiądz pracuje w hospicjum. Opowiedział trochę o tej swojej pracy i o ludziach, których tam spotkał. Michalinie spodobała się jego rzeczowość i brak fałszywego sentymentalizmu.

– Pomoc duchowa to jedno – mówił, otrząsając z siebie nadmiar wody. – Ale niewiele ona da, jeśli się człowiekowi nie zapewni minimum komfortu.

– Ma ksiądz na myśli mieszkanie i jedzenie?

– Jeśli chodzi o bezdomnych, to na pewno. Ale przede wszystkim mam na myśli, żeby nie bolało. Dopiero potem te różne życiowe potrzeby. I jeszcze, żeby ten umierający człowiek widział, że nie przeszkadza swojemu otoczeniu. W domu często jest tak, że umierający straszy samą obecnością. Wtedy lepiej, żeby przeniósł się do nas. Dla nas nie jest nikim przerażającym.

– W rodzinie chyba też nie powinien nikogo przerażać – żachnęła się Michalina.

– Różnie z tym bywa. Niech pani się tak nie obrusza. Takie jest życie i już. Możemy sobie grzmieć z ambony, możemy pouczać, ale jeśli rodzina nie daje rady, to nie ma co grzmieć, tylko trzeba pomóc.

– Wszystkim pomagacie, jak leci, czy tylko tym, co chodzą do kościoła?

Ksiądz spojrzał na nią z ukosa i uśmiechnął się.

– Wszystkim, wszystkim. Pani nie chodzi, co?

– Niespecjalnie. Będzie mnie ksiądz nawracał?

– A chce pani?

– Nie chcę.

– To nie będę. Poza tym uważam, że nie wszyscy muszą chodzić do kościoła.

– Dziwny z pana ksiądz. To znaczy z księdza.

– Proszę pani, ja uważam, że jak ktoś jest przyzwoitym człowiekiem, to Panu Bogu jest przyjemniej na niego patrzeć niż na takiego, co lata do kościoła co niedzielę, a diabła ma za skórą... jest takie przysłowie.

– Znam. No ale ci, co nie chodzą do kościoła, nie dają na tacę...

– Chce mnie pani sprowokować? Jakoś sobie poradzimy bez tych pieniędzy. Ale gdyby pani miała nadwyżki i nie wiedziała, co z nimi zrobić, to w hospicjum na pewno się przydadzą. Oczywiście obowiązku nie ma.

– Dostajecie jakieś państwowe dotacje?

– Teoretycznie normalnie zarabiamy, bo przecież świadczymy regularne usługi medyczne, słyszała pani o medycynie paliatywnej... praktycznie państwo stale nam zalega z jakąś ciężką forsą.

– To jak sobie dajecie radę?

– Siłą woli. Nie jest tak źle. Co nie znaczy, że pieniądze nie są nam potrzebne. Chyba przestało padać. Pani przyszła tu na czyjś grób?

– Nie, ja tu pracuję. W zieleni. To do widzenia księdzu. Dzięki za rozmowę.

– Miło się rozmawiało. Powodzenia, szczęść Boże.

Spojrzał w niebo, wyszedł spod platana, uśmiechnął się do niej i poszedł. Wyglądał trochę jak wielki gawron, z rozwiewającą się sutanną i połami czarnego płaszcza.

Od tej pory widziała go jeszcze kilka razy w okolicach kaplicy, widocznie odprawiał msze żałobne za dusze hospicyjnych zmarłych. Kłaniali się sobie z daleka i przyjaźnie machali do siebie rękami. Istniało spore prawdopodobieństwo, że da się go jakoś wyczaić. Michalina mogła po prostu udać się do hospicjum i zaofiarować swoją pomoc, nie miała tylko pewności, że znajdzie tam właściwą osobę. To znaczy tego właściwego księdza.

Przyszło jej do głowy, że kiepsko się stara. Nie zintensyfikowała jednak wysiłków. W ogóle, jakby nieco oklapła. Przesilenie wiosenne czy co?

Księdza spotkała, oczywiście, kiedy już straciła nadzieję, że go spotka i oczywiście nie tam, gdzie go szukała. Weszła do empiku w centrum handlowym popatrzeć na nowości, a on tam stał obok półki z kryminałami i coś czytał.

– Witam księdza! – zawołała ucieszona.

Odwrócił się od książek i też się jakby ucieszył.

– Aaa, to pani! Wreszcie się spotykamy w nieco weselszym miejscu! Bo zawsze tylko cmentarz i cmentarz…

– No bo ja tam pracuję i ksiądz tam pracuje… Szukałam księdza od jakiegoś czasu. Mam sprawę. Możemy pogadać?

– Pewnie, że możemy. Tutaj, w empiku, czy to coś na dłuższą rozmowę?

– Na trochę dłuższą. Księdzu wolno pić kawę na widoku publicznym?

– Tak mi się wydaje. Gdzie jest ten widok publiczny z kawą?

– Wszędzie tu tego pełno. Idziemy?

Usiedli przy stoliku w samym środku olbrzymiej hali. Ksiądz nie miał tym razem sutanny ani szerokiego płaszcza, a jednak wciąż przypominał Michalinie gawrona. Być może z powodu sporego, haczykowatego i cienkiego nosa. Oraz nastroszonych brwi. Przyjrzała mu się dokładniej. Był młodszy niż sądziła. Początkowo miała go zgoła za starucha, a on chyba ledwie przekroczył czterdziestkę. Miał wesołe szare oczy, otoczone mnóstwem kurzych łapek.

Wesoły księżulo od umierających???

Pewnie dzięki tej pogodzie ducha wytrzymuje swoją robotę.

– No i jak wypadła lustracja?

– Ksiądz się lubi śmiać, prawda?

– Lubię, tylko rzadko mam okazję. Jak już mam, to wykorzystuję. Pani też lubi. Nie to, żebym wymawiał zmarszczki, bo ich pani nie ma, ale oczy się pani śmieją. O właśnie. Co to za ważna sprawa? – Ksiądz spoważniał. – Mam nadzieję, że nie potrzebuje pani naszej pomocy?

– Nie, wprost przeciwnie. Chciałabym zaofiarować swoją.

– Chce pani u nas pracować? Jako wolontariuszka? Z chorymi?

– No, tak.

– Przemyślała pani porządnie tę decyzję?

– Tak mi się wydaje.

Teraz ksiądz powinien rozpromienić się (tak się przynajmniej wydawało Michalinie), otworzyć dla niej ramiona, oczywiście w przenośni, no i naturalnie wygłosić jakiś wysoce afirmatywny tekścik. Nie zrobił niczego takiego. Spojrzał na nią z ukosa.

– Po co to pani?

Michalina była zaskoczona. Przecież mu nie powie, że chciałaby jakoś uzasadnić swoje istnienie!

Ksiądz patrzył.

Westchnęła głęboko.

– Chciałabym jakoś uzasadnić swoje istnienie.

– Właśnie w ten sposób? A czego pani brak we własnym istnieniu?

– Celu?

– Ja tego nie mogę wiedzieć. Niech mi pani opowie o sobie. To miejsce świetnie się nadaje na zwierzenia. W tym jazgocie nikt postronny nas nie będzie słyszał.

Istotnie, centrum handlowe wokół nich tętniło życiem, zewsząd rozbrzmiewał gwar ludzkich głosów, wezwania przez głośniki jakiejś kontroli kas, syczenie ekspresów do kawy i bulgot automatów z napojami, a ponad tym wszystkim płynęło zwycięskie chrypienie Krzysztofa Cugowskiego, oznajmiające całemu światu, że do tanga trzeba dwojga.

Michalina opowiedziała księdzu o początku swojego dzieciństwa z irlandzkim tatusiem i poczciwymi dziadkami, o ciągu dalszym tego dzieciństwa już bez dziadków i tatusia, za to ze zgorzkniałą mamusią, o krótkiej wolności w czasie studiów na warszawskiej uczelni i o wielu, wielu latach, podczas których dzieliła czas między cmentarną zieleń i coraz bardziej zgorzkniałą mamusię. Opowiedziała o spotkaniu dawnych koleżanek i założeniu klubu – tu zachłysnęła się lekko i zdołała ostatecznie nie wymienić nazwy. Wyznała, że praca w hospicjum ma dodać sensu jej mało urozmaiconemu życiu. Tam są ludzie potrzebujący pomocy. Ona może i chce tej pomocy udzielić.

– Mmmmm – powiedział ksiądz, kiedy zamilkła. – To ja zamówię jeszcze po kawie, chce pani drugą taką samą, czy jakąś inną? Albo lody, czy jakieś niezdrowe ciastko? Bo ja chyba zaryzykuję ten ogromny deser z czekoladą. Na szczęście jestem chudy. Pani też może sobie pozwolić. Jemy?

– Ja serniczek. I herbatę tym razem. Chce się ksiądz ponamyślać nad odpowiedzią?

– Chcę zjeść coś słodkiego. Halo, halo, panienko!

Kelnerka spojrzała na gościa w koloratce jak na dziwowisko, ale podeszła od razu i przyjęła zamówienie.

– Pani… o, przecież myśmy się jeszcze nie przedstawili. Ja jestem ksiądz Hieronim Karolak.

– A ja się nazywam Michalina Hart.

– Hart przez samo h, prawda? Po tym ojcu Irlandczyku?

– Tak.

– No więc, pani Michalino, czy może ładniej będzie pani Misiu… Pani Misiu. Co pani chce u nas robić? Pracować w stacjonarnym hospicjum czy chodzić do chorych, pomagać w domu? Myślała pani o tym?

– Jeszcze nie.

– Ma pani jakieś przygotowanie pielęgniarskie, jakąś wiedzę o takich terminalnych przypadkach?

– Nie, ale chyba mogłabym się nauczyć…

Ksiądz łypnął na nią szarym okiem spod opadającego kosmyka czarnych włosów i pokasłał chwilkę.

– Pani Misiu. Pozwoli pani, że będę szczery?

– Jasne.

– Ja jestem taki trochę psycholog amator, a z racji bycia księdzem spotykam mnóstwo różnych ludzi, którzy mi się w dodatku zwierzają. Niekoniecznie przy kawie. W każdym razie wyrobiłem sobie oko na człowieka. Nie na każdego, ale niektórych rozpoznaję od pierwszego wejrzenia. I moim zdaniem pani wcale nie chce do nas przychodzić.

– Dlaczego ksiądz tak sądzi?

– Proszę się nie obrażać. To nie jest zarzut. W sumie prowadzi pani życie dosyć monotonne i, pomijając spotkania z przyjaciółkami, raczej niewesołe. A z natury jest pani osobą wesołą. Tylko mocno przytłamszoną, prawda? Ta pani mamusia, która nie przepuści okazji, żeby pani zrobić przykrość... A przecież pani się dla niej poświęciła w pewnym sensie... Uważam, że teraz po prostu szuka pani kogoś, komu wyświadczy pani przysługę, a ten ktoś pani podziękuje.

– Czy widzi ksiądz w tym coś złego?

– Nie, tylko może pani sobie samej zrobić krzywdę. Za dużo obciążeń jak na jedną niedużą osobę. Gdybym był pani ojcem... no, starszym bratem, to radziłbym na początek zostawić ten cmentarz. Długo pani tam już pracuje?

– Od skończenia studiów. Jakieś piętnaście lat. Ale ja przecież pracuję w zieleni...

– Ale wśród grobów. Nie znalazłaby pani sobie innego zajęcia? Teraz ludzie się bogacą, budują rezydencje, zakładają ogrody. Umie pani projektować ogrody?

– Pewnie że umiem. Ja to studiowałam. Teraz też czasami projektuję...

– Pani Misiu. Ja pani mówię. Za dużo grobów. Są ludzie, którym to nie szkodzi i są ludzie, którym to szkodzi. Garbi się pani okropnie.

– Matko jedyna, co z tego, że się garbię! Przecież nie od grobów!

– Moim zdaniem właśnie od nich. Przedawkowała pani. Nie ma pani predyspozycji do wiecznego przebywania wśród umarłych. Wśród umierających, niestety, też. Wpadłaby pani w depresję, a ja miałbym panią na sumieniu. Najwyższa pora zacząć żyć, Michalino.

– Dziwny z księdza ksiądz.

– Już mi to pani kiedyś powiedziała. Niektórzy moi przełożeni też tak uważają.

– No to jak mam zacząć żyć według księdza?

– Tego pani nie powiem. Jest pani inteligentna, musi pani sama znaleźć odpowiedź. Powiedziałem, co powiedziałem, a pani zrobi, jak zechce. Oczywiście, niczego pani nie narzucam.

– Pomyślę. Spróbuję. Zobaczymy, co z tego wyjdzie. Czy mogę księdzu zafundować te lody i resztę? Niech to będzie rewanż za dobre rady…

– Wcale pani jeszcze nie jest przekonana, czy to naprawdę dobre rady, co? Ale dziękuję, od lat nie odważyłem się na taką ilość lodów, nie wiem, czy nie popełniłem grzechu obżarstwa. Może nie, zważywszy, że dałbym radę jeszcze dwóm takim porcjom. Lecę już. Aha, jeszcze jedno. Jeśli chce pani coś dla nas zrobić, to znaczy dla hospicjum, to mamy spory kawałek terenu wokół domu i on wygląda dość okropnie, ten teren. Jakaś wyłysiała trawka i mlecze wiosną. Przydałby się nam ogrodnik, ale nas na niego nie stać. Wpadłaby pani zobaczyć, co się da z tym zrobić?

Michalina przytaknęła. Czuła się mocno oszołomiona. Trochę też spostponowana tym odrzuceniem jej, szlachetnej w końcu, propozycji. Z drugiej strony, niespodziewana analiza psychologiczna jej osoby miała pewien sens.

Trzeba to wszystko jeszcze raz porządnie przemyśleć.

Albo i kilka razy.

~

– Byłbym za tym, żebyś zrezygnowała z pracy, ptaszynko.

Mikołaj Firlej leżał na ulubionej kanapie cioci Heleny Jabłońskiej, obecnie Vtorkowsky, oparł nogi na poduszce, kunsztownie wyhaftowanej przez ciocię w papugi i oddawał się trawieniu doskonałego niedzielnego obiadu, którym nakarmiła go Marcelina, zwana czasem ptaszynką.

Ptaszynka zniosła nakrycia ze stołu do kuchni i obrzuciła Mikołaja uważnym spojrzeniem. Z pewnym rozbawieniem stwierdziła, że oto doznaje doprawdy atawistycznej przyjemności – oto nakarmiła swojego mężczyznę, a teraz on jest zadowolony i odpoczywa.

– Dlaczego mam zrezygnować z pracy? Ja lubię moją pracę. I ona wcale nie jest specjalnie ciężka.

– A nie chciałabyś, żebyśmy stworzyli taką klasyczną rodzinę? Ty, ja, dziecko, potem następne dziecko, potem następne dziecko, potem następne...

– Ile byś ich chciał mieć? – roześmiała się.

– Ile wlezie. To znaczy, ile nam wyjdzie. Co o tym sądzisz, koteczku? I zostaw te gary, nie uciekną...

Marcelina usiadła obok ukochanego mężczyzny i podłożyła sobie pod nogi inną poduszkę cioci Heleny, dla odmiany haftowaną we wściekle różowe róże. Ciocia lubiła intensywne kolory.

– Mikołaj, ty bierzesz pod uwagę, ile ja mam lat?

– Najtrudniejszy pierwszy raz – zanucił nieco fałszywie. – Nie widzę powodu, dla którego coś miałoby nam nie wyjść. Przecież jesteś zdrowa.

– Ale mam trzydzieści dziewięć lat! Jak na młodą mamusię, jestem potwornie stara.

– E tam, zaraz stara. Chyba ja najlepiej wiem, jak jest naprawdę.

– Poczekajmy z planowaniem, aż urodzę tego malucha. Jeśli wszystko będzie w porządku, będziemy mogli myśleć, co dalej.

– Ja w ciebie wierzę. – Położył rękę na jej udzie, co wzbudziło w niej pewne nastroje... jakby co, nie będzie się opierać, takie fajne popołudnie, można je miło zakończyć... – Będziesz cudowną matką. I żoną. Bo jesteś cudowną kobietą. Prześpię się kwadransik, dobrze?

Nastroje poszły sobie w świat.

– Coś mnie strasznie morzy, za dużo zjadłem, za dobrze mnie karmisz, słodziaczku. Położysz się przy mnie, kiciu?

Marcelina umościła się w zgięciu jego ramienia. Nie było jej specjalnie wygodnie, bo nierozłożona kanapa była nieco zbyt wąska na dwoje i w rezultacie część Marceliny (nazwijmy to po imieniu: zadnia jej część) zwisała nad podłogą. Cóż to jednak jest wobec przebywania w ukochanych ramionach!

Nastroje wrócą w nocy... taką przynajmniej miała nadzieję. Mikołaj zachrapał leciutko, a ona się uśmiechnęła.

Ciekawe, czy to małe będzie synkiem czy córeczką... Jeszcze nie sprawdzali. Niezależnie od tego, Marcelina życzyła sobie, aby dziecko miało migdałowe oczy swojego ojca. I jego długie, delikatne palce. I tymi delikatnymi palcami niechby grało na czymś albo trzymało pędzel i malowało genialne obrazy, albo pisało na komputerze arcydzieła z dowolnej dziedziny... najlepiej takiej, za którą dają nagrodę Nobla...

Szczęśliwy ojciec, nieświadom planów swojej kobiety wobec ich wspólnego potomka, chrapał coraz głośniej. Dokładnie po półgodzinie, kiedy Marcelina do reszty zdrętwiała, obudził się, świeżuteńki natychmiast jak szczypiorek.

– Niooo – przeciągnął się rozkosznie i zdążył w porę złapać Marcelinę, która byłaby zleciała na podłogę. – Wyspałem się, odpocząłem, mogę dalej jeść!

Tu zaśmiał się z własnego dowcipu.

– Nie, bąbelku, nie martw się, nie będę jadł. Pozwolisz, że wstanę, przepraszam, o tak.

Przeciągnął się ponownie i zniknął w łazience. Wyszedł z niej po kwadransie, rozsiewając wokół siebie zapach Bossa dla umięśnionych facetów. Marcelina oddaliła od siebie myśl, że wcale on nie taki umięśniony, w każdym razie, w porównaniu z gościem z reklamy.

– Muszę wyskoczyć na godzinkę, słodziaczku. Do dwóch. Góra dwie i pół, w porywach trzy. Nie, żartowałem, za półtorej godziny będę w domu. Mam umówione spotkanie, takie półsłużbowe, półprywatne. Pa, maleńka, odpoczywaj i bądź piękna! Nie ruszaj się, sam za sobą zamknę!

Zakręcił się i tyle go było. Marcelina przez chwilę spoglądała za nim rozmarzonym wzrokiem, a potem wstała z kanapy i poszła do kuchni pozmywać po obiedzie.

~

Alina kupiła w automacie ochraniacze, założyła je na pantofle i pewnym krokiem weszła na oddział.

Pewny krok i uprzejmie kamienny wyraz twarzy, nabyty po latach pracy w banku całkiem nieźle maskowały absolutną panikę, jaka się właśnie w niej rozszalała. Co ona właściwie robi, na litość boską?! Do takich chorych dzieci prawdopodobnie trzeba wykwalifikowanego personelu, a ona, totalna amatorka może jeszcze zaszkodzić i co wtedy, jak zniesie tę odpowiedzialność…

Zanim sprecyzowała sobie, co to ma być właściwie za odpowiedzialność, wpadła na dużego faceta wychodzącego z sali.

– Matko Boska! – wyrwało jej się. – Przepraszam…

– Nic nie szkodzi – odrzekł doktor Orzechowski. – No i nie jestem Matką Boską. Cieszę się, że pani przyszła, bo trochę się bałem, że mogła się pani rozmyślić. Wciąż zresztą pani może, jakby co. Zapraszam do mnie na kawę, dobrze pani zrobi na początek. Zastanowimy się, na który front najpierw panią posłać.

Aliną widocznie wstrząsnęło. Doktor zauważył to i roześmiał się na swój hollywoodzki sposób.

– Przepraszam. Ja mam czasem takie głupie określenia. Proszę ze mną.

Gabinet ordynatora znajdował się na samym końcu długiego korytarza i zanim do niego doszli, przed oczami Aliny przesunęło się coś w rodzaju sekwencji filmowej, złożonej z pojedynczych kadrów, zarejestrowanych w kolejnych salach, których drzwi były otwarte i ukazywały oczom przechodzących życie małych pacjentów. Dzieci w dresach i kolorowych piżamkach, dzieci leżące pod kroplówkami i dzieci siedzące przy stolikach, dzieci samotne i w grupkach, dzieci z dorosłymi, zapewne rodzicami i dzieci z chusteczkami zamotanymi na głowach. Dokoła unosił się ten koszmarny szpitalny zapach – środków dezynfekcyjnych, lekarstw, jedzenia, choroby.

Mało brakowało, a Alina odwróciłaby się na pięcie i uciekła, gdzie oczy poniosą.

Nie zrobiła tego, bo znowu zamroziło ją na amen i mogła tylko krokiem robota postępować za doktorem.

– Cześć, wujek!

Zza drzwi jednej z sal wysunął się łysy łebek z chytrymi oczkami. Alina nie zorientowała się, czy to chłopiec, czy dziewczynka, bo stworzonko, na oko sześcio-, siedmioletnie ubrane było w beżowy dresik i nie miało żadnych cech pomagających rozróżnić płeć.

– Cześć, smoku. Co u ciebie słychać?

Stworzonko wyskoczyło zza swoich drzwi i złapało doktora za rękę.

– Mama dzisiaj nie przyszła. Nie wiesz, dlaczego?

– Pewnie, że wiem. A jakbyś pilnował komórki, żeby naładować, to byś też wiedział. Bateria poszła, co? Twoja mama się przeziębiła i sam ją prosiłem, żeby przez kilka dni została w domu, żeby ci nie przyniosła jakiegoś wirusa. No a tato przecież dopiero co wypłynął, będzie za kilka tygodni. Ale pozwól, że ci przedstawię, to jest ciocia Alinka.

Stworzonko wyciągnęło łapkę z założonym wenflonem.

– Cześć, ciocia. Ja jestem Franek Modrzejewski. A ty jak się nazywasz?

– Alina Grosik – odrzekła Alina przez ściśnięte gardło. – Miło mi cię poznać.

– Jesteś doktórką? Czy pielęgniarką?

– Ciocia Alina jest ciocią – wyręczył ją w odpowiedzi doktor Orzechowski. – Ciocia wpadnie do ciebie za dwadzieścia minut, tylko musimy trochę porozmawiać. Zmykaj do łóżka albo idź pooglądać Jetixa.

– Oglądają Cartoona – zawiadomił Franek pogardliwie. – Ja bym wolał Discovery, ale tego nikt nie chce. To ja poczekam u siebie. Sala osiem. Ciocia przyjdzie?

– Jasne. Za kwadrans.

Franek pomachał łapką bez wenflona i zniknął za drzwiami sali numer osiem.

Alina skonstatowała, że się spociła z wrażenia.

– Nienawidzę fusianki – zawiadomił ją doktor, otwierając drzwi swojego pokoju. – Rozpuszczałki też. Kupiłem ekspres, sobie samemu na imieniny. Dostanie pani znakomitej kawy. Mam nadzieję, że pani docenia?

– Doceniam – zaśmiała się, wciąż z pewnym przymusem. – A jak panu na imię?

– No przecież Krystian, zapomniała pani?

Jasne, że zapomniała. Miałaby problem z przypomnieniem sobie własnego imienia.

– Niech się pani nie przejmuje – powiedział pozornie beztrosko doktor Krystian Orzechowski. – Nie panią pierwszą tu zatyka. Do wszystkiego można się przyzwyczaić. Niech pani nie patrzy na te dzieci, jakby wszystkie były skazane na śmierć, bo nie będzie z pani żadnego pożytku. Zresztą, znaczna większość wychodzi z tego. Słodzi pani? Zrobiłem mocną, to może lepiej z cukrem.

– Dziękuję – wyszemrała i odchrząknęła dla odzyskania normalnego głosu. – Ale przecież te dzieci…

– Co, te dzieci? Chore są i tyle. Niektóre umrą. Inne wyzdrowieją. Powtarzam, większość wyzdrowieje. Jeszcze innym przedłużymy życie, ile się da. A pani powinna podchodzić do nich, jakby wszystkie miały szanse. My tu tak właśnie zakładamy. Ale nie dziwimy się, jeśli nam się czasem nie udaje.

Alina piła bardzo dobrą kawę i zastanawiała się, jak on może z tym żyć, ten uśmiechnięty glancuś. Picuś. Pięknota śliczna. Pewnie sam nie ma dzieci. Pewnie jego największym zmartwieniem jest utrzymanie tej sportowej figury i tych olśniewających zębisk. Pewnie każdego dnia po pół godziny ćwiczy uśmiechy przed lustrem. I ze dwie godziny na korcie.

Glancuś zajmował się swoją filiżanką i chwilowo nie mówił nic. Prawdopodobnie czekał, aż ona to sobie jakoś poukłada.

– Pan ma dzieci?

Nie chciała go o to pytać, samo jej się wyrwało.

– Trójeczkę – odpowiedział. – Basia lat szesnaście, Kasia lat czternaście i Jasio lat osiem. Chwalić Boga, wszystkie zdrowe. Z wyjątkiem Jasia. Jasio aktualnie ma zwichnięty nadgarstek, ponieważ bardzo niefachowo przydzwonił większemu koledze, na którego miał złość. Uszkodził mu nos i wybił górną jedynkę. Miałem nieprzyjemności w szkole, ale uważam, że dobrze dziecko zrobiło, bo ten większy znęcał się nad kotem. Odmówiłem ukarania szczeniaka i teraz jego pani mnie nie lubi. Uważa, że ją lekceważę. Ma rację w tym względzie, niestety.

– Moja córka też jest nastolatką. Mam z nią problemy, ale chyba od dzisiaj będę na to inaczej patrzeć.

– Zapewniam panią, że tak. Wie pani, ja nie jestem specjalnie pobożny i w kościele byłem ostatnio na chrzcinach Jasia, ale co wieczór przed snem dziękuję Bogu za to, że szczyle są zdrowe. I proszę o życzliwość dla tych tu moich miśków. Z boską życzliwością różnie bywa, różne rzeczy pani tu zobaczy. Niech pani czasami nie traktuje dzieciaków, jakby nie miały pojęcia, co jest grane. Lepiej jednak o tym nie rozmawiać, chyba że same będą chciały. Ja myślę, że ten niezawodny kobiecy szósty zmysł podpowie pani, jak się z nimi obchodzić. Nikt pani raczej nie będzie mówił, kim się trzeba zająć, zorientuje się pani sama, które jest aktualnie samotne, które w gorszej formie psychicznej. No i gadu, gadu wtedy, młodszym bajeczkę opowiedzieć, poczytać, za rączkę potrzymać, łezki obetrzeć, jak się będzie chciało wypłakać, to niech płacze, a pani z nim pobędzie razem, nie zawsze trzeba gadać... co ja pani będę mówił. Niech pani włączy instynkt macierzyński. Tu czasem przychodzą studenci, czasem Pogotowie Teatralne, może pani słyszała?

– Słyszałam. Aktorzy.

– Tak, Rewelacyjni ludzie, pewnie ich tu pani niebawem spotka. Oni głównie bawią, pozwalają zapomnieć. Pani może pomóc znieść. Rozumiemy się?

– Chyba tak, ale mam tremę.

– Byłbym zdumiony, gdyby jej pani nie miała.

Ktoś niedbale zastukał i w drzwiach pojawiła się damska głowa w białym czepku.

– Przepraszam, że przeszkadzam, ale może by pan rzucił okiem na większego Franka? Co chemia, to on gorzej reaguje...

Gwiazdor filmowy natychmiast porzucił niedopitą kawę.

– Idę, Marlenko. Pani Alino, niech pani spokojnie wypije i zajrzy do mniejszego Franka, już go pani poznała.

– Tak, sala numer osiem. Co mu jest?

– Nie ma znaczenia. Dziś potrzebuje pani, słyszała pani, mama nie przyjechała.

Mniejszy Franek nie siedział w swojej sali, tylko czekał na Alinę na korytarzu, jakby chciał mieć pewność, że nikt mu jej nie zabierze po drodze. Ujął ją za rękę i osobiście zaprowadził do sali numer osiem. Nikogo tam nie było, widać koledzy z dwóch pozostałych łóżek poszli wspólnie z innymi oglądać kreskówki. Usadził ją na okropnym, szpitalnym taborecie, a sam wlazł pod kołdrę.

– Dobrze, że ciocia przyszła – powiedział po prostu. – Dzisiaj jestem trochę smutny, bo moja mama jest chora. Ciocia słyszała, nie? Wujek Orzech mówił. Trochę się o nią boję.

– Słyszałam. – Alina stłumiła chęć natychmiastowego zalania się rzewnymi łzami. – Ja bym się specjalnie nie przejmowała, bo grypa to nic takiego, wystarczy poleżeć trzy dni w łóżku. Tylko trzeba uczciwie leżeć, żeby nie było komplikacji. Twoja mama pokicha, pokaszle i wszystko będzie dobrze. Nie martw się, Franuś. Telefon naładowałeś?

– Podłączyłem. Dzwoniłem do mamy i ona mówi to samo, co pani.

– Ciocia.

– No, ciocia. Ciocia się nazywa Grosik? Fajnie. Ciocia Grosik.

– Może być. Albo ciocia Alina, jeśli wolisz.

– Wolę ciocię Grosik. Ciocia, a ty umiesz grać w scrabbla?

– W życiu w to nie grałam, ale mogę spróbować.

– Chłopaki nie bardzo lubią, czasami Krzysiek daje się namówić. Ale oni wolą takie gry komputerowe, z zabijaniem. Ja też lubię trochę pozabijać potworów różnych, ale najbardziej lubię scrabbla. To co, zagramy?

Dwadzieścia minut później mały Franek (okazało się, że ma dziesięć lat) po raz pierwszy bezlitośnie orżnął Alinę w scrabbla. W ciągu kolejnych dni, tygodni i miesięcy grali jeszcze wiele razy, czasem z udziałem koleżków Franka z sali – rzadko kiedy jednak zwyciężał ktoś inny.

Jeszcze tego pierwszego dnia Alina nie wytrzymała i wyraziła podziw połączony z pewnym niedowierzaniem... żeby dziesięciolatek był lepszy od niej w wynajdywaniu słów!

Franek spojrzał na nią po swojemu, z ukosa, zachichotał i oświadczył spokojnie:

– Białaczka, ciociu, nie trafia szarych komórek. To co, gramy jeszcze?

~

Michalina była do pewnego stopnia załamana. Nie żeby tak całkiem, ale strasznie ją gryzło, że skapitulowała na starcie... gorzej: przed startem. Jakiś ksiądz jej nagadał, a ona się szybciutko wycofała.

Czemu, do diabła, tak od razu się wystraszyła? Czyżby do tej pory sama siebie oszukiwała z tym hospicjum?

Jak to on powiedział? Po prostu chce, żeby jej ktoś podziękował?

Czy dobre uczynki robi się dla podziękowań?

Zastygła z aparatem w ręce. Właśnie fotografowała otoczenie pewnego zabytkowego grobowca, w którym spoczywała cała rodzina szczecińskich notabli z okresu, kiedy Szczecin nazywał się Stettin i rządził nim któryś kajzer. Jak już wiemy, Michalina była ahistoryczna, również w odniesieniu do swojego miasta. Z trudem przyjęła do wiadomości istnienie jakiegoś nadburmistrza Hakena, który wymyślił Wały Chrobrego. To znaczy, Haken nie wymyślił Chrobrego, tylko kazał przekształcić dawną fortyfikację w ozdobne tarasy, które potem nazwano jego imieniem, a które teraz służą jako wizytówka miasta. Duże są, to je widać z daleka.

No więc grobowiec, przy którym stała, prawdopodobnie pochodził z czasów nadburmistrza Hakena, może nawet spoczywający tu ważniacy (takich grobowców nie miewają prości mieszczankowie) bywali u państwa Hakenów na proszonych obiadkach. O ile, oczywiście, Herr Haken miał Frau Haken... ale dlaczego miałby nie mieć?

Architektura grobowca przypominała nieco greckie arkady, po obu jego stronach stały dwie spore figury, przedstawiające prawdopodobnie jakieś anioły, były to jednak anioły mocno zdewastowane, skrzydła miały obłamane, takoż nosy i wszystkie wystające fragmenty postaci. Dobrze by było, gdyby ktoś wyłożył trochę grosza na restaurację posągów i całości, ale nawet jeśli nie, to koniecznie trzeba uporządkować zieleń dokoła, poprzycinać wściekle rozrastające się krzewy, jednym słowem, doprowadzić otoczenie do kultury. Będzie piękny zakątek.

Piękny zakątek.

Kłapouchego – ponury i smutny. W końcu jest to cmentarz!

Rozmowa z księdzem Hieronimem (podobnym do gawrona) sprawiła, że Michalina straciła część swojego entuzjazmu do grobów. To znaczy do cmentarza.

Zasugerował ją, czy jak?

No i co z tym dziękowaniem?

Faktem jest, że niesłychanie rzadko Michalina słyszała jakiekolwiek podziękowania. Jej osobisty szef uważał, że w pracy coś takiego nie obowiązuje, więc niezależnie od tego, jak bardzo się starała, ile talentu, zaangażowania i wysiłku wkładała w swoje koncepcje, nigdy nie usłyszała ani jednego słowa pochwały. W domu z kolei matka była zdania, że wszystko, co dostaje od córki, słusznie jej się należy, więc choćby ta córka wypruła z siebie żyły, wyraz twarzy matki był zawsze jednakowo niezadowolony.

– Niech go pani łapie!

Michalina zawsze miała szybki refleks i bezcenny dar natychmiastowego działania, bez zadawania niepotrzebnych pytań. Teraz też, zanim zastanowiła się, skąd dobiegł dramatyczny okrzyk i kto go wydał, już trzymała w ręce smycz, wlokącą się za małym czarnym zwierzaczkiem, cwałującym przed siebie z szybkością światła. Zwierzaczek, lekko przyduszony, zahamował raptownie u jej stóp i okazał się nader sympatycznie nastawionym terierem szkockim. Nie miał jej za złe udaremnienia ucieczki, przeciwnie, wspiął się na tylne łapki i zatańczył taniec przyjaźni.

Za wesolutkim szkotem gnał facet z wiązanką kwiatów w ręce. W przeciwieństwie do czarnego jak węgiel psiaka, wydał się Michalinie cały czerwony. Prawdopodobnie była to sprawka słońca, które właśnie rozszalało się na dobre i napełniało cmentarz milionami jasnych refleksów przeświecających przez młode liście.

Facet, podobnie jak pies, zahamował tuż przy niej.

– Dziękuję pani serdecznie. To małe cholerstwo jest okropnie niezależne. To znaczy, stara się, jak może. Zobaczył motylka. Jeszcze raz dziękuję.

No proszę. Brakowało jej podziękowań, to ma. Dwa od razu. Jakiś uprzejmy człowiek. Podała mu smycz.

– Ale w zasadzie na cmentarz nie wolno wprowadzać psów – nie wytrzymała w niej służbowa część osobowości.

– Wiem – powiedział czerwony facet ze skruchą. – Nie miałem wyjścia. Przemyciłem go w samochodzie, ale musiałem samochód zostawić w tej dużej alei. Gdybym Felka nie zabrał, mógłbym nie poznać własnego auta po powrocie. Już go nie wypuszczę, słowo daję.

Szkot wciąż wykonywał taniec klanowy wokół obojga.

– Sympatyczek! – roześmiała się prywatna część Michaliny. – Chyba nie najlepiej go pan wychował…

Szkot wywrócił się na grzbiet i przekulgał po ścieżce.

– On nie jest mój – westchnął czerwony. – Mam go na przechowaniu. Przyjaciele wyjechali na kilka dni do Wenecji, taki riplej podróży poślubnej, a z tym tu hrabią nie mieliby szans na żadne romantyczne klimaty. Sama pani widzi.

– Hrabia? – zaciekawiła się mimo woli Michalina.

– Co najmniej. Podobno w dowodzie osobistym ma sześć pokoleń szkockich lordów. Nazywa się tak, że wymówić się tego nie da. Ale w rodzinie funkcjonuje jako Feluś. Sympatyczny, tylko ma straszliwy temperament. Jeszcze trzy dni i odzyskam wolność. Ja go nawet bardzo lubię, tylko musiałem wziąć tydzień urlopu, żeby się nim zająć.

Michalina spojrzała na wiązankę, którą trzymał w ręce. Zauważył to.

– Słusznie pani dedukuje. Sam jestem. Przyszedłem na grób żony. Dzisiaj jest rocznica jej śmierci.

– Przykro mi…

– Ona nie żyje już dziesięć lat. Albo nawet jedenaście. Zdążyłem się otrzepać. Przywyknąć, znaczy. A pani jest fotografką?

– Nie, ja pracuję w zieleni. Fotografowałam ten zakątek, bo warto by go uporządkować. Zabytek się rozlatuje. To dlatego, że na takim uboczu, mało kto w ogóle o nim wie. Może coś się uda zrobić.

Podniosła aparat do oczu i sfotografowała lorda Felusia stojącego słupka u nóg jednego z aniołów, ze wzrokiem skierowanym w niebo. Zapewne znowu zobaczył motylka i to go zachwiło.

– Będę lecieć – powiedziała. – Cześć, łobuzie. Do widzenia panu.

– Do widzenia. Jeszcze raz dziękuję.

Proszę. Trzy podziękowania. A miała niedosyt.

Och, nie chodziło przecież o takie drobiazgi! Cóż to jest złapanie uciekającego pieska. Nawet jeśli jest arystokratą.

Michalina odwróciła się i odeszła. Facet został tam, w tych promieniach słońca. Czerwony facet z czarnym psiakiem.

Gdyby się odwróciła, zobaczyłaby, że czerwony facet patrzy za nią.

～

– Proszę pani. Pani chyba nie wie, co robi. Czy pani zdaje sobie sprawę, gdzie pani właściwie się znajduje? Czy pani sobie zdaje sprawę, kto właściwie na panią pracuje? Żeby pani tu sobie mogła kaweczkę spijać, paznokietki malować?

Ewa Borzemska, sekretarka w prywatnym liceum na Warszewie, spojrzała na swoje nienaganne dłonie z zadowoleniem, po czym przeniosła wzrok na pieniącą się przed nią osobę. Osoba była damą koło czterdziestki, dla niewprawnego lub męskiego oka wyglądała jednak na jakieś dwadzieścia osiem, dwadzieścia dziewięć lat. Miała krucze loki, makijaż bez mała sceniczny i jakieś pół kilo złotej biżuterii. Domagała się natychmiastowego widzenia z panią dyrektor Borowską i nie przyjmowała prostego argumentu, że pani dyrektor właśnie w tej chwili prowadzi lekcję historii w jednej z klas trzecich.

– Chyba pani nie rozumie, co mówię – ciągnęła osoba. – Ja nie mam czasu czekać. Ani nie mam zamiaru czekać. Pani dyrektor powinna być do naszej dyspozycji dwadzieścia cztery godziny na dobę, a nie żeby znikała pod pretekstem, że prowadzi lekcję! Proszę ją wezwać, proszę po nią iść natychmiast, a ja tu popilnuję pani dobytku!

– Przykro mi – powiedziała Ewa, jak najbardziej fałszywie zresztą, bowiem wcale jej nie było przykro. Przeciwnie, chętnie by przetrzymała babę jeszcze ze dwie godziny i z serca żałowała, że za dwadzieścia minut będzie przerwa, a wtedy Agnieszka wróci do gabinetu. – Pani dyrektor zabroniła przerywać lekcje. Gdyby pani była uprzejma zwrócić uwagę na stałe godziny przyjęć, byłoby nam obydwu łatwiej…

– Niech pani nie żartuje – sarknęła osoba. – Godziny przyjęć! Jesteśmy w państwowym urzędzie czy w prywatnej szkole? Kawę poproszę. Ze śmietanką.

– Proszę uprzejmie. – Ewa nie dała po sobie poznać, że się w niej zagotowało. – Nie, nie w gabinecie pani dyrektor. Tutaj pani podam, proszę się rozgościć.

Jeszcze chwila i trzepnie babę przez łeb.

Ewa, która podziwiała spokój i opanowanie Agnieszki w kontaktach z zamożnymi i agresywnymi rodzicami, ze wszystkich sił starała się ją naśladować. Pamiętała, co jej powiedziała szefowa, kiedy ją przyjmowała do pracy: „My z nich żyjemy, pani Ewo. I między innymi dlatego nie możemy nigdy wyjść z siebie. Można się tego nauczyć, chociaż nie jest łatwo. Ale musi się pani zmobilizować, bo ma to pani w swoich obowiązkach służbowych".

No więc się mobilizowała. Oczywiście, nie wszyscy rodzice byli koszmarni, jednak mniej więcej połowa należała do tego gatunku. Tu obecna, pani Sandra Niepiera była jedną z najgorszych. Być może nie potrafiła udźwignąć ciężaru niespodziewanej zamożności... zresztą bądźmy szczerzy: ciężkiej kasy, która spadła na nią wraz z zamążpójściem. Jej małżonek forsy miał jak lodu, a skąd ją miał, nie chciał powiedzieć. Żona zresztą nie była tym specjalnie zainteresowana, dopóki ogromnej willi na ogromnej posesji pilnowali wynajęci ochroniarze, ona sama mogła jeździć najnowszym modelem terenowej toyoty, a na ogrodowe przyjątka latem wpadało ze czterdzieści osób ze ścisłej czołówki biznesowej i politycznej Szczecina. Mąż z kolei wymagał od Sandry tylko tego, żeby była reprezentacyjna (nie miał na myśli reprezentacji umysłowej), żeby obiady były na poziomie (Sandra osobiście nadzorowała pracę etatowej kucharki) oraz żeby syn przechodził z klasy do klasy.

I właśnie ta ostatnia sprawa przywiodła panią Niepierową w progi szkoły, które to progi przekraczała zresztą z największą niechęcią. Wyglądało na to, że Dawidek może się omsknąć na trasie z pierwszej do drugiej klasy. Niestety.

I ona przyszła tutaj, aby do tego nie dopuścić. Niestety.

No.

Kiedy wreszcie zadzwonił dzwonek, pani Niepiera była w najwyższym stopniu wzburzona. Nie na próżno napędzała się przez ostatnie dwadzieścia minut. Kofeina jeszcze dołożyła jej animuszu, więc dama gotowa była rozszarpać Agnieszkę, kiedy tylko ją dopadnie.

Praemonitus, praemunitus. Ostrzeżony, uzbrojony, jak powiadał niezapomniany kapitan Blood (Agnieszka w dzieciństwie z upodobaniem czytywała powieści przygodowe). Kilka minut przed końcem lekcji dyrektorka dyskretnie odczytała esemesa: „Przyszła pani Niepiera, wściekła". Taką umowę miały z sekretarką – niespodziewane wizyty, zwłaszcza zapowiadające się burzliwie, anonsowane były elektronicznie.

Dlatego właśnie Agnieszka weszła do sekretariatu nie sama, a w towarzystwie Dawida Niepiery, wątpliwej ozdoby klasy pierwszej „b", pryszczatego gibona z łysą pałą i poobijanymi kostkami dłoni. Najwidoczniej młody Niepiera miał słabość do boksu bez rękawic. Gibon, któremu bardziej pasowałyby dresy i adidasy, odziany był w oryginalne ciuchy marki Dsquared (Agnieszka nawet nie znała tej marki, ale rodzinka Niepierów była niedawno w Berlinie na zakupach) i obuty w mokasyny marki Dsquared2 (pięćset euro w tymże berlińskim magazynie), zaś na przegubie jego lewej ręki połyskiwał wcale nie dyskretnie zegarek wartości trzech miesięcznych pensji dyrektor Borowskiej.

Przy tych wszystkich drugorzędnych atrybutach, mogących zniechęcić osobę mniej inteligentną niż dyrektor Borowska, Niepiera junior dawał się lubić. Był całkiem bystrym chłopcem, tyle że nie chciało mu się uczyć. Jego rozumowanie było zupełnie logiczne: im dłużej będzie uczęszczał do szkół wszelakich, tym dłużej papcio Niepiera będzie musiał go utrzymywać, dzięki czemu życie beztroskie przedłuży mu się nicco… w przeciwieństwie do życia ambitnych koleżków, którzy już teraz nie wiedzą, jak piękny może być świat. Któregoś dnia, w ataku szczerości, Dawid powiedział o tym wszystkim pani dyrektor, kiedy jej się akurat zebrało się na moralizowanie. Pani dyrektor, o dziwo, zrozumiała jego motywacje, powiedziała, że skoro tak, to ona nie będzie się czepiać, poprosiła natomiast, aby o swojej decyzji zawiadomił rodziców. Dla komfortu psychicznego wszystkich. Niech nie oczekują od niego cenzurek z czerwonym paskiem. Niepiera junior z kolei zrozumiał motywacje pani dyrektor, niemniej, jak dotąd, nie zdecydował się na konferencję ze starszyzną.

Obecnie zanosiło się na niemiłą konfrontację.

– Dawid! – warknęła mama Niepierowa. – Wracaj do klasy, nie jesteś tu potrzebny!

Dawid odwrócił się na pięcie i wykonał pierwszy krok w stronę drzwi.

Drugiego nie wykonał, bowiem mała, ale zdecydowana dłoń dyrektor Borowskiej przytrzymała jego zdezelowaną łapę. Nawet mu było przyjemnie z tego powodu. Dyrektor Borowska, chociaż stara, jest całkiem niezłą laską.

– Za pozwoleniem – powiedziała dyrektor, a w jej głosie zabrzmiał wysokogatunkowy spiż, coś w sam raz na dzwony pierwszej jakości, do dużej katedry. – Sprawa, o której będziemy mówić, dotyczy Dawida, więc Dawid, jako istota myśląca i rozumująca prawidłowo, ma prawo w niej uczestniczyć. Zapraszam do mojego gabinetu. Pani Ewo, nie ma mnie chwilowo, proszę nam łaskawie zrobić kawy, chyba że pani Niepiera woli herbatę? Coś zimnego? Nie? To dwie kawy i colę. Proszę też złapać pana Kostrzenia i poprosić, żeby zajrzał do pierwszej „a", jeśli nie zdążymy przed dzwonkiem.

We wnętrzu pani Niepiery gotowało się od dawna jak we wnętrzu wulkanu tuż przed erupcją, kiedy więc Agnieszka zamknęła drzwi i uprzejmie wskazała damie jeden z wygodnych fotelików dla gości – wulkan eksplodował na całego.

– Dawid, ty siadaj i się nie odzywaj! A pani mnie teraz posłucha. Sama pani chciała, ja miałam zamiar oszczędzać pani autorytet, ale jak pani chce, żeby było przy Dawidzie, to proszę bardzo, niech tak będzie!

– Mój autorytet nie ucierpi tylko dlatego, że pani będzie krzyczała – odparła zimno Agnieszka, wykorzystując moment, kiedy matka Dawidowa łapała oddech.

– No to zaraz się okaże! Ja tu przyszłam nie po to, żeby wysłuchiwać impertynencji, tylko po to, żeby dowiedzieć się, co to znaczy, że Dawid nie przejdzie do drugiej klasy! Za co właściwie my płacimy ciężkie pieniądze? Czy to jest państwowe badziewie, czy prywatna szkoła dla elity? Co to znaczy, że dziecko nie zda? To jak wy tu uczycie? Jakie kwalifikacje mają wasi nauczyciele?

Ewa Borzemska weszła z tacą, ale pani Niepiera nie zaniechała wrzasków.

– Kawkę się podaje na wezwanie, jak w kawiarni! Gabinecik ma pani wycacany! Wszystko za nasze pieniądze, powiadam, za to czesne, które niedługo będzie wam starczać chyba i na wasze prywatne mieszkania! Ja się pytam, jak się pani wytłumaczy z tego świadectwa mojego syna, co to ma nie przejść do drugiej klasy! Jak się pani wytłumaczy z własnej niekompetencji!

Pani Niepierowa chwilowo zachrypła i straciła głos. Agnieszka skorzystała z tego i gestem dłoni zaprosiła damę ponownie do zajęcia miejsca.

Furia usiadła i, jak było do przewidzenia, wytraciła nieco impetu.

Agnieszka, słuchając dotąd z wielką uwagą, przeniosła teraz wzrok z matki na syna. Siedział tam, gdzie mu matka kazała, a jego niegłupie, choć cyniczne oblicze zaczynało barwą zbliżać się do buraka ćwikłowego.

Następny etap to bakłażan – przemknęło Agnieszce przez myśl – a potem już śmierć kliniczna.

– Czy mam zacząć odpowiadać, czy pani życzy sobie jeszcze coś dodać? – W pytaniu nie było słychać żadnej złośliwości, przeciwnie, wyłącznie nienaganną uprzejmość, połączoną z życzliwym zainteresowaniem.

Niepiera junior odrobinę jakby zbliżył się do bakłażana. Na jego matce subtelność Agnieszki nie zrobiła najmniejszego wrażenia.

– Ja chwilowo skończyłam – oznajmiła donośnie. – To ja teraz sobie tej kawki popiję, a pani mi się tu wytłumaczy.

– Proszę bardzo – zgodziła się Agnieszka. – Zacznijmy od drugorzędnych drobiazgów. Kawę kupuję sama i jest dla moich gości oraz przyjaciół. Podobnie herbata, cola i woda mineralna. Czesne, jakie pani płaci, nie ma z napojami nic wspólnego. Z wystrojem gabinetu również, te meble są własnością państwa Rozbickich i pochodzą z ich domu...

– A kto to taki państwo Rozbiccy? – prychnęła pani Niepiera.

– Właściciele szkoły, o czym była pani uprzejma zapomnieć. Jak sama pani zauważyła, to jest szkoła prywatna. Właśnie państwa Rozbickich.

– Zapomniałam. I co, oni własne rokoko dali pani tutaj na zmarnowanie?

– Och, to nie jest rokoko, tylko taki niemiecki eklektyzm, chociaż bardzo ładny, prawda? My go tutaj nie zmarnujemy, nie ma obawy.

Tego akurat Agnieszka nie była stuprocentowo pewna, bywało bowiem, że gościła u siebie uczniów, którzy z upodobaniem opierali nogi na cienkich poprzeczkach stołu i stolika, a zdarzało się, że i na poręczach subtelnych foteli. To jednak nie było zmartwieniem pani Niepierowej.

– No więc skoro wyjaśniłam już pani drobiazgi, przejdźmy do spraw istotnych. Otóż Dawid rzeczywiście nie dostanie promocji do drugiej klasy, ponieważ od początku roku systematycznie zawalał najważniejsze przedmioty, o czym państwo byli zawiadamiani listownie. Wielokrotnie też zapraszałam panią do szkoły... panią, względnie małżonka, ale państwo nie odpowiadali na moje listy.

– Jakie listy?!

– Polecone, proszę pani. Mamy potwierdzenia odbioru.

– Jakie potwierdzenia?

– Z poczty. – Agnieszka była niewzruszona.

Za to Dawidek jeszcze bardziej zbliżył się kolorystycznie do bakłażana. Agnieszka zastanowiła się przelotnie, czy młody nygus nie utrzymywał przypadkiem konszachtów z listonoszem czyli doręczycielem.

– Żadnych listów nie było – oświadczyła pani Niepiera. – I co też Dawid takiego pozawalał?

– Język polski, historię i matematykę. Pomijam żenująco kiepskie wyniki z innych przedmiotów, ale z tych trzech nie miał ani jednej oceny pozytywnej. Od początku roku, przypominam.

– Dawid! Czy ta pani mówi prawdę? Same dwóje masz z polskiego i matematyki? Historii też? Dlaczego ja o tym nie wiem? Dlaczego ja się dopiero teraz dowiaduję?

– A co miałem mamie głowę zawracać – mruknął Niepiera junior. – Mama zajęta domem...

W istocie, zazwyczaj starał się matki nie wtajemniczać w sprawy edukacyjne, informacja o aktualnej sytuacji wypsnęła mu się wczoraj przy obiedzie najzupełniej przypadkowo.

– Nie chciałabym ingerować w państwa stosunki rodzinne – wtrąciła Agnieszka. – Ale nawet jeśli do pani nie docierały nasze listy, to przecież wie pani doskonale, że w szkołach robi się zebrania, wywiadówki, że można zawsze przyjść i dowiedzieć się, jak idzie synowi. Do tej pory nie odczuwała pani takiej potrzeby.

Sandra Niepiera nie uznała za stosowne poinformować Agnieszki, że nadal nie odczuwa takiej potrzeby, tylko teraz bała się reakcji męża na wiadomość o klęsce naukowej syna.

Syn z kolei pluł sobie w brodę, że za wcześnie wyrwał mu się komunikat, a trzeba było poczekać i po prostu przyjść do domu ze świadectwem w łapie... Teraz matka drze się na dyrektorkę i to jest naprawdę wstyd, bo dyrektorka klasę pokazuje, a matka wprost przeciwnie...

Matka rozdarła się właśnie po raz kolejny na temat niekompetencji nauczycieli, którzy nie potrafią uczyć i dyrektorki, która nie potrafi kontrolować oraz zarządzać. Zakończyła niesłychaną wręcz propozycją:

– To teraz, proszę pani będzie tak. Dawid się przygotuje, a państwo mu zorganizujecie egzamin. Jak na maturze. I on wszystko zda. Nie ma tak, żeby nasze dziecko nie przeszło do drugiej klasy. Nie ma! Nie po to płacimy! Ciężkie pieniądze! A jak chcecie, żeby został w pierwszej, to musicie zwrócić czesne!

Zachowanie pionu przychodziło Agnieszce z coraz większym trudem. Trzymała się jednak zawodowo.

– Niestety, nie ma takiej możliwości – odpowiedziała spokojnie. – Mam na myśli i zwrot czesnego, i egzamin. Oczywiście, możecie państwo zabrać Dawida i przenieść do innej szkoły. To nie zmieni jego świadectwa. Przykro mi. Tym bardziej, że Dawid jest człowiekiem inteligentnym i bez trudu mógłby sprostać wymaganiom, które stawiamy naszym uczniom.

– To dlaczego ma takie stopnie?!

– Bo sam potencjał nie wystarcza, proszę pani. Trzeba pracować, a Dawidowi pracować się nie chciało.

– Bo nie potrafiliście go zmotywować!

– Staraliśmy się. Proszę mi wierzyć, robimy, co możemy. Rodzice muszą jednak pomóc, motywacja powinna wychodzić z domu, z rodziny.

– Niech pani nie próbuje zwalić swojej winy na rodziców! Rodzice pracują, od wychowania jest szkoła! Od nauczania też! Pieniądze to umiecie brać!

Agnieszka zamilkła. Powinna jeszcze dyskutować i przekonywać panią Niepierową, ale okropnie jej się nie chciało. Przecież widać, że baba jest impregnowana, zdania nie zmieni, ten cały Dawidek słowa jej przez cały rok nie powiedział, a niech sobie na rodzinnym forum oczy wydrapią. Jeśli zechcą przenieść Dawida do innej szkoły, trudno. Będzie się tłumaczyła Rozbickim. Ale wszystko ma swoje granice, jej cierpliwość też.

Nagle stwierdziła, że jest cicho. Pani Niepiera zamknęła się i teraz najwyraźniej czeka na odpowiedź. Tylko o co pytała?

Niespodziewanie zaktywizował się gibon, który zdążył już odzyskać normalny kolor.

– Mama – powiedział ochrypłym głosem. – Ja cię proszę, daj spokój. Ja ci rzeczywiście nie mówiłem wszystkiego. Teraz jest za późno. Będę miał ten rok w plecy.

– A co ty się tak zgadzasz ze wszystkim? O swoje trzeba walczyć – pouczyła go rodzicielka, ale było widać, że wytraciła sporą część impetu.

– Mama. Ja cię proszę. Idź już do domu. Ja mam jeszcze dwie lekcje. Jak wrócę, wszystko ojcu powiem. Naprawdę byłem cienki w tym roku. Wytłumaczę. Ja już nie mogę słuchać, jak ty krzyczysz. Chodź.

– Ojciec cię zabije – mruknęła ostrzegawczo mamusia i skapitulowała. Obiecała jeszcze Agnieszce, że tego tak nie zostawi i wyszła.

Junior wyszedł za nią, lecz zanim Agnieszka zdążyła ochłonąć po przeżyciach, jego łysy łeb ponownie pokazał się w drzwiach.

– Mogę?

– Wejdź, proszę.

Dawid starannie zamknął za sobą drzwi i ciężko oparł się o futrynę.

– Przyszedłem panią przeprosić.

– Za co?

– Za kogo. Za siebie, bo rzeczywiście nie powiedziałem starszym, że jestem zagrożony. Ale pani rozumie, nie chciałem awantur. Widziała pani możliwości mojej matki, a ja jestem spokojnym człowiekiem…

– I naprawdę nie jesteś głąbem, więc nie rozumiem, dlaczego nie przcwidziałeś, że w końcu to wszystko trzaśnie?

– Przewidzieć przewidziałem, tylko nie chciało mi się o tym myśleć.

– No i właśnie trzasnęło.

– No tak… i przykro mi, że trzasnęło w panią. Miałem nadzieję, że to się odbędzie w pieleszach domowych, pani rozumie. A na awantury w pieleszach to ja jestem uodporniony. A tu matka na panią tak strasznie krzyczała. Więc przepraszam też za panią Niepierzynę.

– Co? Ach, rozumiem. Pan Niepiera, pani Niepierzyna. Ładnie. Twoja mama pewnie nie używa tej formy?

– Moja mama nie wie, że taka forma istnieje. Pani dyrektor, ja zrobię wszystko, żeby pani nie miała więcej kłopotów z mojego powodu. Proszę mi wierzyć.

– Wierzę, że zrobisz wszystko, co nie znaczy, że nie będę miała kłopotów. Dawid, a może byś się jednak spróbował sprężyć… w przyszłym roku, oczywiście? Jak cię znam, dasz sobie radę spokojnie. Tylko musisz przestać być nierobem.

– Kiedy fajnie być nierobem – wyznał rozbrajająco młody Niepiera.

– I co, do końca życia będziesz się bujał i do końca życia będziesz wysłuchiwał awantur? Nie lepiej skończyć jak najszybciej nauki i prysnąć w świat?

– W jaki świat?

– Jakikolwiek. Na studia gdzieś daleko. Daleko od domu, od poleceń, krzyków. Gdzieś, gdzie będziesz traktowany jak człowiek. Przecież ty za chwilę będziesz pełnoletni!

– Nooo, jeszcze trochę. Myśli pani, że ojciec będzie chciał mnie puścić od siebie? On chce, żebym przejął jego biznes, jakieś nieruchomości, straszną kasę na tym trzepie. A ja lubię kasę.

– To mu obiecasz, że się wykształcisz i wrócisz. A na studiach łykniesz swobody, poznasz ludzi, inne środowisko. Dawid, ja cię nie rozumiem, człowieku! Ile lat jeszcze chcesz być dzieckiem?

– Ile się da – westchnął Niepiera. – Już pani kiedyś mówiłem. Ale rozumiem, co pani mi chciała powiedzieć. Będę myślał. Dopóki matka wyżywała się na mnie, to spoko, znosiłem. Ale jak zaczęła startować do pani... pierniczę, straszna siara... Przepraszam, to taki język nieoficjalny. Kompromitacja.

– Już nie przepraszaj. I nie ma co bić piany. Oboje mamy lekcje. I błagam, zacznij myśleć. O sobie. No, trzymaj się, chłopcze.

Wyciągnęła do niego rękę, którą on odruchowo potrząsnął, a potem na chwilkę zatrzymał w swojej poobijanej łapie.

– Mogę jeszcze o coś spytać?

– Pytaj.

– Pani naprawdę wygląda, jakby się pani nie zdenerwowała. To jest możliwe, czy mi się wydaje?

– Dawid. Dziecko. A czym ja się miałam zdenerwować? To twoje zmartwienie, nie moje. Ty masz problem, nie ja. Ty musisz go rozwiązać. A ja ci życzę szczęścia.

– A te... krzyki mojej starej... przepraszam, mamy?

– Wysłuchiwanie ich należy do moich obowiązków służbowych. Leć na tę lekcję i powiedz pani Rzepce, że cię przetrzymałam.

Niepiera junior wycofał się na korytarz. Na lekcję nie miał zamiaru iść, musiał sobie przemyśleć wszystko, co zaszło. Deklarowana obojętność dyrektorki wobec jego, Niepiery, losów, zrobiła na nim wrażenie.

Może naprawdę powinien przewartościować (fajne określenie, pani Rzepka, polonistka, lubi je i często używa)... co właściwie się przewartościowuje?

Wszystko musi przewartościować. Z wyjątkiem dyrektorki, dyrektorka jest cool. Znaczy trendy. Znaczy jazzy.

Poszedł do męskiej toalety, przewartościowywać przy jednym marlboro lajcie.

Agnieszkę rozmowa z ekspansywną panią Niepierzyną (on naprawdę nie jest głupi, ten Dawid!) wyjątkowo jakoś zmęczyła. Postanowiła dać sobie jeszcze pięć minut. Pan Kostrzeń, drugi obok pani Rzepki polonista, na pewno już jakoś zajął pierwszą klasę.

– Dziękuję ci, Jędrzeju, nie chcę już kawy – powiedziała pół- czy raczej ćwierćgłosem przed siebie. – Posiedźmy chwilkę, dobrze? Otwórz to okno, z łaski swojej, znowu się przymknęło, a ta cała Niepierzyna wylała na siebie wiaderko jakiegoś pachnidła... zaraz się od niego uduszę.

Podeszła do okna i otworzyła je na oścież.

– Jezu, jakie ja mam czasami ciężkie życie. Nic to. Damy radę.

Pomilczała chwilę, poddając się subtelnym pieszczotom Jędrzeja Pawełki, uczonego, choć i wcale seksownego mediewisty z Siemianowic Śląskich.

– Powinnam już pędzić... nie należy przeginać... dzieciaki czekają.

– Powinnaś odpocząć – zauważył Jędrzej.

– Nie wiesz, kiedy?

– Wyjedziesz ze mną na Śląsk?

– Czy to jest czas i miejsce na takie rozmowy?

– Na takie rozmowy zawsze jest miejsce i czas. To jak będzie, wyjedziesz?

– Porozmawiamy o tym wieczorem, w domu. Tylko mi nie mów, że musisz dzisiaj wracać. Zrobię kolację.

– Oj, Agnieszko, Agnieszko… Zastanów się. Rozejrzyj dookoła siebie. Po co ci ta cała harówka, po co ci te straszne baby, te nygusy bez ambicji, zostaw to, rzuć w diabły, jedź ze mną, wrócisz do pracy naukowej, zrobisz doktorat, ja już będę miał niedługo habilkę, będziemy parą stukniętych historyków. Ja średniowiecze i ty – dziewiętnasty wiek. Nie wiem, co takiego widziałaś w tym konusie, Napoleonie, nawiasem mówiąc, Szarlemań waleczny jest o wiele ciekawszy. Będziesz uczyła studentów, a oni cię będą uwielbiali, tak jak ja zresztą. Tutaj się utyrasz, a rezultaty… szkoda gadać, żadne. Chwała Bogu, że ta twoja babcia cię przegoniła, bo byś się zamęczyła z kretesem.

– Patrz, Jędruś, ona też na mnie wrzeszczała. Ostatnio stale ktoś na mnie wrzeszczy.

– Ja nie będę na ciebie wrzeszczał. Nigdy. Nie odbieraj tego telefonu.

– Muszę, Jędruś, bo może to coś ważnego.

– Kto to dzwoni?

– Nie kojarzę takiego numeru. To miejski. A niech tam, wyłączę go…

Doktor prawie habilitowany Jędrzej Pawełko natychmiast wziął ją w ramiona, ale w tym momencie cholerny telefon odezwał się znowu. Agnieszka nie wytrzymała.

– Odbiorę. Czekaj. Puść, proszę, to tylko moment. Halo, Agnieszka Borowska, słucham.

– Pani Borowska? – zaskrzeczało w słuchawce. – Halo!

– Agnieszka Borowska, słucham uprzejmie.

– Tu pani Chrzanowska mówi. Pani wtedy mówiła poważnie?

Nazwisko pani Chrzanowskiej z niczym się Agnieszce nie skojarzyło.

– Kiedy i co mówiłam?

– No, Chrzanowska mówi, pani nie słyszy? To przecież ja jestem stara i głucha, a nie pani!

Agnieszce otworzyła się klapka w mózgu. Wywołała. Wykrakała. Leciwa dama z trzeciego piętra. Straszna babunia, Róża Chrzanowska.

– Już słyszę, coś mi tu brumiło.

– Co robiło?

– Trzeszczało. O co pani pytała?

– Bo jeżeli pani wtedy mówiła poważnie, to ja bym prosiła, żeby mi pani przyniosła zakupy. Ja się nie mogę ruszać, a nie mam w domu nic do jedzenia. Tylko żeby drogo nie było, ja oddam, jak pani przyniesie. Może pani?

– Mogę, oczywiście. Co pani kupić?

– Wszystko jedno co, jak najwięcej za dwadzieścia złotych. Żeby mi wystarczyło na trzy dni. Ja dużo nie jem. I jakby pani dali w aptece przeciwbólowe bez recepty. Żeby skuteczne było i tanio. Nie więcej niż za dziesięć złotych. Na tydzień czasu.

– Jakie przeciwbólowe?

– Tanie. Na reumatyzm. I kręgosłup. Bo na serce jeszcze mam.

– Dobrze. Tylko ja jeszcze jestem w pracy, kończę koło szesnastej, to przed siedemnastą do pani nie zdążę. Pani mówiła, że nie ma co jeść? Od kiedy?

– Od kiedy jechały Szwedy. Do siedemnastej nie umrę. Do widzenia.

Agnieszka zatrzasnęła klapkę telefonu. Babcia najwyraźniej poddała się z głodu.

Opanowana pani dyrektor poczuła, że coś jej się w środku przewraca. Dlaczego ta stuletnia Róża jest sama? Nie ma żadnej rodziny? Żadnych dzieci, wnuków, które mogłyby się nią zająć? A może by ich tak poszukać, odnaleźć i zdrowo nimi potrząsnąć?

Rzuciła okiem na stolik, na którym jeszcze stały filiżanki po kawie i szklanka z niedopitą colą. Wybrała szklankę. Colą podlała gigantyczne drzewko szczęścia, a szklanką z całej siły rzuciła o podłogę.

Nie do wiary, szklanka się nie stłukła. Odbiła się od posadzki i podskoczyła kilka razy. Agnieszka roześmiała się. Plastik. Ale dobrej jakości, łudząco podobny do szkła. Pozory czasami mylą.

– Prawda, Jędrusiu?

Podobny do wielkiego szarego kota, aczkolwiek nie tak tłusty, doktor Pawełko pokiwał głową.

– O, tak. Czasami nawet bardzo.

~

– Ty się ostatnio jakoś dziwnie zachowujesz, Michalino. Co się z tobą dzieje? Może jesteś chora, co nie daj Boże?

– Nie, dlaczego?

Pani Bożena Konik-Hart spoglądała znad okularów na swoją córkę, a jej spojrzenie miało twardość betonu. Córka nie miała prawa być chora, ponieważ to ona, matka była chora permanentnie, przez co wymagała permanentnej obsługi. Potencjalna choroba córki stawiała jakość tej obsługi pod znakiem zapytania.

– Lepiej zmierz sobie gorączkę i weź aspirynę.

– Nic mi nie jest.

– Profilaktycznie.

Michalina zlekceważyła termometr podtykany przez matkę, zrobiła sobie herbatę i zagłębiła się w katalogach bylin, drzew i krzewów ozdobnych.

– Chcesz coś zmienić w naszym ogródku? – spytała podejrzliwie matka, nieznosząca żadnych zmian.

– W naszym? Nie, chyba że masz ochotę na jakąś małą rewolucję. Zobowiązałam się do urządzenia ogrodu w hospicjum.

– Gdzie?!

– W hospicjum. Mają spory kawałek terenu, ale ten teren jest prawie kompletnie łysy. Trzeba tam będzie włożyć trochę pracy. No i muszę ponaciągać jakichś ogrodników na roślinki. I na wywiezienie śmieci, to znaczy tego, co tam teraz jest, starej ziemi, resztek gruzu, gałęzi, bo są i drzewa do pocięcia.

– Ale dlaczego właśnie w hospicjum? – Matce jakoś trudno było się pogodzić z tym, co wyraźnie słyszała. – Czy może masz nadzieję, że mnie tam umieścisz, kiedy ci się ostatecznie znudzi opieka nad starą matką?

Michalinę okropnie bolały takie insynuacje, ale starała się tego po sobie nie pokazywać. Podejrzewała, że gdyby odsłoniła słabe miejsce, mamunia bez skrupułów waliłaby w nie jak w bęben. Pominęła więc kwestię umieszczania matki gdziekolwiek.

– A, tak się dogadałam przez przypadek z jednym księdzem, który tam pracuje i on mi powiedział o tym ogrodzie.

– Zapłacą ci?

– Nie. Oni nie mają przesadnie dużo pieniędzy, a to co mają, zużywają na potrzeby chorych.

– A dlaczego ty właśnie masz sponsorować obcych chorych?

Michalina straciła cierpliwość, co, przyznajmy, rzadko jej się zdarzało.

– Bo mam taką fanaberię, mamo. Nie ucierpisz przez to.

Matka miała zgoła inne zdanie.

– Jak to, nie ucierpię? Jak to? Całymi dniami teraz cię nie będzie w domu, będziesz gdzieś ganiać, a ja nie będę miała do kogo ust otworzyć! A jakbym się nagle źle poczuła?

– Ja mam zawsze włączoną komórkę. Mamo, nie chce mi się dyskutować na ten temat. A ty naprawdę za dużo siedzisz w domu, prawie wcale nie wychodzisz, gdybyś tak czasem poszła na spacer, teraz jest ładnie, ciepło, może spotkałabyś kogoś miłego, jakąś inną panią, pogadałybyście sobie o czymś przyjemnym. Proszę, nie odpowiadaj mi teraz, wiem, jakie masz dyżurne argumenty, żeby się nie ruszać. Przepraszam cię, muszę się skupić, bo chcę zrobić ładny projekcik dla tego hospicjum. Idę do siebie, a ty poczytaj albo pooglądaj telewizję, albo nie wiem co. Mnie nie ma.

Pozbierała swoje katalogi, okulary do czytania i kubek z herbatą.

– Jesteś bez serca – oświadczyła jej matka z przekonaniem.

Ale Michalina już stąpała po skrzypiących schodach na piętro. Ich mały domek na Czeremchowej, bocznej ulicy w Zdrojach, był bowiem piętrowy. Na dole miał dwa pokoje i kuchnię, a na górze jeden spory pokój ze skośnym sufitem. Michalina uwielbiała swoją górkę, choć na ogół przebywała na dole, żeby matka nie czuła się samotna. Tym razem jednak rzeczywiście potrzebowała spokoju. Nie tylko ze względu na projekt ogrodu, ale również, a może przede wszystkim, ze względu na siebie samą.

Czyżby wyczerpywała jej się cierpliwość, odporność i spolegliwość?

To by znaczyło, że charakter jej się psuje ogólnie i żadne dobre uczynki dla hospicjum tu nie pomogą. Michalina nie wiedziała, czy ma się już zacząć tym martwić, czy jeszcze niekoniecznie.

Zagłębiła się na powrót w zagadnienia ogrodnicze.

Po kilku minutach jej matka usłyszała płynącą z górki rzewną balladę o cholernym irlandzkim emigrancie, który chciałby wrócić z Kalifornii do domu, ale nie może, bo nie ma forsy. Jakim cudem Michalina tak te Noelowe piosenki zapamiętała?

Ruchem zdecydowanym pani Bożena chwyciła pilota i włączyła telewizor. Bardzo głośno.

Swoją drogą, ten Irlandczyk to jakiś idiota, jak można chcieć zamienić słoneczną Kalifornię na chłodną i deszczową Irlandię?

~

– Cześć, ciociu Grosik…

– Cześć, Franuś. Jak żyjesz?

– Ja dzisiaj nieźle, ale, ciociu, może byś zajrzała do jedenastki, tam jest taka jedna nowa dziewczynka, niby duża, ale nie radzi sobie. Ma guza mózgu. Ja już z nią gadałem, ale co to za rozmowa. Ja jestem facet, a ona baba. Ciocia też baba, nie? Swoją drogą ciekawostka, dlaczego ja się z ciocią dogaduję, a z nią nie. Ale się dowiedziałem, że jej rodzice są z Trzcińska i nie mają za dużo pieniędzy, więc nie mogą u niej stale siedzieć, a jeszcze ona ma czwórkę rodzeństwa, więc ciocia wie. Stale ryczy. A jej mama się wygadała, że doktor nie robił dużych nadziei. To znaczy, że ona może umrzeć. Ale wujek Orzech mówił, że jak są jakiekolwiek szanse, to trzeba się ich trzymać. Ja się swoich trzymam. Ja wiem, że to nie jest łatwe, zwłaszcza pewnie dla dziewczyny. Ja ją nawet rozumiem, że ryczy, ale to chyba nie pomaga, nie?

– Tak myślę, Franuś. Już do niej idę. A twoja mama przyjdzie?

– Już była i jeszcze przyjdzie. Tata wraca z rejsu za dwa tygodnie, to też przyjdzie. Ciocia sama pójdzie do tej Jowity, czy mam ciocię przedstawić?

– A jak na ciebie reagowała ta Jowita?

– Pozytywnie, to znaczy nie rzucała we mnie kapciami. Ona chyba myśli, że jestem za mały. A ona ma z piętnaście lat.

– To może mnie przedstaw, co będę tak wchodziła znienacka.

Franek kiwnął energicznie głową, na której pojawił się nowiutki, nieśmiały meszek zapowiadający powrót włosów i poszedł przodem. W sali numer jedenaście były cztery łóżka. Trzy z nich puste, ponieważ zajmujące je dziewczynki siedziały z rodzicami w oddziałowym saloniku. Na czwartym, najbliżej okna, leżała zamotana w kołdrę piętnastoletnia Jowita.

Po kilku tygodniach odwiedzania szpitala Alina miała już opanowany odruch niepoddawania się odruchom żalu i współczucia, teraz jednak serce jej się ścisnęło. Jowita przypominała Wisienkę. To znaczy, miała takie same włosy. Reszty nie było widać.

Alina zdusiła w sobie wszystko, co poczuła, i podążyła za Frankiem, który już siedział na skraju łóżka.

– Ty, Jowita, nie śpij. To ja do ciebie przyszedłem, Franek. Przyprowadziłem kogoś. Nie śpij, Jowita.

– Mama?

Dziewczynka usiadła na łóżku, zobaczyła Alinę i na powrót zakopała się w kołdrę.

– Jowita, coś ty, pogadaj z ciocią!

– Franek, wiesz co? Może będzie lepiej, żebym ja sama spróbowała. Daj buziaka i zmykaj.

Franek energicznie cmoknął Alinę w policzek i odmaszerował. Trzy kroki za drzwiami wykonał w tył zwrot i przyczaił się, w ewidentnym zamiarze podsłuchiwania.

Alina, która usiłowała trzymać pion wobec Franka, stwierdziła, że za moment się rozklei. Aby temu zapobiec, wstrzymała się chwilowo od mówienia. Siedziała na krzywym taborecie i milczała. Niespodziewanie okazało się to dobrą metodą... przynajmniej na początek.

Po kilku minutach Jowita wygrzebała się częściowo z pościeli i usiadła na łóżku, tyłem do gościa.

– Nie wiem, po co pani przyszła, ale niech pani idzie. Ja nic nie potrzebuję. Ani nikogo.

– To może przynajmniej popatrz na mnie.

– Nie chcę na panią patrzeć. Nie chcę, żeby pani na mnie patrzyła. Niech mnie pani zostawi w spokoju.

– Ale jak cię zostawię, to sama sobie nie dasz spokoju, dziewczynko. Będziesz się dręczyć i dręczyć, całkiem niepotrzebnie.

Jowita odwróciła się i spojrzała na Alinę zapuchniętymi oczami.

– Pani uważa, że niepotrzebnie? Pani nie wie, na jakim jesteśmy oddziale? Tu się umiera!

– Niekoniecznie. Jowita, co ja ci będę bajki opowiadać, obie wiemy, jak jest. Nie zachorowałaś na grypę. Ale nowotwory też się leczy. Powiedz, dlaczego twój akurat miałby być nieuleczalny?

– A dlaczego miałby być uleczalny?

– A dlaczego zakładasz, że nie jest?

– A dlaczego miałabym... Jezu, to jakieś głupie gadanie!

– Też tak myślę. Jowitka, dziecko, zrozum, ja nie przyszłam cię namawiać, żebyś się przestała martwić. Wiem, że masz zmartwienie i to bardzo poważne.

– To ja już nic nie rozumiem. O co pani chodzi?

– A chcesz sobie popłakać?

Jowita, zamiast odpowiedzieć, zaczęła się trząść. Alina przesiadła się z taboretu na łóżko, a dziewczynka wtuliła się w jej objęcia i rozpłakała rzewnie.

Trwało to jakiś czas. Alina siedziała cierpliwie i nie odzywała się. Wreszcie oderwała Jowitę od siebie i powiedziała stanowczo:

– Starczy. Bo wpadniesz w taki szloch, że nie będziesz się umiała powstrzymać i trzeba będzie wołać lekarzy. Ale już ci na pewno lżej. Prawda? Mogłabyś wstać i umyć pyszczek?

Jowita kiwnęła głową. Wstała, powłócząc nogami, i dokonała podstawowych ablucji. Nie poprawiło to specjalnie jej wyglądu, ale trochę ją odświeżyło.

– Nie powiedziała mi pani, kim jest. Psychologiem?

– Nie, psychologiem nie. Franek ci mówił, ale nie chciałaś słuchać. Ja naprawdę przychodzę tu, żeby wam służyć za taką ciocię, co to pocieszy, wysłucha, zagra w scrabbla, zrobi, co się da, żeby wam było lżej. Ja przecież wiem, że wam jest ciężko. Możesz mi mówić „pani" albo „ciociu", albo jak chcesz.

– Ciocia Grosik, naprawdę?

– Ewentualnie ciocia Alina. Chcesz pogadać?

– A o czym tu gadać? O tym, że wyzdrowicję? A przedtem będę łysa i obrzydliwa... i będzie mnie wszystko bolało.

– Jowitka, a widziałaś tu kogoś obrzydliwego?

– No wie pani!

– No właśnie. Słuchaj, czy mogę z tobą rozmawiać naprawdę poważnie?

– Może pani spróbować.

– To spróbujmy. Postaraj się przyhamować uczucia i popatrzeć na sytuację z boku. Jesteś poważnie chora. Boisz się, że umrzesz. Teoretycznie, jest taka możliwość, zwłaszcza że wszyscy kiedyś umrzemy. Jest jednak możliwość, że wyzdrowiejesz...

– Doktor Orzechowski mówił mamie, że mam małe szanse. Dziesięć procent na dziewięćdziesiąt...

– Najważniejsze, że jakieś masz. Wiesz, ja wprawdzie zawodowo zajmuję się między innymi liczeniem pieniędzy, ale w tym wypadku widzę to inaczej. Nie dziewięćdziesiąt na dziesięć procent szans ani siedemdziesiąt na trzydzieści, tylko tak: będziesz żyła albo nie.

– Fifty – fifty, pół na pół, jeden zając, jeden wół...

– A jednak zawsze fifty, fifty. Tak lub nie. Możesz założyć, że nie. A powiedz mi, czego byś chciała: wyzdrowieć, czy nie wyzdrowieć?

– Pani sobie ze mnie żartuje?

– Nigdy. No to jak?

– Oczywiście, że chcę wyzdrowieć!

– To zrób takie założenie, że wyzdrowiejesz. W ogóle nie nastawiaj się na nic innego. Nie myśl o niczym innym, tylko o tym. A wszystko, przez co będziesz musiała przejść, to tylko droga. Strasznie trudna, to prawda, ale tylko droga. A potem z powrotem normalne życie.

– A jak się okaże, że jednak nie?

– To wtedy będziesz się zastanawiać, co z tym zrobić. Póki są szanse, trzeba się ich trzymać. Wiesz, ja słyszałam takie powiedzenie, że jeśli pacjent wykazuje naprawdę silną wolę życia, to medycyna jest bezradna...

Jowita chwilę pomyślała i wreszcie złapała sens dowcipu. Uśmiechnęła się blado.

– To pomaga?

– Pomaga. Nie tylko dlatego, że jest ci lepiej na duszy. Ale jak się człowiek poddaje, to chorobie łatwiej go dopaść. A jak zrezygnuje, to jakby się zgadzał na własną śmierć. Zgadzasz się na własną śmierć?

– Nie. W każdym razie nie teraz.

– Mądra dziewczynka. Za jakieś osiemdziesiąt lat możemy o niej pogadać. Teraz nie.

Jowita patrzyła na Alinę niezdecydowanie, wobec czego Alina znowu zastosowała niezawodną metodę dobrej cioci i przytuliła ją do siebie. Tym razem Jowita już nie płakała. Po jakiejś minucie wyswobodziła się z uścisku.

– Ciociu... mogę tak?

– Pewnie. Już ci mówiłam.

– A co mam robić, jak będę miała załamki?

– Jeśli nie będziesz widziała innego wyjścia, to sobie popłacz, tylko nie poddawaj się za długo czarnym myślom. A jak już przestaniesz płakać, to spróbuj się tu pozaprzyjaźniać. Są dziewczynki w twoim wieku, możecie razem się opiekować maluchami. Polecam ci też Franka jako przyjaciela. To po prostu świetny facet, myślący i życzliwy. On mnie tu przyprowadził, bo się martwił o ciebie.

– Jak to, martwił się o mnie?

– Normalnie. Uznał, że źle znosisz pobyt tutaj i poprosił mnie o pomoc.

– Pomoc dla mnie? Przecież on mnie nie zna.

– Mówiłam ci, że to świetny facet. Chociaż łysy…

– Ciociu, przestań!

– Już przestaję. Grałaś kiedy w scrabbla?

– Nie wiem, co to jest.

– No to Franuś cię nauczy z przyjemnością. Franuś może godzinami.

– Ale on jest… straszny szczeniak…

– Ma dziesięć lat i jest po przejściach. To prowadzi do szybszego dojrzewania. I jest inteligentny. Poza tym, kto powiedział, że nie możesz go traktować jak młodszego braciszka?

– Mojego młodszego braciszka kiedyś zabiję, ciężko z nim wytrzymać…

– Oo! To znaczy, że masz jakieś plany na przyszłość! Bardzo dobrze. Franek, nie czaj się już za tymi drzwiami. Chodź, zaopiekuj się koleżanką Jowitą. Koniecznie naucz ją grać w scrabbla. Tylko uważaj, bo jest cięta na młodszych braciszków.

∾

Pani Róża Chrzanowska rzeczywiście zadzwoniła do Agnieszki w pilnej potrzebie, przyciśnięta głodem i reumatyzmem, który nie pozwalał jej zejść z trzeciego piętra po zakupy jedzeniowe. Od razu jednak uczyniła założenie, że nie przyjmie od tej wypindrzonej paniusi żadnej łaski. Żadnych prezentów żywnościowych, żadnych lekarstw, droższych niż polopiryna. A jakby paniusia zechciała ją obrażać jakąś niewczesną dobroczynnością, to się jej pokaże, gdzie jej miejsce. Ona, Róża Chrzanowska, jest wprawdzie stara i dramatycznie nie ma pieniędzy, ale posiada swój honor, a za honor, jak trzeba, będzie walczyła do ostatniego tchu.

Leciwej damie strasznie brakowało rozrywki i liczyła na małą awanturkę.

Okazało się, oczywiście, że słusznie zakładała rozpasanie finansowe dobroczynnej paniusi, bowiem Agnieszka zrobiła całkiem przyzwoite zakupy i z lekką zadyszką wtargała je na trzecie piętro.

Zadzwoniła do drzwi i poczekała chwilę. Ona z kolei przypuszczała, że starsza pani przetrzyma ją za drzwiami, dla samej zasady. Tak też się stało.

Pani Róża otworzyła wreszcie, lecz nie kwapiła się z wpuszczeniem Agnieszki do środka.

– Te wszystkie toboły, mam nadzieję, to panine?

– A pani będzie mnie tak trzymać na schodach? Zmęczyły mnie te piętra, chciałabym usiąść!

Róża cuknęła się i poszerzyła szparę w drzwiach.

Agnieszka bezceremonialnie wdarła się do twierdzy i kierując się znajomością rozkładu pomieszczeń, (jej mieszkanie było dość podobnie rozplanowane, w końcu ta sama kamienica, tylko dwie bramy dalej) odnalazła kuchnię.

Kuchnie starszych pań na ogół pełne są rondli i garnuszków ukrywających mniej lub bardziej archiwalne pożywienie, schnących chlebków i bułeczek pozawijanych w reklamówki, cebulek walających się po szafkach, resztek niedzielnego serniczka, pojedynczych jabłek, cytryn i mandarynek.

Kuchnia pani Róży była idealnie czysta i na pierwszy rzut oka zawierała wyłącznie naczynia. Pusty chlebak czyściutko wymyty i otwarty. Szklanki ustawione równiutko na półkach. Talerze na innych półkach. Wszystko na baczność.

Agnieszce zrobiło się zimno. Nie bardzo jej wypadało grzebać po szafkach, ale tę lodówkę zaraz otworzy, bo ma mleko, masło i serki… i parówki, i jajka, i coś tam jeszcze.

Zaczęła wykładać zakupy na stół i oczywiście, jak najbardziej zgodnie z jej przewidywaniami, pani Róża natychmiast zaczęła robić awanturę.

– Co ja mówiłam do telefonu? Co ja mówiłam? Czy ona sobie myśli, że mnie stać na wyprawianie bankietów? Miało być za dwadzieścia złotych!

– Chwila – mruknęła Agnieszka żeby zyskać na czasie. – Tu jest moje też.

– Chyba że tak – sapnęła stara dama. – Tylko ma to wszystko zniknąć! Jak sen złoty!

– Jak sen jaki złoty – poprawiła odruchowo Agnieszka. O, przepraszam, nie chciałam pani poprawiać, wyrwało mi się. To u mnie zawodowe.

– Nauczycielka? Polskiego?

– Historii. A poza tym jestem dyrektorką szkoły.

– Której? Coś tam było na tej wizytówce, ale nie pamiętam...

– Prywatnego liceum. Na Warszewie, blisko Bandurskiego. Mogę wstawić mleko do lodówki?

Nie czekając na pozwolenie, Agnieszka otworzyła lodówkę.

Jak wymieciona.

Boże święty, przecież babcia jest głodna! Trzyma fason jak może, a pewnie ją skręca... trzeba szybko znaleźć jakiś patent, żeby nie kazała się wynosić z tym całym żarciem, bo z tej ambicji umrze głodową śmiercią!

– Pani Różo... czy ja mogę mieć propozycję?

– Propozycję? – Pani Róża nie była jedną z tych ufnych staruszek wierzących w ludzkość.

– Bo ja właśnie wracam z pracy, nie zdążyłam zjeść obiadu, jak sobie pomyślę, że musiałabym jeszcze dojść do siebie, do domu, to mi się robi słabo. A może bym zrobiła jakieś małe coniecoi i zjadłybyśmy razem? Tyle tego nakupowałam... zanim zrobimy podział, wyzionę ducha. To co, mogę?

W starszej pani gwałtownie ścierał się duch z materią.

Materia zwyciężyła.

– A co pani chce zrobić? – burknęła, ale chyba tylko dla zasady.

– To co najprostsze. Jajecznicę. Albo parówki odgrzeję. Co pani woli?

– Nie wiem, to pani jedzenie.

– Dobrze, to ja szybciutko zarządzę, a pani sobie siądzie i będzie odpoczywać. Zgoda?

– To ja lepiej się położę na chwilkę, bo mi dzisiaj kręgosłup żyć nie daje i serce też…

– Ale mówiła pani, że ma coś na serce – zaniepokoiła się Agnieszka.

– Mam, brałam niedawno. Przeciwbólowe pani mi kupiła?

– Kupiłam. Lepiej brać po jedzeniu…

– Wolę teraz. Niech już działa. Pani mi to da.

Zawahała się moment i dodała:

– Proszę.

Agnieszka wyciągnęła pudełeczko z lekarstwem i szybko nalała wody mineralnej do szklanki. Pani Róży wróciła podejrzliwość.

– A co to? Miało być tanie, a to mi nie wygląda! Ile to kosztuje?

Drobne łgarstewko nie stanowiło dla Agnieszki żadnego problemu.

– To akurat nie kosztuje nic, bo mi znajoma aptekarka dała próbki. Bezpłatne próbki. Nie do sprzedaży. Powinno pomóc na stawy. Niech pani zażyje jedną i położy się na chwilkę, a ja zaraz zrobię coś do jedzenia.

Pani Róża skapitulowała pod naciskiem własnych stawów. Oraz prawdopodobnie żołądka. Bez słowa odeszła, trzymając się ścian i sprzętów.

Agnieszka błyskawicznym ruchem otworzyła szafki i zajrzała do środka.

Również wymiecione do zera.

Chryste…

Ciekawe, jak długo babcia pości.

Znalezienie właściwych naczyń nie stanowiło problemu w tym idealnym porządku. Agnieszka szybko rzuciła na patelnię kawałek masła i kilka jajek, pokroiła bagietkę i dwa pomidorki. Nastawiła też parówki, to na drugie danie... taka duża babcia powinna dostać solidny posiłek... Parę plasterków sera. Szczypiorek.

Ogromna taca z lepszych czasów stała za lodówką. Agnieszka wyciągnęła ją, przetarła i załadowała po brzegi.

Pani domu leżała na kanapie z nadzieją, że za chwilę przestaną ją rąbać cholerne stawy... coś takiego, jak ona zaczęła się wyrażać... za dużo telewizji ogląda, od kiedy nie ma siły na wychodzenie, to te schody ją wykańczają...

Do pokoju wpłynęła gigantyczna taca pełna jedzenia.

W pierwszym odruchu pani Róża zamierzała zerwać się i nasobaczyć paniusi, ale boski zapach unoszący się wokół tacy pozbawił ją całkowicie siły woli.

Agnieszka zauważyła to i wykorzystała.

– Szybciutko, jedzmy, bo wystygnie. Jestem głodna jak całe stado wilków. Jajeczniczka, proszę. Sypnę szczypiorkiem, dobrze? Herbatę zrobiłam z sokiem malinowym, ja tak lubię, nie wiem, jak pani.

Klepiąc byle co, sama zabrała się do jedzenia. Było to z jej strony spore poświęcenie, bo generalnie jadła niewiele, a uczestniczyła dziś w bardzo porządnym biznesowym obiedzie z panem Rozbickim, który lubił sobie przy zastawionym stole pogadać o interesach. Zachodziła jednak obawa, że w przeciwnym razie podejrzliwie nastawiona babcia poznałaby się na podstępie i wznowiła protesty.

Babcia nie wznowiła.

Najwidoczniej dręczył ją również głód kontaktów międzyludzkich.

Podjadła solidnie, dyskretnie beknęła i odsunęła się od stołu. Wyblakłe oczka poweselały jej znacznie. Kościstymi palcami zabębniła w blat.

– Smakowało? – Agnieszka postarała się, aby to pytanie zabrzmiało zdawkowo.

– Może być – równie zdawkowo odparła pani Róża. – Niech mi pani teraz powie, co pani jest za jedna i dlaczego właściwie pani wtedy do mnie przyszła? Naprawdę tylko dlatego, że głupia Łódź Kaliska nagadała, co jej ślina na język przyniesie?

Łódź Kaliska!

– Naprawdę. Tak sobie pomyślałam, że mogłabym pomóc. Miewam czasami jakieś wolne godzinki, mogłabym wpaść do pani, odkurzyć mieszkanie, pogadać, zrobić zakupy. Pani Kaliska wspominała, że nie ma pani bliższych krewnych. Ja też nie mam, w każdym razie w pobliżu. Nie mówię, że to byłoby codziennie, takie moje wpadanie, ale jakieś dwa razy w tygodniu. I w sytuacjach awaryjnych, oczywiście. Na szczęście ma pani telefon.

– Na szczęście mam. Niech mi pani opowie o sobie.

Agnieszka opowiedziała starszej pani o swojej szkole, dzieciach, rodzicach, upiornej Niepierzynie i paru innych rzeczach. Słuchaczka była zadowolona tylko częściowo.

– O samej pracy pani mi mówi. A co w domu?

– W domu mam kota – powiedziała Agnieszka krótko. Jakoś nie chciało jej się wydobywać na światło dzienne doktora Jędrzeja Pawełki. – Nazywa się Rambo i waży osiem kilo.

– O matko – ucieszyła się niespodziewanie pani Róża. – Spora kicia! Rasowy jakiś? Norweskie są takie duże. Może on norweg?

– Nie, dachowiec. Szarobury. Taki najzwyklejszy.

– Jak z bajek, nie?

Agnieszkę zaskoczyła trafność tej uwagi. W istocie, koty bajkowe nie bywały perskie, norweskie ani syjamskie. Koty bajkowe były zwyczajne. Nawet u Elliota chyba… te wszystkie Ramtamtamki, Gusy, tajemniczy kot Makawity, a nade wszystko Koty-Kociłapcie. Małe, psotne Koty-Kociłapcie.

– „Koty-Kociłapcie nocą wyszły"[1] – zadeklamowała. – Koty-Kociłapcie… kurczę, nie pamiętam. A potem było: „ Kociłapci księżyc mocno błyszczy, Kociłapcie poszły na kociłapci bal"…

– Znam te wierszyki – powiedziała, znowu ucieszona, pani Róża. – Kiedyś je czytałam. Kociłapcie, małe kotki. A ja najbardziej lubiłam Kota Wagonów Sypialnych, może dlatego, że nigdy właściwie stąd nie wyjeżdżałam. A jak już, to niedaleko. Wie pani, że nigdy nie jechałam wagonem sypialnym? Zawsze tylko sobie to wyobrażałam.

– „Czeka cię wygodny przedział, będziesz spał, nie stał lub siedział". – Ten kawałek Agnieszka pamiętała lepiej. – „Taka podróż i nie męczy, i nie nuży... Kiedy sennie i śródnocnie ze snu w półsen się półockniesz, nie pamiętasz, żeś w dalekiej jest podróży"... Ja trochę jeździłam, sypialnymi też. I też mi się wtedy ten kot przypominał. Pufcio, Kot Wagonów Sypialnych. Zawsze, kiedy wsiadałam nocą do pociągu. To cudne wierszyki, nieprawdaż, pani Różo?

– Prawdaż, prawdaż. Ja kocham koty. Kiedyś trochę dokarmiałam te podwórzowe, to ludzie mnie gonili, bo wcale nie chcieli kotów na podwórkach. Tłumaczyłam jak komu dobremu, że one nam szczury łowią, ale co tłumaczyć, kiedy nikt nie słucha. Myślałam, żeby jakiegoś wziąć, ale ja już mam swoje lata, zdrowa nie jestem, nie wiem, co by z nim było, gdyby mnie niespodziewanie Bóg wezwał. Odpowiedzialność, ot co. Teraz to mało kto ma ochotę być odpowiedzialnym, mnie tak rodzice wychowali...

Widać było, że pani Róża chce sobie pogadać, więc Agnieszka kilkoma dobrze wycelowanymi mruknięciami zachęciła ją do tego, no i popłynęła opowieść o jednej z wielu żydowskich rodzin zamieszkujących szczecińską dzielnicę Niebuszewo, którą czasem nazywano na wpół albo i całkiem pogardliwie Lejbuszewem... pani Róża bowiem była Żydówką i w czasach panieńskich nazywała się Lindenbaum. Cała rodzina Lindenbaum wyrzucona po wojnie z rodzinnego domu koło Stanisławowa, przyjechała do Szczecina wraz z wielką falą tak zwanej repatriacji (pani droga, dlaczego to się nazywało repatriacja, jak nas z ojcowizny wyrzucali)... Ojciec rodu był bardzo szanowany w środowisku, pracował na politechnice jako wykładowca ekonomiki transportu, matka zajmowała się domem i czworgiem rodzeństwa Róży... potem wszyscy powyrastali, zdobyli wykształcenie... (ale wyższe, każdy jeden miał wyższe wykształcenie)... ona, Róża i jej dwie siostry pokończyły ekonomię, jeden z braci został sędzią, a drugi adwokatem... pozakładali rodziny... a potem przyszedł sześćdziesiąty ósmy rok, wiadomo, co się działo w Polce, im też zatruwano życie, jak się tylko dało, w związku z czym obaj bracia postanowili wyjechać do Izraela. Siostry, Ewa i Natalia, zamężne za Żydami, też wyjechały. Rodziców zabrał najstarszy syn, Adam. A ona, Róża, która miała już wtedy trzydzieści pięć lat, nie potrafiła wyjechać. Pracowała wtedy jako prosta księgowa w porcie i nie wyobrażała sobie, że porzuci te wody, te wyspy, mosty, statki, wszystko, na co patrzyła codziennie, jadąc z Niebuszewa na wyspę Łasztownię do biura zarządu portu.

Agnieszka, która od urodzenia kochała swoje miasto i doskonale wiedziała, o czym mówi pani Róża, ze zrozumieniem kiwała głową. Chciała też utwierdzić rozmówczynię w przekonaniu, że jest uważnie słuchana. Pani Róża nie potrzebowała jednak żadnych utwierdzeń. Dawno nie miała okazji do opowiedzenia komuś życzliwemu o sobie i swoim życiu, więc teraz wpadła w coś w rodzaju małego transu.

– Oni mi wszyscy mówili: „Róża, ty jedź z nami do Izraela. Tu nas już nie chcą. Tu nas tak naprawdę nigdy nie chcieli. Tam nam będzie dobrze". A ja mówiłam: „Nieprawda. Nieprawda, że nas tu nie chcieli, tato był profesorem i wszyscy go szanowali. Ewa, Natalia, Adam, Szymon, ja też, pokształciliśmy się, oni pozakładali własne rodziny, gdzie nam będzie lepiej? Żydów z Polski teraz wyrzucają, bo taka jest polityka. A polityka raz jest taka, a raz inna". I chociaż mnie bardzo namawiali, i mama płakała, to ja jednak postanowiłam zostać. Kochał się we mnie taki jeden goj, wtedy i ja postanowiłam, że za niego wyjdę. I tak już byłam stara panna. Wyszłam za niego, za Tadeusza, znaczy głównie po to, żeby rodzice się o mnie nie martwili, że zostaję sama. Oni i tak się martwili, że nie wychodzę za Żyda… Tu nie wszyscy Żydzi wyjechali, trochę zostało, nawet nasi przyjaciele różni zostali, tylko potem albo powymierali, albo też gdzieś wyjechali.

Dolała sobie herbaty z kwiecistego dzbanka. Agnieszka z przykrością patrzyła na jej palce, pokręcone przez artretyzm. Pani Róża była spostrzegawczą staruszką.

– Brzydkie mam paluszki, nie? Na to podobno nie można nic poradzić. Tak powiedzieli panowie doktorzy. Ja się tym już przestałam przejmować, byle nie bolało. Te pani proszki jakieś bardzo dobre. Wszystko mi przeszło, a już myślałam, że regularnie ducha wyzionę. Próbki, pani mówiła... Podejrzewam, że nie tanie te próbki.

– Darmo dostałam – wtrąciła Agnieszka, ale starsza pani machnęła tylko krzywą rączką i wróciła do przerwanego wątku.

– Ten mój Tadeusz, co to za niego wyszłam dla spokoju moich rodziców, to ani urody nie miał, ani postawy. Był agentem. No, z Morskiej Agencji, statki zaopatrywał, nie takim kryminalnym agentem, nie. Kochał się we mnie ze trzy lata przedtem. Czekoladki mi przynosił. A pani ktoś czekoladki przynosi? Bo kot chyba nie?

Agnieszka już miała na ustach doktora Pawełko, mediewistę, ale po sekundzie namysłu dała mu spokój. Nie będzie szkliła staruszce, której ma nieść samarytańską pomoc.

– Sama sobie czasem kupuję, pani Różo. Z facetów mam tylko Rambusia, kota. A niech mi pani powie, pokochała pani w końcu tego swojego Tadeusza?

– Pokochałam. Goj to był i urody żadnej, ale miał dobry charakter. I...

Agnieszka patrzyła na chichoczącą do filiżanki panią Różę i zastanawiała się, co też się starej damie przypomniało. A ta śmiała się i śmiała, i dłuższy czas nie mogła przestać.

W końcu opanowała się, otarła załzawione oczka i przestała chichotać.

– Wiele się od niego nauczyłam – powiedziała nieco kokieteryjnie. – Nie będę o tym opowiadać przy takiej młodej osobie.

– Czterdziecha puka – wyznała melancholijnie Agnieszka. – Jeszcze rok.

– A nie wyglądasz, dziecko. Przepraszam. Pani nie wygląda. Za ładna pani, żeby sama była.

Agnieszka nie znosiła takich komentarzy, ale ta straszna staruszka jakoś ją rozbrajała. Wyglądała jak stuprocentowa wiedźma, a w środku miała coś ujmującego.

– Ja tam nigdy nie byłam ładna – oświadczyła wiedźma praw-domównie. – I nie wiem, co ten mój Tadeusz we mnie widział. Dwadzieścia lat byliśmy razem i cały czas mnie kochał tak samo. No, a ja jego coraz więcej. A potem zleciał z trapu... z takiego dużego masowca, do wody zleciał, po drodze się obijał, kręgo-słup miał w drzazgach. Nie mogłam mu tego wybaczyć, że mnie tak samą w końcu zostawił.

– Nie chciała pani wtedy jechać do Izraela, do rodziny?

– Już było za późno. Rodzice moi pomarli, rodzeństwu pchać się do domów nie chciałam. Poza tym ta mogiła Tadeusza mnie trzymała. Rzadko teraz do niego chodzę, nie dlatego, żebym nie chciała, tylko nie mam siły. Ale on wie, że ja pamiętam, świeczkę dla niego palę. Tu, w domu. Nie codziennie. Co jakiś czas. W sumie nudne to moje życie, ale moje. Dla mnie ciekawe. Bo jedyne. A ile jeszcze potrwa, któż to wie?

– Miejmy nadzieję, że jak najdłużej. To co, zgodzi się pani, żebym przychodziła?

– Nie wiem, po co to pani, ale jak pani chce, to niech przychodzi. A teraz zobaczymy, co pani mi tam kupiła.

～

– No i znowu mi zrobiła awanturę – opowiadała Agnieszka tydzień później w piwnicy jazzmanów, jednym z nielicznych miejsc w mieście, gdzie można było się schować przed wściekłym czerw-cowym upałem. – Matko, jaka to kłótna babcia. W końcu ja jej też huknęłam, że taką mam fanaberię, żeby ją od czasu do czasu poczęstować, a nie mogę u niej stale siedzieć, więc niech babcia sobie sama żarcie robi. Machała rękami i wrzeszczała, ale chyba jej się żal zrobiło. Nie tylko jedzonka, ale i pogaduszek. Może przede wszystkim pogaduszek. To inteligentna osoba w gruncie rzeczy, a w tej jej bramie głównie element zamieszkuje, nie ma Różyczka do kogo kulturalnie gęby otworzyć. A ona wciąż jeszcze poezję czyta, muzyki słucha. I wspomina swojego Tadeusza: goja, ale porządnego człowieka. Kochała go naprawdę, stara czarownica. Kota bym jej sprawiła – zakończyła znienacka.

– O matko! Dlaczego chcesz jej sprawić kota? – Marcelina popatrywała na koleżanki spoza rosnącego brzuszka.

– Żeby nie była taka strasznie samotna. Ona by dawno wzięła jakiegoś kociaczka, tylko boi się, że kopnie w kalendarz i kicia zostanie sama. To ja jej się zobowiążę, że w razie by co, zaopiekuję się zwierzątkiem. Macie jakieś dobre źródło na koty?

– Schronisko – podpowiedziała natychmiast Alina, która wszystkie stare koce i poduszki plus całe torby żarcia zanosiła schroniskowym zwierzakom.

– Bałabym się – zaprotestowała Michalina. – Ze schroniska można przywlec różne choróbska. Taka zreumatyzowana babcia, co to czasem nie może po schodach zejść, musi dostać gwarantowane zwierzątko. Żeby nie musiała latać do lekarza.

– Racja. No to, dziewczyny, proszę się sprężyć umysłowo. Jest w Szczecinie jakiś związek kociologiczny?

Michalina zerwała się z miejsca.

– Czekajcie, może nie trzeba związku. Mareczek z Mireczkiem chwalili się, że mają koty. Może oni nam poradzą. Siedźcie, ja skoczę na górę, bo tu nie ma zasięgu. Uwielbiam rozmawiać z Mareczkiem!

Przyjaciółki spojrzały po sobie.

– Nie macie wrażenia, że ona jest najmłodsza z nas wszystkich? – zauważyła Alina. – A przecież to bzdura. Wszystkie mamy tyle samo.

– Ja mam coraz więcej – stęknęła Marcelina. – Z każdym kilogramem dwa lata więcej. Strasznie zgrubłam. Nie jest wykluczone, że urodzę małego hipopotamka. Jak będzie synuś, nazwę go Hipolit.

– A jak córka? – chciała wiedzieć Agnieszka.

– Co jest damskiego na Hipo?

– Hipokryzja! – ucieszyła się Agnieszka.

Marcelina rzuciła w nią podstawką od piwa, którą wyciągnęła spod szklanicy Miśki. Sama, oczywiście, piła soczki, do których nie dali jej podstawek. W najgłębszej głębi serca jednak coś ją kolnęło nieprzyjemnie. Ostatnimi czasy ujawniało się w Mikołaju coś takiego, co może by i usprawiedliwiało takie imię dla jego potomkini...

Szybciutko odrzuciła od siebie takie myśli.

Na upalnej powierzchni ziemi bliska ugotowania Michalina usiłowała się dodzwonić do Mareczka lub Mireczka. Obaj mieli zajęte komórki, co pozwalało przypuszczać, że właśnie dzwonią do siebie nawzajem.

– Dzień dobry pani.

Podniosła głowę. No, coś podobnego! Czerwony facet z cmentarza! Nie poznałaby go, gdyby nie stanął ze słońcem, które teraz świeciło mu w tył głowy, tak samo jak wtedy.

– O, dzień dobry! A gdzie Feluś?

– Feluś na ojczyzny łonie. W Międzyzdrojach, u swoich państwa. Kazał się kłaniać.

– Dziękuję, pan go uściska przy okazji. Za łapę, znaczy. A nie ma pan jakiegoś dobrego namiaru na koty? Poszukujemy małego kotka dla jednej pani, tylko musi być z dobrego domu, żeby był zdrowy, bo to staruszka i nie można jej obarczyć lataniem do lekarza, jakby kicia za często chorowała.

– Rozumiem. Niestety, moi przyjaciele to sami psiarze.

– O, komórka mi warczy, ktoś mi oddzwania, jeden kociarz. Przepraszam, odbiorę. Mareczek?!

– To ja nie przeszkadzam.

Czerwony facet bez psa ukłonił się jej i odszedł.

Po dziesięciu krokach zaczął sobie pluć w brodę, że nie wziął od niej numeru telefonu... mógł przecież coś zełgać o znajomych hodowcach... prawdomówność czasami kompletnie nie ma sensu.

Jedyna nadzieja, że Szczecin mały w gruncie rzeczy.

A może trzeba zacząć bywać u jazzmanów?

Ale po cóż, skoro istnieje ten jakiś Mareczek? Do zwykłego znajomego by tak chyba nie ćwierkała...

Michalina ćwierkała do Mareczka, ponieważ przepadała za nim, podobnie jak za jego życiowym partnerem, Mireczkiem. Wyłuszczyła mu teraz w kilku zdaniach problem, przed którym stanęła Agnieszka. Mareczek wyraźnie się ucieszył.

– Misiu, słonko nasze, z nieba nam spadasz! Nie chciałabyś kilku od razu?

– No coś ty, Mareczku – ucieszyła się z kolei Michalina. – Okociłeś się?

– Tak jakby. Nie mamy z Mirkiem pojęcia, jak to się stało, kotki zastrzyki dostają obie, więc wypuszczamy spokojnie do ogródka, a tu nagle Japonka nam rodzi! To znaczy miesiąc temu urodziła. Miocik jak złoto, cztery sztuki, na razie wyglądają jak duże szczoteczki do zębów. Już niedługo będą mogły pójść do ludzi. To co, weźmiesz dwa?

– Czekaj. One są jakieś syjamki? Co to jest Japonka?

– Japonka nazywa się Japonka, bo lubiła sypiać w moich japonkach, pakowała nosek między te paski i nie można jej było stamtąd wyciągnąć, robiła piekło, gryzła i drapała. A poza tym jest czarnym kocim kundlem. Dzieci ma szare, wiechciowate. Rozumiesz, piorun w rabarbar. Nasz weterynarz o mało nie umarł z radości, rechotał z godzinę i przypominał, że on radził skalpel a nie farmakologię. Teraz je wysterylizujemy…

Michalina pękała ze śmiechu, zupełnie jak nieznany jej weterynarz.

– A czemu nie zrobiliście tego do tej pory?

– Szkoda nam ich było. Sterylizacja, fuj, usuwanie narządów, jeszcze większe fuj, skalpele, wyciąganie szwów, obrzydlistwo! I kicia się męczy. Ale teraz trudno. Niech się męczy – zakończył stanowczo. – To ile ich chcesz?

– Mareczku kochany, na razie jednego, trzeba w to Agnieszkę wpuścić, jej babcia, jej kot, jej pchły…

– Żadne takie! – oburzył się Mareczek. – Odrobaczamy, chronimy przed pchłami, pamiętamy o szczepieniach! Babcia, mam nadzieję, będzie dbała!

– Raczej Agnieszka będzie dbała, babci trudno schodzić ze schodów.

– No to świetnie, to będziemy spokojni. W końcu to prawie jak nasze dzieci. Głupio, że tak się ich pozbywamy. Na szczęście w dobre ręce. A czemu ty do mnie dzwonisz, kwiatku, a nie Agnieszka? Wy tak w ramach tego swojego klubu dziewic?

– Zgadłeś, kochany. Mało używanych, pamiętaj. Robimy dobre uczynki jak Niewidzialna Ręka. Tylko że my jesteśmy widzialne.

– To dajcie się widzieć wszystkie! Wpadnijcie po kota zbiorowo, serdecznie zapraszamy, Mirek i ja. Zrobimy na waszą cześć przyjątko ogrodowe. Całuję cię, dziewico, muszę lecieć, chętnie bym jeszcze z tobą pogadał, ale mam dzisiaj w hotelu piekło ogniste, jakieś dzikie zbiorowisko samych VIP-ów i wszyscy mają pretensje. Pa, buziaczki!

Michalina, uradowana wyłączyła komórkę i rozejrzała się dokoła. Czerwonego faceta bez psa nie było już widać. Zeszła więc na powrót do podziemi.

Alina, Marcelina i Agnieszka zdążyły tymczasem dopaść swojego ulubionego saksofonistę i namówić go na całkowicie prywatny koncercik. Młody człowiek stał teraz samotnie na małej estradce i improwizował nastrojowo. Kiedy zobaczył Michalinę schodzącą po schodach, wykonał kawałek ukłonu i czmychnął na zaplecze.

– Czemu on uciekł? Fajnie grał! – Michalina siadła na swoim miejscu. – Mamy kota.

– Nie gadaj – ucieszyła się Agnieszka. – Naprawdę? Tak po prostu?

– Mareczek z Mireczkiem się okocili – zawiadomiła koleżanki Michalina. – Zaniechali sterylizacji kotki, bo jej żałowali z subtelności, a ona im się puściła z bliżej nieokreślonym osobnikiem. Teraz mają cztery sztuki. Zapraszają nas na przyjątko, wszystkie cztery. To co, koleżanki dziewice, zaszczycimy kolegów?

– Jasne. Te kotki rasowe?

– Dachowe. To lepiej czy gorzej?

– Lepiej, lepiej. Ma być dachowy burasek. Mam nadzieję, że babcia jeszcze długo pożyje, żeby się nim cieszyć.

– Kurczę, dziewczyny, strasznie cmentarnie jesteśmy nastawione, zauważyłyście? Twoja babcia, Agniecha, stale coś gada o tym, że zejdzie, Alina z tymi dziećmi... swoją drogą podziwiam cię, ja bym sobie nie dała rady... Ja wprawdzie wystraszyłam się hospicjum jako hospicjum, ale ogródek przydomowy im robię, to znaczy na razie projekt i też to widmo cmentarza nade mną lata, bo tam przecież wszyscy czekają... Tylko Marcela jakoś wyrównuje proporcje na korzyść życia. Marcela, twoje zdrowie i twojego Hipcia, niezależnie jakiej płci!

– Ja nie wiem, czy dam radę – wyznała Alina. – W tym szpitalu wiecie, jak jest, lekarze walczą, wszyscy walczą o te dzieci, a dla mnie to jest taka loteria, nie wiem, które będzie żyło, któremu się uda. One w większości z tego wychodzą, ale rozumiecie same, co będzie, jak mi umrze któreś z tych moich? To trudniejsze niż myślałam, o wiele...

Marcelina złapała się odruchowo za brzuch.

– Nic mów mi o umierających dzieciach, dobrze?

– Jezus, Mario, przepraszam cię, Marcela! Już nie będę. Ale twoje urodzi się jak smok jaki, nic się nie martw. Miśka, a ten twój ksiądz to mądry człowiek, ciesz się, że ci wyperswadował. To jest straszne obciążenie dla nieprzygotowanego. Straszne. Ci wszyscy ludzie, którzy pracują w takich miejscach, chyba przechodzą jakieś specjalne kursy, jak się nie dać. Będę musiała pogadać z moim psychiatrą, niech mi coś poradzi, inaczej dostanę kota.

– Kota dostanie moja babcia – sprostowała Agnieszka. – Naprawdę myślisz, że nie dasz rady?

– Mam nadzieję, że dam, ale może się jakoś wesprę. Na doktorku. On jest mądry, udzielał mi już światłych rad w sprawie mojej Wisienki... nie kazał mi mówić do niej Wisienka, nawiasem mówiąc, bo ona tego nie toleruje! Tyle mojego, co sobie do was o niej tak pogadam.

– A co masz z Wiśnią? – W Agnieszce obudził się zawodowiec. – Wpadła w wiek protestacyjny, czy, nie daj Boże, coś gorszego?

– Nie wiem, czy dla ciebie powtarzanie klasy to nic złego...

– Moja droga, powtarzanie klasy to pryszcz. W ogóle się tym nie przejmuj. Jeżeli panienka nie żre prochów, nie ma anoreksji ani bulimii, nie kradnie dla przeżycia emocji i nie znęca się nad młodszymi dzieciakami, to naprawdę masz dobre dziecko.

– Patrz, mój doktorek mówi to samo…

– Mądry człowiek. Muszę ci powiedzieć, a właściwie wam, że ja też latam do psychiatry. Ten twój genialny jak się nazywa?

– Grzegorz Wroński – Alina wymówiła to nazwisko z pewnym rozmarzeniem.

Agnieszka pogratulowała sobie, że nie wyskoczyła wobec koleżanek z wyznaniem o burzliwym romansie z psychiatrą Grzegorzem Wrońskim… dobrym duchom niech będą dzięki za Jędrzeja Pawełkę, pojawił się w odpowiednim momencie! Ta Alina ewidentnie się w doktorku podkochuje!

– A twój? – chciała wiedzieć Alina.

Agnieszka roześmiała się.

– Grzegorz Wroński. Też go uwielbiam. Dziewczynki, wy do niego nie latacie przypadkiem?

– Ja latam – wyznała Marcelina, czym spowodowała wybuch radości koleżanek. – Powiedział, że mam skłonności depresyjne. Miśka, a ty?

– Ja nie – odrzekła z udawanym żalem Michalina. – Ale jak mi palma odbije od nadmiernej ilości grobów, to mi dacie jego telefon! Kurczę, wygląda na to, że w Szczecinie jest jeden psychiatra!

– Dla nas jeden – oświadczyła Agnieszka w imieniu ogółu, podczas kiedy ogół kiwał energicznie głowami. – Alka, czekaj, bo ja o czymś tu myślę intensywnie… Ty jesteś zadowolona ze szkoły twojej Wiśni? Może byś ją do mnie przysłała? Jak u ciebie z zarobkami? Bo jest czesne, niestety. I nie będzie mi wypadało prosić szefa, to znaczy właścicieli, o jakieś ulgi dla ciebie tylko dlatego, że jesteś moją przyjaciółką. Ale szkoła jest fajna, sama o to dbam. Trochę mamy takich cwaniaczków, co to siedzą na forsie, ale sporo inteligencji. To co, dałabyś radę?

– Powinnam dać. Naprawdę myślisz, że jej to dobrze zrobi?

– Tak myślę, bo znam trochę jej liceum. Im zależy tylko na olimpijczykach, a jak ktoś odstaje, to kładą na niego lagę. Daj ją mnie, a będziesz miała gwarancję, że się nią lepiej zajmiemy niż w tym molochu. Tylko z nią pogadaj, bo cię Wroński opierniczy…

~

– Za dużo grobów – mruczała Marcelina, maszerując alejkami cmentarza. – Za dużo grobów, za dużo grobów…

Co za bzdura. Jak się jest na cmentarzu, to się nie narzeka, że za dużo grobów. Gdzie mają być, jak nie tutaj?

Najzupełniejszym przypadkiem zapewne, doszła do zniszczonego grobowca z aniołami i arkadami. Żadne nielegalnie wprowadzone psy nie ganiały tym razem po krzakach… prawda, pies wrócił do właścicieli. Zastępczy pan też się nie pojawił.

Szkoda – przyznała Michalina sama przed sobą. Ale trzecie przypadkowe spotkanie… nie, takie rzeczy się nie zdarzają.

Co właściwie jest w facecie, którego nawet nie zdołała dobrze obejrzeć, bo za każdym razem stał na tle słońca i było widać głównie to słońce? Może głos. Głos miał przyjemny i spokojny. Z nutą humoru. Opiekował się cudzym psem, to znaczy, porządny człowiek.

Co jeszcze?

Nic.

Wdowiec. Na grób żony lata.

Tam była jakaś rocznica akurat, to przyleciał z bukietem.

Jezu, znowu groby.

Michalina poczuła, że dłużej już tego nie wytrzyma.

Przedawkowała groby.

Ach, to przecież ten hospicyjny ksiądz tak jej powiedział! I jeszcze powiedział, że trzeba zacząć żyć.

Łatwo powiedzieć. Jak ona ma zacząć żyć?

~

Rozmowy z Wisienką... z Jagą, z Jagą! – otóż tej rozmowy Alina bała się prawie tak, jak pierwszej wizyty na szpitalnym oddziale. Tam jednak znalazł się przyjazny duszek w postaci Franka, a tu musiała sama stawić czoła ziejącej furią córce.

Alina nie pamiętała już prawie czasów, kiedy Wisienka nie ziała niczym.

Jaka szkoda, że doktor Wroński wziął sobie jakiś urlop i zniknął na kilka tygodni, tak chciała poprosić go o radę... pigułki pigułkami, a doktor działał o wiele bardziej kojąco niż wszystkie pigułki świata!

Cóż, Agnieszka prawidłowo wyczuła, Alina też się podkochiwała w doktorze Wrońskim.

Podobnie jak większość jego pacjentek, którym dawał poczucie bezpieczeństwa. Poczucie to było w gruncie rzeczy złudne, bo wychodziły od niego i zostawały same ze swoimi problemami, i same musiały sobie z nimi radzić... jednak dobrze było wiedzieć, że zawsze można do niego przyjść, a on przywróci rzeczywistości właściwe proporcje.

Chyba że wyjedzie na urlop...

Ciekawe, czym Wisienka będzie ziała dzisiaj? Tatusiem? Szkołą? Kieszonkowym? Czy może tak ogólnie?

Wisienka ziała ogólnie. Poszła do szkoły w tak zwanym stroju galowym, którego szczególnie nienawidziła, który jednak wdziać musiała, bo dzień był osobliwy... koniec roku szkolnego, rozdanie świadectw.

No i dostała swoje świadectwo, dostała. Jedyna w klasie nie otrzymała cholernej promocji! Jedyna! Wszyscy jakoś się wykaraskali, chociaż z kilkoma osobami umawiała się na wspólny protest przeciwko zwyrodniałym żądaniom nauczycieli, przecież gdyby połowa klasy miała nie zdać, to by chyba ktoś zwrócił uwagę na haniebny poziom nauczania...

Jaga czuła się zdradzona. Niby ją zapraszano na gremialne oblewanie piwem zakończenia roku, a była w tym jakaś fałszywa nuta. Nie było sensu nigdzie chodzić z tą zadowoloną tłuszczą...

Tak pomyślała: tłuszczą.

Wróciła do domu i miała nadzieję, że zaszyje się w swoim pokoju i będzie przeżywać w samotności, ale okazało się, że matka jest w domu. Wzięła sobie wolne specjalnie po to, żeby ją zeszmacić do reszty.

Matka siedziała sobie spokojnie w kuchni i popijała kawę. Jaga weszła do kuchni w postaci chmury gradowej i bez słowa cisnęła na stół świadectwo.

– Pewnie się z tego cieszysz – powiedziała gorzko i bez sensu. Olimpijski spokój matki denerwował ją niepomiernie.

– Dlaczego miałabym się cieszyć z tego, że coś ci nie poszło? – spytała podstępnie matka.

Jaga uważała, że pytanie jest podstępne, ponieważ nie bardzo wiedziała, jak na nie odpowiedzieć. Najlepszym wyjściem wydało jej się trzaśnięcie drzwiami i udanie się do swojego pokoju. Tam ściągnęła z siebie granaty i biele, włożyła powyciągany podkoszulek i rzuciła się na łóżko. Pustka i gorycz. Ot, co.

Tak naprawdę, tysiąc powodów złożyło się na cholerne świadectwo. Od początku jej nie szło z nauczycielami, którzy traktowali uczniów zupełnie inaczej niż w podstawówce i gimnazjum. Jaga odnosiła wrażenie, że większość z nich ma uczniów w pogardzie. Tego znieść nie mogła i nie chciała, więc dyskutowała, przez co już w październiku spora grupa nauczycieli nie mogła na nią patrzeć. Sprzężenie zwrotne wytworzyło się i zadziałało, aż miło. Potem w zasadzie była już tylko równia pochyła.

A teraz doszło dodatkowe zmartwienie.

Zmartwienie po prostu potworne, w ogóle nie wiadomo, co z tym zrobić!

No ale przecież nie powie matce, za nic na świecie! Ta bryła lodu nie będzie w stanie tego zrozumieć ani zaakceptować!

– Po co przyszłaś?

– Chciałam pogadać – odpowiedziała matka, ale tym razem powstrzymała się na szczęście od robienia herbatek, odgrzewania zupek i odsmażania kartofelków, co nagminnie robiła, kiedy życzyła sobie rozmawiać. – Możemy teraz?

– Nie.

– A kiedy?

Jaga siadła na łóżku. Boże święty! Matka się nie odczepi!

– Dobrze, mów.

– Widziałam twoje świadectwo.

– No.

– Chciałam ci powiedzieć, żebyś się nie martwiła.

Tego się Jaga nie spodziewała. Miała zamiar spektakularnie lekceważyć świadectwo, ale skoro matka każe jej się nie martwić...

– Ciekawa jestem, z czego mam się cieszyć? Poniosłam klęskę, tak, klęskę, a ty mówisz, że nie ma się czym martwić? Ja cię naprawdę nigdy nie obchodziłam, prawda?

– Nieprawda. Nikt na świecie nie obchodzi mnie tak jak ty.

– Uważaj, bo ci uwierzę.

– Wi... Jaga, dziecko, powiedz mi, co się z tobą dzieje? Spróbujmy normalnie porozmawiać.

– Rozmawiam.

Alina byłaby się w końcu zamroziła, ale pomyślała o Jowicie i to ją odmroziło.

– Mam dla ciebie propozycję. Wiem, że od początku nie przepadałaś za tą szkołą, bo to i owo na wywiadówkach do mnie docierało. Nie chciałabyś zmienić liceum?

Jaga dała się zaskoczyć. Zmiana liceum może i nie byłaby taka całkiem głupia. W tym chyba już wiele nie zwojuje, bo wszystkim się ponarażała. Z drugiej strony, matka prawdopodobnie coś knuje, nie wiadomo co, ale trzeba się pilnować.

– Dlaczego?

– Wiesz, coś mi się widzi, że to nie jest sympatyczna szkoła, ta twoja. Twoja wychowawczyni też mi się średnio podoba.

Jaga nienawidziła wychowawczyni jak zarazy, ale skoro matka źle się o niej wyraża...

– Mnie się podoba.

– A ja miałam wrażenie, że jest z wami nieszczera, napuszcza uczniów jednych na drugich, mija się z prawdą i ogólnie za wami nie przepada.

Charakterystyka pani Frelkowej była tak trafna, że Jaga poczuła mimowolny podziw dla bystrości matki. A jakoś jej o tę bystrość nie podejrzewała. Mruknęła coś niezrozumiałego.

– Wspominałam ci kiedyś, że spotykamy się z kilkoma dawnymi koleżankami – zawiadomiła ją, nie wiadomo po co, matka. – Jedna z nich jest dyrektorką prywatnej szkoły na Warszewie i proponuje ci, żebyś się tam przeniosła. Może byś chciała spróbować?

– Dlaczego?

– Żeby zacząć wszystko od nowa. Jakoś się ostatnio nie mogłyśmy dogadać, ale widziałam, że miałaś jakieś przeżywki, coś się z tobą działo. Chciałabym, żebyś się mogła uspokoić, Agnieszka mówi, że u niej w szkole jest sympatycznie, uczniów mniej niż w państwowej, nauczyciele na poziomie...

– A ty byś miała regularny donos, co?

– Naprawdę myślisz, że dyrektorka szkoły nie ma ważniejszych zajęć niż pilnowanie jednej uczennicy? Jaga, dopóki sama nie zaczniesz być odpowiedzialna za to, co robisz, nie będziesz dorosła. Jeśli kłótnie ze mną dobrze ci robią, to proszę bardzo, ja nie jestem w stanie cię powstrzymać od robienia mi awantur. Muszę je znosić, bo jestem twoją matką. Ale spróbuj przemyśleć to w samotności, na spokojnie. Nowa szkoła, nowe życie, nikt cię nie będzie znał, a ponieważ to pierwsza klasa, więc będą sami nowi ludzie. Wszystko nowe. A teraz sobie pójdę, bo, prawdę mówiąc, te awantury okropnie mnie męczą. Nie dlatego, że jesteś mi obojętna, przeciwnie, jesteś dla mnie najważniejsza na świecie. Daj mi znać, jaką podejmiesz decyzję.

To rzekłszy, Alina najspokojniej w świecie wyszła z pokoju córki.

– Jakbym była dla ciebie najważniejsza na świecie, to byś nie ukrywała ojca przede mną! – wrzasnęła za nią Jaga dla zasady, matka jednak zdawała się nie słyszeć.

Najwyraźniej coś jej się stało. Zawsze była spokojna, tylko że ten jej spokój wiał lodem. Teraz był inny, zdecydowanie. Spokojny spokój. Bez podtekstów. Co jej się stało?

Jaga nie mogła wiedzieć o Jowicie.

~

Marcelina siedziała w najciemniejszym kącie mieszkania, co i tak nie dawało porządnego schronienia przed koszmarnym upałem. Ogromny wentylator robił, co mógł. Minerałka z lodem była w stałym użyciu. Mimo to Marcelina była bliska uduszenia.

Poza tym dopadł ją atak paniki.

Po pierwsze, umrze przy porodzie.

Po drugie, dziecko urodzi się nieżywe.

Po trzecie, dziecko urodzi się z jakąś niewyobrażalną wadą. Bez rączek.

Bez nóżek.

Bez główki!

Po czwarte, nie będzie umiała go wykąpać.

Po piąte, będzie się bała je przewijać.

Po szóste, zagłodzi je…

Po siódme, przekarmi i zrobi z dziecka tłustego potwora.

Po ósme, do reszty straci figurę, będzie miała ohydne rozstępy i Mikołaj przestanie ją kochać bezpowrotnie.

Po dziewiąte, nie będzie umiała wychować dziecka na człowieka.

Po dziesiąte i najgorsze, nie będzie umiała go kochać należycie!

Aż się zachłysnęła. Drżącymi rękami chwyciła telefon i wybrała numer doktora Wrońskiego.

Boże, spraw, żeby odebrał!

Odebrał.

Marcelina w pośpiechu wyliczyła mu wszystkie swoje obawy i zamilkła, zalewając się łzami, co doktor doskonale słyszał, jako że miał ucho wyczulone na takie odgłosy dobiegające ze strony znerwicowanych pacjentek, dzwoniących do niego telefonem. Ta była szczególnie znerwicowana, a teraz doszła jej ciąża, więc nie można babie zaordynować za dużo farmaceutyków...

– Spokojnie, pani Marcelino. Na razie nic złego się nie dzieje, prawda? Poza tym, że jest nam obojgu za gorąco. Niech pani kilka razy głęboko odetchnie. Raz, dwa, trzy, lepiej?

– Lepiej... trochę.

– Na razie wystarczy nam trochę. Teraz spokojnie i powoli proszę mi jeszcze raz powiedzieć, co panią dręczy.

Marcelina po raz drugi wyliczyła wszystkie strachy. Jakoś mniej straszne tym razem, sama to zauważyła. Niepokój jednak pozostał.

– Chyba wiem, co się stało – powiedział z namysłem doktor Wroński. – Pani Marcelino...

– Tak?

– Nie czytała pani przypadkiem właśnie jakichś poradników dla młodych mam, książek o rodzeniu, podręczników o tym, jak odzyskać figurę po porodzie i jak wychować dziecko na małego geniusza?

Marcelina spojrzała na stosik książek leżących na stole.

– Skąd pan wie?

– Mądry jestem. I dlatego jestem pani lekarzem. Niech pani to wszystko zostawi i poszuka jakiejś koleżanki, która już miała dziecko, nie urodziła potwora, nie umarła przy porodzie, mąż jej nie rzucił i wychowała dziecko na człowieka. Niech ona pani powie, jak sobie poradziła. Na pewno pani takie przyjaciółki ma.

Marcelinie zachciało się śmiać.

– Jedną mam... nie urodziła potwora, nie umarła przy porodzie, ale mąż ją rzucił i teraz ma kłopoty z córką.

– Nie można mieć wszystkiego – powiedział filozoficznie doktor. – Na razie mogłaby pani z nią pogadać o przewijaniu, karmieniu i tak dalej. Poza tym, poszukam dla pani rozsądnego pediatry, który zastąpi te wszystkie książki... chwila, chyba nawet mam takiego. Niech pani zanotuje telefon...

Marcelina wklepała numer do komórki.

– On się nazywa Szewczyk. Doktor nauk medycznych i w ogóle fisza akademijna, ale bardzo miły i rozumny człowiek. Proszę się na mnie powołać. W najbliższym czasie proszę do mnie wpaść, zapiszę pani takie łagodne farmaceutyki, które dziecku krzywdy nie zrobią, a pani pomogą. I niech pani porozmawia z mężem, opowie mu o swoich stanach, to znaczy o tych lękach, i każe się pocieszać. Czy taki wariant wchodzi w grę w waszym przypadku?

– Chyba wchodzi…

– Nie ma chyba. To jego dziecko. Niech się wciąga. Niech dba o pani samopoczucie.

– On teraz dużo pracuje.

– Powtarzam: to jego dziecko. Mąż ma dbać o panią. Proszę mu powiedzieć, że to moje zalecenie lekarskie. Dla dobra dziecka.

– Prawdę mówiąc, on nie wie, że ja się leczę u psychiatry…

– A powinien. Pani Marcelino, moja droga, tajemnice w rodzinie to kiepski patent. Prędzej czy później i tak wszystko wychodzi na jaw i dopiero robi się pasztet.

– Tak naprawdę, my dopiero mamy zamiar się pobrać. Mieliśmy plany na wiosnę, postanowiliśmy jednak poczekać, aż dziecko się urodzi i trochę się oswoimy z nową sytuacją.

Doktor był zdania, że to już nie pora na oswajanie się z sytuacją, a w jego umyśle pojawiło się przypuszczanie, że niewykluczone, iż chłop pani Heskiej jest w gruncie rzeczy jakimś dupkiem.

~

Michalina miała wyrzuty sumienia.

Trochę się zapóźniła z tym ogrodem dla hospicjum, ale w swojej własnej pracy miała mnóstwo problemów, zaś w domu dołożyła jej matka, która nie znosiła samotnych popołudni, więc imała się wszelkich sposobów, aby córkę powstrzymać od wychodzenia. Ostatnio stosowała gwarantowane patenty z nieznośnymi absolutnie bólami kręgosłupa, nie pozwalającymi jej się ruszać.

Teoretycznie, w praktyce bowiem kiedy tylko Michalina znikała z pola widzenia, pani Bożena przeciągała się rozkosznie i startowała do ogródka lub na ploty do sąsiadki, niejakiej Zuzanny Duszyckiej, synowej owych Duszyckich, z powodu których starsi państwo Konikowie zamieszkali w Zdrojach.

Oczywiście, ogródek służył pani Bożenie wyłącznie do przechadzek, takie przyziemne (dosłownie) czynności jak wyrywanie chwastów pozostawiała córce. Zuzanna Duszycka zaś doskonale pełniła funkcję rezerwuaru narzekań na świat, Polskę, Szczecin, dziurę zwaną Zdrojami, ludzi w ogóle i Michalinę w szczególności. Sama, matką będąc trzech synów, którzy co do jednego wywiali z domu i z miasta, poświęcała życie systematycznemu wykańczaniu swojego gapciowatego (przyznajmy to) małżonka, pana Bonifacego, familiarnie zwanego Boniem. Jakieś czterdzieści lat temu pan Bonio kochał się potajemnie w Bożence, niestety, złamała mu serce, wybierając tego przystojnego Anglika. Dla pana Bonia Anglik, Irlandczyk czy Szkot, jeden to był diabeł z piekła rodem, który porwał mu sprzed nosa ukochaną. Zważywszy, że ostatecznie pan Bonio ożenił się z porównywalną jędzą, można wnioskować, że niełatwa jesień życia i tak była mu pisana.

Swojego czasu obie matrony usiłowały wyswatać Michalinę z którymś młodym Duszyckim, ich starania jednak spełzły na niczym, żaden z trzech Budrysów nie był bowiem w jej typie. Matka lubiła jej to wypominać, przy okazji wykłuwania oczu staropanieństwem.

Michalina niespecjalnie się przejmowała tym – jak ze smakiem mawiała matka – pożałowania godnym stanem. Być może hodowała wspomnienia po Darku, synu dyplomaty. Dyplomata, nawiasem mówiąc, piastował obecnie stanowisko wiceministra spraw zagranicznych, więc i Darkowi zapewne nieźle się wiodło. Zresztą był to zdolny chłopak i swobodnie mógł zrobić karierę bez oparcia w tatusiu. Michalinie zdarzyły się po rozstaniu z nim jakieś niezobowiązujące przygody, ale to było wszystko.

Matka uważała, że Michalina jest dziwna. Ten pogląd podzielała pani Zuzanna Duszycka. Oprócz parszywych charakterów wszystkich trzech synowych pani Zuzanny, był to ulubiony temat ich pogawędek.

– Ona to ma po ojcu – mówiła ponuro pani Bożena, kiedy w ogródku Duszyckich, w cieniu rozłożystego kasztana rosnącego już za płotem, na ulicy, popijały wodę mineralną z kropelką wiśniówki... maluteńką, z uwagi na upał. – Noel też był dziwny, zresztą podobna jest do niego, ruda, piegowata, tę skórę to ma taką delikatną jak bibułka. Okropnie mnie tym denerwuje. Bo tak w zasadzie to jest dobra dziewczyna, ma to po moich rodzicach. Czasem sama się dziwię, jak ona ze mną wytrzymuje. Nigdy mi złego słowa nie powiedziała. A ja nie zawsze jestem słodka.

– No, faktycznie – zaśmiała się pani Zuzanna. – Moim zdaniem dajesz jej niezły wycisk.

– Przesada. Jest mi coś winna.

– A powiedz mi, Bożenko, czy ty przypadkiem nie odgrywasz się na niej za Noela?

Pani Duszycka w latach młodości obejrzała w Teatrze Telewizji „Freuda teorię snów", co wywarło na niej ogromne wrażenie i od tej pory namiętnie czytywała wszystko, co dotyczyło psychologii. Lubiła też sobie poćwiczyć na krewnych i znajomych.

Pani Bożenie nie spodobała się ta supozycja.

– No wiesz? Dlaczego miałabym się odgrywać za Noela?

– Bo ona ci go przypomina, Bożenko. Sama mówisz.

– Daj spokój. Noel postąpił z nami podle, ale to przecież nie jej wina. Opuścił tak samo ją, jak i mnie. Czy ja mu zabraniałam kontaktów z dzieckiem?

– Z tego co pamiętam, to owszem, zabraniałaś. Zdaje się, że parę razy próbował, ale nie dałaś mu żadnej szansy.

– Widocznie kiepsko się starał – skwitowała pani Bożena. – A wiesz, czego najbardziej nie lubię?

– Wiem. Mówiłaś mi to mnóstwo razy. Jak ona śpiewa.

– Właśnie. Powiedz mi, jakim cudem ona zapamiętała te wszystkie piosenki? Na nie kiedyś mnie skusił, jeszcze w Krakowie. Nie znoszę ich. Sentymentalne bzdury.

– Bożenko, a ona nigdy nie chciała się wybrać do Irlandii? Znaleźć ojca, odnowić kontakty. Przecież po tylu latach chyba moglibyście się pogodzić?

– Michalina może sobie chcieć, a ja jej do żadnej Irlandii nie puszczę. Noel sam odszedł od córki, więc chyba liczył się z tym, że więcej jej nie zobaczy.

Pani Zuzanna spoglądała na przyjaciółkę jak entomolog na niespotykany okaz nieznanej odmiany bielinka kapustnika.

– No, no – mruknęła z odcieniem podziwu w głosie. – Ona kiedyś nie wytrzyma i pryśnie ci sprzed nosa, zanim się spostrzeżesz.

– Po moim trupie – oświadczyła Bożena. –Masz jeszcze tę wiśniówkę?

～

– Rambunio moje – ćwierkała Agnieszka do swojego ponadnormatywnego kota. – Rambulino! Kociula! Wakacje mamy! Wakacje! Żadnych małolatów przez dwa miesiące! Żadnych głąbów, które nie odróżniają Napoleona od Franca Józefa! Żadnych rodziców!

Zastanowiła się sekundę i podrapała kota między uszami.

– Wróć. Rodziców nie unikniemy, ale może poprzestaną na wybrzydzaniu w sprawie naszego czesnego, a nie będą robić awantur. Jak myślisz? Czy Niepiery zabiorą gibonka do innej szkoły?

Rambo zamruczał z samych głębin futrzanej osoby.

– A ta mała Aliny przyjdzie do nas, czy nie przyjdzie? Jak jej tam, Wiśnia czy Jagoda, czy coś innego do jedzenia? Przyjdzie czy nie?

Rambo po prostu wychodził z siebie, żeby dać ukochanej pańci do zrozumienia, że zjadłby coś konkretnego. Kobiety są miłe, ale nie zawsze wykazują się dostateczną intuicją. Zeskoczył z fotela i na miękkich łapach, posuwiście, krokiem niemal polonezowym i oglądając się na panią, poszedł do kuchni.

Zrozumiała.

– Ojoj, kociu, nie masz wcale żarełka? Już ci sypię. Przepraszam.

Hojną ręką sypnęła mu pożywienia, a Rambo z godnością i absolutnie nie łapczywie przystąpił do obiadu, od czasu do czasu pomrukując milutko.

– Takiego Niepierę to bym do ciebie przyprowadziła na lekcję godnego zachowania. Facet wygląda jak gibbon i zachowuje się jak gibbon. Gibbon – małpa. Czy słyszałeś kiedyś, Rambulino o gibbonach? Przez dwa „b" to małpa. Przez jedno „b" to Niepiera i niepieropodobni. Jak chodzą, to się gibią. Gibony po prostu. Patrz, a Niepierek wcale głupi nie jest. Zapewne po tatusiu, bo mamusię ma rozpaczliwą. Wiesz, kociol, że ja go nawet lubię. Coś w nim jest sympatycznego. Jeśli nie zgłupieje z powodu rodziny, to będą z niego ludzie.

Rambo nie odpowiedział, bo chwilowo zajmował się dystyngowanym popijaniem wody z miseczki.

– Nic nie mówisz. Masz rację. Ja zgłupiałam, żeby na wakacjach z własnej woli rozmyślać o młodym Niepierze…

Zrobiła sobie wody z lodem i rzuciła się na fotel.

– Rambutanik, czy twoim zdaniem wszystkie samotne kobiety gadają do siebie? Do swoich kotów? Do świstaków? Do wymyślonych facetów? Grzesio Wroński mówił mi kiedyś, że on podejrzewa wszystkie. Ciekawe, czy one wszystkie do niego latają. Patrz, Alka lata, Marcela, tylko Miśka nie. Do czasu, kiciuś, do czasu! Ona też kiedyś nie wytrzyma.

Zerwała się z fotela i zrobiła sobie kolejną porcję wody z lodem. Dolała kropelkę wytrawnego martini, malutką z powodu upału. Ale niech się trochę naczynia rozszerzą…

Zrzuciła z siebie sukienkę, w przelocie spojrzała w lustro, wydała pomruk aprobaty i zamknęła się w łazience.

– Przepraszam cię, Rambiś. Idę się wykąpać, a jeśli się nie zamknę, będziesz mi znowu chciał w wannie rybki łowić. A poza tym mam spotkanie z Jędrzejem. Przyjechał. Cześć, kocie.

~

Co do Michaliny i jej wyrzutów sumienia, to postanowiła wreszcie definitywnie zadziałać w sprawie hospicyjnego ogrodu. Wzięła w tym celu tygodniowy urlop i ruszyła z kopyta. Zaczęła od wyrzucenia starych, rzęchowatych krzewów i bezlitosnego pocięcia olbrzymich zarośli bzu i jaśminu. Ksiądz Hieronim uruchomił jakieś swoje znajomości i kilku krzepkich osobników przyjechało wywrotką, na którą załadowali wszystkie te gałęzie. Powrócili jeszcze kilka razy, a ich wywrotka załadowana była po brzegi ładną ziemią ogrodniczą. Wysypali ją i porządnie rozprowadzili wszędzie tam, gdzie im Michalina palcem pokazała.

Na tym się znajomości księdza Hieronima skończyły.

Michalina wsiadła do swojego odwiecznego matiza i ruszyła w objazd centrów ogrodniczych. Wszędzie żądała spotkania z samym głównym szefem – kilku zresztą, z racji zawodu, znała, kilku innych nie znała; ku jej przyjemnemu zaskoczeniu, nikt nie odmówił tych paru krzaczków... po drugiej wizycie więc rozbestwiła się i zaczęła rozmawiać z projektem w ręce. Najbezczelniej w świecie prosiła o raczej duże krzaczki, jak największe wręcz krzaczki... pacjenci hospicjum nie mają czasu czekać, aż te małe wyrosną...

Wyglądało na to, że wszędzie została prawidłowo zrozumiana.

Czy to znaczy, że da się jednak wierzyć w ludzi?

– Oczywiście że się da – powiedział ksiądz Hieronim z czymś w rodzaju prychnięcia. – Droga Michalino. Jeżeli tylko nie będzie pani zbyt często oglądać w telewizji programów politycznych, to wiara w ludzi pani wróci. Czy pani zamierza teraz sama te krzaki wkopywać, czy mam załatwiać moich parafian?

– Krzaki posadzą ludzie, którzy je przywiozą, proszę księdza. Pod moim światłym kierownictwem. A byliny sama będę sadziła. Od jutra zaczną się dostawy.

W istocie. Następnego dnia oboje z księdzem patrzyli – on z podziwem, ona z satysfakcją, na podjeżdżające od rana furgony, z których wyłaniały się na świat puszyste iglaki, pięknie rozwinięte tawuły, budleje, tamaryszki, pigwowce, bukszpany, kaliny i złotokapy. Z ostatniego furgonu wydobyto imponującą magnolię z resztkami kwiatów.

Ksiądz miał wątpliwości.

– Pani Misiu, to się poprzyjmuje? Przecież one są już... jakby to powiedzieć... całkiem dorosłe, te krzaki! Ta magnolia, toż to wielkie drzewo!

– Niech się ksiądz nie martwi. One są w donicach wszystkie, widzi ksiądz, posadzimy je z tą całą ziemią, w której siedzą, przyjmą się i jeszcze ucieszą, bo będą miały gdzie rozprostować nogi. To znaczy korzenie. Panowie, już do was lecę, zaraz wszystko pokażę, tu już oznaczyłam, co gdzie ma być! Przepraszam księdza!

Michalina pobiegła czynić swoją projektancką powinność. Ksiądz nie wytrzymał i poszedł za nią.

– Może ja bym się przydał – ni to spytał, ni to stwierdził. – Mam chwilę czasu i dwie wolne ręce. To taka twórcza praca. Podoba mi się. Chcę się przyłożyć. Mam kopać dołki, czy trzymać te drzewka?

– A to już panowie uzgodnią między sobą – zaśmiała się Michalina. – Ten złotokapik tu damy, tu na niego trzymam miejsce specjalnie.

– A magnolię, szefowa?

– Magnolię upchniemy w ten zaciszny kątek, proszę, tu jej będzie dobrze. Ma wystarczająco dużo miejsca, a bez przeciągu. Dajcie szansę księdzu, niech sam posadzi, będzie ksiądz czuł, że magnolia jego!

Ksiądz już taszczył donicę z drzewkiem, do którego tak od razu poczuł miętę. Po chwili magnolia była już tam, gdzie być powinna. Stanął obok niej i westchnął.

– Wie pani co, pani Misiu, dawno już nie miałem takiej przyjemności. Może powinienem być w jakimś klasztorze klasztornym ogrodnikiem?

– No to ma ksiądz szansę tutaj. Ja się tym ogrodem będę opiekować, ale jakby ksiądz chciał czuwać bezpośrednio, z okna patrzeć, gdzie się chwasty wdają, to będzie bardzo dobrze. Poza tym, możemy wprowadzać różne innowacje, dosadzać, przesadzać, kombinować. Ogród to życie, proszę księdza.

– Szefowa, a ten palmatusik?

– Palmatusik na środek trawnika. To znaczy tego placyku, tu będzie trawa rosła. I do niego tę wisienkę piłkowaną, do grupy. I jeszcze do tego budleję, i starczy.

– Co to jest palmatusik, pani Michalino?

– Acer palmatum, proszę księdza. Klon palmowy. To będzie taka ładna grupa, kolorystycznie ładna. Wczesną wiosną zakwitnie wisienka, ona potem będzie miała takie wiśniowe liście, wiśniowe w sensie koloru, ksiądz rozumie. Potem w lecie budleja, mnóstwo kwiatów. A klonik ma śliczne liście, widzi ksiądz, jak ładnie powycinane. Jesienią będzie czerwoniutki.

– Przemyślała pani to wszystko, jak widzę.

– Oczywiście. Co to za projektant, który nie przemyśli projektu? To jest zresztą sama przyjemność, wyobrażać sobie, jak to wszystko rośnie, kwitnie, zmienia kolory…

– Szefowa, te byliny też będziemy sadzić od razu?

– Nie, z bylinami sama się będę bawiła jutro. Teraz bym jeszcze chciała te małe krzewinki, trzmieliny, skimie, co nam tam zostało. I róże, oczywiście, i rododendrony.

– Róże też pani zdobyła?

– Bez najmniejszego kłopotu. W tym kilka pnących. Ci księdza parafianie nie mogliby wymodzić jakich kratek? Bo ja, prawdę mówiąc, zapomniałam o tym, a mamy cztery pnące. Dwie różowe, jedną czerwoną i jedną żółtą. Pięknie tu będzie, proszę księdza!

– Na to wygląda, pani Misiu, na to wygląda…

Ksiądz był najwidoczniej urzeczony świeżo odkrytą sztuką urządzania ogrodów. Następnego dnia od rana czekał na Michalinę.

– Zróbmy jak najwięcej teraz – poprosił. – O dwunastej mam pogrzeb. Strasznie mnie ciągnie do tych roślinek.

– A potem już nic? Bo ja tu będę cały dzionek dłubać. Starczy i dla mnie, i dla księdza.

– Bardzo się cieszę. Przyznam się pani, że poodkładałem sobie różne mniej pilne zadania, miałem różne rzeczy załatwiać, ale księdzu też czasem należy się chwila wytchnienia, żeby potem mógł lepiej pracować na chwałę bożą... Co to jest, to małe?

– Floksy płożące. Zrobimy tu rabatkę z roślinkami alpejskimi. Jeśli się ksiądz w nich nie zakocha, to ja zmieniam nazwisko!

Pod koniec dnia ksiądz w istocie był ciężko zakochany w roślinach alpejskich oraz wszystkich innych. Słońce było już całkiem nisko, kiedy usiedli z Michaliną na rachitycznej ławeczce, pozostałości z jakiejś dawnej epoki.

– Ja tu będę wpadać – oświadczyła Michalina, patrząc z przyjemnością na wspólne dzieło. – Nowy ogródek wymaga kontroli.

– A ja chyba pójdę jutro do jakiejś księgarni i kupię parę książek o roślinach ogrodowych – powiedział ksiądz marzącym tonem. Michalina nie miała pewności, czy marzące tony przystoją księżom. Ale właściwie dlaczego nie? Zwłaszcza, że dotyczą niewinnych roślinek.

– Chyba mam jeszcze jedną fuchę dla tych księdza parafian.

– Mówiliśmy o kratkach pod róże?

– Tak, ale gdyby mogli jeszcze zrobić kilka ławek, to by było cudnie. Najlepiej prostych, z grubych dech. Może ich ksiądz naciągnąć?

– Na pewno. To są dobrzy ludzie. Kiedyś im pomogliśmy i oni teraz się odwdzięczają. Jak się nazywa to takie małe, malutkie? W kępkach?

– Różowe czy białe?

– Różowe i białe...

– Biała jest skalnica śnieżna. Saxifraga nivalis. A różowa też skalnica, saxifraga arendsii. Nie wiem, kto to był ten Arends, ale z pewnością jakiś sympatyczny gość. Ta różowa skalniczka jest nadzwyczajna.

– To prawda i podziękujmy za to... Pani Misiu! Zapomnieliśmy o najważniejszym!

Michalina aż podskoczyła.

– Matko święta, ależ mnie ksiądz przestraszył! O czym?!

– O trawniku – wyszemrał ksiądz. – Zapomnieliśmy o trawniku. Ale możemy go jeszcze posiać, prawda? Trawa chyba dosyć szybko rośnie?

Michalina roześmiała się z ulgą.

– Rzeczywiście, zapomniałam księdzu powiedzieć. Trawa przyjedzie jutro. W rolkach. Po obiedzie będzie ksiądz mógł wyjść na trawnik, pochodzić boso po rosie. O ile sobie ksiądz załatwi rosę jakąś podlewaczką.

W kącie ogrodu stał skromnie dwukołowy wózek z pięćdziesięciometrowym wężem do podlewania, prezent od szefa jednego z centrów ogrodniczych.

Ksiądz siedział przez chwilę cicho i kontemplował rabatę alpejską.

– Jeszcze kawał lata, będziecie się mieli kiedy nacieszyć ogródkiem – powiedziała Michalina. – Trzeba jeszcze pomyśleć o porządnych ścieżkach, żeby wózek z chorym można było spokojnie potoczyć...

– My się nacieszymy ogródkiem. Ale nie wszyscy dotrwają do końca lata, pani Michalino.

– Myślałam o tym, proszę księdza. Jeśli jednak nic na to nie możemy poradzić, to chociaż róbmy, co możemy, prawda?

– Prawda.

Pomilczał jeszcze chwilę.

– Pani Misiu, obserwowałem panią przez te dwa dni, kiedy robiłem u pani za czeladnika ogrodniczego... w pani jest tyle życia, tyle energii. Czy pani pamięta, co pani kiedyś powiedziałem? Wtedy, kiedy pani szlachetnie zadeklarowała chęć niesienia pomocy ludziom umierającym? Coś mi wtedy mówiło, że to nie jest droga dla pani. Przy całym szacunku dla pani dobrych chęci.

– Pamiętam, powiedział ksiądz, że pora zacząć żyć. Zastanawiałam się nad tym, ale nie bardzo wiedziałam, co z tym zrobić.

– Ja przecież pani nie powiem. A może niech pani na to spojrzy tak: latami robiła pani ogrody dla zmarłych. Dziś zrobiła pani ogród dla umierających. Teraz niech pani robi ogrody dla takich, co będą żyć długo i cieszyć się pani sztuką.

– To natura zrobiła, nie ja.

– Pani formuje tę naturę, wydaje jej polecenia i ona pani słucha. To jest piękne. Teraz widzę, że wtedy miałem rację. Pani ma talent w dziedzinie, którą się zajmuje. Pani zadaniem jest czynienie świata piękniejszym. I niech się pani nie wydaje, że jestem patetyczny.

– Tak mi się właśnie wydawało...

– Nic podobnego. Niech pani tu jeszcze chwilę posiedzi, przyniosę po kubeczku herbaty. Należy nam się. Zaparzę ją dla pani szczególnie starannie. To w podzięce za te dwa dni. Jedne z piękniejszych w moim życiu. O, znowu jestem patetyczny. To lecę po tę herbatę.

~

Kotki były nadzwyczajne.

To znaczy, dokładnie takie, jak wszystkie małe kotki. Miały niewinne oczka, ostre pazurki, których nie potrafiły jeszcze kontrolować, szare, pręgowane futerka i nieprawdopodobny wdzięk. Mareczek z Mireczkiem byli w nich szaleńczo zakochani, niemniej sześć kotów w gospodarstwie domowym przekraczało ich wyobrażenie.

– Hej, chłopaki, przyznajcie się, który z was sprząta, a który gotuje? – wyrwała się, niekoniecznie taktownie, Michalina, podrzucając najmniejszego kociaka na kolanach. Kociak usiłował dobrać się do jej rudych włosów i zrobić z nich pazurkami materacyk.

Panom ani w głowie było obrażanie się.

– Obaj gotujemy – powiedział Mireczek, rzucając na grill kolejne porcje misternie ponadziewanych na szpadki kolorowych szaszłyczków. – O ile, oczywiście, nie jemy poza domem. Ale obaj kochamy po prostu gotowanie, kucharzenie, urządzanie przyjątek: zwłaszcza dla tak miłych gości jak wy, dziewczynki.

– A co do sprzątania, to obaj nienawidzimy tej przyziemnej czynności, wobec czego zatrudniamy panienkę służebną.

– dodał Mareczek i uzupełnił zawartość stojących na stole szklanic mieszaniną białego wina, owoców, wody mineralnej i lodu.

– Nasza panienka służebna jest haniebnej urody, za to bardzo sprawna. Nam, jak się domyślacie, zależy o wiele bardziej na jej sprawności niż na jej urodzie.

– Z naszego punktu widzenia okropnie się obaj marnujecie – oświadczyła bezczelnie Agnieszka. – Tacy przystojni faceci i żeby żadna z nas nie miała z żadnego z was żadnej pociechy! Marek, podaj mi, proszę, tego kotka, co tam łazi! Jezu, jaki on śmieszny!

– Z naszego punktu widzenia to wy się marnujecie – roześmiał się Mireczek. – Nie mówię o Marcysi. Agnieszko, czy tego właśnie kotka chcesz dać swojej babci?

– Możliwe. Jeszcze się pozastanawiam. Ale ten jest najśmieszniejszy. „Ramtamtamek jest dziwny niesłychanie" – zacytowała swojego ulubionego Elliota.

– Jaki Tamtaramek? – zaciekawiła się Marcelina.

– Ramtamtamek, moja droga. Popatrz tylko na niego: „on będzie robić, co sam chce robić i nie ma co robić z takim kotem"[2]. Czy wyobrażacie sobie, moi drodzy, że ten kiciak słucha czyichś poleceń? Chyba naprawdę będzie w sam raz dla mojej staruszki. Będą się kłócić nieustannie, a jak wam opowiadałam, pani Róża najbardziej na świecie uwielbia się awanturować. On jej to zapewni.

– Nie szkaluj Żuczka, Agnieszko! To grzeczny kotek i doskonale ułożony, wie, którędy się wychodzi, a siusia i kupczy wyłącznie do żwirku!

– Nazwaliście go Żuczkiem? Co on ma wspólnego z insektem?

– To żuk jest insektem? Nie wiedziałem tego. – Mireczek bez pytania podokładał koleżankom na talerze po szaszłyku. – Ach, już wiem, owady to insekty, prawda. Ktoś nas kiedyś usiłował czegoś takiego nauczyć. No więc nazwaliśmy je wszystkie owadzio, bo i tak zakładaliśmy, że nowi właściciele znajdą im nowe, piękniejsze imiona. Ten jest Żuczek, Misia trzyma Motylka, tamta panienka koło butelek to Muszka, a pod twoją spódnicą, Alinko, siedzi Skolopendra.

– Matko jedyna! – Alina aż podskoczyła. – Gdzie skolopendra?! Na tej szerokości geograficznej?

– Marek ją tak nazwał. Z zemsty, bo go okropnie podrapała i potem damski personel w hotelu się dziwował, kto to pana dyrektora tak podrapał. Ja nie drapię – zakończył krotochwilnie. – I oni o tym wiedzą.

– A wy skąd wiecie – zainteresowała się Michalina – które są chłopczyki, a które dziewczynki?

– Przeceniasz nas, kochana – zaśmiał się Mareczek. – Pan doktor nam powiedział. Dlatego, na przykład, trzeba było Skolopendrze zmieniać nazwisko, bo przedtem nazywała się Skorpion. Kiedy jeszcze myśleliśmy, że jest facetem. W pozostałe trafiliśmy, ale wyłącznie przypadkowo.

– Słuchajcie, chłopaki – zdecydowała się Agnieszka. – Biorę tego Żuczka. On jest po prostu boski. Nie drap, małpiszonie! Schowaj pazurki, schowaj! Będziesz w sam raz dla babci!

– Może nie powinnaś starszej pani pakować na głowę takiego wariata – zatroskał się Mireczek. – Muszka jest łagodniejsza…

– Moja starsza pani wcale nie jest łagodna. Ma charakter jak kosa na sztorc! Żuczek będzie w sam raz. Jutro po niego przyjadę, muszę kupić taki domek do wożenia kotów, kuwetę, żwirek, wszystko co potrzeba.

– Jeśli chcesz, możesz go wziąć od razu – uśmiechnął się Mireczek. – Nie, żebyśmy nie chcieli widzieć cię tu jutro, ale jesteśmy przygotowani. Marek…

Marek skinął głową i zniknął na moment w zakamarkach domu, skąd po chwili się wyłonił, taszcząc pełne kocie oprzyrządowanie, plus ogromną torbę z jedzeniem dla kocich juniorów. Oczywiście, wszystko najwyższej jakości.

Powitał go kolektywny pisk czterech przyjaciółek. Coś oni w sobie mieli takiego, Mareczek z Mireczkiem, co zamieniało dystyngowane damy w rozchichotane nastolatki. Jakiś specjalny rodzaj pogody ducha?

– Przygotowaliśmy naszego pupilka do drogi – powiedział

skromnie Mireczek. – Oraz wyposażyliśmy, jak na tatusiów przystało. Chrzestnych tatusiów, oczywiście. Prawdziwy pozostaje nieznany. Już się pewnie nie dowiemy, z kim się nasza Japonka puściła.

Czarna jak węgiel Japonka wylegiwała się na gazoniku, umościwszy sobie posłanie w kępie liliowców. Miała w nosie zarówno obu tatusiów, jak i ich gości oraz wszystkie własne dzieci. Jej koleżanki Busi nie było widać. Busia miała w nosie cały świat, ponadto lubiła chłodne miejsca i obecnie przebywała w czeluściach piwniczki, w której panowie domu trzymali parę skrzynek wina. Ściśle mówiąc – leżała na jednej z tych skrzynek i spała.

– Wiecie co – Alina wyciągnęła spod siebie Skolopendrę i trzymała ją na dłoni, podczas gdy kotka wszelkimi siłami starała się wywinąć – ja nie miałam zamiaru brać do domu zwierzaka, ale powiedzcie, moi kochani, czy taka kocia może parę godzin zostać sama?

Natychmiast rozległo się kilka okrzyków, zapewniających ją, że oczywiście!

Najgłośniej zabrzmiał okrzyk Agnieszki, którą słodki Żuczek właśnie chlasnął pazurkami w palec.

– O ty draniu! Alka, patrz, jaki to łobuz! Nie to chciałam powiedzieć. Patrz na mojego Rambutana, całymi dniami siedzi w domu sam! Ja jestem kobieta pracująca i on się musiał z tym pogodzić. Twoja Skolopendra też się pogodzi. Zresztą, jest przecież jeszcze twoja córka, może dzięki koci uda wam się dogadać? Bierz ją, nie pożałujesz. Bierz!

Zabrzmiało to trochę jak szczucie, ale zostało odebrane prawidłowo.

– Biorę! – oznajmiła Alina. – Mareczku, Mireczku, biorę koleżankę Skolopendrę. Właściwie zawsze chciałam mieć kota, tylko bałam się, że będzie kłaki zostawiał na meblach.

– Ależ będzie – zapewnił ją radośnie Mareczek. – Najdalej po miesiącu przestanie ci to przeszkadzać. Kupisz sobie taki odkłaczacz na rolce i będziesz nim wodziła po wszystkich swoich gościach, oczywiście kiedy już będą wychodzili...

– O ile jeszcze będą przychodzili – mruknęła sceptycznie Alina.

– Nieważne. Chodź, mała, jesteś moim kotem, domowym kotem, wiesz?

Pręgowana Skolopendra rzuciła się właśnie w pogoń za pszczółką.

Mirek, który przed chwilą gdzieś się zapodział, pojawił się teraz, ku zdumieniu zebranych dam, niosąc drugi komplet wyposażenia dla kota.

– Liczyliśmy się z tym, że upchniemy po ludziach dwa kotki – wyjaśnił. – Chcieliśmy nawet zamówić na te kocie domki tabliczki z grawerką, ale nie wiedzieliśmy, czy nowi właściciele nie zechcą ich jakoś przemianować. Te owadzie imiona naprawdę były tylko prowizoryczne i tymczasowe.

– Chłopaki, przyznajcie się! – Michalina pokładała się ze śmiechu. – Macie cztery takie komplety!

Marek zrobił chytrą minę.

– Dowiesz się, jeżeli weźmiesz trzeciego! No, Misia, przyznaj się uczciwie, masz ty w domu jakieś zwierzątko?

– Mam w domu jedynie mamusię. A mamusia nie lubi zwierzątek z tego samego powodu, co Alka. Kłaczą i trzeba po nich sprzątać.

– Alinka już lubi zwierzątka – sprostował Mirek. – Patrz tylko, jakie one są słodkie! Chłopczyk i dziewczynka! Doceń to, że masz jeszcze wybór, bo Marcela będzie musiała wziąć to, co zostanie!

– Ja, niestety, nie wezmę żadnego kotka, niezależnie od płci – westchnęła Marcelina. – Będę miała własne małe.

– To się nie wyklucza – podsunął Mirek, ale dość nieśmiało.

– Chyba jednak się wyklucza. No i Mikołaj kiedyś mi wspominał, że nie znosi kotów. Ja się wychowałam ze zwierzętami i chciałabym mieć całe mnóstwo... w ogóle marzyłam kiedyś o domu na wsi, z psami, kotami i królikami...

– Królikami na pasztet? – chciała wiedzieć Alina.

– U nas, w domu rodzinnym, ojciec hodował króliki na pasztet, to prawda. I na futerka. Ale ja myślałam o takich domowych, miniaturkach. No, ale skoro Mikołaj ma alergię, to raczej nic z tego nie będzie.

Agnieszka spojrzała na nią z niepokojem. Nie podobało jej się to dziwne coś, co zauważała u Marceliny, jakiś rodzaj roztargnienia, bujania w obłokach – nie potrafiła tego zdefiniować ani nazwać, ale nie był to entuzjazm przyszłej młodej mamy i szczęśliwej żony. Marcelina była stale spięta, chociaż pozornie bawiła się równie dobrze jak wszyscy obecni. Agnieszka chętnie pogadałaby sobie o niej z doktorem Wrońskim, ale jego pewnie wiąże tajemnica lekarska. Cholera z tajemnicą lekarską, z Marcelą coś się źle dzieje, a ona, przyjaciółka, nie ma pojęcia, jak by tu jej pomóc!

Agnieszka była urodzoną przywódczynią i to doskonałą przywódczynią – nie tylko lubiła rządzić i organizować, ale i czuła odpowiedzialność za wszystkie słabe, chore i nękane przez los osoby z najbliższego otoczenia. Taka sytuacja jak teraz denerwowała ją okropnie.

Trzeba będzie pod byle pretekstem wpaść do Marceli znienacka na jakąś herbatkę i wydusić z niej zeznania na temat, co ją żre. Bo coś żre, na pewno.

No i zaradzić koniecznie!

Alina nie dostrzegła chyba stanu Marceli, całkowicie zaabsorbowana swoją Skolopendrą, którą złapała i usiłowała nauczyć chowania pazurków. Pierwsza krew już się polała i nie była to krew kocia.

Michalina najwyraźniej wykonywała pracę myślową. Mareczek z Mireczkiem natychmiast to zauważyli i przypuścili na nią podwójny atak, kusząc na zmianę ślicznym zwierzaczkiem i wypasionym ekwipunkiem dla tegoż.

Michalina w końcu pękła.

– A niech tam, chłopaki – powiedziała. – Biorę obydwa.

～

Alina wróciła do domu w doskonałym humorze. W drodze Skolopendra rozrabiała w kocim domku, którego konstruktorzy pamiętali na szczęście o zainstalowaniu w nim porządnie zamykanych drzwiczek i nie chciała słuchać zapewnień Aliny, że za chwilę będzie już w swoim prawdziwym domu.

Wisienka, tfu, Jaga, po prostu nie może się oprzeć urokowi małej diabliczki. Może uda się przy tym zawrzeć jakiś rozejm, jakiś pakt o nieagresji?

Alina weszła do domu i starannie zamknęła drzwi za sobą. Teraz trzeba będzie zwracać na to szczególną uwagę, bo kocia może wybiec na schody, zgubić się, nie daj Boże zrobić sobie jakąś krzywdę!

– Jaga, jesteś?

Cisza.

– Jagusia, córeczko, jesteś w domu?

Najwyraźniej nie.

Alina wzięła się do rozpakowywania kota i jego dobytku. Zaniosła wszystko do salonu, to na razie, potem się to zagospodaruje, znajdzie miejsce na kuwetę i miseczki jedzeniowe... najlepiej razem z Wisienką, kiedy już wróci. Z uwolnieniem Skolopendry jednak czekać nie można.

Alina otworzyła drzwiczki, przekonana, że kotka wypryśnie na świat jak pocisk. Chyba jednak zmęczyła ją podróż w zamkniętym domku i ten cały przeprowadzkowy stres, bo wcale nie chciała wyjść. Alina sięgnęła po nią, co natychmiast przypłaciła kilkoma rysami na dłoni, ale nie poddała się i wydobyła kocię na powietrze świeże.

Skolopendra była zdezorientowana i przestraszona. W Alinie natychmiast obudziły się uczucia macierzyńskie, przytuliła kociątko i zaczęła do niego uspokajająco przemawiać. Wyglądało na to, że Skolopendrze (straszne imię, do natychmiastowej wymiany!) dobrze to robi.

– To jest twój nowy dom – powiedziała w końcu Alina i ostrożnie postawiła kocię na podłodze. – Przespaceruj się. Pozwiedzaj. No, nie bój się, kicia.

Kicia, z natury dzielna, choć aktualnie trochę sponiewierana, równie ostrożnie wyprostowała się i ruszyła na zwiedzanie. Alina poszła za nią.

– To jest kuchnia – poinstruowała kociaka. – Tu będziesz jadła. Na razie dam ci wody, chcesz?

Nalała szybko wody na jakiś spodeczek i postawiła na podłodze. Skolopendra wypiła kilka łyczków i pomaszerowała dalej.

– Łazienka. Tu postawimy twój wychodek. Mam nadzieję, że jeszcze go nie potrzebujesz. Idziemy dalej?

Kotka coraz śmielej szła przed siebie.

– Tu byłaś, to jest salon. Tam pokój Wisienki, ale ona go zamyka kiedy wychodzi, więc nie będziemy naruszały jej terytorium. A to moja sypialnia i tu cię zapraszam.

Alina pchnęła drzwi i stanęła zaskoczona.

Przy małym biureczku siedziała Jaga, brodę oparła na pięściach, a jej twarz nie wyrażała niczego. Przed nią, na blacie biurka leżała kartka, doskonale znana Alinie. List Kuby Grosika. List, którego treści Jaga nigdy nie miała poznać.

– Jaga… Grzebałaś w moich papierach? – wyrwało się Alinie z serca. – Jak mogłaś?

Jaga spojrzała na nią spod opuchniętych powiek.

– Tak myślałam, że go nie wyrzuciłaś. Dlaczego nigdy mi go nie pokazałaś?

– Po co ci miałam pokazywać? Jest okropny. Powinnam go wyrzucić, ale…

– Ale co?

Alina zawahała się.

– Nie potrafisz wydusić z siebie prawdy, co?

Alina w ostatniej chwili złapała Skolopendrę, która próbowała wejść do filiżanki z resztką porannej kawy stojącej przy łóżku. Niech to diabli wezmą. Trzeba po sobie sprzątać.

– Dobrze, powiem ci. Nie wyrzuciłam tego listu, początkowo z powodu resztek sentymentu. A potem, kiedy zaczęłaś dorastać i obwiniać mnie za wszystko, co ci się na świecie nie podobało, postanowiłam go zachować na wszelki wypadek...

– Na jaki znowu wszelki wypadek? Nie mogłaś znieść, że tęskniłam za tatą, co? Koniecznie chciałaś, żebym wszystkiego się dowiedziała?

Aliną wstrząsnęła ta niesprawiedliwość. I brak logiki w rozumowaniu.

– Nie chciałam. Dlatego schowałam go tam, gdzie nie powinnaś zaglądać. To moje biurko, moja szuflada i moje papiery. A tego tatę do tęsknienia sobie wymyśliłaś. Może i dobrze, że przeczytałaś ten list, dowiedziałaś się, jaki był naprawdę.

Jaga nie kontynuowała dyskusji. Wstała i wyszła.

Alina z protestującą Skolopendrą w objęciach padła bez sił na krzesło, na którym przed chwilą siedziała jej córka.

Na biurku przed nią leżał cholerny list.

„Droga moja Alinko... pewnie już za chwilę zaczniesz myśleć o mnie jak o chodzącej świni i nawet nie będę się temu specjalnie dziwił. Trudno. Nie wszystko w życiu wychodzi. Życie małżeńskie nam nie wyszło, chociaż muszę przyznać, że był czas, kiedy naprawdę Cię pokochałem, słodka była z ciebie żona – niestety, dopóki nie zostałaś słodką mamusią. Zrozum, kiciu, ja widziałem, że się starasz, ale ta bezustannie wrzeszcząca mała istotka, tak beznadziejnie brzydka... Kto powiedział, że niemowlaki są śliczne? Są koszmarne. I ta fizjologia! Może było w tym trochę mojej winy, może mało ci pomagałem... no, powiedzmy otwarcie: w ogóle ci nie pomagałem, więc może nie było twojej winy w tym, że mnie zaniedbałaś jako żona. Proszę, postaraj się mnie zrozumieć. Nie chciałem tego dziecka, wiesz, że pojawiło się znienacka – ja uważam, że to kobieta powinna się zabezpieczać, więc dziś bez wyrzutów sumienia pozostawiam ci na opiece twój mały skarb... jak dorośnie i stanie się dużym skarbem, opowiedz jej dokładnie waszą historię i przestrzeż przed łapaniem mężczyzny na dziecko. Daj mi znać, kiedy skończy osiemnaście lat, wtedy już, mam nadzieję, definitywnie przestanie być niemowlakiem i będę mógł się z nią zaprzyjaźnić jako ojciec marnotrawny. Na razie żegnam cię czule, jeśli dojdziesz do wniosku, że chciałabyś się rozwieść, to proszę uprzejmie, w każdej chwili służę. Dziękuję ci za tę chwilę szczęścia przedmałżeńskiego i za twoje małżeńskie starania. Nie musisz próbować mi wybaczać, na pewno łatwiej będzie ci mnie znienawidzić definitywnie.

Baw się dobrze, moja droga, życzę ci, abyś znalazła sobie mężczyznę bardziej zorientowanego na małżeństwo niż ja – Kuba Grosik, twoja życiowa pomyłka."

Alina westchnęła ciężko, podarła list na drobne skrawki, wyrzuciła do kosza na papiery i wzięła się do urządzania warunków życiowych dla małej Skolopendry.

~

Pozostałe kotki doznały o wiele milszego przyjęcia w swoich nowych domach.

Dla Michaliny największym zaskoczeniem była reakcja matki. Widać było, że pani Bożena w pierwszym odruchu chciała wybuchnąć narzekaniem, ale widok dwóch małych, piszczących futrzaczków, wygrzebujących się z chwilowych więzień, rozbroił ją kompletnie. Zapominając o swoim dyżurnym kręgosłupie i permanentnym niezadowoleniu z życia, rzuciła się ściskać i całować stworzonka, a one wyglądały, jakby im się to wcale, wcale, podobało.

– Pierwszy raz w życiu zaskoczyłaś mnie pozytywnie – powiedziała pani Bożena, kiedy udało jej się oderwać od kotków. – Myślałam, że jesteś takim dziwnym przyrodnikiem, który lubi tylko rośliny, a nie lubi zwierząt. Dawno powinniśmy mieć zwierzątka, przecież mamy warunki, nie tak jak ci, co mieszkają w blokach!

Michalina, zadowolona z uniknięcia awantury, pominęła milczeniem liczne dotychczasowe próby namówienia matki na psa lub kota – wszystkie bez wyjątku zakończone wykładem na temat utrzymania czystości w domu i tego, kto tę czystość utrzymuje kosztem straszliwych cierpień, spowodowanych rujnacją kręgosłupa, która to rujnacja spowodowana jest z kolei noszeniem jej, Michaliny, na rękach, w latach kiedy była grubym niemowlakiem.

– Nie wiem, czy będziesz chciała, mamo, nadać im jakieś imiona, bo nasi koledzy na razie nazwali je Muszką i Motylkiem.

– Oczywiście, że trzeba je nazwać jakoś po kociemu! Muszka i Motylek, też coś! Naradzę się z Duszycką i coś wymyślimy. Chodźcie, skarbulki, pokażę wam ogródek! Tam będziecie się załatwiać, nie do jakiejś głupiej kuwety!

$\sim$

Agnieszka miała inny dylemat. Powinna chyba jakoś przygotować grunt przed obdarowaniem pani Róży kociakiem, ale to wymagałoby chwilowego zainstalowania Żuczka w domu – a któż wie, co powiedziałby na to Rambo? Może przeżyłby jakąś straszną traumę? Może doszedłby do wniosku, że pańcia przestała go kochać?

Do tego dopuścić nie można, żadną miarą!

Pozostawiwszy kocie klamoty w samochodzie, Agnieszka wsadziła opierającego się Żuczka do swojej wielkiej wiklinowej koszotorby i pomaszerowała po osiemdziesięciu czterech stopniach (policzyła kiedyś te ścierwa!) na wysokie trzecie piętro starej kamienicy. Od jakiegoś czasu miała już własne klucze do mieszkania pani Róży, ale nie używała ich bez szczególnej potrzeby. Teraz też zadzwoniła i uspokajając wiercącego się w torbie kota, czekała cierpliwie, aż usłyszała szurające kroki.

– A, to pani – ucieszyła się stara dama. – Chyba bym wolała, żeby pani sobie sama wchodziła, strasznie mnie dzisiaj wszystko boli, niż idzie, nawet te pani proszki nie pomagają. Chociaż, gdybym tak tylko siedziała i siedziała, to w końcu wrosłabym w krzesło. Zjadłaby pani ze mną racuszków na kwaśnym mleku? Dla mnie samej nie chce się smażyć.

– To może ja usmażę?

– Nie, nie trzeba, ja przecież jeszcze żyję i nie zapomniałam gotowania! Kiedyś byłam świetną kucharką. A co to pani ma taką tajemniczą minę?

– A co pani taka spostrzegawcza, pani Różo?

– No to co pani zamierza mi dzisiaj wcisnąć?

– Nie co, tylko KOGO.

– Nie rozumiem, pani Agnieszko!

– Tu nie ma nic do zrozumienia, pani Różo!

Agnieszka rozchyliła klapy torby, a Żuczek, który jakimś cudem przez chwilę siedział cicho, głośnym wrzaskiem wyraził swoje niezadowolenie.

To się nie mieści w głowie, ale pani Róży Chrzanowskiej, awanturniczej starej wiedźmie, łzy stanęły w wyblakłych oczkach. Wyjęła kotka z torby i trzymała w kościstych dłoniach, a Żuczek z całą mocą dawał jej do zrozumienia, że nie będzie tolerował takiego traktowania.

– Pani Agnieszko, przecież pani doskonale wie, że ja nie mogę go wziąć! Nie mogę pozwolić sobie na zwierzaka…

– Niech pani nie płacze. Może pani. Zaraz przyniosę jego wyposażenie, bo on ma wszystko, proszę pani, on jest z dobrego domu z fortepianem, ma własny domek, kuwetki, miseczki, kocyki, zabaweczki i kupę żarcia. I niech mi pani nie wylatuje z dyżurnym argumentem, bo ja tu pani uroczyście obiecuję, że gdyby się pani coś stało, nie daj Boże, to ja się nim zajmę. To ja schodzę, a pani niech na niego uważa.

Nie dając starszej pani czasu na odpowiedź, Agnieszka wykręciła się na pięcie i zbiegła po osiemdziesięciu czterech schodach.

～

Marcelina wróciła do domu bez kota i w kiepskim humorze.

Takie cudne kociaki.

TAKIE CUDNE KOCIAKI!

No ale Mikołaj nigdy w życiu by ich nie zaakceptował.

Tutaj z przykrością musimy przyznać Marcelinie rację. W przeciwieństwie do pani Bożeny Konik-Hart, która, acz marudna strasznliwie, jednak w gruncie rzeczy lubiła zwierzęta, Mikołaj ich z serca nienawidził. Opowiadał z przejęciem o swojej alergii, ale nie była to prawda. Przykro to powiedzieć, ale jego nienawiść zaczęła się od momentu, kiedy ugryzł go pies, któremu w dzieciństwie chciał wydłubać oko. Tego epizodu z życia swojego mężczyzny Marcelina nie znała, ale kobiece wyczucie podpowiadało jej, że nie warto ryzykować.

Wturlała się teraz do mieszkania i natychmiast udała się do lodówki, gdzie trzymała zapas mineralnej. Wzięła butelkę i poszła zobaczyć, czy na sekretarce telefonu czegoś nie ma.

Było.

– Hallooou, dzień dobry – powiedziała słuchawka głosem nieznanego dystyngowanego pana. – Nazywam się Jerzy Brański i jestem notariuszem. Dzwonię do pani Marceliny Heskiej w ważnej dla niej sprawie. Uprzejmie proszę o oddzwonienie na numer…

Tu następował ów numer. Komórkowy. Marcelina zapisała go sobie, stwierdziła, że więcej wiadomości nie ma i zadzwoniła do pana Brańskiego.

– Dzień dobry pani – ucieszył się głos w słuchawce. – Cieszę się, że pani dzwoni. Proszę pani, mam dla pani dobrą wiadomość, której jednak nie mogę pani przekazać tą drogą. Czy zechciałaby pani przybyć osobiście do mojego biura?

– Dzisiaj? – Marcelina zdziwiła się, bowiem była właśnie sobota i dochodziła siedemnasta. Notariusze powinni o tej porze siedzieć w domach, w głębokich fotelach oraz kapciach i zagłębiać się w opasłych dziełach prawniczych. Względnie w ulubionych kryminałach. Ewentualnie, jeśli są młodymi notariuszami – przebywać na polach golfowych i w zamyśleniu kontemplować kolejne dołki, popijając scotch whisky z lodem lub bez.

– Jeśli to pani odpowiada, to nawet dzisiaj, bo ja z pewnością będę siedział tu do jakiejś ósmej wieczór. Mam takie różne zaległości, które odrabiam, po urlopie. A jeśli nie, to kiedykolwiek w dzień powszedni między dziewiątą a osiemnastą. Tylko proszę zadzwonić wcześniej, żeby nie musiała pani czekać.

– To może umówmy się od razu na poniedziałek?

Marcelinie strasznie nie chciało się wychodzić na rozgrzane ulice.

– Bardzo proszę. Rano, po południu?

– Po południu, bo ja pracuję.

Umówili się na szesnastą, notariusz podał Marcelinie adres biura, który skrzętnie zapisała i wreszcie mogła paść na kanapę.

Długo nie poleżała, bo nie minął kwadrans, a w drzwiach pojawił się Mikołaj, tryskający humorkiem.

– O, zmęczona, słodka moja! Zmieszczę się koło ciebie? Ten upał mnie zabija.

Marcelina wstała.

– Przyniosę ci wody z lodem.

– Kocham cię. Ktoś dzwonił? – Mikołaj, idąc w kierunku kanapy, zdążył zwinąć ze stolika bloczek z zapisanymi na wierzchu danymi notariusza. – Marcelinko, kto to jest pan Brański? Czy powinienem być zazdrosny?

– Sądząc z tego jak mówi, ma ze sto lat – zaśmiała się Marcelina, niosąc wodę swojemu panu. – Ma dla mnie jakieś wiadomości, powiedział, że nie może przez telefon. Chciał, żebym przyszła od razu, bo jeszcze siedzi, ale ja nie mam siły. Umówiłam się na poniedziałek, po pracy.

Mikołaj zbystrzał.

– I nie ciekawi cię, o co chodzi?

– Ciekawi mnie, tylko jestem zmęczona. Nie chce mi się dzisiaj ruszać z domu.

– Marcelinko, a co to za fatyga? Ja cię przecież zawiozę. A w poniedziałek musiałabyś iść sama, bo ja długo pracuję, do szóstej. No, kochanie, pozbieraj się i jedźmy od razu. A potem zrobię ci wspaniałą kolację, a ty już tylko będziesz odpoczywała. No chodź. Przebierzesz się, czy pójdziesz w tej sukience?

– Przebiorę się – westchnęła Marcelina.

Siła woli Mikołaja była nie do odparcia.

Kancelaria pana Jerzego Brańskiego znajdowała się całkiem niedaleko, na skrzyżowaniu Krzywoustego i Bogusława, więc ostatecznie Mikołaj, któremu nie chciało się iść po samochód do garażu odległego o przecznicę, przekonał Marcelinę, że mały spacerek świetnie jej zrobi. Miała wrażenie, że waży tonę, z czego siedemset pięćdziesiąt kilogramów umiejscowiło się w nogach, ale przyznała mu rację.

Pan Brański, uprzedzony telefonicznie, czekał z mrożoną herbatą. Wcale nie miał stu lat, najwyżej czterdzieści pięć. Marcelina nie mogła o tym wiedzieć, ale był prawnikiem z dziada pradziada i ton głosu oraz wykwintny sposób wyrażania się odziedziczył po przodkach notariuszach, radcach prawnych, adwokatach i sędziach. Prokuratorach nie. Rodzina Brańskich nie wykazywała za grosz agresji, którą charakteryzują się pełnokrwiści prokuratorzy.

Pomieszczenie było klimatyzowane, więc Marcelinie zrobiło się nieco lepiej. Aczkolwiek „lepiej" nie znaczy jeszcze „dobrze".

– Cóż to za niespodziewane wezwanie? – Mikołaj nie wytrzymał i spytał o to pierwszy. – Spadek od wujka z Ameryki?

Pan Brański tylko się uśmiechnął. Wydobył z szuflady elegancką granatową teczkę z nadrukiem firmowym, a z teczki jakieś papiery.

– Jestem wykonawcą woli pani Heleny Vtorkovsky, z domu Jabłońskiej…

– Ciocia nie żyje? – Marcelinie zakręciło się w głowie.

– Nie, nic podobnego, żyje, przepraszam panią, powinienem o tym nadmienić od razu! Proszę, tu jest woda! Mój Boże, najmocniej przepraszam! Upał mnie też daje się we znaki!

– Powinien pan wziąć pod uwagę stan mojej żony – pouczył go paskudnym tonem Mikołaj.

– Nic mi nie jest, już w porządku. Ten upał wykończy nas wszystkich, rzeczywiście. Ja jestem gapa, mówił pan przecież, że jest wykonawcą woli, a nie ostatniej woli… Proszę, niech pan mówi, o co chodzi. Czy zechciałby pan tylko zrobić mi uprzejmość i powiedzieć to ludzkim głosem, a nie przy użyciu języka prawniczego?

Notariusz roześmiał się z ulgą, szczęśliwy, że mu nie padła na skutek szoku albo, co byłoby chyba jeszcze gorsze, nie urodziła.

– Dla pani wszystko, pani Marcelino. – Celowo zwracał się teraz tylko do niej, pomijając wzrokiem Mikołaja, którego chyba znielubił. – Dla porządku: państwo jesteście małżeństwem?

– Będziemy bardzo niedługo – wyrwał się Mikołaj, ujmując rękę Marceliny. – Natychmiast po rozwiązaniu…

– Jeśli pani sobie nie życzy…

– Pani sobie życzy – przerwał Mikołaj, wściekły.

Notariusz spojrzał uważnie na Marcelinę.

Życzyła sobie w tej chwili tylko jednego – jak najszybciej się położyć. Notariusz, który po przodkach odziedziczył również bystrość umysłu, spostrzegł to i skinął głową. Rozłożył swoje papiery i przystąpił do referowania sprawy. Jak obiecał, ludzkim głosem.

– Dostałem dyspozycję od pani Vtorkovsky, zamieszkałej obecnie w Vancouver, w Kanadzie. Pani Vtorkovsky kilka miesięcy temu odziedziczyła po rodzicach nieruchomość. Ludzkim językiem: dom z kawałkiem ziemi…

– Gdzie? – nie wytrzymał Mikołaj.

– W Stolcu. To niedaleko Szczecina, w bezpośredniej bliskości jeziora Świdwie. Rezerwat ptaków, zna pani te tereny?

– Znam.

– Kiedy będzie pani sobie życzyła, pojedziemy tam i przekażę pani tę nieruchomość w imieniu mojej zleceniodawczyni. Wszystkie koszty pokryła pani Vtorkovsky. Prosi za moim pośrednictwem, aby pani zechciała przyjąć od niej ten prezent. Była pani dla niej jak rodzona córka. Cała jej obecna rodzina znajduje się w Kanadzie. W Polsce nie ma nikogo, kto mógłby zamieszkać w tym domu. Pani Vtorkovsky nie chciałaby, aby mieszkali w nim obcy ludzie, tak to określiła.

– No, no, jesteś właścicielką ziemską – Mikołaj uderzył się po udach z zadowolenia.

– To niesamowite – powiedziała cicho Marcelina. – Ciocia podarowała mi już mieszkanie, a teraz ten dom...

– No a komu miała zostawić, kwiatuszku, jak nie tobie?! – Mikołaj nie krył zadowolenia. – Prawdopodobnie jest sporo wart!

– O jego wartości poinformuję panią Heską w każdej chwili, kiedy tylko tego zażąda.

– Odłóżmy to na jakiś czas – poprosiła Marcelina. – Chyba muszę się położyć. Nie czuję się najlepiej.

– Nie interesuje cię, ile ci spadło z nieba, słodziaczku?

– Nie teraz. Chodźmy już, dobrze?

– Jak sobie życzysz, kochanie.

Notariusz wyszedł zza biurka.

– Państwo, oczywiście, przyjechali samochodem?

– Nie, mieszkamy blisko, naprzeciw „Kosmosu"...

– Nawet dziesięciu kroków nie powinna pani teraz przejść pieszo, w tej duchocie. Mam dwa kroki stąd samochód, w sekundę podjadę.

– Czy nie przekracza pan w tej chwili swoich kompetencji? – Mikołaj miał śmierć w oczach.

– Nie mogę narażać klientki, proszę pana. Proszę, wyjdźmy razem.

– Damy radę, proszę pana. Nie musi pan robić sobie kłopotu.

– Mikołaj, ja wolałabym skorzystać z pana uprzejmej propozycji... Naprawdę...

– To przecież mogę zawołać taksówkę! Taksiarz nas wyśmieje, ale twoje zdrowie jest najważniejsze!

Notariusz miał już dosyć tej wymiany zdań, a zwłaszcza miał dosyć tego palanta o wyglądzie szczurka. Ujął Marcelinę pod ramię i pomógł jej zejść po kilku stopniach na ulicę, po czym przebiegł na drugą stronę i po chwili już podjeżdżał statecznie wyglądającym passatem. Wyleciał z tego passata, troskliwie umieścił ledwo żywą Marcelinę na przednim siedzeniu i starając się nie okazać obrzydzenia, wskazał Mikołajowi tylne. Kilka minut później musiał ją jednak zwrócić właścicielowi.

Tak to odczuł. Właścicielowi.

Dziesięć minut później nie pamiętał już o tym incydencie. W końcu to tylko klientka.

~

Jaga Grosikówna jakieś trzy czy cztery dni nie odzywała się do matki prawie wcale, demonstracyjnie też nie zauważała kotka. W każdym razie kiedy matka była w domu.

Piątego dnia stał się cud.

Koszmarne zmartwienie, które zatruwało jej ostatnie tygodnie, znikło samo. Pojawił się okres! Spóźniony o dwadzieścia pięć dni!

Dopiero teraz odważyła się polecieć do apteki – wybrała taką najbardziej anonimową, w centrum handlowym, jak najdalej od domu – i kupiła test ciążowy.

Ncgatywnic!!!

Co ona przeżyła przez te trzy tygodnie!

Nie licząc ohydnego uczucia wstrętu do samej siebie. Jak można było wypić tyle piwa na dyskotece, żeby tak całkowicie stracić kontrolę nad sobą, Boże święty, przecież nawet nie potrafiłaby powiedzieć, czyje to dziecko!

Na szczęście nie będzie żadnego dziecka.

Jak to napisał kochany tatuś? „Przestrzeż ją przed łapaniem mężczyzny na dziecko", czy jakoś tak. Ciekawe, co matka zrobiła z tym listem? Może wyrzuciła?

Nieważne. Teraz to nie ma znaczenia.

Chyba ostatnio była dosyć ohydna dla matki. Ale ona jest wkurzająca z tą swoją akuratnością, dokładnością, cichym głosem i staranną wymową.

Jak by tak pomyśleć, to nie zawsze była wkurzająca. Kiedy to się właściwie zaczęło? Rok temu? Dwa? Jakoś tak pod koniec gimnazjum chyba. Trochę się wtedy Jaga zapętliła z nauką, przedobrzyła z dyskoteką, poznała kilkoro fajnych ludzi... Matka zaczęła się czepiać, najpierw nauki, potem znikania z domu, kiedyś tam wywąchała coś nielegalnego. Ludzie jej się nie podobali. I żeby chociaż zrobiła porządną awanturę, ale nie. Przemawiała do rozsądku. A Jaga właśnie miała kryzys rozsądku, za to wybuch temperamentu.

Na początku liceum od matki zaczęło wiać chłodem. I tak już zostało.

Od jakiegoś czasu matka znalazła sobie jakąś tajemniczą rozrywkę. Chyba jej się to zaczęło po tym balu studniówkowym, na którym hasała do białego rana (matka hasająca do rana, coś podobnego!). Znika na całe popołudnia dwa, trzy razy w tygodniu. Nie wraca jednak jakaś uchachana czy chociaż w dobrym humorze. Wraca na ogół smutnawa. Kiedyś chciała zacząć rozmowę na ten temat, to znaczy na temat tych popołudniowych zajęć, ale Jaga nie była ich ciekawa. Nie musi matka jej się spowiadać – tak powiedziała, chociaż nie do końca tak myślała.

To jakieś idiotyczne – jak gdyby pewne rzeczy robią się same, bez jej, Jagi, udziału. Czasami nawet wbrew jej woli. A potem już jest za późno.

Kota śmiesznego przyniosła.

Ta propozycja zmiany szkoły była chyba godna rozważenia. Matka nie wracała do niej jednak i nie wiadomo, czy to jeszcze aktualne.

– Kicia, co ty robisz, łobuzico?!

Kicia balansowała na stosiku książek ułożonych niezbyt starannie na biurku, a teraz najwyraźniej powzięła zamiar przeskoczenia na metalowy klosz biurkowej lampy. Zamiar się nie powiódł i wszystko runęło z hukiem na podłogę.

– Chryste, co się stało?!

Matka stała w drzwiach i trzymała się za serce. Nie pasowały do niej takie teatralne gesty, więc Jaga natychmiast się rozzłościła.

– Czy od razu coś się musiało stać?!

Matka spojrzała na nią dziwnie.

– Przepraszam – powiedziała i wyszła.

Jadze zrobiło się nieprzyjemnie. Ostatecznie, ten cały nabój zdrowo rąbnął; jeśli matka dopiero co weszła, mogła się przestraszyć.

No i trudno. Zdarza się.

Matka zapukała i poczekała na zaproszenie (ostatnio tak właśnie robiła, oczywiście z wyjątkiem chwil, kiedy kot zwalał z biurka wszystko, co na nim było), po czym weszła.

– Poczytaj to sobie. – Położyła na blacie jakiś folder. – To reklamówka szkoły, o której ci mówiłam. Dyrektorka nazywa się Agnieszka Borowska, znajdziesz tam jej numer. Komórkowy. Jeśli zdecydujesz się przenieść albo będziesz chciała poznać jakieś szczegóły, możesz do niej zadzwonić, ona sama to zaproponowała.

– Tam chyba jest jakieś czesne – powiedziała Jaga, z zaskoczenia normalnym tonem.

– Nie martw się o czesne. Poradzę sobie.

Wyszła ponownie.

Na Jadze przykre wrażenie zrobiło to, że powiedziała „poradzę", nie „poradzimy".

I głupi kociak poleciał za matką, cały uradowany. No, ale ona daje mu jeść.

~

– Miśka, spotkaj się ze mną!

– Chętnie, a kiedy chcesz? I gdzie?

– O której kończysz pracę? O trzeciej? To zapraszam cię na zupę rybną do Columbusa. Lubisz małe, kochane ośmiorniczki? Tak fajnie łapki wyciągają z tej zupy…

– Przestań!

– Zobaczysz. Są słodkie. Przyjdziesz? Czekam na ciebie w ogródku.

Michalina poczuła się rozśmieszona, aczkolwiek nie była pewna czy ma ochotę na zupę, z której wyciągają ramionka małe, kochane ośmiorniczki. Na pewno jednak miała ochotę na spotkanie z Agnieszką.

Okazało się, że spotkanie obejmuje również Alinę.

– Cześć, dziewice! – Michalina przybyła ostatnia i teraz przepychała się przez niemiecką wycieczkę, okupującą prawie wszystkie stoliki na wolnym powietrzu. Jakim cudem Agnieszka zdobyła miejsce?

– Mam tu chody – wyznała ta genialna organizatorka. – To co, zupka? Namawiam.

– Ale jeśli jakaś ośmiornica na mnie spojrzy, nie ręczę za siebie! Marcela też przyjdzie?

Agnieszka pokręciła głową.

– Nie. Bo ja bym właśnie o niej chciała z wami porozmawiać. Martwię się o nią, dziewczynki. Wy nie?

Michalina poczuła się nieco zawstydzona. Nie zauważyła u Marceliny niczego, co mogłoby być powodem do zmartwienia.

Alina jakby lepiej wiedziała, co Agnieszka ma na myśli.

– Smutna i roztargniona jest, nie?

– Mam wrażenie, że gorzej. Ciekawa jestem, kiedy ostatni raz była u naszego wspólnego doktorka. Ala, jak myślisz, dałoby się z nim pogadać na jej temat? Tajemnica tajemnicą, ale gdybyśmy tak obie do niego razem poszły? Miśka nie, bo Miśka nie jest jego pacjentką, tylko my dwie. Ile lat do niego latasz?

– Dłużej niż bym się chciała sama przed sobą przyznać, chyba z osiem lat. Oczywiście, niezbyt regularnie. Nie wiem, czy się od niego nie uzależniłam.

– Jakie „uzależniłam", kochasz się w nim jak wszystkie baby, które leczy. Uważam, że to zdrowy objaw kochać się we wspaniałym, mądrym facecie. On pewnie o tym doskonale wie i świetnie się bawi. Ma się rozumieć, kiedy ma do czynienia z inteligentnymi i uroczymi osobami... takimi jak my. Wracając do Marceli, moim zdaniem, ten szczurek jej szkodzi.

– Nie masz ty obsesji Mikołaja?

– Szczurka, powiadam. Może mam obsesję. Proszę bardzo, mogę mieć. Jezu, jak on mi się nie podoba! Podejrzewam go o najgorsze. Może dlatego, że wymoczek.

– Nie taki znowu wymoczek, w sumie kawał chłopa…

– Wymoczek! Paluszki ma takie… Te oczka, to spojrzenie powłóczyste… No, uczulona jestem na taki typ i już. Moja intuicja po prostu wariuje w jego obecności jak sejsmograf przed trzęsieniem ziemi.

– Wykonałam pracę myślową – obwieściła Michalina. – Miałam wyrzuty sumienia, że tylko ja nic nie zauważyłam, ale przypomniałam sobie różne zjawiska i wyciągnęłam wnioski. Otóż ja u Marceli widzę strach.

Agnieszka klasnęła w dłonie.

– Jesteś genialna. To jest właśnie to. Strach. Ona jest w panice, tylko nie wiem, czy boi się szczurka, czy swojej własnej ciąży, czy tego dziecka, czy ogólnie życia! Kurczę, musimy po prostu porozmawiać z doktorkiem! Niech nam powie, czy możemy jej jakoś poradzić.

– Ukatrupić szczurka – podpowiedziała uprzejmie Alina.

– To najchętniej. A propos, jak tam wasze kotki?

Przez jakiś czas rozmowa koncentrowała się na sprawach kocich, co natychmiast znacznie poprawiło humory przyjaciółek. A potem znowu zeszła do parteru czyli na normalne, ludzkie życie.

– Dałam Wisience twoją reklamówkę – zawiadomiła Alina Agnieszkę. – Właściwie nie rozmawiamy ostatnio normalnie, jakoś nie potrafię do niej dotrzeć, ale może zadzwoni do ciebie. Namów ją, proszę, na zmianę szkoły. To jej liceum strasznie mi się nie podoba, istna fabryka olimpijczyków. Jeśli ktoś nigdzie nie startował, to tak, jakby w ogóle nie istniał. Jaga nie startowała. Wam też tak strasznie zależy na olimpijczykach?

– Nam na szczęście nie. Ale niech ci się nie zdaje, że tak było od początku. Ja jestem drugim dyrektorem, pierwszy miał tę samą chorobę, co wszyscy. A ja, jak wam wiadomo, kochane, nie lubię szczurów. Pod żadną postacią. Ani Firlejowatych, ani wyścigowych. Straciłam kilka miesięcy życia na długich nocnych rodaków rozmowach z właścicielami, to takie małżeństwo, Danka i Seweryn Rozbiccy. Oni też początkowo chcieli dzieciaki od razu zaprzęgać do wyścigów. Musiałam użyć całej dyplomacji, jaką posiadam i umiejętności przekonywania, żeby im to wyperswadować. Mamy bardzo wysoki poziom nauczania, ale nie stawiamy na młodych karierowiczów. Kształcimy inteligencję. Nasi maturzyści bez trudu dostają się na dowolne studia. Nie na zasadzie konkursu świadectw, bo to jest do kitu system, im słabsza szkoła, tym lepsze świadectwa produkuje. I nie z klucza olimpijskiego. Zaręczam wam, dziewczyny, moje dzieciaki zdadzą każdy egzamin. Na wszystkie uczelnie tego kraju. To sprawa mojej ambicji. Nie szczury do wyścigu, tylko świadomi, wykształceni obywatele. O-by-wa-te-le. Powiedziałam. Kurczę blade i kropka!

– Ale z ciebie zawzięta dyrektorzyca! – roześmiała się Michalina, a ten śmiech zawierał sporo uznania.

– Żebyście wiedziały. Dogadałam się z Rozbickimi i teraz możemy przebierać w nauczycielach, bo płacimy im przyzwoicie. Trzymamy im rękę na pulsie, kontrolujemy, ale jak już zdobędą nasze zaufanie, to szanujemy ich metody i ich samych. Dzieciaki na ogół za nimi przepadają. Dzieciaki też zresztą szanujemy i wcale nie dlatego, że ich rodzice płacą nam kupę pieniędzy. Alka, ty dasz sobie radę z naszym czesnym?

– Już ci kiedyś mówiłam. Sprężę się i dam. W ostateczności okradnę mój bank.

– Zrób to internetowo. Możemy ci podrzucić paru hakerów, którzy potrafią wejść wszędzie. Nasz informatyk, świetny chłopak, mówił mi, że dla sprawdzenia umiejętności takiego jednego Krzysia pozwolił mu wejść do Ministerstwa Spraw Wewnętrznych i on tam wszedł, jak chciał. Dopiero potem informatyk mu takich figli surowo zabronił.

– To już wiem, o czym się u was mówi na lekcjach wychowawczych! – Alina pokręciła głową, ale też była rozśmieszona.

– Między innymi. Mówię wam, my mamy ambicję kształtowania – uważajcie, kształtowania, mówię, nie tylko kształcenia – obywateli. Takich, co to będą umieli odróżnić światło od ciemności, świństwo od przyzwoitości. I co będą sami chcieli być przyzwoitymi ludźmi. Takimi, co umieją zrobić cokolwiek dla swojego miasta i swojego kraju.

Alina pozwoliła sobie na drobny sceptycyzm.

– I tak bezproblemowo przerabiacie ludzi w aniołów? Nie macie takich, co się wyłamują?

– Kochana, nikt nie mówił, że będzie łatwo. I słowa dotrzymał. Zresztą trafiają nam się osobnicy niewprawieni w samodzielnym myśleniu, a czasem zwykłe głąby, których rodzice uważają, że czesne załatwia sprawę. Wtedy pracujemy nad jednymi i drugimi.

– Zawsze wszyscy u ciebie dostają promocje do kolejnych klas? – Alina była bezpośrednio zainteresowana tym właśnie zagadnieniem.

– A skądże. Jeśli ktoś się nie uczy, to nie zdaje. Ale wiecie co, dziewczynki? To dotyczy głównie pierwszych klas. W drugich praktycznie się nie zdarza. W tym roku w ogóle nie zdał tylko jeden osobnik. Zresztą sympatyczny. Rodziców ma strasznych, tato jest chachmęt i przekręciarz, to znaczy, przepraszam, biznesmen, a mamunia idiotka. A on, chyba po jakichś dziadkach albo wujkach, niegłupi. Tylko nygus. Nie uczył się celowo, bo umyślił sobie, że im więcej szkoły, tym dłużej młodości. A może, im dłużej szkoły, tym więcej młodości. Nie, chyba jednak wariant A. Nieważne, rozumiecie, o co chodzi. Zostawiliśmy go w pierwszej klasie. Przedtem zimował raz w gimnazjum. Ale teraz będzie jego ostatnie zimowanie.

– A ty skąd to wiesz? – chciała wiedzieć Michalina. – Wierzysz w człowieka? Patrzysz w oczy i on wszystko dla ciebie zrobi?

Agnieszka zaśmiała się, zadowolona.

– Tym razem zastosowałam specjalny patent. Bo rozumiecie, że do każdego przypadku praktycznie trzeba opracowywać nowe patenty. Tym razem, podejrzewając go o w gruncie rzeczy dobry charakter, zabrałam gibonka na moje spotkanie z jego mamusią. Miałam nadzieję, że ona się będzie na mnie drzeć, jak zwykle zresztą, no i tak było. A jemu się zrobiło normalnie wstyd.

Za matkę. Omal się pod ziemię nie zapadł. Obiecał mi, że taka sytuacja nigdy już się nie powtórzy. Teraz jego nowy wychowawca popracuje troszeczkę z nim specjalnie, dopieści go i ręczę wam, że eksperyment się uda.

Michalina spoglądała na Agnieszkę spod oka.

– Ty, Agniecha, a ilu masz uczniów w klasie?

– Piętnastu do osiemnastu – oznajmiła Agnieszka tryumfalnie. – Dlatego mamy takie wyniki i dlatego czesne u nas jest tak cholernie wysokie. Alina, ty Jagę wychowujesz sama, prawda? Może uda nam się trochę ci odpuścić z tych siedmiu stów. A gdyby twoja córka się sprężyła naukowo, to też miałoby znaczenie. Przecież chyba nie uwaliła tej pierwszej klasy, bo głupia, w to nie uwierzę. Złapały ją problemy egzystencjalne.

– Na to wygląda. Ale mnie ona nic nie chce powiedzieć.

– I pewnie nic ci nie powie. Łatwiej jej będzie gadać z obcym. U nas nauczyciele gadają z uczniami. No, zobaczymy, byle tylko się zgłosiła. Miśka, a jak tam twoja zmiana pracy na mniej grobową? Ruszyłaś już coś w tym kierunku, czy dalej latasz po cmentarzu?

~

Michalina, prawdę mówiąc, niewiele dotąd zrobiła w sprawie znalezienia nowej firmy. Opanował ją w tej kwestii jakiś niewytłumaczalny bezwład. Oczywiście, na którymś poprzednim posiedzeniu Klubu M.Uż.Dz. opowiedziała przyjaciółkom i o księdzu Hieronimie podobnym do gawrona, i o swojej bezprzykładnej rejteradzie z pola bitwy, na które to pole sama się przedtem pchała – nawet bez spróbowania, czym to pachnie, i o stresie przeżywanym z tego powodu (w połączeniu z pogardą dla siebie samej). Koleżanki zbiorowo uznały, że ksiądz miał rację i kazały jej się natychmiast przestać mazać. Facetka po SGGW, projektantka zieleni z dużym stażem w poważnej firmie pracę znajdzie wszędzie – oświadczyły. Michalina wiedziała, że one też mają rację.

Kiedy więc teraz dostała porządny paternoster od zagniewanej nie na żarty Agnieszki (z dużą siłą przemówił jej geniusz przywódczy, pewny swojej słuszności i nieznoszący sprzeciwu) – postanowiła wreszcie wystartować naprawdę ostro.

Na początek wstała w sobotni poranek o szóstej rano, chociaż wcale nie musiała iść tego dnia do pracy. Wzięła z chlebaka bułkę, z lodówki karton mleka i siadła z tym wytwornym zestawem w ogródku, załatwiając w ten sposób sprawę śniadania. Oczywiście, ku niezadowoleniu matki, która wolałaby chociaż raz w tygodniu zjeść śniadanie z własną córką i czy zbyt wiele od niej żąda?!

– Ależ nie, mamo – odrzekła spokojnie Michalina. – Jutro zjemy i będzie ten raz w tygodniu. Dzisiaj muszę pomyśleć. Idę na spacer.

I poszła rzeczywiście.

To głupie, pomyślała, mieszka w takiej pięknej dzielnicy, pod nosem ma Puszczę Bukową i te wszystkie prześliczne zakamarki, kiedyś biegała po nich niemal codziennie, a od kilku, czy może nawet kilkunastu lat, ogranicza się do swojej uliczki. Wyjeżdża rano do pracy, wraca po południu lub wieczorem, nawet nie wiedząc, kiedy w lesie zakwitają zawilce, kiedy fiołki (jest taki zakątek, gdzie zawsze wiosną były ich całe łany), kiedy na bukach pojawiają się pierwsze delikatne zielone listeczki... szkoda gadać.

Teraz nie było już ani fiołków, ani zawilców, ani przejrzystych listeczków, tylko bujna, przykurzona, zmęczona upałem, letnia zieleń. Michalina udała się wolnym krokiem nad jezioro Szmaragdowe, małe jeziorko na skraju Puszczy, powstałe w miejscu dawnej kopalni kredy. Jako mała dziewczynka znała tutaj każdy kamień i każde drzewo. Z upodobaniem ganiała ścieżką poprowadzoną wzdłuż stromych brzegów i nie bacząc na ostrzeżenia, przekraczała barierki, aby z wysoka spojrzeć w wodę. Miała ona niespotykany kolor; zgodnie z nazwą była szmaragdowa, może dlatego, że odbijały się w niej te wszystkie drzewa.

Michalina wspięła się na górę. Ścieżka nadal była tą samą ścieżką i wciąż można było spojrzeć zza barierek w zielone głębie. Spojrzała więc.

Coś wilgotnego dotknęło jej łydki. Obejrzała się. Psi nos. Za nosem cała przyjazna reszta. Duży terier, cały w loczkach.

– Znam cię, mordo – powiedziała Michalina, ucieszona. – Ty jesteś pies ogrodnika! Gdzie twój pan?

– Tu jestem. Dzień dobry. Poznaję panią, wyłudziła pani ode mnie pół ogrodu.

– Podobnie jak od większości pana kolegów w Szczecinie – zaśmiała się Michalina. – Mam dla pana dobrą wiadomość: wszystko się ładnie przyjęło i rośnie.

– Na zdrowie. A co u pani słychać?

Do Michaliny dotarło, że oto los sam stawia na jej drodze Szansę.

– A ja się zastanawiam nad zmianą pracy. Nie przydałby się panu projektant ogrodów? Mam doświadczenie, wprawdzie tylko cmentarne, ale zawsze.

– Pani wymyśla te zieleńce na Centralnym?

– Ja. Uważam, że są niezłe.

– Są. I czemu chce pani przestać je wymyślać?

– Za dużo grobów – odrzekła Michalina krótko.

– Rozumiem. Mógłbym pani dać pracę, czemu nie. Ludzie teraz sporo ogródków urządzają, a mnie właśnie pracownica uciekła, bo za mąż wyszła. Nie rozumiem, czemu jej to przeszkadza w pracy. Nieważne. Przyjąłbym panią. Tylko że czasem musiałaby pani i posprzedawać ludziom, i przy roślinkach porobić, oczywiście awaryjnie, ale to się zdarza i wtedy nie ma zmiłuj.

– Wiem. Rośliny to rośliny, pewnych rzeczy im się nie wyperswaduje.

– Rozsądne podejście. Jakie ma pani wymagania finansowe?

– Nieograniczone – zaśmiała się Michalina. – Ale jak się nie da zarobić co miesiąc na mały samochodzik, to mogę obniżyć loty.

– Mały rowerek?

– Duży rower… z aluminiową ramą, hamulcami tarczowymi i amortyzatorami ekstra.

Roześmieli się oboje.

– Proszę do mnie wpaść, może pani jeszcze dzisiaj?

– Jasne. Nawet od razu.

– To chodźmy.

Dobre decyzje to szybkie decyzje. Godzinę później Michalina była pracownicą centrum ogrodniczego na ulicy (nomen omen?) Przytulnej, we własnej dzielnicy, dwie ulice od swojego małego domku.

Oczywiście, pod warunkiem, że z cmentarza ją puszczą od razu. Ale powinni puścić, nie miała żadnych zaległości, przeciwnie, mnóstwo zrobiła, można powiedzieć, do przodu, wystarczało teraz sadzić rośliny według jej koncepcji. Poza tym, miała urlop do wykorzystania. Poza tym, szef za nią nie przepadał i chętnie by na jej miejscu widział swoją aktualną lalę. Szanse więc były realne.

Matka, naturalnie, zareagowała z właściwym sobie wdziękiem.

– Czyś ty już kompletnie oszalała, żeby rzucać dobrą pracę w stabilnej firmie i zatrudniać się u jakiegoś prywaciarza?

Pani Bożena nie potrafiła do końca zaakceptować nowego ustroju. Prywatny kapitał brzydził ją tak samo jak nieboszczyków ideologów peerelu.

Michalina machnęła na to ręką.

～

Mikołaj Firlej był niezadowolony i dość niezdarnie usiłował to niezadowolenie ukryć, nie do końca, tylko tak, żeby Marcelina jednak wiedziała, że jest niekontent!

Dzień po wizycie u notariusza poczuła się na tyle źle, że trzeba ją było wieźć do szpitala. Na szczęście, dyżurował ginekolog, który prowadził ją od samego początku. Zbadał, coś tam zaaplikował, coś przepisał i kazał dwa tygodnie leżeć. Mikołaj miał nadzieję, że przynajmniej zatrzyma Marcelinę w szpitalu, ale lekarz przychylił się do jej prośby, bo wolała chorować w domu. No to co, że wolała! Teraz trzeba będzie skakać koło niej, a jeśli ona znowu poczuje się gorzej?!

Oczywiście, nie powiedział jej tego. Pewnych rzeczy kobietom się nie mówi.

Mikołaja denerwowało również, że oglądanie domu po rodzicach ciotki Heleny odwlecze się w czasie. A on był szalenie ciekaw i chętnie posnułby trochę różnych planów, bo taki dom albo można zagospodarować (chociaż ten głupi Stolec jest trochę daleko od Szczecina, jakieś pół godziny samochodem), albo sprzedać. Jeżeli nie jest w ruinie, oczywiście.

Może to by była niezła koncepcja, mieszkać tam, jedno z mieszkań w Szczecinie sprzedać, drugie zachować?

Albo jeszcze inaczej: sprzedać wszystko i kupić coś porządnego bliżej Szczecina? Gdzieś na obrzeżu, gdzie ceny za grunt i podatki są niższe, a do centrum kwadrans samochodem…

Nie, wszystkiego nie należy sprzedawać, ewentualnie mieszkanie Marceliny i dom, a swoje zachować na wszelki wypadek.

Nie, nie, to wszystko akademickie rozważania, dopóki nie wiadomo, ile dom jest wart. Boże, nie miała kiedy zachorować!

~

– No i teraz, panie doktorze, my jesteśmy w nerwach całe, zwłaszcza że jej się coś pokomplikowało z ciążą i ona leży w domu, i ma za dużo czasu na myślenie.

Agnieszka skończyła referowanie i wpatrzyła się w doktora. Swoją drogą, nie wiadomo, co w nim widziała do tej pory, Jędrzej jest o wiele bardziej sexy. Co nie umniejsza zalet doktorka jako doktorka. I pewnie człowieka ogólnie.

Alina też była wpatrzona w doktorka. Starała się jednak myśleć wyłącznie o przyjaciółce w potrzebie.

Doktor Wroński patrzył to na jedną przyjaciółkę, to na drugą. To ładnie z ich strony, że się troszczą o trzecią, ale jakże on może pomóc zaocznie?

– Nie jest za dobrze – powiedział w końcu. – A w ogóle jestem trochę w kłopocie, bo na ogół jest przyjęte, że lekarz rozmawia z pacjentem, a nie z przyjaciółkami pacjenta. Nie, nie, ja rozumiem sytuację. Nie tak dawno umawiałem się z panią Heską, że do mnie wpadnie, ale prawdopodobnie nie czuła się dobrze, mam na myśli tę ciążę. Podejrzewam, że upał jej dołożył...

Agnieszka wykazała bystrość umysłu.

– Miała do pana wpaść? Dzwoniła do pana? Pewnie dlatego, że wpadła w jakiś strach?

Doktor pokręcił głową.

– Nie wolno mi mówić o pacjentach.

– E tam – machnęła ręką Agnieszka. – Może nam pan nie mówić. Przecież my wiemy, że ona się boi. Chodzi tylko o to, co można dla niej zrobić teraz?

– Jeszcze coś panu powiem – wtrąciła Alina. – Chociaż my z jeszcze jedną koleżanką uważamy, że Agnieszka przesadza, ale może i coś w tym jest. Ona uważa, że Marceli szkodzi jej narzeczony. Ten prawie mąż, taki szczurkowaty elegancik.

Doktor Wroński pokiwał głową, zanim zdał sobie sprawę, że nie powinien tego robić.

– Marcela panu o nim mówiła, prawda? Sam pan doszedł do tego, że on jest dupek i nie zapewnia jej żadnego bezpieczeństwa?

Ta Borowska jest stanowczo zanadto bystra.

– Pani Agnieszko...

– Dobrze, dobrze. Niech pan trzyma swoją tajemnicę lekarską. Mamy oczy i widzimy, chociaż Marcela prędzej pęknie, niż nam coś na jego temat powie. Podejrzewam, że panu też nie powiedziała wprost, tylko pan wywnioskował. Mam rację, co?

– Staram się słuchać uważnie, co mówią moi pacjenci – odpowiedział doktor wymijająco.

– No dobrze, to w każdym razie wiemy, na czym stoimy. Marcela ma swoją osobistą nerwicę, podobnie jak my obie mamy swoje, tylko, że ona na dodatek się boi, a facet, z którym się związała, ma to generalnie w nosie, bo jego obchodzi wyłącznie pan Mikołaj Firlej i wszystko na ten temat. Musi pan nam powiedzieć, czy dla niej to może być groźne, ponieważ, jak podejrzewamy, jesteśmy jedynymi osobami, które to cokolwiek obchodzi.

– Drogie panie...

– Niech pan nie kręci!

– Nie, nie, ja nie chcę kręcić, tylko zastanawiam się, co możemy w tej sytuacji zrobić. Nie jest za dobrze, nie ukrywam. Niemniej, nic nie jestem w stanie poradzić bez rozmowy z panią Marceliną. Myślą panie, że mógłbym ją odwiedzić w domu?

– Chciałby pan, naprawdę? – Agnieszka zerwała się z fotela. – Tylko trzeba tak wycyrklować, żeby szczurka nie było w domu!

– Mam jeszcze kilkoro pacjentów, jak się panie domyślają, a potem pewnie będzie za późno i pan szczurek, czy jak on się tam nazywa, wróci do siebie...

Uważaj – przestrzegł doktor sam siebie – nie powinieneś mówić tak o ludziach, a szczególnie o mężach pacjentek!

I tak mało brakowało, a powiedziałby o nim „dupek". Proszę, jak się ładnie sprawdziło to, czego się domyślił po telefonicznej rozmowie z panią Heską!

– Proponuję, żeby panie od razu do niej zadzwoniły i dowiedziały się dyplomatycznie, kiedy mogę wpaść, żeby nie zastać małżonka. Aha, nie wiem, czy pani Heska będzie zadowolona z waszej inicjatywy...

Agnieszka zamarła z telefonem w dłoni.

– Myśli pan, że uzna nas za dwie wścibusiowe? Przecież jesteśmy koleżankami! Ona wie, że wszystkie trzy do pana latamy!

– Ach, to przecież panie stworzyły ten Klub... przepraszam... Używanych Dziewic?

– Mało Używanych, panie doktorze – poprawiła z godnością Alina. – Jak Marcela wyjdzie za swojego szczurka, to będzie mogła być tylko honoris causa. Istnienie małżonka wykluczа członkostwo zwyczajne. A poza tym mamy jeszcze jedną członkinię, tylko ona na razie nerwy ma w porządku.

– Pracę ma spokojną – zachichotała Agnieszka. – Dobra, dzwonię. Halo, odezwij się. Marcela. Marcela, kurczę... odbierz! Poczta.

– Matko jedyna! – Alina zdenerwowała się okropnie. – Jedziemy do niej!

– Czekaj – Agnieszka była przytomniejsza. – może śpi albo poszła do łazienki. Podzwonię jeszcze. O, cześć, Marcela! Dobrze, że odebrałaś, bo już się denerwowały... łam. Słuchaj, jak się czujesz? Lepiej ci, jak leżysz? No pewnie. Słuchaj, jestem właśnie u pana doktora Wrońskiego, zgadało się, że się znamy, to znaczy ja mu powiedziałam, że mamy istny klub jego pacjentek, cha, cha... i że wszystkie się w nim kochamy! Na to, że kochamy doktor nie zareagował, za to pytał, czy z tobą wszystko okay, bo miałaś podobno wpaść po jakieś piguły czy coś. Powiedziałam, że leżysz z powodów ciążowych. Na to pan doktor, że on się czuje odpowiedzialny za pacjentki i mógłby do ciebie wpaść na chwilkę. Co ty na to?

Alina i doktor wpatrywali się w Agnieszkę jak zahipnotyzowani, a ona gadała jak nakręcona.

– Nie wiem, kiedy. Dziś, jutro. Dziś pewnie już będzie za późno, Mikołaj wróci, ty słuchaj, on wie, że ty biegasz do psychiatry? Ach, nie wie. To lepiej, żeby go nie było, kiedy ci doktora przywiozę. Co ty mówisz, nie będzie go dzisiaj do dziesiątej? Szkolenie? Nooo, to genialnie po prostu. Doktorze, o której pan kończy?

– Powinienem być wolny o ósmej.

– Ósma dziesięć jesteśmy u ciebie. Tak, Alina też. Nie, Miśki nie ma. Jaki spisek, co ty bredzisz, kto się o ciebie będzie troszczył, jak nie przyjaciółki! Kupić ci coś do żarcia po drodze? Jadłaś coś dzisiaj w ogóle? Dobra, nie gadaj, wszystko wiem. Cześć.

Wyłączyła komórkę.

– Słyszeliście państwo, prawda? To teraz pan doktor poprzyjmuje resztę pacjentów, a my z Alką będziemy tu punktualnie o ósmej. Chyba, żeby doktor skończył wcześniej, tu jest moja wizytówka; pan dzwoni, my zjawiamy się natychmiast.

– Idą panie do delikatesów?

– Na wszelki wypadek. No, no, domyślny pan. To na razie.

Agnieszka, która uważała, że głupi gryzoń powinien murem siedzieć przy chorej żonie w ciąży (nie szkodzi, że nie żonie) i przysmaczki jej do gęby wtykać, podejrzewała, że Firlej nie tylko nie dba o Marcelę w ogóle, ale nie ma żadnego szkolenia, tylko szwenda się gdzieś z jakimiś głupimi laskami. Podejrzenia nie miały jakichś solidnych podstaw, jednak były bardzo silne. Na granicy pewności.

W najbliższym supermarkecie kupiły na wszelki wypadek wszystko, co Marcelina mogłaby sobie szybko i łatwo przygotować, nie wstając na zbyt długo z łóżka. Plus owoce, kawę, herbatę, soki, słodycze i dwie zgrzewki wody mineralnej.

Do ósmej miały jeszcze trochę czasu, postanowiły zatem pokrzepić się kawą mrożoną i porozmawiać o czymś zupełnie innym, a właściwie o kimś innym. O Wisience zwanej Jagą.

Jak dotąd, nie wykonała ona żadnego ruchu, to znaczy nie zadzwoniła do Agnieszki, ale też nie powiedziała matce, że decyduje się zostać tam gdzie jest. Alina była zdania, że to niedobrze, zaś Agnieszka uważała, że nie ma się czym przejmować, jeszcze dziewczyna dojrzeje.

– A powiedz mi, Alka, czy ja dobrze myślę, że odkąd biegasz do tego szpitala, to jesteś mniej nerwowa w stosunku do swojej córki?

– W stosunku do córki tak, ale ogólnie raczej nie – odrzekła Alina lakonicznie. – Ja chyba jeszcze jakieś lody wciągnę. Czy my żyjemy w Afryce? Przeoczyłam coś?

– Efekt cieplarniany. Ozon z lodówek. Będzie coraz gorzej. Czemu jesteś nerwowa? Boisz się o nie wszystkie?

– Coś w tym rodzaju. Wprawdzie piękny pan doktor Orzechowski wylicza, że ogromna większość wyzdrowieje, ale są i takie, które umrą. Jak sobie pomyślę, że mój Franek mógłby umrzeć, robi mi się słabo.

– To nie jest twój Franek – zauważyła cicho Agnieszka.

– Mój i niemój. Zaprzyjaźniliśmy się. Ja wiem, że nie powinnam się zaprzyjaźniać, powinnam ich traktować... No właśnie, jak ja ich powinnam traktować? Nie mogę nie polubić śmiesznego dziesięciolatka, dzielniejszego niż niejeden dorosły, myślącego, inteligentnego i kochanego chłopaczka. Albo taka Jowita, przeszła operację guza mózgu, Wisienkę mi przypomina, jest w podobnym wieku. Kiedy ją zobaczyłam pierwszy raz, omal nie zemdlałam z wrażenia. Januszek, ma siedem lat i białaczkę, słodki absolutnie, rodzice go uwielbiają, ale mieszkają w Świnoujściu, ile mogą, tyle przy nim są, ale przecież nie zawsze mogą. Mańcia, też siedem lat, też białaczka, skąd to łajno się do nich przyplątuje, to nie wiem. No, dużo ich, tych dzieciaków. Dzielne są przeważnie bardzo.

– I co ty z nimi robisz?

– Różnie. Czasem posiedzę przy jakimś pojedynczym szkrabie, któremu akurat jest gorzej, pogadam, bajkę opowiem. Franek regularnie zmusza mnie do gry w scrabbla. Jowitę też wciągnął i jeszcze takiego Romka z białaczką. Romek ma dwanaście lat i jest intelektualistą, raz nawet ograł Franka. Czasami się zbiera większa grupka, która żąda czytania, więc im czytam; takie staroświeckie bajki braci Grimm albo moje własne ulubione książki z dzieciństwa. Ostatnio zaczęliśmy „O czym szumią wierzby" i się zachwycili. Starsi też słuchają, tylko przeważnie jak zaczynam coś większego, jak ten Grahame, to potem sami sobie to dokańczają. Czasem to oni czytają małym ciąg dalszy. A ja wtedy przynoszę inne książki. I tak nam leci.

Agnieszka pomilczała chwilę, bulgocąc słomką w trzeciej mrożonej kawie.

– Ktoś ci już umarł?

– Z moich dzieci, to znaczy tych, którymi się opiekuję, na szczęście żadne. Ale na oddziale jedna dziewczynka z guzem mózgu nie przeżyła. Mam nadzieję, że moim się uda. Przede wszystkim mam nadzieję, że Jowicie się uda, bo doktor nie dawał jej wielkich szans. Jakoś się trzyma na razie.

– Przetrzyma. Mówię ci to w jasnowidzeniu. Wyzdrowieje ci Jowita, nie rycz.

– Nie ryczę… Jak mam nie ryczeć, kiedy się o nią boję? I proszę, nie wstawiaj mi kazań, że robię co mogę, a co nie mogę, to mam sobie odpuścić. Sama wiem. Wiem, że im pomagam. Ale mi ich zwyczajnie żal. To straszne świństwo, że dzieci tak cierpią.

– A co to za jeden, ten piękny doktor? Też jakiś dupek, jak nasz przyjaciel Szczurek Firlejczyk?

– Nie, nie, broń Boże. Żaden dupek. Bardzo porządny facet i rzeczywiście urodziwy nieprzeciętnie. Kiedy go zobaczyłam pierwszy raz, w banku, byłam pewna, że ma jakieś trzydzieści pięć, sześć lat. Ma prawie pięćdziesiąt. Siedział z dziesięć lat w Ameryce i specjalizował się w czymś, co się nazywa onkologiczna chirurgia plastyczna. Albo jakoś podobnie. Dziecięca w każdym razie. Wiesz, dzieciaki po tych operacjach, po naświetlaniach, mają różne blizny, są poparzone, no i on się nauczył im to reperować. W Polsce prawie nigdzie się tego nie robi. Mój piękny doktor chce z kumplami otworzyć klinikę specjalistyczną, właśnie do tego. Forsy ma jak lodu, bo raz, że nazarabiał, a dwa, ożenił się w tej Ameryce z córką jakiegoś magnata farmaceutycznego. Przywiózł ją sobie do Polski, mają trójkę dzieci. Muszę mu polecić twoje liceum. Jedna córka ma chyba szesnaście lat. To chyba akurat, nie?

– Jak raz w sam raz. Pogadaj z nim, czemu nie. Lubimy mieć w szkole dzieci inteligentnych rodziców. On pewnie jest inteligentny?

– Wprost proporcjonalnie do obłędnej urody. Mówię ci, Mister Universum. I na dodatek cholernie sympatyczny.

– To coś jak nasz doktorek. Z wyjątkiem urody. Tfu, nie powiedziałam tego. Po co facetowi uroda?

– Ja uważam, że nasz doktorek jest przystojny. Wnętrze mu emanuje, rozumiesz…

– Rozumiem. Za piętnaście ósma. Lecimy.

Musiały jeszcze dziesięć minut poczekać na doktora Wrońskiego, bo ostatnia wizyta się nieco przedłużyła, ale dwadzieścia po ósmej już dzwonili domofonem do Marceliny. Otworzyła im i wjechali na górę.

Marcelina urządziła sobie w łóżku wygodne posłanie na modłę ulubionej kanapy madame Récamier i spoczywała na nim w pozycji półleżącej. Dwa wentylatory robiły co mogły, ale w pokoju i tak było duszno.

Agnieszka i Alina zostawiły doktora z pacjentką, a same poszły robić remanent w kuchni. Jak przypuszczały, nie było tam wiele. Głównie mrożonki i chińskie zupki. Uzupełniły lodówkę i szafki, nie szczędząc komentarzy na temat pana domu.

Posiedzenie doktora i Marceliny trwało bitą godzinę. Wreszcie otworzyły się drzwi do pokoju.

– Wymęczyłem waszą przyjaciółkę. Pani Marcelinie nic nie będzie. Wypisałem receptę na różne pigułeczki i byłbym za tym, żeby któraś z pań od razu poszła do apteki i je kupiła. Trzy kroki stąd, na Więckowskiego jest całodobowa. Możemy zjechać razem. Ja, niestety, nie mogę paniom już służyć, bo się trochę zaczynam spieszyć. Pani Marcelino, życzę wszystkiego najlepszego. Proszę do mnie zadzwonić i zameldować, jak moje leki działają.

Nie wiadomo dlaczego, ale od razu wiadomo było, że do apteki pójdzie Agnieszka. Pogodny doktor Wroński pożegnał się z pozostałymi paniami, a kiedy razem weszli do windy, natychmiast przestał być pogodny.

– Tak myślałam, że chyba nie jest najlepiej, co?

– No, nie jest. Domyśla się pani, że mam mnóstwo czasu i mógłbym iść do tej apteki, ale chciałem pogadać. Chodźmy tam razem, na wypadek, gdyby nie mieli akurat tych leków, to zobaczymy, czym by je można zastąpić.

– Czy mieliśmy rację na temat jej męża?

– Obawiam się że tak. Pani Agnieszko, robię na waszą prośbę, to znaczy pani i pani Aliny, coś, czego nie powinienem robić. Jednak chyba nie mam wyjścia. Zwłaszcza że pan Firlej też nie jest mężem pani Heskiej, więc tak czy inaczej, nie mamy pod ręką rodziny, która mogłaby pomóc. W tej sytuacji wolę wtajemniczać was niż pana Firleja.

– Zwłaszcza że nie dałoby to wiele, drogi panie – sarknęła Agnieszka. – To bęcwał.

– Tak się wydaje. Bardzo dobrze, że panie mnie tu przyprowadziły. Pani Marcelinie potrzebna była szybka interwencja. Zdążyliśmy w porę. Czy mogę panie prosić, abyście trzymały, że tak powiem, rękę na pulsie?

– Jasne. Będziemy codziennie do niej wpadać. Naszą czwartą dziewicę, Misię, też do tego zapędzimy. Kiedy Marceli pomogą pana piguły? Od razu czy za jakiś czas?

– Dałem takie, które od razu zadziałają. Istnieje pilna potrzeba zahamowania tych ataków paniki. Dziecku leki nie powinny zaszkodzić. Zapisałem zresztą kilka rodzajów, trzeba będzie je zmieniać w miarę upływu czasu. Pani Agnieszko, przez pierwsze kilka dni poprosiłbym o codzienne telefony. Czy to będzie możliwe?

– Nawet niech pan nie pyta.

– Rozumiem. Cieszę się. Pani Agnieszko, bardzo ważna uwaga. Wiem, że pani ma pana Firleja za bęcwała, ja mam go za coś gorszego. Absolutnie jednak nie mogą panie zdradzać się z tymi poglądami wobec pani Heskiej. Jako lekarz, zakazuję tego paniom z całą mocą. Chyba nie muszę tłumaczyć, dlaczego?

– Nie musi pan. Nie możemy pozbawiać Marceli gruntu pod nogami. Chociaż co to za grunt...

– Innego nie ma, więc musimy się zadowolić takim. Pani Marcelinie żadne dodatkowe stresy nie są potrzebne. Zresztą pani przyjaciółka prawdopodobnie doskonale zdaje sobie sprawę z tego, jaki troskliwy partner jej się trafił, tylko wszelkimi siłami usiłuje wyrzucić to ze świadomości. To jest zrozumiałe, za chwilę będą mieli dziecko. Ślub. Wspólny dom, takie rzeczy. Może liczy na to, że pan Firlej się zmieni. Wydorośleje...

– Myśli pan, że te wróżki, co się pojawiają nad kołyskami małych dzieci, zajmą się dla odmiany tatusiem, trzepną go po łbie różdżką i przerobią na mężczyznę odpowiedzialnego?

– Zdarzają się takie przypadki. Dość rzadko, jednak się zdarzają.

– Panie doktorze kochany. My znamy Firleja. A ja znam takich facetów. Jego interesuje wyłącznie Mikołaj Firlej.

– No więc, jest nadzieja, że będzie go interesowała pani Marcelina jako żona Firleja i dziecko jako dziecko Firleja.

– Własność?

– Tak. Bywa, że egoiści dbają o swoją własność. Bo ich.

– O matko. Nie lubię ludzi.

– A ja lubię. Z pewnymi wyjątkami. Pani też, pani Agnieszko, w gruncie rzeczy ich lubi. Proszę pamiętać, że i pani jest moją pacjentką. Znam panią na wylot.

– O kurczę. A nich mi pan jeszcze jedno powie. Czy nie należy Firleja zawiadomić o problemach Marceliny?

– Obiecałem pani Heskiej, że tego nie zrobimy. Skoro ma takie przyjaciółki jak panie, to może się uda bez zawiadamiania. Natomiast mogą panie dowolnie go sponiewierać za brak opieki nad żoną w ciąży. Powinien na nią chuchać i dmuchać. Bo jej się, nie daj Boże, coś stanie, poroni, nie wiem co jeszcze. Proszę mi dać te recepty, pogadam z panią magister.

Kiedy Agnieszka wróciła z zestawem leków, sytuacja w domu Marceliny była już opanowana. Chora dostała lekką kolację i właśnie była na etapie zmiatania jej z talerza.

– Nawet już byłam głodna – przyznała się. – Ale w dzień w ogóle mi się nie chce jeść z tego upału.

– Nawet gdyby ci się chciało, to nie bardzo miałaś co! – prychnęła wściekle Agnieszka. – Niech no wróci ten twój Mikołajek Nadmorski, powiem mu to i owo!

Marcelina omal się nie udławiła parówką cielęcą.

– Dziewczyny, ja was bardzo proszę!

– Marcela, my rozumiemy, doktor mi w windzie powiedział, że Firlej ma nie wiedzieć o nim. Ale zupełnie czym innym jest zostawianie cię w tym stanie na cały dzień. Bez opieki i bez żarcia!

– I bez picia – wtrąciła Alina. – On sobie wyobrażał, że w ten upał co będziesz piła? Kranówkę?

Agnieszka, jak zwykle, była przytomna.

– No, jeśli Firlej ma nie wiedzieć o doktorku, to trzeba pochować te wszystkie medykamenty. Żeby się Mikołajek nie domyślił, że rąbiesz psychotropy. Masz tu porcję na teraz, tu masz całą rozpiskę, co, jak i kiedy. Gdzie ci to schować? Do tej szufladki? Bene. Patrzcie, kobitki, w samą porę.

Po raz drugi rozległ się dzwonek domofonu.

– On nie ma klucza? – zdziwiła się Alina.

– Ma, ale gubi po kieszeniach. Otworzycie mu, z łaski swojej?

Alina i Agnieszka spojrzały po sobie i zgodnie pokręciły głowami.

– To czekajcie, ja mu otworzę…

Przyjaciółki zgodnym ruchem złapały stół z obu stron i przysunęły do łóżka, blokując Marcelinie wyjście.

– Nie ma takiego numeru – oświadczyła Alina. – Ty będziesz wylatywać z łóżka, żeby mu otworzyć, bo mu się nie chce klucza po kieszeniach poszukać? Czy ja dobrze słyszałam?

Marcelina okazała lekkie zdenerwowanie.

– Puśćcie mnie, dziewczyny. Muszę do łazienki…

– Nie oszukuj. – Alina była bezwzględna. – Przed chwilą byłaś. Jeszcze ci się nie chce!

– Chyba ja wiem lepiej, czy mi się chce – jęknęła Marcelina, częściowo rozśmieszona, a częściowo rozzłoszczona.

Domofon zadzwonił jeszcze siedem razy i zamilkł.

Po minucie dał się słyszeć zgrzyt klucza w zamku i do mieszkania wkroczył Mikołaj Firlej, lekko zaniepokojony. Zobaczył Marcelinę w łóżku, leżącą sobie jak gdyby nigdy nic (koleżanki zdążyły odsunąć stół), zobaczył te dwie małpy, jej kumpelasie, i szlag go trafił.

– Marcelinko – powiedział tonem zatroskanym. – Kochana, dlaczego nie otwierałaś? Przestraszyłem się, że coś ci się stało! O, masz gości – dołożył z fałszywym uśmiechem. – Miło was widzieć. Nie słyszałyście domofonu? Dzwonek się zepsuł?

– Nic się nie zepsuło – warknęła Agnieszka tonem zarezerwowanym dla szczególnie ciężkich rodziców. – Marcela jest chora, zapomniałeś? Lekarz kazał jej leżeć!

– No, ale wy jesteście, dziewczyny…

– Ale ty o tym nie wiedziałeś. Zamierzałeś czekać, aż chora żona w ciąży zerwie się z łóżka, żeby ci otworzyć, bo ci się kluczy nie chciało szukać!

– Agnieszka… – Z ust Marceliny wyrwał się jęk.

– Marcela, ty naprawdę jesteś chora, więc nic w ogóle nie mów!

– Mikołajku – wtrąciła Alina podstępnie. – Kolację jakąś zjesz?

Mikołaj podstępu nie wyczuł.

– Nie, dziękuję, nie jestem głodny, zjadłem w mieście.

– A zrobiłeś jakieś zakupy jedzeniowe?

– Nie, przecież teraz wszystko jest pozamykane. Rano skoczę po świeży chlebek.

– Ty naprawdę jesteś do zabicia – oświadczyła Alina. – Zostawiłeś Marcelę w domu bez chleba, bez masła, bez wody mineralnej i w ogóle bez niczego. Nie pomyślałeś, że ona musi jeść?

– Przecież je – Firlej obrzucił spojrzeniem resztki kolacji.

– Bo my wszystko kupiłyśmy. Na zapas również.

– Stwarzacie sztuczne problemy, moje drogie – Firlej był coraz bardziej zły. – Przecież Marcelinka w każdej chwili mogła zamówić pizzę. Tu, naprzeciwko robią doskonałą! Przynoszą gorącą, mają przez ulicę, nie zdąży wystygnąć!

– Człowieku, Marcela jest w ciąży! Powinna jeść delikatesy!

Mikołaj zaczynał się gotować. Co za bezczelne, aroganckie babony!

– Marcelinko – odezwał się słodko. – Zaczynam się zastanawiać, czy to jeszcze ja jestem ojcem twojego dziecka, czy może twoje przyjaciółki? Miłe panie, nie macie przypadkiem wrażenia, że dosyć tego pouczania? Zostawcie nas w spokoju, my sobie damy radę. Prawda, kwiatuszku?

Marcelina ukryła twarz w dłoniach.

Przyjaciółki wstały z miejsc.

– Idziemy do domu, Marcela – oznajmiła Agnieszka.

Chciała dodać, że zostawiają ją w dobrych rękach, ale się w ostatniej chwili powstrzymała.

– Jak byś czegoś potrzebowała, to dzwoń do nas – dodała Alina.

– O każdej porze. Pamiętaj o lekarstwach i nie wstawaj bez potrzeby. Masz leżeć. Pa. Całuski. Do widzenia, Mikołaju.

Wymaszerowały godnie, a Mikołaj, nie kryjąc zadowolenia, zamknął za nimi drzwi na klucz i łańcuch, po czym udał się do kuchni na inspekcję. Wrócił ukontentowany.

– Miłe masz przyjaciółki, tylko trochę megiery – powiedział.

– Mam nadzieję, że nie jest tak tragicznie, jak mówiły?

– Nie, nie. Jest całkiem dobrze – odrzekła pospiesznie Marcelina.

– Dobrze się czuję, otworzyłabym ci, ale mnie zatrzymały…

– Domyśliłem się. Nie martw się tym, słodziaczku. Dobrze, że zrobiły te zakupy, nie będę musiał jutro o świcie latać do sklepu.

～

– Bo ja w Szczecinie jestem przejazdem – zaznaczyła dama, trzepocząc nadnaturalnej długości rzęsami. – Ja wszędzie jestem przejazdem… jako artystka, to zrozumiałe. Czasami udaje mi się kilka dni spędzić w tej willi nad morzem, o której panu mówiłam. Przebudowałam ją całkiem, mój architekt nadał jej bardzo nowoczesny wyraz. Wielkie, jasne płaszczyzny, przecięte fioletowymi jakby żyłami. Rozumie pan, co mam na myśli. Marmur. Struktura marmuru.

Henryk Radwański, nowy szef Michaliny, przytaknął z lekkim roztargnieniem. Przed chwilą został napadnięty – nie wiadomo dlaczego tak to odebrał – przez rosłą babę ubraną w wytworne czernie i biele, bardziej odpowiednie na popołudniowy raut w ambasadzie argentyńskiej niż na poranne rozmowy ogrodnicze. Baba przedstawiła się jako Angela (Angela, proszę pamiętać, nie Andżela, ci koszmarni dziennikarze stale przekręcają) Tomanek (mam nadzieję, że mnie pan kojarzy, grałam ostatnio w kilku filmach, same bestsellerowe, mieliśmy doskonały pijar i świetne recenzje) i powołała się na wspólną znajomą, dziennikarkę (urządzał pan jej ogród, widziałam, jestem pod wrażeniem). Po czym zażądała, żeby dla niej też zaprojektować i urządzić piękny ogród w jej willi tuż pod Międzyzdrojami, nad samym morzem.

Baba najwyraźniej czekała na odpowiedź w sprawie fioletowych żył, więc mruknął coś pod nosem i kiwnął głową, starając się zachować inteligentny wyraz twarzy.

– No więc zrozumiałe, że rustykalny ogród, który był tam do tej pory, przestał się komponować. Trzeba go kompletnie przerobić, tym bardziej, że przy budowie, to znaczy przebudowie willi, został w większej części zdewastowany.

– Nie wiem, czy będę w stanie sprostać pani wymaganiom – mruknął Radwański po raz drugi, rozpaczliwie szukając wzrokiem tej nowej facetki, jak jej tam, Michaliny. Po to ją zatrudnił, żeby rozmawiała o fioletowych żyłach.

– Jestem pewna, że tak. Wika Wojtyńska polecała mi pana bardzo gorąco. Czemu pan się tak rozgląda, panie Henryku?

– Szukam osoby, która mogłaby z panią kompetentnie porozmawiać. Pani Michalino! – ryknął niespodziewanie, bo sylwetka nowej pracownicy przemknęła mu gdzieś za wybujałymi tujami. – Proszę do nas!

Pani Angela (nie Andżela!) Tomanek pozwoliła sobie na okazanie niezadowolenia.

– Pani Henryku – odezwała się tonem strofująco-perswazyjnym. – Pan mnie nie zrozumiał. Ja nie rozmawiam z personelem. Ja zawsze rozmawiam wyłącznie z szefami. Wyłącznie – dodała i znowu zatrzepotała rzęsami. Radwańskiemu przypominało to bliżej nieokreślonego robaka. Może zresztą zwykłą stonogę.

– Pani Angelo – zaszemrał pojednawczo. – Sekundę, proszę na mnie tu zaczekać, nigdzie nie odchodzić!

Kilkoma susami popędził za wybujałe tuje. Michalina wciąż tam była.

– O, dzień dobry, szefie – ucieszyła się. – Ja bym te tuje...

– Pani Michalino, na razie nieważne, co by pani te tuje. Nie słyszała pani, jak wołałem?

– Nie, bo przecież bym zareagowała. Przepraszam. A co?

– Przyszła pani Tumanek. Tfu, cholera, Tomanek. Pani ją zna?

– Aktorka?

– Tak. To gwiazda jakaś?

– Czy ja wiem? Chyba tak, ale dla mnie jest dosyć cienka. Ładnie się rozbiera. W każdym polskim filmie gra ostatnio, chyba ma dobrą passę. Trochę też śpiewa. No, generalnie robi w szołbizie. Czego ona chce?

– W szołbizie. Rozumiem. Pani Tomanek chce, żeby jej zrobić ogród. Niech pani ją weźmie do biura, da kawy, dowie się, czego ona dokładnie chce i trzyma ją z daleka ode mnie. Boże, ona tu idzie…

Angela Tomanek wolnym krokiem zbliżała się do iglaków.

– Pani Angelo, ma pani wyjątkowe szczęście. Pozwoli pani, że przedstawię panią Hart, wybitną specjalistkę w dziedzinie projektowania i urządzania ogrodów. Właśnie niedawno udało nam się panią Hart pozyskać.

– O, hauarju – powiedziała wytwornie gwiazda szołbizu.

– Angielka? Będziemy mówić po angielsku?

– Irlandka – odrzekła krótko Michalina, symulując wyspiarski akcent. – Możemy po polsku. Moja rodzina Polacy. Zapraszam.

– Ale pan Henryk idzie z nami. Absolutnie nalegam. O interesach rozmawiam z szefami, już mówiłam.

– To jak dojdziecie do spraw finansowych, proszę mnie zawołać – powiedział stanowczo Henryk Radwański i zwiał, potykając się o rozciągnięty na ziemi wąż do podlewania.

Następną godzinę Michalina spędziła, parząc kolejne kawy Angeli Tomanek i słuchając tyrad na tematy różne. Częściowo, owszem, ogrodnicze. Po upływie godziny spróbowała odnaleźć szefa, aby wspólnie z nim omówić kwestie finansowe, ale nigdzie go nie było, a komórkę miał wyłączoną.

Trochę niezadowolona z tego faktu, pani Tomanek musiała skapitulować. Zabrała swoje czernie i biele, zarzuciła na ramię gigantyczną torbę i wyszła godnie za bramę.

Dopiero, kiedy wsiadła do wypasionego kabrioletu stojącego przed bramą i zdematerializowała się z wizgiem, zza pryzmy worów z ziemią kwiatową wyjrzał Henryk Radwański i nieufnie rozejrzał się dokoła, sprawdzając, czy klientka na pewno odjechała.

– I co, pani Misiu?

– Zostawiła dwa tysiące zadatku i pojechała kontynuować karierę.

– A co to za zadatek? – prychnął szef.

– To tylko na to, żeby tam jechać i się przymierzyć. Dwa patyki starczą na benzynkę do Międzyzdrojów?

– Ja nie jadę.

– Ale jej tam nie będzie, szefie. Ja, oczywiście, mogę jechać sama...

– A nie, jak jej nie będzie, to pojadę. Chciałbym zobaczyć fioletowe żyły. Tylko kto nas wpuści za wrota? Bo pewnie strzeżone, zaalarmowane i w ogóle?

– Ona tam trzyma ciecia. Czy cieciową, nie zapamiętałam. Może rodzinę cieciów.

– Ach, domek oddźwiernego?

– Coś w tym rodzaju. Kiedy jedziemy?

– Na pewno jeszcze w tym tygodniu. Jutro. Tak, jutro mogę. Pani też może. Albo pojutrze. Zobaczymy.

~

– Pani dyrektor...

– Błagam, niech pani tak nie mówi, kiedy wychodzę ze szkoły, przestaję być dyrektorem!

– Dla mnie pani zawsze jest dyrektorem, a czy pani wie, że Kaczmarscy wyprowadzają się całą rodziną?

Regina Kaliska, zwana czasami Łodzią Kaliską, zadała to pytanie i teraz wpatrywała się w Agnieszkę intensywnie, a minę miała przy tym tak tryumfalną, że Agnieszka pożałowała, iż musi ją rozczarować.

– Pani Reniu, przykro mi, ale nie wiem, kto to są Kaczmarscy i nie wiem, co wynika z tego, że się wyprowadzają, nawet jeśli robią to całą rodziną.

– Oni mieszkają pod osiemnastym, na parterze. Na parterze.

Pani Kaliska najwyraźniej uparła się zrobić Agnieszce test na inteligencję.

– No to co, że na parterze? – Agnieszka powiedziała to i nagle załapała, o co chodzi sklepowej Kaliskiej. – Ach, wiem! Pani Reniu, myśli pani, że można by naszą Różyczkę tam przeflancować?

Renia Kaliska kiwała głową, jakby ją sobie chciała oderwać od tułowia.

– Podobno nie przesadza się starych drzew, ale o starych kwiatach nie ma żadnego przysłowia – powiedziała. – Oni mają prawie dokładnie takie samo mieszkanie jak pani Chrzanowska. Kaczmarscy. Taki sam rozkład, tylko salonik mniejszy o kilka metrów. A sama pani wie, co jej robi to trzecie piętro.

– Wiem. Mnie też robi. Ale biedna Róża przez te wysokie schody czasem w ogóle nie ma szans na wyjście. Pani Reniu, jest pani kochana.

– Trzeba pomagać ludziom starym – oświadczyła sklepowa Kaliska. – Zawsze mam nadzieję, że kiedy ja będę stara, znajdzie się ktoś, kto nie pozwoli mi skapieć pod płotem.

– O to akurat może pani być spokojna, pani Reniu. Janusz jest dobrym chłopcem, ma zasady i kocha swoją mamę. Wiem coś o tym, bo kiedyś rozmawialiśmy na tematy zasadnicze.

– A co będzie, jak sobie weźmie żonę zołzę? – westchnęła mama Kaliska. – Wszystko się może zdarzyć.

– Też prawda. Ale mądry chłopak będzie miał mądrą żonę, zobaczy pani.

– Pani Agnieszko! Pani mówi, jakby pani życia nie znała. Im lepszy mężczyzna, tym gorsze małpy go chcą złapać. No, czasem są wyjątki. A czasem to kobieta jak złoto nie ma nikogo – rzuciła nader cienką aluzję i przewróciła znacząco oczyma. – No, nieważne. Ale mam dla pani jeszcze jedną wiadomość, mogę mieć swojskie wędliny ze świniobicia, czy pani reflektuje?

– Jasne. Zawsze. Przecież pani wie, że jestem mięsożerna. Dzięki za pamięć. Pani Reniu, to ja teraz pędzę do Róży z wiadomością.

– Za przeproszeniem, ja to bym radziła najpierw popędzić do administracji. Zanim nas ktoś ubiegnie albo zanim administracja sama coś głupiego wymyśli. Niech pani zostawi te zakupy u mnie na razie i leci do nich. Dzisiaj oni dłużej urzędują, jak raz.

– Róża mnie zabije, jak będę coś załatwiać za jej plecami.

– A kto pani każe jej od razu wszystko mówić?

Agnieszka, uderzona słusznością rozumowania pani Kaliskiej, zostawiła torby w sklepie i udała się do administracji.

Panienka w administracji prawie ją wyśmiała.

– My tu nie jesteśmy władni załatwiać takie sprawy – powiedziała wyniośle. – Od tego jest lokalówka, proszę pani.

– Ach, lokalówka. A co to… – Agnieszka już chciała zgryźliwie zapytać, czy taka jest oficjalna nazwa odnośnego wydziału w odnośnym urzędzie, ale coś jej się skojarzyło.

Firlej. Firlej jest dyrektorem lokalówki, niezależnie od tego, jak brzmi jej oficjalna nazwa!

No to damy szczurkowi szansę wykazania się dobrą wolą!

~

Szczurek – Mikołaj Firlej dostałby szału, gdyby się dowiedział, że ktoś go tak nazywa – wykorzystując powrót Marceliny do względnie dobrego stanu, wziął wolne, przypilnował ją, aby umówiła się z notariuszem Jerzym Brańskim i w doskonałych humorach udali się oboje do Stolca, obejrzeć prezent od ciotki Jabłońskiej, obecnie Mrs Vtorkovsky. Początkowo nastrój Mikołaja psuło idiotyczne tico, pożyczone z warsztatu jako samochód zastępczy – zaufany mechanik, któremu powierzył swoje ukochane clio celem wymiany amortyzatorów, dysponował tylko tym czymś. Jerzy Brański wprawdzie proponował, że zabierze ich swoim samochodem, ale Firlej pominął to milczeniem. Gdzieś od połowy drogi zapomniał o grymasach – zwyciężyły w nim wielkie nadzieje.

Kiedy dojechali na miejsce, nadzieje Mikołaja Firleja sklęsły.

Dom nie był w stanie, który mógłby go zadowolić.

Przede wszystkim, był to dom jeszcze poniemiecki. Urody średniej. Ostatni remont generalny przeprowadzano tu zapewne jeszcze za Niemca. No, powiedzmy, w latach sześćdziesiątych, bez tego prawdopodobnie już by się rozleciał. Ponure, szare domiszcze. Za dużo daszków. Za dużo ganków. Za dużo schodów. Potworna liczba okien. Za małych.

Marcela, nie wiedzieć czemu, była zachwycona i wzruszona, aż jej się w oczach łzy pojawiły. Z tymi łzami w oczach pokazywała notariuszowi jakiś gzymsik, na którym wypatrzyła datę.

– Sto lat, czy pan to widzi? Ten dom zbudowano w tysiąc dziewięćset siódmym, za rok będzie miał sto lat... Takie domy miewają dusze.

Notariusz uśmiechał się życzliwie, ale Mikołaj skrzywił się z niesmakiem.

– Niepotrzebnie tak się entuzjazmujesz, słodziaczku. Po pierwsze, nie wiadomo wcale, czyje dusze się tu zagnieździły, może mieszkała tu rodzina jakiegoś zbrodniarza, esesmana...

– Przestań, Mikołaj, błagam!

– A poza tym doprowadzenie tej ruiny do stanu używalności będzie kosztowało majątek. Podobnie jak sadu. Ile tu jest terenu?

– Hektar równo. Dom zajmuje trochę więcej niż sto metrów kwadratowych z tej powierzchni.

– Hektar zaniedbanego sadu, sama słyszysz. Oj, nie wiem, czy ten prezent nam się opłaci...

Notariusz dziwił się sam sobie. Na ogół nie interesowało go zupełnie, co myślą klienci, a tym bardziej osoby postronne. Ten tu palant o wyglądzie gryzonia jest osobą postronną. Zdecydowanie postronną. Czyli jakby go tu nie było. Tymczasem on, Jerzy Brański, notariusz i prawnik z wielopokoleniową tradycją, odczuwa prostą i nieskomplikowaną, za to ogromną zgoła ochotę, żeby kopnąć jegomościa w cztery litery i patrzeć, jak facet leci na księżyc.

Tego, niestety, zrobić nie mógł. Poprzestał na wycedzeniu przez zęby:

– Jak sądzę, pani Marcelina Heska sama oceni tę opłacalność, kiedy przedstawię jej dokumentację nieruchomości.

– Pan pozwoli. – Gryzoniowaty postronny wyciągnął łapę po teczkę z dokumentami, w tym finansowymi. – Obejrzymy te kwoty.

Jerzy Brański czuł, że prędzej pęknie, aniżeli odda Firlejowi papiery. Ominął go demonstracyjnie i wręczył teczkę Marcelinie, która, oczywiście, natychmiast przekazała ją swojemu panu. Notariusz wiedział, że tak będzie, jednak sprawiło mu to pewną przykrość.

Firlej dość zachłannie wbił się w dane finansowe i po chwili kiwnął głową z lekceważeniem.

– Tak jak myślałem. Chyba nie będzie nam się opłacał remont, lepiej będzie sprzedać całość jak najszybciej. Nie rób takiej miny, kwiatuszku, chyba nie chciałaś zostawać właścicielką ziemską?

Mina Marceliny wyraźnie świadczyła o tym, że owszem, właśnie chciała. Że ten leciwy, podniszczony dom natychmiast przypadł jej do serca. Że już zdążyła sobie wyobrazić sad zadbany, oczyszczony z dżungli chwastów, a wszystkie drzewa pięknie przycięte i kwitnące, a potem wydające owoce. Te jabłka starych, niemodnych już gatunków – prawdziwa, zielona papierówka pachnąca jak dzieciństwo, koksa pomarańczowa, szara i złota reneta – są tu wszystkie. Staroświeckie gruszki; klapsa, konferencja… Wiśnie i czereśnie, śliwki renklody i węgierki, i małe, żółciutkie mirabelki…

Podczas gdy Mikołaj czynił w myślach obliczenia, notariusz obserwował Marcelinę i widział, co się działo na jej obliczu. Chęć strzelenia kopa jej narzeczonemu wezbrała mu na sile. Poprzestał na życzliwym uśmiechu skierowanym, oczywiście, do niej i niewinnej uwadze:

– Piękny sad, prawda? Pani jest, zdaje się, fachowcem; sądzi pani, że dałoby się go odnowić? Tak, aby dawał pożytek?

Marcelina rozpromieniła się i przez moment była naprawdę piękną kobietą.

– Tak mi się wydaje. Ja nie jestem sadownikiem, specjalizowałam się w projektowaniu terenów zielonych, ale sadownictwo to było takie moje ciche hobby. Rodzice mieli mały sadek, trochę na nim ćwiczyłam dla przyjemności. Ten sad jest wspaniały, tyle że wymaga uporządkowania. Nawet nie nakładów specjalnych, tylko właśnie pracy.

– Marcelinko, kwiatuszku, za pracę najemną trzeba dzisiaj płacić! A chyba nie wyobrażasz sobie, że ty i ja zakaszemy rękawy i staniemy do tyrania w sadzie! Zresztą, niedługo będziemy mieli zupełnie inne zajęcia!

Popatrzył aluzyjnie na jej okrągły brzuszek, bardzo już, uczciwie mówiąc, spory. No i nic dziwnego, bo do rozwiązania pozostało tylko kilka tygodni.

– A jak już odchowamy pierwsze, postaramy się o drugie, bo jedynak może się źle chować!

Odwrócił się w stronę notariusza i demonstracyjnie wyciągnął rękę.

– Panu już chyba podziękujemy, wezmę te kwity, jeśli pan pozwoli.

– Pani Marcelina powinna jeszcze podpisać kilka kwitów, jak raczył pan to określić. Możemy to zrobić teraz, a może pani odwiedzić mnie jutro w biurze, w dowolnej porze.

Notariusz miał nadzieję, że wpadnie do tego biura sama, bez tego idioty, a wtedy będzie okazja żeby z nią porozmawiać o sadzie i znowu zobaczyć naprawdę piękną kobietę. Piękną od środka.

To taka abstrakcyjna zachcianka – tłumaczył sobie. W końcu ona jest własnością tego bałwana i za parę tygodni urodzi mu dziecko. A potem ten bałwan zrobi jej kolejne, już zapowiedział, kogut wsiowy!

– Wpadnę jutro koło południa, czy mogę?

– O wpół do dwunastej mam gościa i to się może przeciągnąć, trzynasta będzie bezpieczniejsza. Czy to pani odpowiada?

– Jak najbardziej. Będę o pierwszej.

– No i wreszcie zakończycie tę biurokrację – powiedział bęcwał, wyraźnie złośliwie.

Notariusz pochylił się w ukłonie przed Marceliną i pocałował ją w rękę z szacunkiem. Kobiety w ciąży na ogół budziły w nim szacunek, a ta, nie wiadomo czemu, jakoś bardziej jeszcze niż pozostałe. Firlej nie spieszył się z podaniem mu ręki, więc i on dał sobie z tym spokój, ukłonił się raz jeszcze, bardziej ogólnie, wsiadł do auta i odjechał.

Mikołaj spoglądał za nim z niechęcią.

– Za dużo sobie pozwala, bezczelny kauzyperda – mruknął. – Marcelinko, chyba nie mówiłaś poważnie o tym sadzie. To ruina, nie sad. A dom druga ruina. Kochanie moje, teraz i tak to nieważne, będziemy się martwić, co z tym wszystkim zrobimy, jak już urodzisz i trochę z tego ochłoniesz.

I jak się pobierzemy, bo na razie to ty nie masz żadnych praw do tego majątku – pomyślało coś w Marcelinie. Nie była to ona sama; ona sama nie miała pojęcia, jak coś podobnego mogło jej przyjść do głowy.

– Masz rację – powiedziała. – Chociaż pozwól mi trochę pomarzyć, strasznie bym chciała mieć taki sad i taki dom.

– Tylko pod warunkiem, że krasnoludki nam go wyremontują – zaśmiał się dobrotliwie Mikołaj. – My chyba też pojedziemy. Jak się czujesz, słodziaczku?

– Bardzo dobrze – Marcelina była wzruszona, że Mikołaj tak o nią dba i prawie, prawie była gotowa zrezygnować z marzeń o sadzie... dla niego.

– To wiesz co, serduszko, może byś siadła za kierownicę i poprowadziła do domu? Ja się czuję trochę senny, może mi ciśnienie spada, nie chciałbym nas wrzucić do rowu. Nas troje, rozumiesz.

Mikołaj nie chciał tak po prostu przyznać się, że tico go brzydzi.

– Nie ma sprawy. Wiesz co, idź do samochodu, przewietrz i możesz sobie pospać na siedzeniu, a ja pochodzę trochę po tym sadzie, zobaczę, co dziadkowie tu hodowali.

– Jacy dziadkowie, różyczko? Przecież nie twoi! Kochanie moje, proszę cię, tylko nie zacznij traktować tej chałupy jak swojego dziedzictwa! To tylko prezent, kochanie, tylko prezent! No dobrze, idź pomarzyć, a ja rzeczywiście pośpię chwileczkę. Tylko się nie zmęcz!

Marcelina uśmiechnęła się do niego i sterując brzuszkiem, poszła w głąb sadu.

Istny tajemniczy ogród. Gigantyczne pokrzywy, łopiany, rekordowe lebiody i konkursowe bylice. Łany podagrycznika. Osty jak smoki. Widocznie starsi państwo Jabłońscy od lat nie mieli już sił, żeby go utrzymywać w porządku.

Starsi państwo Jabłońscy.

Może jednak dziadkowie? Może w rodzinnym przyciężkawym żarcie o córce wikarego była odrobina prawdy?

No, jeżeli była, to nie odrobina. Jajeczko nie może być częściowo nieświeże, jak wiadomo. Może więc rzeczywiście jej ojcem był wikary Jabłoński, którego nie zdążyła poznać, a który wyjechał na drugi koniec Polski, a ciocia Helena naprawdę była jej ciotką? W takim razie znajduje się w domu dziadków.

Przed domem dziadków.

Nie, w domu. Ten sad jest jak dom.

Może uda się namówić Mikołaja…

Z tym mogą być trudności.

Marcelina zawróciła i poszła pomału w stronę domu.

Pierwszy raz, odkąd związała się z Mikołajem, miała chęć postąpienia wbrew jego woli. Przyszło jej do głowy, że przecież nie są małżeństwem, Mikołaj nie ma żadnych praw do tej darowizny.

Odrzuciła te myśli. Są parą. Będą mieli dziecko. Pobiorą się niebawem.

Mało brakowało, a już byliby małżeństwem, ale ślub przełożono. Mikołaj zatroszczył się o jej samopoczucie, uznał, że ślub byłby może zbyt wielkim stresem, że takie emocje mogłyby zaszkodzić jej i dziecku. Już wiadomo, że to będzie córeczka. Prawdopodobnie Eliza, po mamie Mikołaja. Marcelina nie przepadała za tym imieniem i wolałaby małą Helenkę, na cześć ciotki Jabłońskiej, ale Mikołaj uparł się przy Elizie. „Helenka może być na drugie" – orzekł i na tym temat wyczerpano.

Siedział teraz na prawym fotelu samochodu i spał jak niemowlę. Ten widok zawsze rozczulał Marcelinę. Rozczulił i tym razem.

Pozamykała wszystkie drzwi i delikatnie potrząsnęła Mikołajem.

– Zapnij pasy, jedziemy.

– Jedź, kwiatuszku – zamruczał rozkosznie. – Ja jeszcze podrzemię, dobrze?

– Dobrze, tylko się zapnij.

Zapiął pasy właściwie przez sen.

Marcelina zajęła miejsce kierowcy, przesunęła fotel i wyregulowała lusterka. Zapięła pas i otworzyła wszystkie okna. Tylko tak można było wytrzymać w tym dzikim upale: tico nie miało klimatyzacji.

Wolno wyjechała ze wsi. Jeszcze raz obejrzała się na dom. Albo zwariowała, albo czuła z nim jakąś więź.

Dwa kilometry dalej nie przestawała o tym myśleć. Mikołaj nadal spał smacznie i pochrapywał przez sen.

Mimo pootwieranych okien, Marcelinie było za gorąco, przeszkadzał jej też pas, który uciskał ją dokuczliwie. Postanowiła rozpiąć się i tak pomalutku dojechać do granic Szczecina. Potem się zapnie albo obudzi Mikołaja, żeby poprowadził.

Odpięła pas, jednak i to nie przyniosło jej jakiejś zauważalnej ulgi. Jechała teraz leśną drogą, dziur jakimś cudem było na niej stosunkowo mało, a w charakterze niewielkiego, ale znaczącego bonusika pojawił się miły wietrzyk.

I wtedy zupełnie niespodziewanie Marcela zemdlała. Nie miała przedtem żadnych dodatkowych duszności, żadnych mroczków przed oczami ani zawrotów głowy. Po prostu straciła przytomność.

~

Henryk Radwański, nowy szef Michaliny, okazał się zupełnie przyjemnym towarzyszem podróży, a także nieobliczalnym kierowcą – do Międzyzdrojów dojechali w pięćdziesiąt minut. Willę „Angela" odnaleźli bez trudu, po czym oboje doznali czegoś w rodzaju szoku estetycznego. U Michaliny objawiło się to niepowstrzymanym chichotem, u jej szefa radosnym pokasływaniem.

– Nich pani się tak demonstracyjnie nie śmieje – zwrócił jej w końcu uwagę Radwański. – Tu mogą być ukryte kamery, które rejestrują reakcje gości. Jak się który za bardzo śmieje, nasyła się na niego mięśniaków z bejsbolami. Gdzie jest ta chatka stróża?

Chatka stróża była chytrze zakomponowana w gigantycznym żywopłocie z różnorodnych iglaków przemieszanych z ligustrem i oplecionych, zapewne na wszelki wypadek, winobluszczem trójklapowym.

– Tego żywopłotu chyba bym nie ruszała – mruknęła Michalina. – Bo musielibyśmy sprowadzić buldożery.

– A cóż to dla pani Tumanek kilka buldożerów? Pani Misiu. Niech mnie pani nie rozczula. Uwaga, dzwonię. Jakby co, to jestem pierwszy na linii strzału.

Potężną bramę, kutą w żelazie i zdobną mnóstwem złoconych liści akantu (okropnie nie pasowała do modernistycznej całości, ale widocznie właścicielce trudno się było rozstać z taką ślicznością), otworzył nie żaden pakowaniec, tylko przeciwnie, dość cherlawy osobnik w podeszłym wieku.

– Państwo do kogo?

– Do ogrodu – odrzekł Henryk Radwański. – Jesteśmy z firmy ogrodniczej, pani Tomanek nie uprzedziła?

– Uprzedziła. Legitymacje.

Michalina i jej szef spojrzeli po sobie zdumieni i sięgnęli po dowody osobiste. Cieć obejrzał je dokładnie, sprawdził podobieństwo zdjęć z oryginałami i oddał im dokumenty – jakby niechętnie.

– Można wejść – szczeknął i otworzył bramę szerzej.

– A ta brama na pilota nie działa? – chciała wiedzieć Michalina.

– Potrzebna siła rąk?

– Niepotrzebna. Pilot nie wylegitymuje. Można wejść, mówię.

Dwuosobowa ekipa przekroczyła kutą bramę i wstąpiła na ścieżkę ogrodową.

– Kurczę, to przecież marmur – zdumiała się Michalina, spoglądając pod nogi. – Jakim cudem to nie potrzaskało, przecież marmur jest kruchy!

– Pani Tumanek zapewne lubi marmur – wyjaśnił jej szef. – Ta ścieżka nawiązuje do elewacji, niech pani spojrzy.

Rzeczywiście, wielkie płaszczyzny pokrywające elewację pocięte były fioletowymi żyłami imitującymi marmur. Dzięki temu dom wyglądał jak gigantyczny grobowiec.

– No tak. Ale to mi nie wyjaśnia, dlaczego dróżka nie popękała. Nawet jeśli tu nikt nie chodzi, to przecież grunt chyba pracuje, nie?

– Musieli zrobić pod spodem jakieś umocnienie, a właściwie coś w rodzaju drugiej ścieżki, na której ułożyli dopiero te płyty. To mogło trochę kosztować. Ale skoro pani Tumanek zależało...

– A elewacja, szefie? Tej wielkości płyty marmurowe?

– Niech pani pomaca tę ścianę – poradził szef. – To nie kamień, tylko laminat. Gdzieś czytałem, że robi się takie rzeczy. Fotografuje się materiał, na przykład właśnie marmur i na tej podstawie robi się dowolnej wielkości płyty laminatowe z dowolnym wzorem. We Włoszech się w to bawią.

– Przypuszczam, że nie jest to tania zabawa.

– Nie sądzę. No i co, ma pani już jakąś wizję?

– Prymulek tu nie posadzę, to pewne. Zobaczmy, co mamy z przodu.

Z przodu błękitniało morze. A ściana domu od strony morza była cała ze szkła, oczywiście przyciemnianego i zapewne nieprzepuszczającego ciepła.

– Nie ma pan wrażenia, szefie, że stoi pan przed sarkofagiem? – Michalina rozglądała się w zadumie. – Zupełnie jakbym nie zmieniała pracy. I kto tu sadził te wszystkie krzewy w rządek? To ma być rustykalny ogród? No dobrze. Teraz, kurczę, ja. Chyba posadzę cmentarne tuje i cyprysy, i jałowce kolumnowe, wszystko jak największe. Bluszcze i błękitne hortensje. Będzie stylowo.

– Niech pani nie zapomina o bramie – uśmiechnął się szef. – Brama świadczy o pewnym zamiłowaniu... do barokowego przepychu. Duże pieniądze wszędzie. To w szołbizie... tak to pani nazwała? W szołbizie tyle się zarabia?

– Niezupełnie. W każdym razie nie u nas. Ona ma męża, sprawdziłam w Internecie. A jej mężem jest niejaki Gronicki, może pan słyszał, on robi w paliwach i ma jakieś firmy konsultingowe, i coś tam jeszcze. Próbowali się do niego dobierać w różnych komisjach śledczych, ale nic na niego nie znaleźli.

– Taki cwany?

– Albo taki uczciwy. Podobno to nie jest wykluczone.

– Podobno jest. Zostawmy politykę, pani Misiu. Najważniejsze dla nas, że żona wypłacalna. Trzeba z nią zawrzeć umowę. Niech pani przygotuje projekt, ewentualnie dwa warianty. A stroną finansową zajmę się ja. Pani Tumanek ma wiedzieć, że za prace wybitnej irlandzkiej projektantki płaci się odpowiednią cenę. Nawiasem mówiąc, ma pani coś wspólnego z Irlandią?

– Tatusia. Był Irlandczykiem, więc ja jestem pół na pół.

– Był? Przepraszam, jestem wścibski.

– Nic nie szkodzi. Wyjechał do Irlandii, kiedy miałam sześć lat.

– Jeszcze raz przepraszam.

– Jeszcze raz nie szkodzi. Co do tego zlecenia, ja już wszystko wiem. Z tego, co tu jest, zostawimy tylko żywopłot. Z powodu buldożerów. O kurczę, już się cieszę na tę pracę. Jeden projekt naprawdę zrobię w stylu cmentarnym, a ten drugi wprost przeciwnie, kontrastowo. Ale mnóstwo fioletów.

– W nawiązaniu do żył.

– Tak jest. – Michalina rozejrzała się dokoła. – Nie ma pan wrażenia, że czegoś tu brakuje?

– Nawiązania do marmurowych kolumn.

– Dokładnie tak! Może by jej podpowiedzieć...

– Jasne. Niech pani sobie nie żałuje. Fontanny w kącie by pani nie chlasnęła?

– Szefie, kocham pana! Oczywiście że chlaśniemy! Kolumny i fontanna!

Michalinę ogarnęła niesłychana radość. Nie czuła się tak chyba od lat studenckich, kiedy to czasami ogarniała ją tak zwana głupawka, polegająca na absolutnym przekonaniu, że świat jest w porządku i ona, Michalina Hart jest w porządku, i wszyscy dokoła są w porządku, i nikt nie ma jej niczego za złe.

Chyba było to po niej widać. Szef patrzał na nią i uśmiechał się życzliwie.

Wygląda na to, że podobny do gawrona ksiądz Hieronim wiedział, co mówi. Powinien być psychologiem i podpowiadać ludziom, jakie decyzje mają podejmować.

Michalina zaczynała żyć.

∽

Agnieszka dzwoniła do Mikołaja Firleja po raz szósty. Zamierzała zapytać go po prostu, jaka jest szansa na przeniesienie pani Róży Chrzanowskiej z trzeciego piętra na parter, skoro dwa domy dalej zwalnia się właśnie stosowne mieszkanie. Ostatecznie, może nie jest takim dupkiem, za jakiego zdążyli go wszyscy, z doktorem Wrońskim włącznie, uznać.

Dzwonienie do Firleja przypominało jednak zabawę w głuchy telefon.

Komórka Marceliny też nie odpowiadała. Agnieszka dzwoniła do przyjaciółki w nadziei, że ma ona swojego szczurka gdzieś w pobliżu, bo jemu najwyraźniej wyładowała się bateria.

Miejmy nadzieję, że nic złego się nie dzieje.

Agnieszka postanowiła zadzwonić za godzinę, a tymczasem zrobić zakupy u pani Kaliskiej. Dla siebie i dla pani Róży.

Na myśl o pani Róży uśmiechnęła się do siebie. Stara dama w kontakcie z awanturniczym kociakiem odmłodniała o jakieś dziesięć do piętnastu lat. Tak, jakby nawet stawy zaczęły jej lepiej służyć.

Zastanawiały się obie z Agnieszką, jak przemianować kota, żeby nie było owadzio. Oczywiście, naturalnym wyborem byłby Ramtamtamek, bo kocię robiło wyłącznie to, co samo chciało robić, jednak pani Róża stwierdziła, że Ramtamtamek jest to imię zbyt długie dla tak krótkiego kotka. Na razie więc malec pozostał Żuczkiem i zanosiło się na to, że będzie nim dożywotnio.

– Ramtamtamek może mieć na drugie – orzekła jego nowa pani. – A na trzecie Pufcio. Kot wagonów sypialnych. Pani Agnieszko, czy te wiersze gdzieś można kupić? Szalenie bym chciała do nich wrócić, a swoje komuś pożyczyłam i rozumie pani. Tych, co nie oddają książek, należałoby wieszać za nogi. Albo za co innego.

– Poszukam w Internecie – obiecała Agnieszka, poszukała i znalazła. Miała teraz w torbie niewielki tomik i już się cieszyła na myśl o radości starszej pani.

Ona stała się jakby moją babcią – pomyślała któregoś dnia. Wprawdzie jej prawdziwa babcia musiałaby chyba być starsza, ale kto by się przejmował takimi szczegółami. Rodzeni dziadkowie Agnieszki nie byli zbyt familijnie nastawieni i to dotyczyło obu kompletów; ze strony zarówno ojca, jak i matki. Rodzice Agnieszki wzięli po nich pewną oschłość. Najwcześniejsze dzieciństwo Agnieszka spędziła głównie u niańci, a nieco późniejsze w przedszkolu. Jeszcze późniejsze w szkolnej świetlicy. To właśnie w tych latach nauczyła się sztuki konfabulacji. W jej otoczeniu zawsze funkcjonowało kilka zmyślonych osób. Jacyś wujkowie, ciocie, babcie, dobre wróżki i złe czarownice. Te ostatnie bywały bezlitośnie przeganiane. Czasem Agnieszka dawała sobie z tym radę sama, a czasami potrzebowała pomocy kolejnych wymyślonych postaci. W tym okresie jej mamą bywała Mama Muminka a babcią Królowa Śniegu.

Kiedy doszła mniej więcej do połowy podstawówki, bajkowe wróżki i czarodziejki zastąpili bohaterowie lektur. Nie szkolnych, tylko osobistych, bowiem nad ponure nowele o dziewczynkach upieczonych w piecyku przedkładała literaturę przygodową. Przez to właśnie nie wyszła jej pierwsza miłość, bo jeden taki Jacuś (piękny bardzo, ozdoba czwartej klasy), w którym była zakochana do szaleństwa, usłyszał kiedyś jej rozmowę z Tomkiem z Krainy Kangurów. Tłumaczyła Tomkowi, że nie ma u niej szans właśnie z powodu Jacka. Ten ostatni z kolei, głupi osioł, uznał że ona jest KREJZY. I nie chciał z nią nigdy więcej gadać.

Przebolała niepowodzenie, ponieważ, jak łatwo się domyślić, wróciła do Tomka Wilmowskiego.

W następnych latach poznała osobiście Zbyszka z Bogdańca, d'Artagnana i Atosa (Portos i Aramis nie interesowali jej), Kmicica, kapitana Klossa, Jamesa Bonda, Janka z „Czterech pancernych" i kilku innych. Preferując, jak widać, zabijaków, szczególną sympatią darzyła jednak Eugene'a Wrayburna, bohatera „Naszego wspólnego przyjaciela" Dickensa.

Jest oczywiste, że wszystkich tych panów bez najmniejszej trudności odbijała ich literackim damom i przywłaszczała sobie na jakiś czas. Przy okazji brała udział w wielu awanturach z ich udziałem. Szczególnie lubiła wplątywać się w zawiłe intrygi mające na celu pognębienie potężnego kardynała Richelieu. Doprawdy, swojego czasu dała mu się we znaki bardzo porządnie.

Jest rzeczą oczywistą, że rodzicom opowiadała wiele niestworzonych historii, które lokowała w zupełnie prawdopodobnych okolicznościach. Może z tego powodu nie mieli oni dobrego zdania o szkole, do której chodziła. Bo cóż to za szkoła, w której dzieci kradną, biją, ćpają i masowo zachodzą w ciążę?

Agnieszka wiedziała, kiedy może sobie pozwolić na konfabulację. Rodzice nie znosili wywiadówek i zebrań. Nawet, jeśli któreś się pofatygowało do szkoły, to tylko po to, aby wziąć kwitek ze stopniami i uciec jak najprędzej. Kwitki Agnieszki zawsze były, rzec by można, najwyższej jakości, podobnie jak jej świadectwa – wszystkie z czerwonymi paskami. Konfabulowała więc swobodnie, bez obawy, że matka lub ojciec ją na tym przyłapią.

Być może ten własny świat, bogato zaludniony i pełen przygód, sprawiał, że potem, w latach dorosłych, Agnieszce nie ciążył specjalnie brak autentycznego amanta (takiego „na wciąż", bo takich na trochę kilku było w jej życiu), z którym dałoby się założyć normalną, dwu-, a potem trzy- i czteroosobową rodzinę. Rzecz jasna, nie była taka głupia, żeby komukolwiek o tym świecie opowiadać. Reakcja Jacka na rozmowę z Tomkiem Wilmowskim dała jej do myślenia. Jeśli idzie o wyciąganie wniosków, Agnieszka zawsze była mistrzynią.

Milczenie komórek Marceli i Mikołaja też dawało jej do myślenia.

Z godziny, którą sobie wyznaczyła do następnej próby telefonicznej pozostało pięćdziesiąt minut.

Agnieszka poszła do sklepu.

Pani Kaliska na jej widok ucieszyła się szaleńczo i zaczęła machać rękami, nie bacząc na kolejkę złożoną z dwóch osób.

– Pani dyrektor, jak dobrze! Miałam dzwonić do pani, ale chyba pani miała jasnowidzenie, że pani przyszła!

– A co, ma pani dla mnie tę szynkę?

– Szynkę też, ale lepiej, mam dla pani tych ludzi, co mają mieszkać pod osiemnastym na parterze! Mam dla pani ich telefon! Może pani spróbować z nimi negocjować! Bezpośrednio! A w lokalówce coś pani zwojowała?

– Jeszcze nie udało mi się dopaść właściwej osoby. To ja stanę w ogonku, dobrze?

– Jasne, niech pani staje. Ja państwa przepraszam, ale to ważna wiadomość była, a ja jestem niecierpliwa. Już obsługuję. Co mam podać?

Dwadzieścia minut później Agnieszka opuszczała sklep, bogatsza w swojską szynkę i pożyteczną wiedzę.

Najpierw postanowiła spożytkować szynkę. Jak to często ostatnio robiła, zataszczyła całe zakupy do mieszkania pani Chrzanowskiej i zwaliła je na kuchenny stół. Tym razem nie spotkała jej awantura – pani Róża lubiła sobie czasem pokrzyczeć, ale nie dziś; dziś zajęta była tresowaniem Żuczka w drapaniu właściwej deseczki, obciągniętej starym szalikiem. Od deseczki Żuczek wolał aksamitne oparcia foteli i kanapy. Należało mu to wybić z głowy.

– Dzień dobry, pani Różo. Jak tam stawy i cała reszta?

– Nie mam czasu się nimi zajmować. Zajmuję się nauczaniem. Ten mały łobuz doskonale wszystko rozumie, tylko nie ma ochoty słuchać poleceń. Muszę coś wykombinować, żeby myślał, że sam tak chce. Co tu tak pachnie?

– Szynka od pani Kaliskiej. Ktoś tam miał świniobicie i sprzedał trochę własnych wędlin. Coś obłędnego. Kupiłam w sumie sporo, więc mogę się z panią podzielić.

– Ciekawe, czy Żuczkowi będzie smakowało…

– Na pewno. Rambo przepada. Mam też dla pani prezent na imieniny.

– Ale dzisiaj nie są moje imieniny.

– Nie szkodzi, to tak z wyprzedzeniem. Potem dołożę tylko kwiatki. Proszę.

Jak było do przewidzenia, z Elliota pani Róża ucieszyła się ogromnie i od razu przystąpiła do głośnego czytania. Uwolniony Żuczek natychmiast dopadł poręczy jej fotela i demonstracyjnie się na niej uwiesił.

Podczas gdy w pokoju trwała sielanka, w kuchni Agnieszka, krojąc szynkę, denerwowała się coraz bardziej.

Po pierwsze, dlaczego Marcela nie odbiera?

Po drugie – powiedzieć babci o tym, że się stara o zamianę jej mieszkania czy nie? Ryzykuje coś gorszego niż awantura. Babcia gotowa się popłakać na myśl o opuszczeniu tych trzech pokoi z kuchnią i łazienką, w których przeżyła tyle szczęśliwych lat ze swoim Tadeuszem…

Dlaczego Marcela nie odbiera?

Do pełnej godziny pozostało jeszcze piętnaście minut.

Agnieszka odłożyła szynkę i nóż, wyjęła komórkę i zadzwoniła.

Marcela nadal nie odbierała.

~

Alina miała załamkę.

Siedziała w gabinecie doktora Orzechowskiego i płakała. Doktor Orzechowski posadził ją na kanapie, dał jakąś niewielką pigułkę i szklankę wody, po czym wyszedł.

Dzień zaczął jej się nie najgorzej, a właściwie nawet zupełnie dobrze, bo Jaga zachowywała się – po raz pierwszy od bardzo dawna – w miarę normalnie. Nie można tego zachowania nazwać całkiem przyjaznym, ale nie było agresywne; córeczka nie wrzeszczała i nie okazywała matce pogardy.

Wstała, jak na siebie, nieprawdopodobnie wcześnie, poszła do piekarni po świeże bułki (Alina doznała prawdziwego szoku na ich widok) i zastawiła stół do śniadania o wpół do siódmej rano, tak, żeby matka zdążyła spokojnie zjeść przed wyjściem do banku.

Zapytana o powody tak niesłychanej dobrej woli, wzruszyła ramionami.

– Może już tak zawsze będzie. Może ja też czasem lubię wcześnie wstać. Może wcale się nie kładłam i było mi łatwo. Może ty o mnie nic nie wiesz.

– Może nie wiem – zgodziła się Alina, która o tej porze nie była usposobiona do rozwiązywania szarad. – W każdym razie mnie się to podoba. Zwłaszcza te bułeczki. Jeśli ci wejdzie w nawyk, utyję jak wariatka.

– Mam do ciebie prośbę.

– No, no – powiedziała Alina zachęcająco i pomyślała, że oto szarada rozwiązała się sama. – A ja będę w stanie ją spełnić?

– Raczej tak. Ja się chyba zdecydowałam na tę szkołę. Chciałam cię prosić, żebyś tam zadzwoniła.

– Miałaś sama zadzwonić.

– To ty uznałaś, że ja mam dzwonić – przypomniała jej nie bez racji Jaga. – Mnie jest głupio. Możesz to zrobić?

– Mogę. Ale tam jest taki zwyczaj, że dyrektorka, to znaczy ta moja koleżanka, Agnieszka Borowska, rozmawia z każdym kandydatem na ucznia. Więc tak czy inaczej, będziesz musiała się z nią spotkać. Przypuszczam, że ona ci się spodoba.

– Jak to, dyrektorka rozmawia z każdym? To ona nic nie robi, tylko rozmawia!

– Nie jest tak źle. To mała szkoła. Dwie pierwsze klasy to góra trzydzieści pięć osób, no, niech nawet będzie czterdzieści. A te czterdzieści osób też nie naraz przecież. Ja do Agnieszki zadzwonię, jeśli chcesz, ale od razu umówię cię na rozmowę.

– Boże – mruknęła Jaga. – Tam się jest pod stałą obserwacją, co?

– Można to i tak interpretować, ale popatrz na to z drugiej strony; nauczyciele mają dla ciebie o wiele więcej czasu niż w innych szkołach i w razie potrzeby mogą z tobą więcej popracować.

– No, nie wicm, czy to jest akurat fajne – mruknęła Jaga ponownie. – Ale już się zdecydowałam. Zaryzykuję.

Alina nie dała po sobie poznać, że serce jej zaśpiewało odę do radości, bo nie była pewna, jak córka przyjmie taki wybuch emocji. Powiedziała tylko, że się cieszy i że zadzwoni.

Nie udało jej się jednak dopaść Agnieszki, chociaż dzwoniła przez cały dzień, oczywiście z przerwami na pracę w swoim banku. Albo było zajęte, albo nie odbierała.

Alinę trochę wyprowadziło to z równowagi i w rezultacie zupełnie idiotycznie doradziła swojemu klientowi, oczywiście złapała się na tym już po jego odejściu – prawdopodobnie on by się nie zorientował, ale jej zawodowa uczciwość nie pozwoliła jej tego tak zostawić, zadzwoniła więc do niego i tysiąckrotnie przepraszając, powiedziała mu o swojej pomyłce. Facet był miły i nie robił problemu, jednak jej perfekcjonizm ucierpiał wprost okropnie, złapało ją też poczucie winy, bo przecież nie może tak być, żeby prywatne problemy miały wpływ na jakość jej pracy, to jest praca z ludźmi i ich forsą, niekiedy bardzo grubą, Boże jedyny!

Trzeba będzie koniecznie odwiedzić doktora Wrońskiego.

Doktor Wroński, na szczęście, telefon odebrał, więc umówiła się na wizytę i już od tego zrobiło jej się trochę lepiej.

Po pracy wróciła na chwilę do domu, mając nadzieję na obiad z córką i dalsze zacieśnianie stosunków rodzinnych, ale Jagi nie było. Zostawiła karteczkę z wiadomością, że jedzie nad morze i wróci wieczorem. Musi przemyśleć różne rzeczy, a najlepiej się przemyśliwa w kontakcie z żywiołem.

Liścik był w tonie raczej neutralnym, więc Alina się nie przejęła, tylko odgrzała sobie wczorajszą zupę ogórkową i posiliwszy się, postanowiła odwiedzić swoje dzieci w szpitalu. Nie była tam cały tydzień, bo czuła się trochę przeziębiona (dopadało ją to czasem w lecie) i nie chciała narażać dzieciaków na kontakt z własnymi wirusami.

No i kiedy przyszła na oddział, okazało się, że Romek z białaczką, dwunastoletni intelektualista, któremu zdarzało się ograć mistrza Franka w scrabbla, nie żyje.

Alinie zakomunikował o tym Franek, cichy i przygaszony.

Oczywiście powiedziała mu to wszystko, co w podobnych przypadkach się mówi, nawet szczerze: że tak bywa, że większość zdrowieje, że on sam najdalej za dwa miesiące ma szansę wyjść do domu i już nigdy tu nie wrócić, jak stanowczo twierdzi wujek Orzech; że Jowita ma się coraz lepiej, że Januszek ma bardzo dobre rokowania – oboje jednak wiedzieli, że wcale nie o to chodzi.

– Wiesz, ciociu – powiedział Franek, majtając klapkiem na dużym palcu lewej nogi – to wszystko jest prawda. Ale to, że Romka nie ma, to też jest prawda.

To proste zdanie sprawiło, że Alina się załamała.

Trzymała się jeszcze całe pięć minut, po czym, jak gdyby nigdy nic, udała się do gabinetu doktora Orzechowskiego i tam dopiero pękła.

Doktor, jak się rzekło, nie przeszkadzał jej płakać. Siedziała więc na jego kanapie i oddawała się szlochom przez jakieś pół godziny, aż się wypłakała, a może zadziałały pigułki.

Skorzystała z umywalki i doprowadziła się mniej więcej do stanu używalności. Nie miała już tylko odwagi, żeby iść do dzieci.

– Nic na siłę, pani Alino – powiedział doktor Orzechowski, który co jakiś czas zaglądał do gabinetu, a widząc, że Alina już funkcjonuje, wrócił do niego na dobre. – Doskonale panią rozumiem. Wszyscy tutaj mamy za sobą ten pierwszy raz, pierwszą śmierć. Wszystkim nam było tak, jak pani teraz. Jak pani się domyśla, nauczyliśmy się czerpać siły z tego, że większości pomagamy. Musimy się trzymać, żeby ratować, kogo się da. Okropnie patetycznie mówię.

– Śmierć jest patetyczna. – Alina mówiła już normalnym tonem. – Ja rozumiem, tak samo mniej więcej mówiłam Frankowi, ale wie pan, co on mi powiedział? To wszystko prawda, ale że Romka nie ma, to też prawda.

– Prawda. Czy to będzie miało jakiś wpływ na pani decyzje?

– Pyta pan, czy będę przychodzić? Nie wiem.

– Jasne. Musi pani to przegryźć. Niech pani idzie do domu, nacieszy się córką, a potem proszę pamiętać, że z nikim Franek tak nie lubi grać w scrabbla, jak z panią. I że Jowita za panią tęskni.

– Myśli pan, że naprawdę jestem im potrzebna?

– Tak samo jak moje lekarstwa, pani Alino. A pani nie daje takich obrzydliwych skutków ubocznych.

Alina zaśmiała się mimo woli.

– Naprawdę. Przepisywałbym panią na receptę. Niech pani dzisiaj już o tym w ogóle nie myśli. Ma pani w pewnym sensie komfortową sytuację… my nie możemy stąd uciec. Pani może, jest pani to potrzebne, więc niech pani ucieka.

– A potem wróci…

– Tak. Będzie pani mocniejsza, będzie pani miała wszystko poukładane, będzie pani przygotowana na to, co się jeszcze może wydarzyć. Bo może, nie czarujmy się. Takie to miejsce.

– Doktorze… pan wiedział, że Romek umrze?

– Wiedziałem. Od tego jestem, żebym wiedział.

– No tak. To ja już idę. Na razie.

Poszła do domu na piechotę. Po drodze myślała trochę o Franku, trochę o Jowicie, trochę o Romku… a potem już tylko o doktorze Orzechowskim.

~

Notariusz Jerzy Brański jechał do domu bardzo wolno jak na swoje upodobania i z uczuciem głębokiego niezadowolenia. Było to niezadowolenie całkowicie irracjonalne, ponieważ: a) zrobił swoje, to znaczy wypełnił bardzo skrupulatnie wolę pani Vtorkovsky, dom przekazał, dokumenty sporządził; b) na ostateczne podpisanie tychże jest umówiony; c, d, e, f i cała reszta – klientka jest dla niego osobą najzupełniej obcą, więc nie jest jego sprawą, że ma narzeczonego pazernego idiotę.

Dlaczego więc był niezadowolony z siebie?

Bo ją zostawił z pazernym idiotą?

A z kim miał ją zostawić, skoro są parą, zamierzają się pobrać i na dodatek dziecko ad portas?

I cóż jej się może stać? Nic. Zupełnie nic.

Gdyby się nawet źle poczuła, na przykład z powodu dokuczliwego upału, to przecież idiota, jakim by nie był idiotą, zaopiekuje się nią.

Zwolnił do trzydziestu na godzinę. Minął już Wołczkowo i dojeżdżał do Bezrzecza.

A jeśli coś się stanie i idiota zaopiekuje się nią idiotycznie? Nieskutecznie?

Zjechał w polną drogę i zatrzymał samochód.

To nie jego narzeczona i nie jego sprawa.

Wyjął z kieszeni telefon i wystukał jej numer.

Nie odebrała.

Notariusz zdenerwował się bardziej.

Zadzwonił jeszcze raz.

Zadzwonił na numer idioty, który też miał, właściwie nie wiadomo dlaczego.

Wolny, nie odbiera.

Bez dodatkowych dywagacji Jerzy Brański uruchomił auto, zawrócił z wizgiem, aż piach brzynął mu spod kół i pojechał z powrotem.

Minął Dobrą i już prawie dojeżdżał do Buku. Po lewej stronie drogi, w rowie, leżało na dachu ciemnoczerwone tico. Wypadek musiał się zdarzyć dosłownie przed chwilą, bo nie było jeszcze żadnych gapiów.

Zanim jeszcze wysiadł z samochodu, zadzwonił do pogotowia. Trafił na inteligentną dyspozytorkę, więc nie musiał się godzinami tłumaczyć.

– Wysyłam karetkę – powiedziała ta przytomna osoba. – Policję pan zawiadomił?

– Jeszcze nie. Może pani to zrobić? To ja pójdę, zobaczę co z tymi ludźmi. Aha, kobieta jest w zaawansowanej ciąży.

– Rozumiem. Niech pan słucha, jeśli nie będą mogli sami wysiąść, niech pan nie próbuje ich wyciągać. Ten samochód się nie pali?

– Nie, na szczęście. Dziękuję pani serdecznie.

Nie słuchał już odpowiedzi.

Podbiegł do tico od strony pasażera, spodziewając się zobaczyć tam Marcelinę. Ku swojemu zdumieniu i wściekłości znalazł wiszącego na pasach i jęczącego idiotę.

Ten cymbał pozwolił jej prowadzić!

Nie zwracając już na niego uwagi, obiegł samochód. Znalazł Marcelinę w dziwnej pozycji, przegiętą i leżącą w poprzek kierownicy.

– Chryste, kobieto, dlaczego nie zapięłaś pasów?!

Jak było do przewidzenia, nie odpowiedziała.

Usiłował otworzyć drzwi, ale mu się to nie udało. Były zaklinowane na amen, a dach samochodu wyglądał, jakby tico kilkakrotnie się przez niego przetoczyło.

Okno było otwarte.

Klnąc w duchu, jak nigdy w życiu nie klął żaden z jego rodziny, Jerzy Brański spróbował wymacać tętnicę na szyi Marceliny.

Tak jakby ją wyczuł.

Serce mu prawie stanęło z emocji. Żyje.

Opanował się i przyjrzał zdemolowanemu tikusiowi. Wyjął telefon i ponownie zadzwonił do pogotowia.

– Ja w sprawie tego wypadku pod Bukiem...

– Chwila, dam koleżankę, która z panem rozmawiała.

– Halo, słucham. Żyją ci ludzie?

– Tak. Nie mogę ich wyciągnąć i sami lekarze też nie poradzą. Będzie potrzebny jakiś wóz techniczny.

– Tak, wiem. Już do was jedzie. Czy to, co słyszę, to nasi, czy policja?

– Policja.

– Nasi też będą za chwilkę. Powodzenia.

– Dziękuję.

Nadjeżdżał właśnie radiowóz, a z drugiej strony jakiś ford z kobietą za kierownicą. Zwolniła, ale wysiadający z busa policjant machnął na nią, że może jechać.

– To ja zawiadomiłem pogotowie, a pogotowie was – powiedział notariusz do policjanta. – Tam jest dwoje pasażerów, oboje żyją, kobieta jest nieprzytomna, a mężczyzna chyba właśnie odzyskuje przytomność.

– Sami ich nie wyciągniemy, zaraz przyjadą koledzy.

– Kobieta prowadziła, nie miała zapiętych pasów. Jest w ciąży, mocno zaawansowanej.

– Rozumiem. Niech pan nie odjeżdża, ale proszę przestawić swój samochód, żeby nie przeszkadzał.

Słychać już było syrenę karetki pogotowia. Tuż za nią jechał wóz ratowniczy. Notariusz pospiesznie wsiadł do passata i odjechał kawałek.

Zrobił już wszystko, co mógł, i teraz poczuł, że opuściły go siły. Stojąc przy samochodzie, patrzył i widział wszystko jakby na zwolnionym filmie. Ratownicy czymś w rodzaju potężnych nożyc rozcięli drzwi tico i bardzo ostrożnie wydobyli Marcelinę z auta. Kiedy znalazła się na noszach, Brański odzyskał zdolność normalnego działania. Podszedł do karetki.

– Co z nią?

Koło Marceliny krzątał się mały, tłusty, zdumiewająco zwinny facet z napisem „lekarz" na uniformie.

– Żyje, to najważniejsze. Dziecko też żyje, ale trzeba będzie zrobić cesarkę i to szybko. Poza tym nic nie wiem, mogą być jakieś obrażenia wewnętrzne. Pan jest dla niej kimś bliskim?

– Nie, ale to moja klientka, jestem prawnikiem. Niestety, nic wiem, czy ma kogoś poza tym facetem, który pozwolił jej prowadzić.

– Może chciał sobie odpocząć – mruknął lekarz. – Jakby co, zawieziemy ją na Unii, tam jej pan może szukać. Faceta zresztą też.

– Facet mnie nie obchodzi.

– A mnie musi. Przepraszam, pójdę do niego.

Opiekę nad Marceliną przejął ratownik, a lekarz poszedł oglądać świeżo wydobytego i właśnie budzącego się do życia Firleja. Stwierdził, zdaje się, dość pobieżnie, że pacjent będzie żył, i powrócił do Marceliny. Po chwili ambulans z wyciem i miganiem odjeżdżał w stronę kliniki na Unii Lubelskiej.

Brański miał odruch, żeby natychmiast jechać za karetką, ale w porę przypomniał sobie o policji.

Policjant, który z nim przedtem rozmawiał, niby od niechcenia obchodził passata, a jego bystre, zawodowe oko szukało zapewne śladów stłuczeń i zagnieceń na karoserii. Nic nie znalazł, bo karoseria była w idealnym stanie, choć mocno zakurzona. Kurz też był nienaruszony.

– Nie stuknąłem ich, nie znajdzie pan śladów – uśmiechnął się notariusz. Świadomość, że Marcelina jest już we właściwych rękach (w przeciwieństwie do rąk własnego narzeczonego), sprawiła mu wielką ulgę.

– Słyszałem, że jest pan prawnikiem tej pani. Załatwialiście tu coś? Jak to się stało, że pan ich znalazł? Proszę mi to opowiedzieć, zanim sam wykombinuję coś bez sensu.

Notariusz, któremu spodobał się bystry sierżant, opowiedział jak było. Udało mu się powstrzymać od rzucania inwektyw na Firleja, co uznał za dowód, że równowaga mu wróciła. Zostawił policjantowi swoje dane, uścisnął mu dłoń i pojechał do kliniki.

Nie zastanawiał się, po co tam jedzie. Było to zupełnie naturalne.

Nie wziął tylko pod uwagę, że dla pracowników szpitala absolutnie naturalnym jest odmawianie informacji o pacjentach komukolwiek spoza rodziny.

Gdyby na miejscu Jerzego była Agnieszka, natychmiast znalazłaby stosowne łgarstwo. Najpewniej zostałaby siostrą Marceliny. On jednak był prawdomówny jak harcerz i oczywiście źle na tym wyszedł.

Czasami jednak nawet prawdomównym się udaje.

Wychodząc z izby przyjęć, natknął się na elegancką starszą damę w doskonale dopasowanym białym garniturku. Usunął się, dając jej przejście, ale ona zatrzymała się tuż przed nim i spojrzała mu w oczy wnikliwie.

– Czy ja się dobrze domyślam? Pan Brański?

– Jerzy Brański. Najmocniej przepraszam, ale nie przypominam sobie…

– Nie ma pan szans, bo my się w ogóle nie znamy. Natomiast jest pan niesłychanie podobny do Andrzeja Brańskiego. To musi być pana krewny.

– To mój ojciec. Rzeczywiście jestem do niego dość podobny.

Dama wyciągnęła do niego rękę. Uścisk miała przyjemny, mocny i rzeczowy.

– Nazywam się Joanna Fiszer. Chodziłam z pańskim ojcem do liceum. Szczecin to prawdziwa wioska, ale ja to lubię. Wszędzie znajomi. Z Andrzejem i jeszcze kilkoma osobami tworzyliśmy nierozłączną paczkę. Dopiero na studia rozjechaliśmy się po Polsce. Pana ojciec studiował w Poznaniu. Ktoś tam w Warszawie, w Krakowie. A ja tu, w Szczecinie. Miło mi poznać syna mojego najlepszego kolegi.

– Jestem zaszczycony, pani profesor.

Miała identyfikator z tytułem, reszty nie zdążył przeczytać. Joanna Fiszer roześmiała się.

– Szarmancki pan. Pański ojciec, Andrzejek miał dokładnie to samo. Dobrze byłoby się spotkać. Co u niego? Dalej sądzi?

– Dalej sądzi. Bardzo się ucieszy, kiedy mu powiem o naszym spotkaniu.

– Niech do mnie zadzwoni, na centralę szpitala, połączą. Proszę zapamiętać: Fiszer. Pański ojciec znał mnie jako Kruczkównę. Ale niech mi pan powie, kogo pan na tym damskim oddziale szuka? Żona tu leży?

– Klientka. Przywieźli ją z wypadku jakąś godzinę temu.

Pani profesor spoważniała.

– Jest operowana. To jeszcze potrwa. Są jakieś obrażenia wewnętrzne, nie wiem jakie. Dziecko już w inkubatorze. Koledzy zrobili cesarskie cięcie. Niestety, dziecko ma problemy z oddychaniem, ale mamy nadzieję, że sobie z tym poradzimy. Czy ma pan jakieś specjalne powody, żeby się tą właśnie klientką interesować? Bo rozumiem, że przyszedł pan czegoś się dowiedzieć, ale pana spławili?

– Spławili, pani profesor. A powody mam z gatunku irracjonalnych.

– Rozumiem. – Pani profesor wyglądała, jakby naprawdę rozumiała. Nie pytała więcej. – Panie Jerzy, Jurku drogi, synu Andrzeja. Nic tu po panu na razie, dziecko jest pod naszą opieką, to dziewczynka, dość mała, ale nie takie małe wyprowadzamy tu na ludzi. Proszę mi dać swój telefon, ja mam dzisiaj dyżur, więc będę do oporu. Jak się coś wyjaśni z pańską klientką, zadzwonię do pana. Do której mogę dzwonić?

– Do każdej. Będę bardzo zobowiązany.

– Dobrze. Nie zapomnę. Proszę być dobrej myśli. Mamy naprawdę doskonałych chirurgów.

– Na pewno. Miejmy nadzieję, że nie będą musieli czynić cudów.

Pożegnał nową znajomą i pojechał do domu.

Pani profesor zadzwoniła dobrze po północy.

– To ja, panie Jurku. Mogę tak do pana mówić?

– Będzie mi ogromnie miło. I co?

– I nieźle. Proszę pamiętać, że pańska klientka miała wypadek i mogła zginąć. Nie będę panu opowiadać, co jeszcze mogło się zdarzyć. Musieliśmy usunąć śledzionę, miała ją pękniętą. Pewnie uderzyła w kierownicę. Czym jechała?

– Tikiem.

– Tico nie ma poduszek, prawda? A ten samochód nie dachował przypadkiem?

– Dachował.

– No właśnie. Koledzy się domyślili. Są jeszcze jakieś urazy, ale niegroźne. No nic, to już nie ma znaczenia. Za miesiąc pani Marcelina będzie jak nowa. Prawie jak nowa.

– Pani profesor, co oznacza utrata śledziony?

– Obniżenie odporności. Pani Heska będzie musiała bardzo uważać na wszystkie infekcje. Ktoś się nią powinien opiekować. Ona ma kogoś oprócz pana?

– Mnie nie ma, pani profesor. Ja tylko prowadziłem dla niej pewną sprawę. Ma narzeczonego, był z nią w samochodzie podczas wypadku.

– Nie lubi go pan.

– Nie lubię i to nie z powodów, o których pani myśli, pani profesor. To znaczy… nie tylko z tych. Ja go poznałem i nie mam o nim dobrego zdania. A za to, że pozwolił jej prowadzić w tym stanie i w tym upale, najchętniej dałbym mu po pysku.

– Jakbym słyszała pańskiego tatusia – mruknęła do słuchawki pani profesor. – Szarmancki do bólu, a kiedy trzeba, umiał przyłożyć. Czy wiadomo, co się stało, że ci ludzie znaleźli się w rowie?

– Nie mam pojęcia.

– Mogło tak być – powiedziała pani profesor z namysłem – że ona po prostu zemdlała...

– Z powodu gorąca?

– Niekoniecznie. Cholera, zawsze powtarzam, że baby w takiej wysokiej ciąży nie powinny w ogóle prowadzić samochodów! Nigdy! Słyszał pan kiedy o żyle głównej?

– Niestety, nie miałem przyjemności.

– Nieważne. Jest taka. Macica ciężarnej kobiety siedzącej w określonej pozycji może na nią uciskać, a to może doprowadzić do omdlenia. Oczywiście nie mamy pewności, że tak było, ale to bardzo prawdopodobne. Chyba że ktoś na nich wpadł i uciekł, bo się wystraszył, że spowodował wypadek.

– Chyba nie. Rozmawiałem z policją, im się wydaje, że nie było na tym tikusiu śladów żadnych stłuczek, poza spotkaniem z przystankiem autobusowym.

– Może jak pańska klientka się wybudzi, to coś sobie przypomni.

– Pani profesor, czy ja będę mógł ją odwiedzić?

– Naturalnie. Tylko proszę tego nie robić jutro ani w ciągu kilku najbliższych dni. Ona musi dojść do siebie. Ale jeśli pan chce, będę do pana codziennie dzwoniła.

– Nie śmiałbym prosić.

– Bez problemu, panie Jurku. Mnie będzie miło rozmawiać z synem Andrzeja. Z Andrzejem też, niech koniecznie do mnie zadzwoni. Komórkę niech pan zapisze.

Jerzy Brański zapisał numer komórkowy i wreszcie mógł naprawdę odetchnąć z ulgą. Była to ulga nieco wybrakowana, bo jednak Marcelina straciła śledzionę, była potłuczona, miała te jakieś urazy – niemniej pani profesor miała rację: żyła, a mogła zginąć. Mało do tego brakowało.

No i dziecko też uratowano.

Córeczkę tego osła.

Przyrządził sobie drinka na bazie whisky Tullamore Dew i lodu, wypił i poszedł spać.

~

Następnego dnia koło południa Alinie udało się wreszcie dodzwonić do Agnieszki, a Agnieszce do Mikołaja Firleja.

Pierwsza była Alina, która chciała umówić córkę na rozmowę w sprawie szkoły. Agnieszka zaprosiła dziewczynę za dwa dni, po czym poinformowała koleżankę o swoich nieudanych próbach telefonicznego dopadnięcia Marceliny i Firleja.

– Skoro oboje zniknęli, to prawdopodobnie pojechali gdzieś, gdzie nie mają zasięgu – wyraziła przypuszczenie Alina. – Chyba bym się jeszcze nie denerwowała.

– Może nie odczuwasz tego co ja…

– A co to takiego?

– Odczuwam palący brak zaufania do szczurka. A dziś szczurek jest mi pilnie potrzebny celem załatwienia w przyspieszonym tempie zamiany mieszkania dla mojej staruszki. Zwolniło się idealne dwa domy dalej, na parterze. Dostałam wprawdzie namiar na ludzi, którzy mają tam mieszkać, ale najpierw chciałabym sprawdzić urzędowo, co można zrobić. Teraz dodatkowo martwię się o Marcelę. Była w kiepskim stanie i moim zdaniem wcale do końca nie wydobrzała. I nie wierzę, żeby Mikołaj się nią porządnie opiekował.

Po swojej słynnej wizycie w charakterze asysty doktora Wrońskiego przyjaciółki wpadały jeszcze do Marceliny kilka razy, ale w końcu ona sama stwierdziła, że czuje się już zupełnie dobrze, a z kolei Mikołaja denerwuje ich – jak to określił – nadzór kuratorski, więc odpuściły sobie, co jakiś czas tylko dzwoniąc do Marceliny celem odbycia niewinnych pogaduszek i przy okazji przypomnienia o antydepresantach schowanych w szufladzie. Teoretycznie było wszystko w porządku, prochy zaczynały działać pozytywnie, tylko ten dręczący Agnieszkę brak zaufania...

Skończywszy rozmowę z Aliną, Agnieszka po raz setny od przedwczoraj wybrała numer Marceliny. Po raz setny bez efektu. Zadzwoniła więc do Mikołaja. Sygnał pikał i pikał, więc już chciała zrezygnować, kiedy nagle stał się cud i Mikołaj odebrał.

Jego „halo" wypowiedziane było tonem tak męczeńsko-tragicznym, że Agnieszka natychmiast poczuła niepokój. Coś się musiało stać.

– Cześć, Mikołaju, Agnieszka. Czemu masz taki głos? Czy coś się stało? Z Marcelą, nie daj Boże?

– I z Marcelą, i ze mną, moja droga.

Agnieszka omal nie powiedziała szczerze, iż mało ją obchodzi, co się z nim dzieje, ważna jest Marcela, ale ugryzła się w język w samą porę.

– Mów, bo mnie denerwujesz!

– Mieliśmy wypadek.

– Matko Boska! Jaki wypadek?! Co z Marcelą, co z dzieckiem?

– Dziecko odratowano...

– Firlej!

– Jest w inkubatorze. Mała dziewczynka. Ma jakieś kłopoty z oddychaniem. Mówią, że sobie poradzą i że nic jej nie będzie. Moim zdaniem już jej jest, skoro za mała się urodziła...

– Mikołaj, do cholery ciężkiej! Co z Marcelą, pytam po raz ostatni!

– W zasadzie w porządku, będzie żyła. Coś jej musieli usunąć.

– Co, na Boga?

– Nie mam pojęcia, nerkę albo śledzionę. Bo wątroby chyba się nie usuwa?

– Jak to się stało?

– No cóż, sam dobrze nie wiem. Marcelina wpakowała nas do rowu, kiedy wracaliśmy z tego jej darowanego domu w Stolcu…

– Ty jej pozwoliłeś prowadzić?!

– Nie mówiła, że się źle czuje czy coś. Zresztą ja naprawdę nie wiem, jak to się stało, bo przysnąłem. Ten jej zarozumiały notariusz nas znalazł, nie wiem, po co wracał, ale właściwie dobrze się stało. Zawiadomił policję i ratownictwo… Boże, jestem cały poobijany, nie masz pojęcia, jak mnie wszystko boli! Jutro mają mnie wypisać.

– Jaki notariusz?

– On się nazywa Brański, ale po co ci notariusz?

Agnieszka nie miała więcej cierpliwości do zbolałego idioty i zakończyła połączenie. Weszła szybko do Internetu i poszukała notariusza Brańskiego. Był, owszem, w odpowiednim spisie.

Odebrał od razu. No proszę. Jakiś sympatyczny człowiek.

– Dzień dobry, nazywam się Agnieszka Borowska i jestem przyjaciółką Marceliny Heskiej, pana klientki. Czy może pan minutkę porozmawiać?

– Bardzo proszę.

Ten cały Brański ma przyjemny głos. Choć oficjalny i dystyngowany, jak na notariusza przystało.

Do takiego głosu nie trzeba się czaić.

– Rozmawiałam przed chwilą z tym idiotą, Firlejem. Powiedział mi, że pan ich wyciągał z rowu. Czy może mi pan jak człowiek powiedzieć, co się właściwie stało? Tego palanta obchodzi głównie to, że go tyłek boli!

Brański w słuchawce jakby parsknął śmiechem. Po czym dokładnie i rzeczowo opowiedział Agnieszce wszystko.

Z tonu, jakim mówił o Firleju, Agnieszka wywnioskowała, że gdyby to zależało od niego, Firleja bolałby obecnie nie tylko tyłek. Znaczy, notariusz w porządku. Miły facet. Bratnia dusza.

– I ta pani profesor przekazuje panu biuletyn na temat Marceliny? Dzwoniła dzisiaj?

– Dzisiaj jeszcze nie. Ale wczoraj mówiła, że wyraźnie idzie ku lepszemu. Wie pani – tu głos notariusza jakby się zawahał – zastanawiałem się, czy by nie odwiedzić mojej klientki, ale nie wiem, czy mnie do niej wpuszczą.

No, no, ciekawe czy wszystkie swoje klientki pan notariusz odwiedza po szpitalach – mruknęło coś w duszy Agnieszki, ale się z tym nie wyrwała.

– Ja bym też chciała. A nie porozmawiałby pan ze swoją panią profesor? Może Marceli czegoś trzeba, jakieś owocki, ubranie, coś-tam-tośtam, przecież Firlej jej nie przyniesie, bo chorobą złożon!

– Ma pani rację. Już dzwonię.

Po dziesięciu minutach Jerzy Brański zadzwonił z kolei do Agnieszki, informując, że owszem, mogą Marcelinę odwiedzić.

Pół godziny później spotkali się na parkingu przed szpitalem, rozpoznając się po samochodach. Notariusz w kontakcie bezpośrednim również zrobił na Agnieszce jak najlepsze wrażenie. Niby nic w nim specjalnego nic było, a wzbudzał zaufanie. Miał coś takiego w głosie i spojrzeniu, jakby naprawdę słuchał, co się do niego mówi, a w dodatku jakby go to obchodziło. Zapewne było to wynikiem wieloletniego treningu w zawodzie.

Marcelina leżała jeszcze na sali pooperacyjnej i Agnieszka z Brańskim zostali tam wpuszczeni dopiero po wielu prośbach i tłumaczeniach. Pewnie zresztą nic by z tego nie było, gdyby nie wpadli na korytarzu na panią profesor Fiszer, która załatwiła im to w trzy sekundy.

– Moim zdaniem dobrze, że państwo przyszli – powiedziała im, wskazując drogę do właściwej sali. – Mam nadzieję, że poprawią jej państwo samopoczucie. Na razie nie jest w najlepszej formie psychicznej. Dziecka jeszcze nie widziała, bo chwilowo nie może do niego iść, a ono jest w inkubatorze, w zupełnie innej części szpitala. Aczkolwiek nie jestem pewna, czy chce je zobaczyć.

– Ona się leczy na depresję – wtrąciła Agnieszka. – Tutaj dostaje swoje prochy?

– Antydepresanty? Nie, nie wiedzieliśmy, że jest w trakcie kuracji. Panie się przyjaźnią?

– Tak, jest nas jeszcze dwie, ostatnio trochę się opiekowałyśmy Marcelą, bo miała jakieś komplikacje ciążowe, o ile wiem, nic poważnego, Marcela źle znosiła ten afrykański upał i lekarz kazał jej spauzować na dwa tygodnie. Dał jej zwolnienie. A myśmy jej sprowadziły naszego wspólnego psychiatrę, bo zupełnie przypadkiem okazało się, że leczymy się u tego samego.

– Kto to taki?

– Doktor Grzegorz Wroński.

– Aha. Dobrze się stało, że pani tu przyszła, bo może wreszcie czegoś się dowiemy. Pani przyjaciółka niewiele nam mówi. Zadzwonię do mojego młodszego kolegi Grzesia i z nim porozmawiam.

– On pamięta wszystkie swoje pacjentki? – spytała Agnieszka.

– Chociaż Marcelę pewnie kojarzy, bo był u niej w domu wtedy, w te upały.

– Grzegorz ma pamięć jak słoń. Chętnie bym sobie od niego trochę przeszczepiła, gdybyśmy już umieli to robić. Pamięta wszystko i w ogóle jest bardzo inteligentny. Pacjentki go uwielbiają. Pani też?

– Jasne.

– Jeszcze jedno proszę mi powiedzieć. Pani Marcelina ma jakąś rodzinę, która mogłaby ją odwiedzać i podnosić na duchu?

– Ma tylko swojego Firleja, który też tu gdzieś leży. Za niego pięciu groszy bym nie dała, to cholerny egoista. Chyba tylko my jej zostajemy, to znaczy nasz Klub Mało Używanych Dziewic.

– Przepraszam?

Pani profesor zrobiła wielkie oczy, a notariusz jakby się zakrztusił.

– Cztery dawne koleżanki szkolne. Z tego trzy bezprzydziałowe, a Marcela z Firlejem. Spotkałyśmy się na zjeździe koleżeńskim i założyłyśmy towarzystwo wzajemnej adoracji oraz spełniania dobrych uczynków.

– Musi mi pani o tym kiedyś szczegółowiej opowiedzieć. Przyjmujecie żony z czterdziestoletnim stażem? Jako dziewice wtórne? O, przepraszam, panie Jurku. Zostawiam państwa. Jak zwykle, pozdrowienia dla ojca.

Pani profesor uśmiechnęła się do nich mile i odeszła. Uosobienie wdzięku dojrzałej kobiety oraz kompetencji osoby uczonej.

Marcela leżała na tym dziwnym szpitalnym łóżku, które przypomina statek kosmiczny, podłączona do rur i drenów. Wyglądała jakoś tak strasznie mizernie, że Agnieszce ścisnęło się serce. Notariusz miał swoją dyżurną uprzejmą minę i nie było po nim widać żadnych emocji.

– Śpi – szepnęła Agnieszka.

Marcelina otworzyła oczy.

– Nie śpię – powiedziała bezbarwnym głosem. – Cześć. Dzień dobry panu.

– Wyglądasz, jakbyś miała odlecieć w kosmos. Jak ci?

– Byle jak.

– Przestań! Mało brakowało, a w ogóle by cię nie było, a ty narzekasz. Gratuluję córeczki. Jak daliście jej na imię?

– Nie ma jeszcze imienia. Ma problemy z oddychaniem.

– Pani Marcelino – wtrącił notariusz. – Pani profesor Fiszer zapewniała mnie, że dziecku nic nie grozi. Jest pod dobrą opieką, podobnie jak pani.

– Ten nasz wypadek… nic nie pamiętam. Wy coś wiecie?

– Pan Brański cię znalazł w rowie. To znaczy was. Niech ci sam opowie, a ja ci tutaj zorganizuję pobyt. Przyniosłam różne niezbędniczki.

Podczas kiedy notariusz uzupełniał wiedzę Marceliny, Agnieszka błyskawicznie zmieniała otoczenie przyjaciółki na lepsze, rozstawiała kartoniki z sokami, rozkładała kolorowe serwetki, chusteczki ligninowe w pudełeczku, umieszczała w szafce podstawowe kosmetyki, układała własną piżamę, szlafroczek i ręcznik – wszystko pachnące delikatnie i domowo, wprowadzające odrobinę prywatności w mało komfortową szpitalną rzeczywistość.

Notariusz zerkał na nią z podziwem.

– Dasz mi klucze do swojego mieszkania – zadysponowała w końcu. – Przyniosę ci twoje własne rzeczy, a na razie masz tu moje, będą pasować. No i przygotujemy ci dom na powrót, twój i dziecka.

Notariusz rzucił jej coś w rodzaju ostrzegawczego spojrzenia, które zrozumiała właściwie.

– Oczywiście, jeśli tylko Mikołaj nie będzie miał nic przeciwko temu. Jak on się czuje?

– Nie wiem. Chyba coraz lepiej. Nie dzwonił dzisiaj do mnie.

Agnieszka podejrzewała, że szczurek mógł nie tylko zadzwonić, ale i odwiedzić Marcelinę, tylko mu się nie chciało. Postanowiła zajść później i do niego.

– Pogadam z dziewczynami, będziemy do ciebie wpadać regularnie.

– Bardzo się cieszę.

Ton głosu i wyraz twarzy Marceliny przeczyły tym słowom. Zamknęła oczy.

– Przepraszam. Idźcie już.

Agnieszka i notariusz znowu spojrzeli na siebie.

– Już nas nie ma. Trzymaj się.

– Życzę zdrowia, pani Marcelino.

Zatrzymali się przed schodami, żeby zdjąć i wyrzucić plastikowe ochraniacze na buty.

– Nie wygląda to najlepiej, co?

– Też mam takie wrażenie. Ale mam też nadzieję, że to chwilowe.

– Oby pan miał rację. Chcę jeszcze odwiedzić Mikołaja, pójdzie pan ze mną?

– Dziękuję, ale raczej nie. Pan Firlej nie jest moim klientem.

– A pan tak wszystkie chore klientki odwiedza po szpitalach?

– Ach, oczywiście, że nie. Ale rozumie pani, pani Agnieszko, to ja ich wtedy znalazłem, w tym rowie, czułem się więc częściowo odpowiedzialny za panią Marcelinę.

– Jasne – mruknęła. – Jak się już kogoś znajdzie w rowie, to ma się potem pewne obowiązki.

~

Narada klubowa w jazzowej piwnicy została zwołana natychmiast po wyjściu Agnieszki ze szpitala. Wydzwonione w trybie alarmowym klubowiczki nawet nie szukały wymówek. Alina zrezygnowała z popołudniowego scrabbla z Frankiem, do którego zadzwoniła i który jej wybaczył. Michalina zostawiła odłogiem wariant B projektu ogrodu dla pani Tomanek, ten kolorowy (cmentarny, dopasowany do marmurowego sarkofagu, zdążyła już zrobić i znielubić).

Agnieszka w krótkich, żołnierskich słowach zdała przyjaciółkom sprawę z sytuacji.

– Same widzicie, że nie jest dobrze – podsumowała. – Moim zdaniem, Marceli ta depresja zaczyna po prostu galopować, cała kuracja naszego doktorka wzięła w łeb. Dziecka jeszcze nie widziała. Firlej, jełopa, w ogóle się nią nie interesuje, jego obchodzą wyłącznie własne obtłuczone półdupki. Szkoda, że go bardziej nie obiło. Mam złe przeczucia, dziewczynki.

– Myślisz, że Firlej je zostawi? – Michalina zrobiła oczy jak spodki.

– Przestań! O tym nawet nie próbuj myśleć! To jego córka!

Alina powątpiewająco kręciła głową.

– Jeżeli myślisz, że dla takiego Firleja to jakaś przeszkoda, to jesteś w błędzie, kochana. Wiem ja coś o tym. Mam nadzieję, że się mylę w tym przypadku.

Agnieszka trzepnęła słomką od wody mineralnej w stół, aż bryzgi poszły.

– Nieważne. Zobaczymy, jak sytuacja się rozwinie. Na razie musimy się umówić, która kiedy może odwiedzać Marcelę. Jestem zdania, że codziennie jedna z nas powinna u niej być. Tam jest taka kumata pani profesor, która obiecała skonsultować sprawę z Wrońskim. Zadzwonię do niego i powiem, że nadal się Marcelą opiekujemy, niech nam mówi, co trzeba dla niej zrobić, bo Firlejowi nie wierzę ani tyle, co brudu za paznokciem.

Zastanowiła się przez chwilę i podrapała słomką za uchem.

– Czy ja was, dziewczynki, przypadkiem nie tyranizuję? Bo tak jakoś przyjęłam, że to naturalne, że musimy się nią zaopiekować, ale może wam to nie pasuje?

Alina i Michalina prychnęły tylko z oburzeniem.

– Aha, rozumiem. To bardzo dobrze.

– Tak naprawdę to ty powinnaś być naszym prezesem – powiedziała sprawiedliwie Michalina. – Ja się obijam, a ty działasz. Alka, zmieniamy prezesa?

– Proszę cię uprzejmie, zmieniajmy – zgodziła się Alina. – Agniecha, od tej chwili to ty jesteś prezesem. Słuchaj, a co to za jeden, ten mecenas, czy coś tam takiego mówiłaś?

– Dziękuję wam, elektoracie. Nie mecenas, tylko notariusz. Podobał mi się. Coś on za bardzo się Marcelą przejmuje jak na zwykłego notariusza.

– Notariusze to złotówy i automaty napędzane paragrafami – powiedziała z przekonaniem Alina, która miała z nimi do czynienia w związku z przejmowaniem schedy po Kubie Grosiku. – Moim zdaniem ten twój się zakochał w naszej Marceli. Trzasnęło go znienacka i zaczął mieć normalne, ludzkie reakcje.

– Obrączkę miał?

– Nie. Miał sygnet, zapewne rodowy, z herbem. Ale taki gustowny, nie za duży. W ogóle facet jest gustowny. Szkoda, że Marcela trzyma się tego osioła.

– Może by warto osiołem potrząsnąć, żeby się ocknął?

– Miśka. Młoda jesteś, życia nie znasz. No dobrze, ja mogę iść do niej jutro.

– A jednak jestem gapa – oświadczyła nagle Agnieszka. – Mam klucze od domu Marceli, trzeba tam skoczyć, podlać kwiatki i zabrać dla niej różne rzeczy do ubrania. Na razie zaniosłam jej moje, ale we własnych będzie się lepiej czuła. Idziemy razem?

Poszły we trzy.

Mieszkanie Marceliny było, jak zwykle, pedantycznie wysprzątane. Odnalezienie w szafie bielizny nocnej okazało się kwestią minuty. Podobnie było ze szlafrokiem w łazience, kosmetykami i różnymi niezbędnymi kobiecie drobiazgami. Wszystko leżało na swoim miejscu. Marcelina była ideałem gospodyni.

– Patrzcie, dziewczyny – zauważyła Alina. – Jeszcze się w ogóle nie przymierzyli do nowego lokatora. To znaczy, do nowej lokatorki. Ani łóżeczka, ani w ogóle nic.

– Ona jeszcze pobędzie w inkubatorze, zdążą kupić. – Michalina zaprezentowała beztroskę w temacie, ale Agnieszka i Alina kręciły powątpiewająco głowami.

– To nie to – oświadczyła Alina stanowczo. – Tu nie ma atmosfery. Rozumiecie? Atmosfery oczekiwania. Kiedy się czeka na dziecko, to się zbiera różne rzeczy. Nie kupuje od razu, tylko właśnie zbiera. Jakieś buteleczki, podgrzewacze, zapasy pampersów, ubranka, śpioszki, kołderki, łóżeczko, wózek, kosz do spania dla niemowlaka, nosidełka, takie różne dupersznytki. Książki o wychowaniu, książki o karmieniu, książki o zdrowiu, książki o psychologii. Kupuje kobieta, ale kupuje też facet. Nawet mój Grosik dał się swego czasu zwariować.

– Ciekawe, co by na to mieszkanie powiedział nasz ulubiony doktorek. – Agnieszka wpatrywała się w część łazienkowych szafek, należących ewidentnie do Mikołaja i tak samo pedantycznie wysprzątanych jak cała reszta. – Moja kobieca intuicja podpowiada mi, że koleżanka Marcela do ostatniej chwili usiłowała odsunąć od siebie myśl o dziecku i o zmianach w życiu. Patrzcie, przecież ten dzieciak nie ma jeszcze nawet imienia. To trochę tak, jakby nie istniał. Rzeczy nienazwane nie istnieją. Ludzie też. Zwłaszcza tacy mali. Co do Firleja, to sama nie wiem, tego cholernego egoistę dziecko mogło w ogóle nie obchodzić. Słuchajcie, zastanawiam się, czy brać też rzeczy dla niego.

– A czy wyrażał prośby, względnie życzenia? – spytała Michalina tonem starej hrabiny.

– Nie wyrażał próśb ani życzeń – odparła równie wytwornie Agnieszka.

– To olej go – poradziła Michalina.

– Ale on nie wiedział, że się tu wybieramy.

– Tym gorzej dla niego. Niech myśli do przodu, zamiast koncentrować się na tym, że go bolą kości. Mógł cię poprosić. Nie masz obowiązku domyślać się, co jaśnie panu może być potrzebne. Wiecie co, zabierajmy się stąd. Coś mnie przygnębia w tej chacie.

– Poduszki w papugi – mruknęła Alina. – Miśka ma rację. Spadamy stąd. Jeszcze zdążę na godzinkę do moich dzieciaków. Á propos dzieciaków, Agnieszka, moja córka podjęła męską decyzję. Kiedy może do ciebie wpaść?

– W poniedziałek koło dwunastej będę w szkole. Powiedz jej, że czekam. Niech przyniesie świadectwo, resztę kwitów doniesie później.

Michalina energicznie zgarnęła do wielkiej, solidnej papierowej torby rzeczy dla Marceli.

– Bardzo dobrze – powiedziała. – To ja jeszcze dzisiaj popracuję. Projektuję ogródek dla jednej bogatej pani. Mogę sobie poszaleć.

～

Czwartego dnia po wypadku lekarze uznali, że Mikołaja Firleja można wypisać do domu i dopiero tego dnia Mikołaj Firlej zdecydował się odwiedzić Marcelinę i zobaczyć swoje czterodniowe dziecko.

Uczciwie mówiąc, wydało mu się raczej okropne.

Malutkie i brzydkie leżało w pudle inkubatora, podłączone do różnych rurek i przyrządów. Jego problemy oddechowe jeszcze się nie skończyły, a waga urodzeniowa pozostawiała wiele do życzenia.

To ma być korona stworzenia – pomyślał czuły tatuś z niesmakiem.

– Niech pan się nie dziwi, że taka malutka – odezwał się przy nim damski głos. – Zabrakło jej pięciu tygodni. Ale damy sobie z tym radę. Czy państwo już uzgodnili, jakie nadacie jej imię? Jej mama nie chciała decydować bez porozumienia z panem. Malutką nazywamy Krzysią, bo najwyraźniej święty Krzysztof zadziałał i nie pozwolił wam wszystkim zginąć...

– Święty Krzysztof, mówi pani? To jakieś bzdury.

Postawna lekarka spojrzała na niego z ciekawością.

– Bzdury, powiada pan? Może i bzdury. Komuś tam jednak życie zawdzięczacie, tam na górze. Ja w to wierzę, pan, oczywiście, nie ma obowiązku. No i co pan czuje, kiedy pan widzi takie maleństwo?

– Chyba nie muszę odpowiadać na pani pytanie.

– Nie musi pan.

Mikołaj poczuł, że powinien coś wyjaśnić.

– Nie jestem sentymentalny. Chyba nie mogę teraz dla niej nic zrobić.

– Poza nadaniem imienia, rzeczywiście nic.

– Porozmawiam z ż... z jej matką. Do widzenia.

Lekarka nie odpowiedziała. Widywała już podobnych tatusiów. Zawsze była ciekawa, czy po jakimś czasie budzą się w nich uczucia. Niestety, nie mogła tego wiedzieć, a szkoda.

Westchnęła i poszła skontrolować stan małej Krzysi.

Mikołaj Firlej zaś udał się na oddział, na którym leżała Marcelina.

Robił to z najwyższą niechęcią. Odkąd Marcelina wpakowała go do rowu, jego uczucie do niej (a nie była to przecież dzika namiętność) uległo pewnej degradacji... tak by to określił, gdyby go ktoś chciał spytać.

Powinna zdecydowanie bardziej uważać. Dlaczego kobiety nie mają prawdziwego poczucia odpowiedzialności?

Marcelina wyglądała niewiele lepiej niż jej córka. Wprawdzie nie leżała w pudle, ale również podłączona była do rurek, drenów, kroplówek i diabli wiedzą czego jeszcze. W odróżnieniu od niemowlaka, który był czerwony, ona była blada jak śmierć na chorągwi. Oczy miała zamknięte, co potęgowało nieprzyjemne skojarzenia.

– No cześć, Marcelineczko – powiedział słodko, przybrawszy uprzednio stosowny wyraz twarzy. – Jak się czujesz, skarbie?

Otworzyła oczy i ożywiła się natychmiast.

– Mikołaj! Boże, jak dobrze, że nic ci nie jest!

Mikołaj nie nazwałby tego niczym, ale zmilczał. Marcelina mówiła dalej.

– Słuchaj, ja cię strasznie przepraszam, ale nie mam pojęcia, co się wydarzyło! To znaczy niby wiem, co, ale nie wiem, jak i kiedy. Po prostu straciłam film. Tu lekarze mówią, że nie powinno się prowadzić w takiej zaawansowanej ciąży, bo od siedzenia za kierownicą, to znaczy w takiej pozycji pewnie, coś tam uciska na jakąś żyłę i można znienacka odpłynąć...

– Chwila, słodziaczku. Czy ty chcesz powiedzieć, że wszystko jest moją winą, bo nie powinienem prosić cię, żebyś pojechała do domu? W momencie, kiedy czułem się skrajnie zmęczony?

– Ależ nie, co ty mówisz, Mikołaj...

– Ja tylko wyciągam wnioski, kochanie. Wyciągam wnioski z tego, co powiedziałaś. I powiem ci szczerze, jestem wstrząśnięty. Jak możesz mnie obwiniać za to, co się stało?

– Przecież ja cię nie obwiniam!

– Dziecko, przecież mam uszy i słyszę, mam rozum i rozumiem, co mówisz do mnie. No dobrze, kochanie, już o tym więcej nie mówmy, bo nie ma sensu. Jesteś chora, musisz odpoczywać. Nie myśl stale o tym, co się stało.

– Trochę mi trudno. Cały czas myślę o naszej córeczce, wiesz, że jeszcze jej nawet nie widziałam. Jeszcze mnie nie puszczali z łóżka, a jej w inkubatorze przecież też tu nie przywiozą.

– Marcelinko moja, to nie ma sensu. Niepotrzebnie się oskarżasz. Stało się, co się stać miało. Widocznie było nam przeznaczone.

– Myślisz, że to moja wina?

– Uważasz, że moja? Oj, kwiatku, chyba jesteś troszeczkę niesprawiedliwa dla mnie. Ale już ci mówiłem, nie trzeba tego wszystkiego tak roztrząsać. Leż spokojnie i zdrowiej. Małą się nie przejmuj, jest we właściwych rękach. Byłem tam i rozmawiałem z lekarzami, są dobrej myśli. Tak więc nie mamy się specjalnie czym przejmować.

– Ja się przejmuję. Mała ma wciąż kłopoty z oddychaniem, a to już czwarty dzień. Nic jej się nie poprawia, a ja nawet jej nie widziałam...

– Mówiłaś już, kochanie. Poczekaj cierpliwie, a zobaczysz.

– Ale czekaj, ty ją widziałeś, jak wygląda?

Mikołaj zdążył się powstrzymać przed powiedzeniem tego, co początkowo miał zamiar powiedzieć.

– Słodka kruszynka. Czy wiesz, że tam mówią na nią Krzysia? Że to niby święty Krzysztof osobiście interweniował i nie dał nam zginąć w tym rowie. Jakiś idiotyzm. Nawiasem mówiąc, podobno miałaś niezapięte pasy. Przecież wiesz, że powinno się bezwzględnie zapinać.

– Było mi strasznie duszno, one mnie uwierały, no i rozpięłam. Chciałam tylko do granic miasta, zresztą jechałam bardzo wolno...

– Szczęście w nieszczęściu, kotku. Słuchaj, ja już będę leciał. Czy chciałabyś, żebym ci coś przyniósł z domu?

– Dziękuję, chyba nie. Dziewczyny mi wszystko przyniosły.

– Dałaś im klucze? No, trudno. Swoją drogą, mogły i o mnie pomyśleć, leżałem w tej szpitalnej piżamie o cztery numery za dużej, a szczoteczkę do zębów musiałem kupić w kiosku. Dobrze, kochanie, skoro wszystko masz, to idę. Pa, słodziaczku mój, będę na ciebie czekał.

Zdematerializował się błyskawicznie.

Marcelina zamknęła oczy.

~

– Bardzo ładnie, pani Misiu. Sam nie wiem, który mi się bardziej podoba. Oczywiście, gdyby to był mój dom z ogródkiem, to wolałbym, żeby nie przypominał wytwornego cmentarza. Ale z punktu widzenia sztuki – chapeau bas. Nadzwyczaj stylowy. Ten drugi naprawdę śliczny. Chyba zrobiłem na pani dobry interes.

– Cieszę się, szefie!

Michalina i Henryk Radwański patrzyli na dwa warianty projektu ogrodu przy nadmorskiej willi pani Tomanek. Jeden rzeczywiście przypominał nieco założenie cmentarne ze swoimi alejkami wysokich żywotników i cyprysów, girlandami bluszczy i całymi łanami białych kwiatów: konwalii, narcyzów, anemonów i lilii. Michalina nie pożałowała też róż z odmian „Schneewitchen", „Alba Meidiland", „Polarstern" i „Chopin". W jednym z narożników przewidziała glicynię „Longissima Alba", opartą na solidnej, marmurowej kolumnie. Obok pyszniła się również marmurowa fontanna, do której pędy glicynii powinny z czasem sięgnąć. Ewentualnie można dosadzić drugą, gdyby pierwsza ociągała się z rośnięciem.

Alternatywna koncepcja nie była w najmniejszym stopniu posępna. Michalina darowała sobie żółcie, czerwienie i błękity, i skoncentrowała się na wszystkich odcieniach fioletu, różu i głębokiej purpury – żeby ładnie się podłączyć do kolorystyki marmurowych ścian, a zwłaszcza słynnych fioletowych żył. Wistarię „Longissima Alba" przy kolumnie zamieniła na bez „Andenken an Ludwig Späth" o długich, ciemnopurpurowych kiściach, a przy fontannie posadziła pnącą różę swojej ulubionej odmiany „New Dawn" o słodkich, bladoróżowych, ślicznie ukształtowanych pąkach rozwijających się w urocze kwiaty. Zaplanowała obsadzenie jednego boku posesji tuzinem klematisów – każdy z dwunastu był inny, a razem tworzyły oszałamiającą kurtynę różowo-fioletową. Rozrzuciła gdzie się dało, azalie i rododendrony. Machnęła klombik ciemnoróżowych róż wielkokwiatowych „Ingrid Bergmann", posągowo urodziwych jak ich imienniczka. W narożnik rzuciła ogromną kępę różowych liliowców „Pink Damask".

– Wie pan, uwielbiam te wszystkie nazwy. Zawsze się zastanawiam, kogo mieli na myśli hodowcy, kiedy je nadawali. Kto to był na przykład ten Ludwig Späth? Pamiętam takie róże Meillanda – był „Papa Meilland" i była „Mama Mailland", i inni członkowie rodziny też. Albo „Wujek Walter", nie pamiętam czyj. Śliczny, purpurowy. Albo „Mister Lincoln". Zna pan, szefie?

– „Mister Lincoln" jest najładniejszą różą, jaką widziałem – powiedział z przekonaniem szef. – I wąchałem – dodał. – No, pięknie pani to wymyśliła, naprawdę. Ta „Ingrid" jest prawie tak samo ładna jak „Mister Lincoln", trzeba jej to uczciwie przyznać. Teraz moja kolej. Ja skomponuję kosztorys. I zobaczymy, czy pani Tumanek go łyknie, czy będę musiał spuszczać z tonu.

Kiedy godzinę później Michalina zobaczyła ów kosztorys, wydała z siebie nader pobożny okrzyk.

– Uważa pani, że za mało zaśpiewałem?

– Jeśli mam być szczera…

– Wyłącznie.

– Chyba pan przegiął.

– Wcale nie jestem tego pewien. Poza tym, nie chce mi się tak naprawdę dla niej pracować, tego typu osoby potrafią dać do wiwatu. Miewałem takie. Jako klientki, rzecz jasna. Piętrzą żądania i nic im się nie podoba. Jeśli chce nas zatrudnić, to musimy od razu dostać odszkodowanie za straty moralne. A pani koncepcje na pewno się nie zmarnują, gdzieś je wykorzystamy. Powtarzam: są świetne, pani Misiu!

~

Agnieszce odechciało się prosić Firleja o pomoc przy umieszczeniu pani Róży Chrzanowskiej w mieszkaniu po Kaczmarskich. Postanowiła spróbować negocjacji bezpośrednich z ludźmi, których telefon dostała od pani Reni Kaliskiej.

Państwo Wajnertowie. Numer. I wszystko.

Agnieszka nie lubiła odkładać na później tego, co i tak musiała zrobić. Wybrała numer. Odezwał się młody, kobiecy głos. Może trochę szkoda, z facetami, damą będąc, łatwiej się dogadać…

– Dzień dobry pani. Nazywam się Agnieszka Borowska. Państwo macie się na dniach przeprowadzać na Krasińskiego, prawda?

– Na dniach jak na dniach, tam przecież trzeba zrobić remont. Pani może z administracji?

– A widziała pani, żeby administracja sama do kogoś dzwoniła?

Kobiecy głos roześmiał się.

– Racja. To kim pani jest?

– Ja też mieszkam na Krasińskiego, niedaleko państwa kamienicy. Czy mogłybyśmy porozmawiać na tematy związane z tym właśnie budynkiem?

– Pewnie tak, tylko chciałabym wiedzieć, o co chodzi?

– Proszę mi wybaczyć, to się zupełnie nie nadaje na telefon. To nie jest nic złego, absolutnie. Czy pozwoliłaby się pani zaprosić na kawę albo na jakąś przekąskę? Ja bym po panią podjechała. Pani jest teraz w pracy?

– Jestem w pracy, w Urzędzie Wojewódzkim, w Ochronie Środowiska.

– To może ja panią zaproszę do Columbusa na zupę rybną albo coś w tym rodzaju?

Agnieszka nie przepuszczała żadnej okazji spożycia kolejnej małej, kochanej ośmiorniczki.

Pani Wajnert zgodziła się. Co więcej, oświadczyła, że poprosi męża, aby tam po nią wpadł. Agnieszkę ucieszyła więc możliwość rozmowy z obojgiem od razu.

Państwo Wajnertowie okazali się dwójką przystojnych, w jakiś sposób do siebie podobnych, młodych ludzi. Trzydzieści, góra trzydzieści pięć – oceniła ich Agnieszka. Oboje wysocy, o blond włosach, opalonej cerze i nieskazitelnych zębach. Zupełnie jak z reklamy nart w Alpach albo rejsów na Karaiby. Coś w nich jednak było takiego, co kazało przypuszczać, że jeśli narty, to raczej w Karkonoszach, a jeśli rejsy, to na Pojezierzu Drawskim.

Byli zwyczajni.

Agnieszka uznała, że to dobrze wróży.

Przedstawili się sobie nawzajem i państwo Wajnert – Luiza i Marek – z entuzjazmem ludzi głodnych rzucili się studiować kartę. Po chwili zamówienie było złożone.

– Jak słyszę, będziemy sąsiadami? – Marek Wajnert patrzył prosto w oczy i miał nieskazitelną dykcję.

Same przody!

– Mieszkam dwie bramy dalej. Nawet sympatycznie się mieszka, sąsiedzi przyjemni, sklepik na dole, w sklepiku wszystko, czego trzeba. A jeśli czegoś nie ma, pani Renia sprowadzi na życzenie nawet kawior i szampana. Nawiasem mówiąc, to od niej dostałam pani numer.

– Prosiłam ją, żeby mi dała znać, jeśli zobaczy robotników w okolicy. Administracja obiecała, że zadzwoni przed rozpoczęciem remontu, ale jakoś mi się nie chce w to wierzyć. To ma być, oczywiście, remont na nasz koszt.

– Chcą państwo wykupić to mieszkanie?

– Tak, w miarę szybko.

Kiepsko.

– I jesteście państwo całkowicie zadowoleni z mieszkania?

Państwo Wajnert kiwnęli zgodnie głowami.

Fatalnie.

Kelnerka przyniosła zamówione dania i chwilę trwało związane z tym zamieszanie.

– Wracając do naszych baranów. – Pani Wajnert napoczęła olbrzymi szaszłyk z dorsza. – Bo pytała pani, czy jesteśmy zadowoleni. Chyba wolelibyśmy, żeby nie było na parterze. To trochę tak, jakby się mieszkało na ulicy. Ale poza tym jest w porządku. Przyzwyczaimy się i do parteru.

Agnieszce wydało się, że może źle słyszy.

– Nie lubią państwo parteru, naprawdę?!

– Nieszczególnie – odparł pan Wajnert, atakując żeberko. Agnieszce podobał się ten ich nieskrępowany apetyt. Może i apetyt na życie mieli podobny, wyglądali na to. – Pani mieszka na parterze?

– Na trzecim piętrze. Ja chyba już powinnam państwu powiedzieć, jaką mam do was sprawę...

– Chce się pani zamienić? – spytał domyślnie pan Wajnert.

– Ja nie. Ale jest taka starsza pani, którą się trochę opiekuję, tak grzecznościowo i z własnej inicjatywy, bo ona jest strasznie niezależna i w życiu by nikogo nie poprosiła o pomoc. Ma wielkie kłopoty z chodzeniem, czasem w ogóle nie może wyjść z domu, wtedy ja ją zaopatruję w jedzenie i co tam trzeba. Ona nie wie, że ja mam taki pomysł, żeby ją przenieść na dół. Nie mówiłam jej, bo gdybyśmy się nie porozumieli, nie byłoby sensu zawracać jej głowy. Jej mieszkanie jest w niezłym stanie, chociaż, oczywiście potrzebny byłby remont, tak samo jak w tym po Kaczmarskich. I jedna rzecz ważna – ona ma trochę większy metraż. Salon jest taki sam, a ten mały pokoik ma trzy metry więcej i kuchnia dwa metry. Akurat żeby postawić stół.

Państwo Wajnertowie patrzyli na nią uważnie znad swoich talerzy. Odezwał się pan Wajnert:

– Musielibyśmy się z tym przespać. Rozumie nas pani, prawda?

– Tak, oczywiście. I jeśli państwo uznają, że warto się poważnie zastanowić, to moglibyśmy odwiedzić panią Różę i powiedzieć jej, co knujemy.

– Zadzwonimy do pani jutro, pojutrze, dobrze?

– Jasne.

Posiedzieli jeszcze razem pół godziny, pijąc kawę i rozmawiając o różnościach. Zarówno Agnieszka, jak i państwo Wajnertowie wywnioskowali z tej rozmowy, że zyskują miłych sąsiadów, tak więc wszyscy byli zadowoleni. Agnieszka przy okazji postanowiła zorganizować w szkole małe seminarium na tematy ekologiczne i zaprosić Wajnertów jako zawodowców – ona okazała się inspektorem ochrony środowiska, a on specjalistą od ochrony atmosfery, pracującym w prywatnej firmie. Nawet więc, jeśli z zamiany mieszkań wyjdą nici, to spotkanie tak całkiem się nie zmarnuje.

Rozstali się przed Columbusem już niemal jak przyjaciele. Wajnertowie, objęci niczym zupełnie świeża para zakochanych, odeszli w stronę Placu Żołnierza, a Agnieszka postanowiła się przejść.

To oczywiście było bez sensu, ale po tak korzystnie zakończonych rozmowach poczuła się nagle okropnie. Przeszła kilkadziesiąt metrów, usiadła na ławce i oddała się ponurym myślom. Chociaż może nawet to, czemu się oddała, trudno nazwać myśleniem. Gdyby włączyła proces myślowy, natychmiast znalazłaby tysiąc argumentów na to, że jej życie jest wspaniałe. Ale go nie włączyła i teraz siedziała na tej ławce, przed oczami miała pyszny widok na port i statki, a w duszy irracjonalne poczucie beznadziejności.

To właśnie z tego powodu poszła po raz pierwszy do doktora Wrońskiego. Nie dał jej wtedy żadnych prochów, poprzestali na rozmowie. Doktorek był nie tylko psychiatrą, ale też psychoterapeutą i umiał rozmawiać z ludźmi. Poradził sobie również z inteligentną, energiczną i zapracowaną kobietą, którą czasami dopadała zjadliwa świadomość własnej samotności i tego, że tak naprawdę nikomu na świecie nigdy na niej nie zależało i nikt na świecie nie przejmował się tym, co ona czuje.

Byli, ma się rozumieć, ci wszyscy ludzie, z którymi pracowała, byli uczniowie, którzy za nią przepadali, ostatnio były Mało Używane Dziewice, z którymi zżywała się coraz bardziej. Ostatecznie jednak zawsze wracała do pustego domu, gdzie tylko Rambo dostawał ataków radości na jej widok.

Gdyby nie Rambo, życie byłoby w ogóle nie do zniesienia.

Obok ławki, na której siedziała, kręciło się mnóstwo wakacyjnych przechodniów, zawsze w grupach, często we dwójkę, zadowolonych i roześmianych.

Jak Wajnertowie.

Tak, chyba Wajnertowie stali się przyczyną ataku chandry Agnieszki.

Gołąbki cholerne, z dzióbków sobie jedzą.

Nie, uczciwie mówiąc, nie żadne przesłodzone gołąbki, tylko bardzo sympatyczni ludzie.

Tym gorzej.

Agnieszka pomyślała o pani Róży. Pani Róża też jest samotna i nikogo nie obchodzi, czy żyje, czy już może umarła. Ale pani Róża miała przez dwadzieścia lat swojego Tadeusza, który ją kochał.

Agnieszka westchnęła i wyciągnęła z torebki telefon.

– Misia? Słuchaj, mam prośbę. Idź dzisiaj za mnie do Marceli, dobrze? Jędrzej przyjechał niespodziewanie i chciałabym jakoś to wykorzystać, sama rozumiesz. Wyjeżdża w nocy, ma pociąg koło jedenastej, więc jutro będę cała wasza. Tylko to dzisiejsze popołudnie jest mi potrzebne. Możesz? To cudnie.

~

– Pani Misiu!!!

Michalina schowała komórkę i popędziła do biura, skąd dobiegało gromkie wołanie szefa.

– Jestem, przepraszam, odbierałam ważny telefon. Co trzeba zrobić?

– Kawę. Już się woda gotowała, ale dawno, niech pani jeszcze raz prztyknie. A ja będę w pani przytomności dzwonił do naszej drogiej klientki.

– Pani Tomanek?

– Tak jest. Powinna już móc się wypowiedzieć w sprawie naszych projektów. To znaczy pani projektów, pani Misiu.

– Da pan na głośnik?

– Dam, tylko niech pani nie hałasuje tymi garami.

Michalina przestała hałasować garami, a jej szef wydzwonił gwiazdę szołbizu.

– Haloooo – odezwała się seksownym zaśpiewem. – To pan, panie Henrykuuu? Pan jest panem od ogrodów, prawdaaa?

– Całe życie. – Henryk Radwański zrobił minę do Michaliny. – Chciałem się dowiedzieć, czy wyrobiła pani sobie zdanie co do naszych propozycji. Artystycznych, ogrodniczych i finansowych.

– Taaaak, oczywiście. Ja szybko podejmuję decyyyzję. Podobają mi się ooba projekty. Nie rozumiem tylko, dlaczego państwo tak się ograniczacie finansooooowo.

Michalina omal nie wypuściła kubków z ręki. Dla niej taka kwota była po prostu niewyobrażalna. Radwański śmiał się bezgłośnie.

– Pani Andżelo… przepraszam najmocniej, pani Angelo… Cieszę się niezmiernie, że projekty naszej pani Hart zyskały pani uznanie, niemniej musi pani zdecydować się na jeden z nich. Który pani wybiera do realizacji?

– A nie można połączyć obydwuuu?

Michalina wykonała międzynarodowy gest oznaczający pytanie, czy rozmówczyni nie jest aby nieco wcięta. Szef wzruszył ramionami na znak, że nie ma pojęcia.

– Niestety, pani Angelo. Każdy z tych projektów stanowi integralne dzieło sztuki i nie może być zmieniany. Możemy stworzyć nowy, oczywiście, na nowych warunkach.

– No to nie… to ja się zdecyduję. Zaraz. Chwila. Mam oba przed oczami… Te róże są łaaadne, ale chyba jednak wybiorę ten biało-fioletowy. Aleja z cyprysów jest bardzo wytwooorna. Będzie mi przypominała Toskaaanię. Niech będzie ten z cyprysami, dobrze?

– Jak pani sobie życzy. Jeszcze dzisiaj wyślę pani umowę, poproszę o podpisanie i wpłacenie zadatku na nasze konto. Następnego dnia zaczniemy u pani roboty. Jeżeli te koszty pani nie przeraziły, to pozwolimy sobie posadzić wszędzie możliwie największe rośliny. Trochę nam to podroży sprawę, ale szybciej będzie pani miała efekt jak na wizualizacji.

– Panie Henryyku, ja chcę mieć natychmiast efekt jak na wizualizacji.

– Tak do końca to nie jest możliwe, niektóre rośliny muszą jednak porosnąć trochę. Ale będzie pani zadowolona, ręczę.

– Wierzę panu. Proszę pozdrowić panią Haaart, to bardzo zdolna osoba. Bye!

Zanim Radwański zdążył odpowiedzieć, gwiazda przerwała połączenie.

Michalina śmiała się otwarcie.

– No, jeśli ona chce mieć Toskanię nad samym Bałtykiem, to się może rozczarować!

– Pani cyprysy stworzą jej iluzję Toskanii, zdolna osobo. Czy ja prawidłowo użyłem słowa „integralne"?

– Nie mam pojęcia. Pewnie tak. Ale panie szefie, chyba dobrze jest, nie? Akceptowała wszystko!

– Jest bardzo dobrze, pani Misiu. Bardzo. O ile nasza pani Tumanek nie była zalana, co nie jest wykluczone, sądząc z tonacji, w jakiej do nas śpiewała.

– A może obok był seksowny mężczyzna i ona do niego tak śpiewała, nie do pana...

– Uważam, że ja też jestem seksowny. Wyślę jej dzisiaj te kwity, a pani niech się przymierzy do harmonogramu prac. Za taką forsę zrobimy jej ogródek w pierwszej kolejności. Niech się kobieta cieszy.

– Toskanią.

Oboje wybuchnęli zdrowym śmiechem.

~

Marcelina zobaczyła swoją córeczkę.

I nic.

Nie doznała żadnych mistycznych uczuć, jakich powinna doznać w tej sytuacji matka. Żadnego drżenia serca, żadnych łez wzruszenia, żadnych patetycznych okrzyków wyrywających się ze ściśniętego gardła.

Nic.

Postawna lekarka, ta sama, która informowała Mikołaja, sympatyczna, rzeczowa i zaangażowana, tłumaczyła jej, co się dzieje z malutkim człowieczkiem zamkniętym w inkubatorze. Marcelina słuchała, ale nie była w stanie się tym zainteresować. Odczuwała jedynie straszliwe zmęczenie.

Lekarka zauważyła to, oczywiście, ale wiedząc, co Marcelina przeszła i znając przypadki depresji pojawiającej się po porodzie, nie dziwiła się specjalnie. Martwiła się tylko o to, kto zaopiekuje się obydwiema. Facet, który tu był niedawno w charakterze tatusia, nie wyglądał na chętnego.

– Wybrała już pani imię dla córeczki?

Celowo spytała, czy Marcelina wybrała, a nie, czy państwo wybrali...

– Jeszcze nie. Wy ją nazywacie Krzysią, prawda?

– To na cześć świętego Krzysztofa. Ma mu coś do zawdzięczenia.

– Moja babcia mówiła tak: „kiedy dziecko upada, Matka Boska ręce podkłada".

– Nie słyszałam tego powiedzenia, ale bardzo mi się podoba. Niech ją pani nazwie Krystyna Maria.

– Krystyna? Nie Krzysia?

– Chyba nie ma takiego imienia. Krzysia była w „Panu Wołodyjowskim", pamięta pani? Nazywała się Krystyna Drohojowska. Krysia, Krzysia.

– Krystyna Maria. Ładnie brzmi. Albo Maria Krystyna. Może tak?

– Tak i tak jest ładnie. A skoro już ma prawdziwe imię, nadane przez mamę, niech pani z nią pogada. Ja muszę teraz coś zrobić, potem do was wrócę i odpowiem na wszystkie pytania, jakie się pani nasuną.

– Jak to, pogada?

– Normalnie! Ważna chwila, pierwsza rozmowa matki z córką. Gratuluję.

Lekarka odeszła sprężystym krokiem.

Marcelina przesunęła taboret bliżej inkubatora.

– Cześć, Krzysiu. To ja, mama. Pamiętasz mnie?

Malutka w inkubatorze poruszyła mikroskopijną rączką. Marcelina mówiła półgłosem:

– Przepraszam cię. Przepraszam cię za wszystko. Nie powinnaś tu być. Powinnaś jeszcze wciąż rosnąć bezpiecznie...

zupełnie gdzie indziej. Naraziłam cię na straszne rzeczy. Mogłaś zginąć. A najgorsze, że nic do ciebie nie czuję. Nie czułam w czasie ciąży i nie czuję teraz. Nie wiem, czy kiedykolwiek coś poczuję. Nie wiem, czy będziesz mi kiedyś mogła to wybaczyć.

Chłód w sercu Marceliny zagnieździł się na dobre i nie zamierzał ustąpić. Krystyna Maria, czy może Maria Krystyna wciąż była tylko małym, obcym stworzonkiem podłączonym do aparatury pomagającej przeżyć.

Marcelina miała niejasne wrażenie, że powinno to być dla niej powodem do rozpaczy – ale nie miała siły na takie intensywne emocje.

Była potwornie zmęczona.

Nie czekając na powrót lekarki, poszła na swój oddział.

~

Jaga Grosikówna szła na spotkanie z Agnieszką dosyć naburmuszona.. Z jednej strony ciekawa była dyrektorki, której chce się osobiście rozmawiać ze wszystkimi uczniami w szkole, z drugiej – była zdecydowana nie dać się zmanipulować. Jak widzimy, biedne dziecko za dużo oglądało wiadomości i wpadło w sidła politycznej terminologii. Na zasadzie analogii z własną matką – ostatecznie to koleżanki z liceum – spodziewała się zamkniętej w sobie damy, która będzie zadawała pytania z zawodowym chłodem. Spotkała ją niespodzianka.

Dyrektorka szkoły przede wszystkim wyglądała młodziej od matki. Miała krótko obcięte blond włosy, fiołkowe oczy (Jaga czytała o takich w jakiejś książce Makuszyńskiego, ale nie spodziewała się, że mogą naprawdę występować w przyrodzie), figurę modelki, tylko nie była tak zagłodzona. Ubrana była w jakąś kwiecistą szatę, absolutnie niedyrekcyjną, krojem uwydatniającą tę wspaniałą figurę i kolorem podkreślającą te fiołkowe oczy. Efekt wzbudził uznanie Jagi – gościówa umie się ubierać.

– Pani Ewo – rzuciła ta elegancka osoba w stronę sekretarki.
– Przez najbliższe pół godziny nie ma mnie dla nikogo, chyba żeby jakaś bomba wybuchła.

– Odpukać – powiedziała Ewa Borzemska. – Będę pilnowała drzwi, pani dyrektor.

Dialożek zrobił swoje. Jaga poczuła się kimś. Nie wiedziała, że podobne teksty obie panie wygłaszały na cześć każdego ucznia przyjmowanego przez dyrektorkę – właśnie po to, żeby czuł się VIP-em. Był to jeden z elementów autorskiej metody Agnieszki.

– Coli?

Agnieszka włączyła elektryczny dzbanek.

– Bo ja będę piła kawę. Też mogę ci zrobić, jeśli chcesz, ale nie polecam. Mam colę, wodę, soczki, herbatę. Czego się napijesz?

– Colę poproszę.

Ta dziwna dyrektorka miała w gabinecie lodówkę.

– Sekretarka nie robi pani kawy? – nie wytrzymała Jaga.

– Umiem sama – odrzekła dyrektorka. – A Ewa ma własną robotę. Oczywiście, kiedy mamy więcej gości, to ona się zajmuje aprowizacją. Opowiesz mi o sobie?

Jaga nastroszyła się natychmiast.

– A co pani chce wiedzieć? Dlaczego przewaliłam pierwszą klasę?

– To też. Ale najpierw mi opowiedz, kim jesteś.

– Co to znaczy, kim jestem? Data urodzenia? To, że jestem dziewczyną?

– To sama widzę. Powiedz mi, co lubisz, czego nie lubisz. Czy masz już jakąś wizję przyszłości? Jacy ludzie ci się podobają? Jakie książki czytasz? Wolisz historię czy matematykę? Ciągnie cię do teatru czy do sali operacyjnej?

– Dlaczego pani powiedziała o sali operacyjnej?

– Bo lubię chirurgów. A co, chciałabyś iść na medycynę?

– Myślałam o tym, ale jestem kiepska z biologii.

– To akurat nie problem.

– Jak to, nie problem?

– Kochana, biologii można się nauczyć. Wszystkiego można się nauczyć. A nawet polubić. Ty naprawdę chcesz być chirurgiem?

– Anestezjologiem.

– O matko, ambitnie. Pani życia i śmierci, tak? Dlatego?

Jaga zarumieniła się ładnie i jakby straciła swoją początkową sztywność.

– Ojciec jednej mojej koleżanki jest anestezjologiem. Kiedyś byłam u niej na imprezce i jakoś tak się zagadałam z tym ojcem, on mi opowiadał o swojej pracy. Pani wie, na czym to polega? Znieczulanie i tak dalej?

– Wiem. Kiedyś mnie to fascynowało. Paru moich kolegów ze szkoły zostało lekarzami i dzięki nim trochę poznałam to środowisko. Spodobało mi się.

– To tak jak mnie. Pan Mróz, to znaczy doktor Mróz, pozwolił mi przyjść do siebie na oddział i zabrał mnie na salę. Mogłam być przy operacji, wie pani? Potem on się przyznał, że był pewien, że mnie trzeba będzie wynieść, ale się zdziwił. Bo wytrzymałam do samego końca, nic mi nie było. To jest niesamowite, jak oni kontrolują człowieka, doktor Mróz mówił, że oni w czasie operacji żyją za niego.

– Ale odpowiedzialność straszna.

– Ale jak się człowiek porządnie nauczy, to mu odpowiedzialność niestraszna, prawda? Bo przecież oni się nie mogą bać bez przerwy. Anestezjolodzy.

– Chirurdzy też i cała reszta. Słuchaj, podoba mi się, co mówisz. O tym, że jak się człowiek przygotuje, to nie boi się odpowiedzialności. Nawet za życie. Bo to jest prawda, moja droga. Tylko teraz czegoś nie rozumiem. Dlaczego z taką motywacją i z takimi poglądami zwaliłaś tę pierwszą klasę?

Jaga nastroszyła się natychmiast. Agnieszka spostrzegła to również natychmiast.

– Nie nabzdyczaj się, koleżanko. Ja po prostu pytam.

– Po co? Zwaliłam i już. Co pani da taka wiedza?

– Będę lepiej zorientowana, jakie są twoje problemy. Nie ze wścibstwa, tylko po to, żeby wiedzieć, w jaki sposób możemy ci pomóc. Zdziwiłabyś się, gdybyś wiedziała, jakie kłopoty miewają nasi uczniowie. Czasem zresztą tylko im się wydaje, że to poważne kłopoty. Czasem naprawdę są poważne. Zawsze jednak łatwiej je pokonać przy naszej pomocy.

– Co to znaczy „naszej"?

– Mojej i nauczycieli, i w ogóle wszystkich pracowników szkoły, z panią Ewą i woźnym włącznie. My tu się generalnie przyjaźnimy.

– Żeby obstawić wszystkie olimpiady – mruknęła Jaga.

– Przeciwnie. Zauważ, że nasza szkoła nie stoi wysoko w żadnych rankingach. Nam nie zależy na olimpijczykach. Nam zależy na wykształceniu i na tym, żeby proces kształcenia przynosił przyjemność. Przyjemność ma być obopólna. My chcemy mieć przyjemność z tego, że was uczymy, a wy macie mieć przyjemność ze sposobu zdobywania wiedzy. Rozumiesz mój punkt widzenia?

– Chyba tak. A to się da zrobić?

– Da się. Pod warunkiem wzajemnego zaufania. Pamiętaj, Jaga, to nie jest z naszej strony wścibstwo. Nie pchamy się z kopytami do twojej duszy i do twoich problemów. Nie chcesz powiedzieć, co ci w życiu zaszkodziło, to nie mów. Może rzeczywiście sama sobie poradzisz, wcale tego nie wykluczamy. Ale jeśli dojdziesz do wniosku, że potrzebujesz pomocy, to się nie wstydź, nie krępuj, tylko przylatuj do nas. Będziesz miała swojego opiekuna, wiesz?

– Jak to, opiekuna? Jakiegoś kuratora?

– Nie kuratora, tylko tutora. Jak w angielskich szkołach. U nas nie ma takich klasycznych wychowawców, ale każdy uczeń dostaje swojego osobistego opiekuna, do którego może lecieć z problemami. A jeśli ten opiekun zauważy, że coś z tobą nie tak, sam będzie o tym chciał rozmawiać. Co do twoich dotychczasowych problemów, to podejrzewam, że były typowe – nie doceniłaś liceum, wydawało ci się, że jeszcze masz czas, potem nagle okazało się, że koniec roku puka do bram, a ty już nie zdążysz się nauczyć wszystkiego. Do tego pewnie doszły jakieś imprezki, dyskoteki, chłopak... Miałaś problemy damsko-męskie?

Jaga spurpurowiała i nie powiedziała nic.

– Miałaś. Może nawet byłaś w ciąży.

– Nie byłam!

Agnieszka popatrzyła dziewczynie głęboko w oczy.

– Ale myślałaś, że jesteś?

– Skąd pani wie takie rzeczy? Tego nie powiedziałam nikomu, nawet przyjaciółkom!

– A co to za przyjaciółki, którym nie można powiedzieć o kłopotach i które nie pomogą w potrzebie! Ktoś oprócz ciebie jeszcze nie zdał do drugiej klasy?

– Tylko ja.

– Wszystko rozumiem. Nie ma co miedlić, moja droga. Zostałaś całkiem sama, prawda?

Jaga, niespodziewanie dla siebie i ku swojemu wielkiemu niezadowoleniu, rozpłakała się rzewnie. Agnieszka nie rzucała się bynajmniej do przytulania, tylko podała jej paczkę chusteczek.

– Zrobiłaś błąd, że nie pogadałaś z matką. Alina jest mądra i na pewno by ci poradziła. Poza tym kocha ciebie. Następnym razem idź do niej.

– Nie będzie następnego razu. A matka mnie nie kocha.

– Kocha cię, tylko zdaje się, że nie dajesz jej szansy na okazanie tego. Trudno rozmawiać z kimś, kto okazuje nam wyłącznie wrogość i pogardę. Nie uważasz?

– Skąd pani wie, że matka mnie kocha? Nie powiedziała mi o ojcu!

– Pewnie chciała cię chronić.

– Przed czym chronić?

– Było ci miło, kiedy już się dorwałaś do tego drzewa wiadomości dobrego i złego?

– Było mi koszmarnie!

– No to już wiesz, przed czym chciała cię chronić.

– Ale ona ostatnio jest taka zimna, całkiem obca, jakby jej na mnie nie zależało!

– A ty jaka jesteś dla niej?

Jaga zamilkła na jakiś czas.

– Nie muszę się spowiadać.

– Moja droga, nic nie musisz. Pamiętaj, że ja rozmawiam z tobą wyłącznie służbowo. Prywatnie, ani ty mnie nie obchodzisz, ani twoje uczuciowe komplikacje. Przyjaźnię się z twoją mamą i ze względu na nią chciałabym, żebyś była dla niej lepsza. Ona ma tylko ciebie, ale bądź uprzejma zauważyć, że ty masz tylko ją. Jak ją wykończysz swoimi fochami, a przypominam ci, że ze stresu dostaje się zawału, to nie będziesz miała nikogo.

Agnieszka wystrzelała swoją amunicję w stronę coraz mniej pewnej siebie Jagi, po czym dopiła kawę.

– Czy możesz mi już teraz powiedzieć, jaka jest twoja decyzja w sprawie rozpoczęcia nauki w naszej szkole?

W pierwszym odruchu Jaga chciała powiedzieć Agnieszce coś maksymalnie paskudnego i wyjść, trzaskając drzwiami, ale się powstrzymała. Stara szkoła oznaczała koszmar powtarzania klasy, podczas gdy wszyscy koledzy są już o rok wyżej. Oznaczała też wszystkie dawne problemy, tych samych nauczycieli, których zdążyła z wzajemnością znienawidzić, konieczność znoszenia pogardy okazywanej uczniom, a szczególnie słabszym uczniom...

Nie, wrócić do tego się nie da.

– Chciałabym spróbować.

– Dobrze. Cieszę się. W takim razie idź do pani Ewy i załatw kwitologię. Spotkamy się we wrześniu, będę cię uczyła historii.

– A kto będzie tym moim... opiekunem?

– Jeszcze nie wiem. Ktoś sympatyczny, nie martw się na zapas. Trzymaj się, Jaga. I weź pod uwagę, co mówiłam.

Dyrektorka wstała i wyciągnęła rękę do dziewczyny. Ta uścisnęła ją dość niezgrabnie, ukłoniła się i poszła.

– No i co o niej myślisz, Jędrusiu? – mruknęła Agnieszka, zwracając się w stronę fotela, na którym przed chwilą siedziała skomplikowana uczuciowo szesnastolatka. – Będą z niej ludzie? Bo ja myślę, że nie jest najgorsza, tylko nieco popaprana. Posadzimy ją przy jednym stoliku z gibonkiem, może się dogadają na bazie podobnych doświadczeń. Będą się sobie zwierzać. No i co mi się tak wgapiasz w dekolt? Jeszcze parę tygodni i trzeba będzie wrócić do garsonek. Tyle mojego, co w czasie wakacji. A może byśmy razem gdzieś pojechali? Jak tylko Marceli zrobi się lepiej.

~

Marceli robiło się lepiej dosyć wolno, ale konsekwentnie. Goiła się prawidłowo, wyniki miała zadowalające, tylko antydepresanty doktora Wrońskiego, alarmowo ściągniętego do szpitala przez Klub, jakby nie bardzo chciały działać.

Doktor Wroński miał na ten temat swoją teorię, z którą nie chciał się zdradzać wobec przyjaciółek swojej klientki (dwóch przyjaciółek, bo wciąż nie poznał trzeciej, posiadającej widocznie mocniejszą psychikę i nie potrzebującej jego porad). Jego zdaniem, Marcela nie miała szans na dojście do siebie, dopóki jej związek z Mikołajem nie zostanie oficjalnie przyklepany.

Oczywiście miał rację. Marcelina potrzebowała pewności, a tej pewności nie miała. Doskonale zdawała sobie sprawę z tego, jakim w gruncie rzeczy dupkiem jest Mikołaj Firlej, ale rozpaczliwie usiłowała tę świadomość od siebie odsunąć. Samotna praktycznie przez całe życie, nie chciała już dłużej znosić samotności. Chciała mieć kogoś, na kim mogłaby się oprzeć, choćby to oparcie było nie wiem jak iluzoryczne. Do momentu wypadku wyglądało na to, że Mikołaj jest zdecydowany oparcie jej dać. No i przecież mała Krzysia, jego córka...

Odkąd jednak znaleźli się wszyscy troje – już troje! – w szpitalu, coś się zmieniło. Marcelina czuła to podświadomie, bo właściwie Mikołaj zachowywał się jak zawsze.

Ale coś było nie tak, coś było nie tak!

Mała Krzysia wciąż leżała zamknięta w swoim pudełku z otworami, ale na szczęście lekarze poradzili sobie z jej oddychaniem. Miała malutkie usteczka, którymi chwytała teraz powietrze jak rybka. Lekarze twierdzili, że poczyna sobie coraz lepiej.

Jej widok powinien napełniać Marcelinę szczęściem, a napełniał rozpaczą.

Może dlatego, że Mikołaj nigdy nie chciał iść na oddział noworodków razem z nią? Zawsze mówił, że właśnie stamtąd wraca. Marcelina sama przed sobą udawała, że mu wierzy.

W dwudziestym pierwszym dniu pobytu Marceliny i małej Krzysi w szpitalu i w siedemnastym dniu po swoim wyjściu Mikołaj podjął decyzję.

Zaczął od wizyty w gabinecie lekarza prowadzącego.

– Przepraszam, że przeszkadzam. – Wsunął głowę przez szparę w drzwiach i ubrał twarz w przymilny uśmiech. – Czy mogę na dwie minutki?

Doktor Gawęcki zaprosił go gestem ręki. Mikołaj wszedł i nieomal stanął na baczność w progu. Sam lubił, kiedy tak stawali petenci odwiedzający go w urzędzie. Lekarz drugim, już niecierpliwym gestem, zaprosił go do zajęcia miejsca przy stoliku.

– Chciałbym się dowiedzieć o stan zdrowia pani Heskiej – powiedział Mikołaj. – Pan doktor wie, my jesteśmy… razem.

– Jest dobrze. Za trzy, cztery dni chcemy panią Heską wypisać do domu. O ile wiem, dziecko będzie musiało jeszcze u nas pozostać, ale pani Marcelina, z naszego punktu widzenia, jest wyleczona.

– Z waszego punktu widzenia, to znaczy, że co?

– My tu jesteśmy chirurgami. Zrobiliśmy swoje i od tej strony mamy pewność, że jest okay. Odnoszę natomiast wrażenie, że stan psychiczny pani Heskiej pozostawia nieco do życzenia. O ile jednak wiem, opiekuje się nią świetny specjalista, więc pewnie i to da się uregulować.

– Jaki specjalista, panie doktorze?

– Specjalista psychiatra. Doktor Wroński był u niej kilka razy.

Mikołaj trochę się zagotował. Nie wiedział nic o psychiatrze! Nie powiedziała mu! Te jej cholerne przyjaciółki z pewnością wiedziały, może nawet to one go tu sprowadziły!

Z każdą chwilą, doprawdy, zyskiwał pewność, że decyzja, którą podjął, jest słuszna.

– Generalnie jednak ocenia pan stan pani Heskiej jako dobry, prawda?

– Musi się oszczędzać, wystrzegać infekcji, ale żadnych konkretnych niebezpieczeństw na horyzoncie nie widzę.

– Bardzo panu dziękuję za informacje. Do widzenia, panie doktorze.

– Do widzenia panu.

Mikołaj wyszedł z gabinetu i stanął na korytarzu, przy oknie. Przez chwilę patrzył przed siebie, lecz gdyby go ktoś spytał, co widzi, miałby kłopot z odpowiedzią. Nie obchodziły go żadne widoki. Po raz kolejny rozważał wszystkie za i przeciw.

– Mikołaj! Jak miło, że jesteś. Wiesz, że Krzysia już sama oddycha?

Marcelina stała obok, a jej powierzchowność pozostawiała wiele do życzenia. Figury po ciąży jeszcze nie odzyskała, włosy na głowie miała zmierzwione, worki pod oczami i była ogólnie wymizerowana.

– Cześć, Marcelinko, witam cię. Jak się czujesz?

– Bardzo dobrze. Za trzy dni mnie wypisują do domu. Krzysia jeszcze będzie musiała tu zostać trzy do czterech tygodni...

– Wiem, byłem u lekarza, dowiadywałem się. Nie chciałabyś się przespacerować pod tymi drzewkami?

– Z przyjemnością. Pójdziemy najpierw do Krzysi?

– Może później. Najpierw chciałbym cię zabrać na spacerek. Dobrze? Widziałem taką przyjemną ławeczkę, mam nadzieję, że nikt nam jej nie zajmie, będziemy mogli spokojnie posiedzieć, pogadać...

Ławeczka pod sporym kasztanem, jakimś cudem niezjedzonym przez szrotówka kasztanowiaczka, była rzeczywiście bardzo miła i całkiem ukryta w zaroślach. Mikołaj doprowadził do niej Marcelinę, posadził i sam usiadł obok w ten sposób, żeby nie miała szansy się do niego przytulić.

– Chcę ci patrzeć w oczy – oświadczył. – Żebyś nie myślała, że jestem nieszczery czy coś takiego.

Marcelina zesztywniała wewnętrznie. Chyba wiedziała, co za chwilę usłyszy.

– Długo zastanawiałem się, jak ci to powiedzieć, ale doszedłem do wniosku, że szczerość jest najlepsza.

Przerwał i poczekał chwilkę, żeby dać Marcelinie szansę na przygotowanie się do odebrania ciosu.

– Wiesz, kochanie, jak znakomicie nam się razem układało, jakie mieliśmy plany na długie życie razem…

– Już nie mamy?

– Bądź cierpliwa, słodziaczku. Dojdę do wszystkiego.

Marcelina zastanawiała się, jak długą drogę dla niej zaplanował Mikołaj, zanim wreszcie powie, o co chodzi. Miała wrażenie, że może tego nie wytrzymać. Oraz że nie chce tego wytrzymywać.

– Nie, Mikołaju. To ja powiem, o co ci chodzi. Rozmyśliłeś się i nie chcesz już ze mną zakładać rodziny, prawda?

Mikołaj poczuł się wstrząśnięty.

– Chciałem ci to powiedzieć o wiele delikatniej, kotku!

– Nie rozśmieszaj mnie. Kiedy doszedłeś do wniosku, że cię to już nie interesuje? Wtedy, kiedy rozczarował cię dom w Stolcu? Czy kiedy mieliśmy wypadek? A może, kiedy Krzysia się urodziła za wcześnie? Czy po prostu masz kogoś innego?

Wstrząs Mikołaja zamienił się w oburzenie.

– Jak możesz mnie o to posądzać? To znaczy, nie od początku miałem kogoś innego, bo teraz, przyznaję, jest ktoś w moim życiu. Marcelinko, musisz przyznać, że byłem dla ciebie czuły i dobry przez kilka lat!

– Dopóki ci się nie znudziło?

– Dopóki sama nie rozwaliłaś tego pięknego, co między nami było! Odkąd zaszłaś w ciążę, tak jakbym przestał dla ciebie istnieć! Ważna była tylko twoja ciąża, twoje dziecko w brzuchu!

– To jest też twoje dziecko, nie zauważyłeś? A w ostatnich miesiącach czułam się okropnie. Mówiłam ci, że nie jestem najmłodsza na świecie i ciąża to dla mnie duże obciążenie.

– Marcelinko, Marcelinko! To właśnie twoja metoda, całą winę zrzucić na mnie. Jesteś niesprawiedliwa. Bardzo niesprawiedliwa. Uważasz, że ja byłem odpowiedzialny za twoje złe samopoczucie, a przecież ty naprawdę nie masz już dwudziestu lat, kochanie!

Od takiej kazuistyki Marcelinie zakręciło się w głowie. Nie przypominała sobie, żeby obciążała Mikołaja odpowiedzialnością za swoje stany. Ale to odwracanie kota ogonem było jego specjalnością. Jakim cudem znosiła je do tej pory?

– No więc, jeśli jeszcze masz zamiar obciążyć mnie odpowiedzialnością za wypadek, kiedy to wrzuciłaś nas do rowu... i za swoje cesarskie cięcie, w wyniku którego nasze dziecko urodziło się pięć tygodni za wcześnie, miało te wszystkie problemy i teraz nie wiadomo, jakie będzie miało wady, to doprawdy, moja droga, nie zasłużyłem na takie traktowanie. A może jeszcze swoje problemy psychiczne na mnie zrzucisz? Nie powiedziałaś mi, że leczysz się u psychiatry i teraz skąd ja mogę mieć pewność, że twoja córka jest normalna? Nie, Marcelinko, nie dziw się, moja droga, że kiedy spotkałem kogoś, kto mnie naprawdę rozumie, kto żadnych swoich win na mnie nie zwala, kto jest ze mną szczery, kto chce być ze mną na dobre i złe, kto nie zastrzega, że nie urodzi więcej niż jedno dziecko...

– Bo pewnie ma dwadzieścia pięć lat...

– Dwadzieścia cztery. Czy chciałabyś zabronić innym kobietom bycia młodszymi od siebie?

Marcelina miała dość.

– Już jej zrobiłeś dziecko czy jeszcze nie?

– Dominiczka jest w drugim miesiącu!

– Ach, to znaczy, że byłeś z nią długo przed naszym wypadkiem? Wiesz co, nie chce mi się słuchać twojego kręcenia. O mnie możesz zapomnieć. Chcę tylko wiedzieć, co będzie z Krzysią.

– Chcesz, żebym ją uznał?

– Jak do tego doszedłeś? – zadrwiła.

– Chcesz, żeby nazywała się inaczej niż ty?

– A nie, na twoim znakomitym nazwisku akurat mi nie zależy. Zależy mi natomiast na alimentach.

– Dogadamy się. Ale chyba nie będziesz chciała mnie obedrzeć ze skóry? Zakładam rodzinę, planujemy jeszcze wiele dzieci…

– Nawet nie będę próbowała się z tobą dogadywać. Podam cię do sądu.

– Ale po co?

– Nie po co. Dlaczego. Dlatego, że ci nie wierzę. Czy już się wyprowadziłeś ode mnie, czy jeszcze nie?

– Zabrałem dzisiaj swoje rzeczy, Marcelinko. Tutaj masz moje klucze.

Marcelina wzięła klucze, wstała z ławki i odeszła, uchylając się w ostatniej chwili od słodkiego buziaczka, którego najwyraźniej Mikołaj miał zamiar zafundować jej na pożegnanie. Poszła porozmawiać ze swoją córką.

Krystyna Maria Heska (a jednak nie Firlej!) wciąż była na etapie roślinki. Marcelinie zupełnie przestało to przeszkadzać. Jak gdyby poprzednio zależało jej głównie na zaprezentowaniu córeczki jej ojcu. Ojciec zniknął z horyzontu, zniknął i problem prezentacji.

– Cześć, malusieńka. Wiesz, że już nie masz tatusia? Coś mi mówi, że nie będzie chciał cię widywać za często. A może w ogóle najlepiej będzie o nim zapomnieć? Damy sobie radę we dwie, co?

Krzysia nie odpowiedziała, ale Marcelina odniosła wrażenie, że mała prychnęła mikroskopijnym noskiem pogardliwie.

~

Państwo Luiza i Marek Wajnertowie zadzwonili do Agnieszki z wiadomością, że są skłonni pomyśleć o zamianie mieszkania z panią Różą. Nie chcieliby jednak kupować kota w worku, więc czy nie dałoby się zobaczyć tego mieszkania na trzecim piętrze?

Agnieszkę mimo woli oblał zimny pot, bo dotąd nie odważyła się pisnąć pani Róży o swoim pomyśle. Wyglądało na to, że najlepiej będzie chwycić byka za rogi. Umówiła się z Wajnertami po pracy, poszła do cukierni w hotelu Neptun i nabyła średniej wielkości tort czekoladowy, który miał jej posłużyć jako pretekst dla kolektywnych odwiedzin u starszej pani.

Kiedy zadzwoniła do drzwi, miała duszę na ramieniu.

– Dzień dobry, pani Różo. Przyprowadziłam gości. Możemy wejść razem?

– Po co pani pyta, pani Agnieszko! Ja się cieszę, że mam gości. Kiedy to ja ostatnio miałam gości? Pani nie liczę, bo pani jest jak domowa. Proszę, wejdźcie do salonu, zapraszam!

Goście weszli gęsiego do saloniku, omal nie przewracając się o Żuczka, który usilnie starał się każdego zabawić.

– Przyniosłam tort. Mam dzisiaj urodziny i chciałabym, żebyśmy je uczcili tortem. Pani Różo, to są nasi przyszli sąsiedzi, państwo Wajnertowie. Będą mieszkali pod osiemnastym.

– Po Kaczmarskich, co? Bardzo się cieszę, że wam się chciało wdrapywać tu do mnie. Pani Agnieszko, proszę przyjąć ode mnie najlepsze życzenia, a które to urodziny?

– Trzydzieste dziewiąte, pani Różo.

– Ajajaj, jaki młody wiek, jaki piękny wiek! Wszystkiego najlepszego, wielkiego powodzenia i wielkich pieniędzy. Zdrowia też. A pani to urodziny obchodzi dwa razy do roku?

– Jaaa?

– No bo kiedyś mi pani mówiła, że urodziła się pani w listopadzie i jest Skorpionem.

Agnieszka spłonęła, przypomniawszy sobie, że istotnie, mogła kiedyś coś takiego powiedzieć, a skoro tak powiedziała, więc nie mogła mieć urodzin dzisiaj, to ci babcia, wcale nie ma sklerozy, a powinna w tym wieku...

Straszna babcia, bardzo zadowolona z efektu, ciągnęła dalej:

– Państwo to się cały czas rozglądają, bo się zastanawiają, czy by się ze mną na mieszkania nie pomieniać, co?

Luiza i Marek, rozśmieszeni, postanowili się poddać bez walki.

– Staraliśmy się nie rozglądać zbyt nachalnie, szanowna pani – powiedział Marek.

– Było po nas widać? – spytała Luiza, oganiając się od Żuczka, który napastował ostrymi pazurkami koronki przy jej spódnicy.

– Pani Różo, niech się pani przyzna, skąd pani wie? Kaliska pani wypaplała?

– Pewnie że Kaliska. Ona sekretu nie utrzyma za zębami, takiej możliwości nie ma i nie będzie. Dzisiaj rano wpadłam do niej po świeże bułki i mleczko dla Żuczka, bo on lubi jak mu daję takie malutkie kawałeczki bułki moczonej w mleczku. No. A jak już pani przyniosła ten tort, hehehe, urodzinowy, hehehe, to niech go pani wykłada, bo ja bardzo lubię takie torty! Ja zrobię herbaty albo kawy, jeśli państwo chcą, a państwo tymczasem sobie pochodźcie po mieszkaniu, proszę bardzo, pozwiedzajcie, a co zobaczycie, to wasze, bo ja się i tak nie przeprowadzę.

Wajnertowie stanęli, skonsternowani. Agnieszka jednak machnęła ku nim ręką niecierpliwie, co odczytali prawidłowo – mają się rozglądać, a negocjacje z babcią ona bierze na siebie.

Babcia była w doskonałym humorku. Dopadła tortu z dużym zapałem, nalewała herbatkę i gawędziła na temat przeszłości, możliwie jak najdalszej. Z nazwiska swoich gości wywnioskowała, że mieli, jak ona, żydowskich przodków – istotnie, wydusiła z Marka pradziadka rabina z Przemyśla, ucieszyła się ogromnie i na dobre popadła w historyczne reminiscencje, co trwało około godziny. Agnieszka tymczasem relaksowała się, zabawiając Żuczka srebrną łyżeczką z kawowego serwisu babci, a przy okazji główkowała, jakby tu skłonić starszą panią do zmiany zdania.

– Nie, nie, kochana – żachnęła się babcia, kiedy Agnieszka w końcu wróciła do zasadniczego tematu. – Niech pani mnie nie zmusza, bo nie lubię. Tu mieszkałam od pierwszych lat po wojnie, tu z Tadeuszem byliśmy szczęśliwi, pani Agnieszko! Jakże ja mogłabym stąd uciec tylko dlatego, że mi trudno chodzić po schodach! To nie jest powód. Zwłaszcza, odkąd mam panią! – Tu zachichotała z zadowoleniem. – A poza tym wcale nie wiemy, czy państwu się mieszkanie podoba! To na parterze na pewno jest o wiele ładniejsze! W tych kamienicach to im wyżej, tym gorsze mieszkania.

– Niezupełnie – wtrącił Marek Wajnert. – Pani mieszkanie jest parę centymetrów niższe, ale za to zyskalibyśmy kilka metrów. Na dole ten mały pokoik jest jeszcze mniejszy. I salon też. Gdybyśmy się rozmnożyli, co mamy w planie, to miałoby znaczenie…

– A schodów jest siedem, a nie osiemdziesiąt cztery – dodała natychmiast Agnieszka. – Pani Różo, mnie też mogłaby pani mieć na względzie. Ja naprawdę z przyjemnością do pani przychodzę, ale targanie zakupów na to trzecie piętro po wysokich schodach, kurczę, to jest porażka, jak mówią moje dzieci w szkole.

– Państwo Wajnert też by musieli chodzić po schodach – bąknęła babcia, jakby mniej wojowniczym tonem. – Państwo mówią, że się chcą rozmnożyć, za przeproszeniem, to znaczy, jak rozumiem, dzieci mieć. To jakże z wózkiem po piętrach latać będą?

– To my się przyznamy – odezwała się Luiza. – My jesteśmy sportowcami, oboje. Marek jest koszykarzem, a ja gram w piłkę ręczną. Dla nas takie schody to rybka. Nawet niezły trening. A tych kilka metrów kwadratowych więcej to zawsze coś, pani Różo. W małym pokoju tu u pani można by zrobić pokój dziecinny, a na dole on jest na to za mały. Więc gdyby pani się zdecydowała, bylibyśmy szczęśliwi.

– A pan Tadeusz na pewno by wolał, żeby się pani nie męczyła, pani Różo. Dla pani będzie bardzo dobrze, jak pani częściej wyjdzie z domu na mały spacerek. Nie tylko do sklepu, ale do parku, na skwerek. Na Jasne Błonia, jakby się pani rozpędziła.

– Co wcale nie jest wykluczone – dodała szybciutko Luiza. – Ja mam taką znajomą fizjoterapeutkę, ona twierdzi, że takie rzeczy są możliwe. Niedawno uruchamialiśmy moją własną babcię. Nie chciała się ruszać, bo jej się wydawało, że nie da rady. A jak zaczęła, to się okazało, że owszem, może i wędruje całymi kilometrami. No, powiedzmy, dwa, trzy kilometry dziennie. To niby niedużo, ale babci wszystko się poprawiło, począwszy od pracy serca, a kończąc na trawieniu...

– Na trawieniu, mówi pani?

– Codziennie taki tort pani zje i nie poczuje – powiedziała Agnieszka, starając się, żeby to zabrzmiało przekonująco.

Róża Chrzanowska machnęła ręką.

– Zaczynacie mnie... jak to było, pani Agnieszko? Co wy mnie zaczynacie?

– Wkręcać, pani Różo. Zaczynamy panią wkręcać. Ale to wszystko dla pani dobra. To, że państwu Wajnertom zamiana pasuje, to szczęśliwy zbieg okoliczności. Ale naprawdę chodzi o panią. Żeby pani było łatwiej wychodzić z domu.

– Nie mówcie, że mi się stawy polepszą...

– Przede wszystkim. Ruch jest wszystkim, babciu Różo...

– Komu babciu, temu babciu. Niech będzie, zgadzam się. Ale ganiać po urzędach nie zamierzam!

– Wszystko załatwimy, pani tylko pójdzie podpisać, jak już wszystko będzie gotowe – zadeklarował Marek Wajnert.

– Do czego wy zmuszacie starszą panią! Takie zmiany w moim wieku!

~

Marcelina wyszła od małej Krzysi i cała energia, jaką wykazała, rozmawiając z Mikołajem, a potem planując przy inkubatorze nowe życie z córeczką, gdzieś uleciała. Marcelina miała wrażenie, że porusza się w jakiejś gigantycznej próżni i zaraz uleci w powietrze. To by jej się nawet podobało – lecieć, lecieć,

lecieć, patrzeć na wszystko z wysoka, z daleka – i przede wszystkim nie myśleć.

Tego dnia nie spodziewała się już odwiedzin – Michalina, dzisiejsza delegatka Klubu, była u niej jeszcze przed Mikołajem, przyniosła owoce, soczki i smakołyczki, opowiedziała historię projektowania ogrodu dla jakiejś baby, zachwyciła się postępami Krzysi i odeszła, pogodna i zadowolona.

Marcelina nie chciała jeszcze wracać do swojej sali, gdzie dwie mocno starsze babcie bez ustanku rozmawiały o najprzyjemniejszych formach umierania. Udała się więc znowu na ławeczkę pod kasztanem, której na szczęście nikt nie zajął – może dlatego, że robiło się już późno, odwiedzający opuszczali teren szpitala. Pora kolacyjna minęła, ale Marceli nie chciało się jeść. Zwinęła się w kłębek na ławeczce, otuliła miękkim szlafrokiem Agnieszki i zasnęła.

～

– Alka, halo, halo!

– No, jestem. Coś się stało?

– Twoje dziecko u mnie było parę dni temu. Nie miałam czasu do ciebie zadzwonić od razu, ostatnio jestem strasznie zajęta, załatwiam zamianę mieszkania mojej babci. Fajne dziecko nawet masz, tylko się zaplątało, biedactwo. Trochę ją postraszyłam.

– Matko jedyna, czym?

– Że jak będzie cię źle traktować, to możesz dostać zawału. Nie przejmuj się, zawału tak łatwo się nie dostaje, a Jagusią trzeba było potrząsnąć. Ona też miała dosyć awantur, tylko nie wiedziała, jak skończyć. Ty się na niej nie będziesz odgrywać, co?

– Oszalałaś!

– Tak myślałam. Że nie będziesz, nie że oszalałam. Słuchaj, Alka, co ty wiesz o anestezjologach?

– Nic. A powinnam?

– Jaga chce zostać anestezjologiem. Ja ci radzę, ty wejdź do Internetu i trochę się podszkol. Żebyście miały wspólny język. Tylko nie przesadź, niech ona ci opowiada o swoich fascynacjach. Chyba sporo o tym wie.

– Ale jak zacząć taką rozmowę?

– Najprościej; powiedz jej, że rozmawiałyśmy i się zgadało. Wiesz, ona jeszcze może osiem razy zmienić plany, albo i osiemdziesiąt razy, ale na wszelki wypadek damy jej za opiekuna Waldeczka Frajmana, on jest entuzjastą nauk przyrodniczych. Może coś z tego będzie.

– Żeby tylko dzieci nie było – mruknęła podejrzliwie Alina.

– Młody i przystojny?

– Przeciwnie, stary i wygląda jak ludzka wersja dużego basseta. Zwłaszcza z oczek. I uszek. Ma prawie tak samo kłapciate. Ale jest potwornie mądry, wszyscy go uwielbiają.

– To może będzie dla niej namiastką ojca?

– Niewykluczone. Wiesz, sama bym chciała mieć takiego tatusia. Waldeczek jest uosobieniem ciepła i dobroci. A jak wsiądzie na swojego konika, to go trzeba siłą ściągać.

– Już go lubię – zaśmiała się Alina.

– Witaj w klubie. On nie ma wrogów. I wcale nie jest starą pierdołą. Ma łeb jak sklep i mnóstwo energii. No dobrze, mała, wyrzucam cię z objęć z brzękiem.

– Już spadam na podłogę. A co, Jędruś przyjechał?

– Jędrzej Pawełko, doktor nauk zbędnych, mediewista? Nie, niestety, dzisiaj jestem samotna, to znaczy śpię z kotem. Mam kryzys. Jestem osobą zmęczoną. Zrobię sobie pachnącą kąpiółę i przeczytam nowego Grishama. Cześć!

Alina odłożyła słuchawkę rozśmieszona i poszła do komputera, poszukać wiadomości o anestezjologach. Jaga była nieobecna, ponieważ wybrała się do multikina na jakąś komedię romantyczną. Alina martwiła się trochę, że córka jest sama, ale liczyła na nowe znajomości dla niej w nowej szkole.

Po jakiejś godzinie gmerania w sieci miała dosyć. Wiedza o anestezjologach i tym, czym się zajmują, wydała jej się raczej przerażająca, ale skoro Jagę do nich ciągnie... trudno, niech się dzieje wola nieba.

Już miała wyłączyć urządzenie, kiedy coś jej przyszło do głowy.

Otworzyła wyszukiwarkę i wpisała: „jędrzej pawełko uniwersytet śląski".

– No to guglaj – poleciła i nacisnęła „enter".

Wyszukiwarka zawiadomiła ją, że nikogo takiego nie ma.

– Jak nie ma, kiedy jest?

Zadzwonił dzwonek u drzwi. Alina poszła otworzyć córce i już miała na ustach pytanie, co tak wcześnie, kiedy na korytarzu zobaczyła Michalinę.

– Oo, Miśka? Jak miło, wchodź i opowiadaj.

– Wchodzę i opowiadam. Byłam dzisiaj u Marceli, u niej wszystko dobrze, a potem jeszcze odwiedziłam moje hospicjum, bo sama wiesz, pańskie oko konia tuczy, musiałam wejrzeć w ogródek. Trochę chwastów się wdało, oczywiście podagrycznik i lebioda konkursowa, zrobiłam porządek, podcięłam róże, bo wymagały, podszkoliłam księdza Hieronima w obsłudze kosiarki, on jest straszny entuzjasta koszenia... i właśnie wracam do domu. Ciebie miałam prawie po drodze, więc pomyślałam, że wpadnę.

– Zjadłabyś coś?

– A masz jakiś chleb z masłem? Trochę mnie ssie, ale bez przesady.

– Chodź, zjemy coś razem. Zrobię kanapki.

– Bardzo dobrze. Rób. Surfowałaś sobie po Internecie?

– Nie lubię tego określenia. Surfowałam, też coś. Jeździłam na nartach. Powiem ci, ale to tajemnica. Szukałam tego faceta Agnieszki. Nie ma takiego na Uniwersytecie Śląskim!

– Jakiego faceta Agnieszki? Ach, tego historyka, tak?

– No tak. Jędrzej Pawełko, mediewista. To jest historyk od średniowiecza, tak?

– Tak. I co, nie ma takiego? Musi być. Ty rób te kanapki, a ja się pobawię.

Alina zajęła się krojeniem chleba i gotowaniem jajek na twardo, a Michalina zasiadła przed komputerem.

– Z Google'a ci nie wyszło? Może źle zapamiętałaś nazwisko?

– Może źle, ale Agnieszka je wymieniła przed chwilą. Jędrzej Pawełko jak w pysk. Rozmawiałyśmy. O nim też chwilkę.

– Musiałaś źle zrozumieć, bo taki faktycznie nie chce mi tu wyjść. Czekaj, polatam po wydziałach. Agnieszka mogła coś zaszklić, nie wiem po co, ale mogła.

Wśród historyków Jędrzeja Pawełki nie było. Ani mediewisty, ani żadnego innego.

Michalina zagłębiła się w filologii polskiej.

Zero efektu.

Przeleciała przez inne filologie.

– Patrz, Alka. Coś tu mam. Tylko nazwisko się nie całkiem zgadza…

Alina zostawiła na talerzu jajko, które właśnie zaczynała obierać i podeszła do przyjaciółki.

Z ekranu monitora spoglądał na nią melancholijny w wyrazie jegomość. Mógł mieć trzydzieści pięć do czterdziestu lat, czarne włosy, czarne oczy spoglądające spod czarnych brwi i nastroszoną czarną czuprynę. Ogólnie biorąc, przystojny zdecydowanie.

– Ciemny typek. Ale fajny, nie taki śródziemnomorski wymoczek jak, nie przymierzając, Mikołaj o migdałowych oczkach. Natomiast nie nazywa się Jędrzej Pawełko i nie jest historykiem.

– Moim zdaniem Agnieszka go kamufluje. Nie nazywa się Pawełko, ale prawie, tylko popatrz.

– Andrzej Pawłowski. Adiunkt. Literatura angielska i amerykańska… Miśka, ty możesz mieć rację. Gdybym ja miała takiego pięknego amanta, to też bym go chowała przed ukochanymi przyjaciółkami. Ale numer! To musi być ten! Andrzej Pawłowski. Jędrzej Pawełko. Miśka, jesteś genialna. Co teraz zrobimy z naszą bezcenną wiedzą?

– Jeszcze nie mam pomysłu. Ale coś by warto, nie uważasz?

~

Notariusz Brański popijał swoją ulubioną whisky Tullamore Dew z dużą ilością lodu i zastanawiał się, co słychać u „klientki pod specjalnym nadzorem". Odwiedził ją tylko raz, wtedy z Agnieszką, a potem jakoś już chyba nie wypadało; pani profesor przestała do niego dzwonić z biuletynami – pewnie wychodząc z założenia, że skoro pacjentka czuje się lepiej, to mogą sobie sami uprawiać życie towarzyskie... jednym słowem, był niedoinformowany i niezadowolony z tego powodu.

Dolał sobie whisky. Dawno nie miał tak miłego sobotniego popołudnia, wczoraj udało mu się nadrobić wszystkie zaległości spowodowane wyjazdami i dziś czuł się wolnym człowiekiem. Przed południem trochę popracował, to prawda, ale potem zjadł dobry obiad w „Chiefie", a od godziny siedział we własnym domu nad stosem nieprzeczytanych gazet i tygodników, na które nie miał dość czasu w tygodniu.

Może by zadzwonić? Przecież ma jej telefon, a godzina jest stosowna do dzwonienia... dochodzi siedemnasta. Jakieś konwencjonalne zapytanie o zdrowie, życzenie poprawy, bla, bla, bla.

Wypił jeszcze łyk i sięgnął po komórkę.

Marcelina nie odebrała.

Notariusz pomyślał chwilę, czy zostawić wiadomość bezosobowej poczcie głosowej i dał sobie z tym spokój. Nie lubił tych minutowych komunikatów.

Spróbował czytać zaległy numer „Polityki", ale nie mógł się skupić. Zadzwonił jeszcze raz, z podobnym skutkiem.

Może by zadzwonić teraz do tej eleganckiej przyjaciółki, Agnieszki coś tam... Borowskiej? Borowska jest sympatyczną, rzeczową osobą, a i tak się zorientowała, że jego stosunek do Marceliny odbiega od urzędowych standardów.

Notariusz Brański od dziecka był człowiekiem konkretnym i nie lubił się godzinami namyślać. Zadzwonił do Agnieszki.

– Dzień dobry, panie mecenasie – powiedziała takim tonem, jakby naprawdę ucieszyła się, że go słyszy. – Co u pana? Ma pan kolejny domek na wsi dla naszej Marceli?

– Niezupełnie, droga pani. Nie będę pani opowiadał bajek, bo jest pani osobą wybitnie inteligentną…

– Ohoho, a skąd pan to wie?

– W moim zawodzie człowiek, sam nie wie kiedy, zostaje znawcą natury ludzkiej. No więc po prostu długo nie miałem wiadomości od pani Marceliny, a chciałbym wiedzieć, co się u niej dzieje. Możemy przyjąć, że chcę zamknąć sprawę tej darowizny i potrzebny mi jest podpis pani Heskiej, więc usiłuję się zorientować, kiedy będzie na tyle zdrowa, że mnie nawiedzi w mojej kancelarii i ten podpis złoży…

– Aha. Podpis. Jasne. No więc powiem panu, że u niej w porządku, w każdym razie, jeśli chodzi o zdrowie. Nasza przyjaciółka Misia była u niej wczoraj, a ja właśnie się do niej wybieram. Może pan się do mnie podłączy?

– Dziękuję, ale nie tym razem. Natomiast byłbym pani ogromnie wdzięczny, gdyby pozwoliła pani do siebie zatelefonować dziś jeszcze wieczorem i zapytać o stan zdrowia pani Heskiej. I proszę jej życzyć zdrowia w moim imieniu, dobrze?

– Bardzo proszę, nie widzę problemu. Sama do pana zadzwonię, kiedy już od niej wyjdę. To miło, że ktoś się nią naprawdę interesuje. Pozdrawiam pana, mecenasie!

– I ja panią, pani Agnieszko. Do usłyszenia.

Właściwie nic już nie stało na przeszkodzie, żeby notariusz Brański zajął się swoją „Polityką", coś mu jednak przeszkadzało w poukładaniu liter w wyrazy, a wyrazów w zdania mające jakiś sens.

Kawa.

Nastawił swój szwajcarski ekspres, z którego był bardzo dumny. W ogóle był dumny ze swojego domu, stojącego w nieco pokręconym, za to malowniczym szeregu jednorodzinnych domków na Gumieńcach. Rozwiódł się mniej więcej w początkowym etapie budowy i zdążył jeszcze poprosić architekta o wprowadzenie pewnych koncepcji, na które nie chciała się zgodzić jego żona, zanim stała się byłą żoną. W efekcie, na piętrze i poddaszu znalazło się kilka pokoi przeznaczonych dla gości – przede wszystkim dla synów, gdyby zechcieli go odwiedzić, na dole zaś nie było żadnych ścian działowych. Jerzy Brański bardzo dobrze czuł się w tej przestrzeni i wcale nie uważał, że ma za dużo miejsca jak dla jednego człowieka. Chętnie sprawiłby sobie dużego psa, ale nie chciał robić zwierzątku krzywdy; zbyt często i zbyt długo bywał w pracy.

Czy fascynacja notariusza jedną z klientek szła tak daleko, żeby widział ją razem z jej malutką córeczką w przestrzeniach swojego domu?

Uczciwie trzeba powiedzieć, że nie.

Coś go jednak do tej Marceliny ciągnęło. Może miał w sobie coś z jakiegoś sir Galahada, szlachetnego rycerza, który na widok uciśnionej niewinności aż się rwie do ratowania damy z opresji. Może.

Ostatecznie zdołał oderwać myśli od Marceliny i zajął się swoimi gazetami, potem obejrzał „Skaner polityczny" i „Fakty", a potem zadzwonił telefon.

Agnieszka była niesłychanie wzburzona, co wyczuł od pierwszej sekundy.

– Panie Jerzy, to ja. Wie pan, co się stało? Marcela jest na OIOM-ie! Wcale nie wiadomo, czy przeżyje!

– Chryste Panie! Co się stało? Przecież mówiła pani, że jest dobrze!

– Było dobrze. Zaraz panu wszystko opowiem.

Kiedy dwie godziny temu Agnieszka, zaopatrzona niby Czerwony Kapturek idący z wizytą do wygłodniałej babci, weszła do sali, w której leżała Marcela, zobaczyła jej łóżko puste i zasłane.

– O, a gdzie się podziała pani Heska? – rzuciła pytanie dwom staruszkom zajmującym łóżka sąsiednie. – Wyszła do domu? Już?

Staruszki tylko czekały na to pytanie.

– Pani kochana – zaczęła mniejsza, zachłystując się z emocji. – Jakie do domu! Pani nie ma pojęcia, co tu się działo!

– Pani się modli, żeby ona jeszcze żyła! – dorzuciła druga, żegnając się nabożnie. – Na tę salę dla umrzyków ją zabrali, jak tylko się znalazła, nawet tu jej nie przywozili...

– Jak to, znalazła? Zgubiła się gdzieś?

Agnieszka zadała to pytanie, ale już nie słuchała odpowiedzi przekrzykujących się staruszek, tylko popędziła szukać lekarza. Wpadła na niego na zakręcie korytarza.

– Panie doktorze, co z panią Heską?

Doktor Gawęcki był na szczęście człowiekiem konkretnym.

– Pani przyjaciółka z przyczyn nam niewiadomych nie wróciła na noc do pokoju. Szukaliśmy jej, oczywiście, ale nikt z nas nie wpadł na pomysł, że pani Heska przesiedzi całą noc na ławce w krzakach. Znalazła sobie taką ławeczkę, której nie było znikąd widać. Sama przyszła o piątej rano, po czym straciła przytomność. Zabraliśmy ją na OIOM. Ma zapalenie płuc. Przytomność odzyskuje, po czym ją traci. Jak się pani domyśla, robimy, co możemy.

– Domyślam się. Panie doktorze, czy mogę ją zobaczyć?

– Wolałbym nie. Pani Heska naprawdę jest w ciężkim stanie, nie pogada pani z nią ani jej pani w niczym nie pomoże. Proszę do nas dzwonić codziennie, nawet dwa razy dziennie, sam osobiście wszystko pani powiem. Ale odwiedziny na razie nie mają sensu. Musimy ją wyprowadzić z tego stanu, w jakim się znajduje.

– Rozumiem. Dobrze. A niech mi pan powie, czy ten jej narzeczony, pan Firlej, wie, co się stało?

– Nie sądzę, bo się do mnie dzisiaj nie zgłaszał po żadne wiadomości. Był wczoraj, odniosłem wrażenie, jakby nie wiedział, że jego… że pani Heska leczy się psychiatrycznie. Proszę mnie dobrze zrozumieć, mówię to pani, bo mam wrażenie, że panie jesteście dla pani Heskiej lepszym oparciem i więcej o niej wiecie, niż jej własny mąż…

– Prawie mąż. Dobrze pan robi, panie doktorze, że uchyla pan te rąbki tajemnicy, bo Marcela chyba naprawdę może liczyć tylko na nas. Tak czy inaczej, zadzwonię do niego, niech wie, że ma nowy kłopot. A może on będzie zorientowany w przyczynach tej załamki Marceli. Boże jedyny, co się z nią działo? Panie doktorze, ten brak śledziony komplikuje wam sprawę?

– Tak. Niech pani życzy szczęścia nam i pani Heskiej. Ja bym już musiał lecieć. Czy mogę czymś jeszcze służyć?

– Nie, nie, dziękuję za wieści i nie przeszkadzam. Do usłyszenia. Będę dzwonić.

Doktor Gawęcki skinął głową i oddalił się do swojej pracy.

Agnieszka, wstrząśnięta do głębi, wyszła na zewnątrz. Siadła na pierwszej lepszej ławce i zadzwoniła do Firleja.

– Cześć, Mikołaju – powiedziała, kiedy odebrał. – Czy ty wiesz, co się dzieje z Marceliną?

– Nic się nie dzieje – odrzekł spokojnie. – Widziałem się z nią wczoraj i była na najlepszej drodze do wyzdrowienia. Za trzy dni wychodzi do domu. Ale, droga Agnieszko, odnoszę wrażenie, że jesteś niedoinformowana. Marcelina i ja to już przeszłość.

Agnieszce wydało się, że zwariowała. Ewentualnie, że źle słyszy.

– Coś ty powiedział?!

– To, co słyszałaś. Wiesz, Agnieszko, mam wrażenie, że wychodzi z ciebie prawdziwa nauczycielka. Czy raczej belferka. Z tym charakterystycznym upodobaniem do wtrącania się w cudze życie. Marcela i ja jesteśmy dorośli. Podjęliśmy pewną decyzję. Nie widzę powodów, żebym miał ci się z tej decyzji tłumaczyć. Ani z czegokolwiek zresztą. Proszę, nie dzwoń już do mnie w tej sprawie. Ani w żadnej innej. Żegnam cię, Agnieszko. Nie ukrywam, że z przyjemnością.

Wyłączył się, zanim Agnieszka zdążyła powiedzieć mu w prostych słowach, za kogo może się uważać.

Zastanawiała się teraz, czy powinna na siłę zawiadamiać dupka, co zrobiła Marcelina i czym to zaskutkowało, ale ostatecznie doszła do wniosku, że nie. Zadzwoniła, jak wiemy, do kogoś, kogo naprawdę to obchodziło, czyli do notariusza Brańskiego i opowiedziała mu wszystko.

– No więc teraz znowu nie mamy nic do roboty i musimy czekać na rozwój wydarzeń – podsumowała. – Sam pan widzi, ten kretyn po prostu powiedział jej, że koniec, kropka, a ona wpadła w głęboki dół. W rezultacie zaległa na tej ławce, w nocy było zimno… Wszystko na ten temat. Boże, zabiłabym go własnymi rękami!

Notariusz był głęboko wstrząśnięty. Sir Galahad rozszalał się w nim na dobre.

Chwilowo jednak nic nie można było zrobić.

～

– Co my teraz możemy zrobić, dziewczynki? Macie jakieś mądre pomysły?

Agnieszka skończyła referowanie i trzy klubowiczki zapadły w ponure milczenie. Pierwsza odezwała się Michalina.

– Możemy zabić Firleja.

– Jest to jakiś pomysł – przyznała Agnieszka. – Tylko co nam z tego przyjdzie? Mleko już się wylało.

– Trzeba pogadać z doktorkiem – zaproponowała z kolei Alina. – Doktorek musi coś wymyślić na ten moment, kiedy do Marceli dotrze, co się stało.

– Do niej już dotarło – zauważyła przytomnie Michalina. – Stąd cały kłopot. Ale masz rację, skoro on ją cały czas prowadzi na jakichś prochach, a ona raz ich używa, drugi raz nie, to pewnie powinien o tym wiedzieć. Dziewczyny, ja się bardzo boję, czy ona będzie w stanie opiekować się małą!

– Cholera jasna – powiedziała od serca Agnieszka. – Też o tym myślę cały czas. Tylko czy myślicie, że my trzy jesteśmy w stanie coś na to poradzić? Przecież nie zajmiemy się kolektywnym wychowywaniem dziecka…

Przyjaciółki po raz kolejny zamilkły.

Łysy saksofonista zawodził smętną balladę w tonacji nader odpowiedniej do ponurych rozważań.

Kawa w filiżankach wystygła.

Pierwsza otrząsnęła się Michalina.

– Nic nie wymyślimy – powiedziała, wzruszając ramionami. – Musimy poczekać.

～

Doktor Wroński, zawiadomiony przez Alinę telefonicznie, był tego samego zdania.

– Nic nie zrobimy w tej chwili – powiedział. – Gdybanie nie ma sensu. Trzeba poczekać, aż lekarze wyciągną panią Heską z najgorszego. Wtedy, umawiamy się, panie mnie natychmiast zawiadamiają, a ja się zjawiam w szpitalu i robię, co mogę. Rozumiem, że pani i pani Agnieszka niczego ode mnie w tej chwili nie potrzebują?

– Co do Agnieszki, to nie wiem, ale chyba nie. Ja na pewno nie i powiem panu, że sama nie wiem, dlaczego. Te wszystkie stresy z moimi dziećmi szpitalnymi, a teraz Marcela... Powinnam mieć nerwy w strzępach. A nie mam.

– Bardzo się cieszę, chociaż oznacza to dla mnie bolesną stratę finansową. Wygląda na to, że nabrała pani chwalebnego dystansu do własnych kłopotów.

– Czy ja w ogóle mam jakieś kłopoty, doktorze? Marcela ma kłopoty. Rodzice tych dzieci z białaczką mają kłopoty. Ja nie mam kłopotów.

– Oto właściwe podejście do świata. Tylko tak dalej, pani Alino.

～

– Pani Misiu!

Donośne wołanie Henryka Radwańskiego poniosło się między świeżo zroszone deszczem krzewy i byliny. Michalina wyjrzała spomiędzy dorodnych niecierpków, które oczyszczała właśnie ze zwiędłych kwiatków.

– Lecę, szefie.

– Niech pani nie leci, ja przyjdę do pani.

Po chwili stali razem wśród kolorowych kwiatów, z przyjemnością wdychając czyste i chłodne powietrze.

– Jeszcze trochę takich upałów, jak ostatnio i zszedłbym na zawał. Albo ze złości. Nie znoszę tak się pocić. Pani Misiu, mam nadzieję, że nigdzie się pani nie wybiera?

– Teraz czy w ogóle? Bo w ogóle to się wybieram.

– Nie, nie, teraz, w godzinach pracy. Bo moja dziennikarzyca, ta od znanej pani gwiazdy Andżeliki Tumanek, po raz kolejny napuściła na mnie swojego znajomego i on tu niebawem przyjdzie.

– Znowu będziemy mieli kogoś z szołbizu?

– Nie, to jakiś lekarz. Remontował sobie dom kapitalnie i przy okazji zdemolował ogród. Podobno próbował coś sam wyrzeźbić, ale się poddał.

– Bardzo słusznie. Niech fachowcy robią swoje. Lekarze mają leczyć, a ogrody niech zostawią nam.

– Tak jest, pani Misiu. Dajcie mi władzę, a ja was urządzę.

Roześmieli się oboje.

– O Boże – powiedział nagle szef z nutką paniki w głosie. – Pani Misiu, ja uciekam. Tam jest klientka, ona mnie napastuje. W dodatku nie pamiętam, jak się nazywa. Niech pani się nią zajmie, z łaski swojej. Mnie nie ma i nie będzie…

Rozejrzał się w poszukiwaniu drogi ucieczki, ale już było za późno. Rozłożysta osoba w wieku pobalzakowskim płynęła ku nim poprzez łany kwiecia jak transatlantyk prujący fale oceanu.

– Panie Henryku! – nawoływała głębokim kontraltem. – Panie Henryku! Jakże się cieszę, że pana zastałam! Poprzednio nie miałam tego szczęścia!

Michalina wiedziała, że poprzednio pan Henryk w porę zauważył damę podobną formatem do okrętu, zdążył się schować w biurze i zamknąć tam na klucz. Nie wyrywała się jednak niepotrzebnie ze swoją wiedzą, tylko puściła oko do szefa. Odpowiedział jej znękanym spojrzeniem.

– Czy zna już pani naszą najzdolniejszą projektantkę? – Ucałował dłoń podaną w sposób nie pozostawiający innych możliwości. – Pani Michalina Hart. Zostawiam panie.

Przeliczył się. Dama wyciągnęła solidną prawicę do Michaliny, lewicą zaś wczepiła się w rękaw jego koszuli.

– Panie Henryku! Chyba pan żartuje! Nie może mnie pan teraz opuścić. Pani Michalina… Michalina? Tak, Michalina. Otóż pani

Michalina z pewnością jest niesłychanie zdolna, ale przecież nie będzie pamiętała, co pan mi posadził dwa lata temu! A ja teraz chcę uzupełnić kilka miejsc, to znaczy tam, gdzie były byliny, posadziłabym iglaki. Albo może coś innego.

– Droga pani, proponuję w takim razie, żeby pani Michalina wybrała się do pani i zobaczyła na miejscu, gdzie można coś zmienić.

– Ależ nie ma takiej potrzeby, panie Henryku kochany. Ja dokładnie wiem, czego chcę. Tylko nie pamiętam, jak się to nazywa. Taki krzak. Ma takie małe liście.

Michalina za plecami damy zrobiła duże oczy. Szef obrzucił ją morderczym wzrokiem.

– Większość z nich ma takie małe liście – wyjaśnił damie. – Na początku. One im potem rosną. A te liście jak wyglądają?

– Jak liście – zagruchała klientka głębokim głosem o barwie zbliżonej do wiolonczeli w najniższych rejestrach. Obiektywnie biorąc, nie był to wcale nieprzyjemny głos. Niewykluczone jednak, że Henryk Radwański wolał soprany. – Panie Henryku, ja naprawdę nie umiem tego panu opisać. Czy nie prościej będzie, jeśli udamy się na małą przechadzkę? I ja to panu po prostu pokażę!

Roześmiała się, co w uszach Michaliny, a zapewne też jej pracodawcy zabrzmiało jak hurgot kamieni toczących się po górskim zboczu.

– Chodźmy, chodźmy, one tu na pewno gdzieś są! Tyle tego pan ma, panie Henryku! Mam wrażenie, że to był berberys, to, o co mi chodzi. A może mikołajek... Nie, migdałowiec! Różowe kwiaty na wiosnę! A może różowe liście w lecie, nie pamiętam, naprawdę, musi mi pan podpowiedzieć!

Korzystając z tego, że dama wciąż krzepko trzymała szefa pod rękę, Michalina prysnęła w niecierpki. Usłyszała jeszcze gromko wyrażaną radość z pojawienia się tęczy na niebie i niedobrana para zanurkowała w mokre gąszcze, skąd już tylko co jakiś czas dobiegały do uszu Michaliny pojedyncze, za to hałaśliwe wybuchy śmiechu.

Żal jej było nieszczęsnego pryncypała, ale nie widziała żadnej możliwości przyjścia mu z odsieczą. Klientka życzyła sobie być obsłużoną osobiście przez szefa, więc personel nie miał nic do gadania.

– Przepraszam panią, czy zastałem pana Radwańskiego?

Michalina przestała gapić się na wyrazistą tęczę i odwróciła wzrok.

Coś takiego!

Po raz trzeci w życiu zobaczyła stojącego pod słońce czerwonego faceta! Ciekawe, co to za anioł dziwnych przypadków[3] stawiał go na jej drodze i w dodatku zawsze dbał o jednakowe oświetlenie?

– O, to pani – ucieszył się facet. – Pani tu pracuje? Rzuciła pani cmentarz?

– Rzuciłam. Jeden ksiądz mi poradził. Z hospicjum. Powiedział, że przedawkowałam groby.

– O, to mądry ksiądz. Jak z hospicjum, to może ksiądz Hieronim?

– Zna go pan?

– Proszę pani, Szczecin to jest wiocha z tramwajami. Jak się tu mieszka całe życie, to zna się ze sto tysięcy ludzi.

– Pod warunkiem, że się dostatecznie długo żyje…

Roześmiali się.

– Ksiądz Hieronim jest wytrawnym psychologiem. Pani o wiele lepiej pasuje do ogrodów dla żywych ludzi.

– Ksiądz dokładnie tak powiedział. Panowie może się umówili?

– Nie, ale ja też się znam na ludziach. To mój zawód.

– Jest pan dziennikarzem? Chwila, przecież szukał pan szefa. Pójdę po niego…

– Ależ nie ma pośpiechu, ja chętnie poczekam. Porozmawiamy o ogrodach dla żywych ludzi…

– Możemy porozmawiać, ale na razie wykonamy uczynek samarytański i uwolnimy pana Henryka z rąk jednej klientki, bo mi wykończy pryncypała. Proszę, niech pan się głośno domaga rozmowy z szefem!

Facet najwyraźniej wziął sobie polecenie do serca, bo znienacka ryknął na cały głos, nie przejmując się wcale obecnością ludzi oglądających rośliny:

– Panie Radwański! Byliśmy umówieni! Panie Radwański! Ja już przyszedłem! Halo, panie Radwański!!!

Nie minęło pięć sekund i pokładająca się ze śmiechu Michalina zobaczyła swojego szefa, pędzącego w ich stronę na przełaj poprzez doniczki z iglakami. Po drodze dopadł jeszcze jednego z pracowników, któremu przekazał osamotnioną znienacka damę, podziwiającą właśnie dorodny okaz laurowiśni. Pracownik, przytomny człowiek, zastąpił jej drogę i uniemożliwił puszczenie się w pogoń za ofiarą.

– Zapraszam do biura – wysapał szef ostatkiem tchu. – I zamykamy się na klucz. Ja się muszę oszczędzać, ja jestem starszy człowiek…

– Czterdzieści pięć latek? – spytała Michalina bezczelnie.

– Czterdzieści dziewięć, ale w takich sytuacjach dochodzę do sześćdziesięciu, a nawet sześćdziesięciu ośmiu. Dostaję częstoskurczu napadowego, poza tym pada mi na mózg i mogę się stać agresywny.

– Potrafimy sobie radzić z agresywnymi – odezwał się uprzejmym tonem gość, który w normalnym świetle przestał być czerwony, a zaczął być zwyczajnie rudy. – Osobiście wolę agresywnych niż płaczliwych. Zabawniej się ich neutralizuje.

– Jest pan psychiatrą? – zainteresował się równie uprzejmie Henryk Radwański, który zdążył już ochłonąć. – To pana przysłała pani Wika Wojtyńska?

– Tak, jestem od Wiki i jestem psychiatrą. Oraz psychoterapeutą. Nazywam się Grzegorz Wroński.

Michalina, która zabrała się już do parzenia kawy, wychyliła się gwałtownie z kanciapki.

– Doktor Wroński? Coś takiego, od miesięcy słyszę o panu bezustannie!

– Pani Wika wrobiła pana w prowadzenie jakiegoś programu

o psychologii? – wtrącił szef. – Bo ona wszystkich wrabia, mnie próbowała, ale się nie dałem.

– Żadnego programu nie prowadzę, aczkolwiek Wika lubi mnie poużywać telewizyjnie. A skąd pani o mnie słyszała?

– Trzy moje przyjaciółki latają do pana. Jedna ostatnio nie może latać, ale pan do niej chodził do szpitala...

– Ach, to pani jest tą mityczną czwartą dziewicą?

Henryk Radwański wydawał się być lekko spłoszony.

– Jaką dziewicą, przepraszam, pani Michalino? To jakaś przenośnia?

– Mało używaną, szefie.

W krótkich słowach Michalina objaśniła szefa co do okoliczności powstania klubu. Doktor Wroński patrzył na nią z wyraźną sympatią.

– Cieszę się, że i panią mam wreszcie okazję poznać. No i cieszę się, że nie jest pani moją pacjentką.

– To dla pana czysta strata finansowa – mruknął Radwański. – Niepraktyczne podejście do życia.

– Ma to swój głębszy sens – zaśmiał się lekarz. – Czy pani będzie miała jakiś wpływ na nowy kształt mojego ogródka?

– Jeśli pan sobie życzy. Pani Michalina pracuje u nas niedługo, ale zdążyła już pokazać, co potrafi. Czy chciałby pan, żeby panu też pokazała?

– Jasne. Pani Michalino? Może byśmy od razu pojechali i pani by zobaczyła, o co chodzi? Mam dzisiaj wolne do wieczora, a potem do końca tygodnia tyram bez przerwy, więc to by było nawet praktyczne.

– Dokończcie kawę – zaproponował szef. – Pani Misiu, ze względu na naszą reputację zawodową proszę się postarać, żeby nas pani Wiktoria nie obsmarowała w telewizji.

– Postaram się, szefie. Pojedzie pan z nami?

– Nie. Mam tu co robić, a pani świetnie da sobie sama radę. Może pani już nie wracać dzisiaj. I tak pewnie pani nie zdąży.

– No to jedziemy, doktorze.

Okazało się, że doktor Wroński mieszka na Rozmarynowej, małej uliczce na dalekim Krzekowie, czyli dokładnie na drugim końcu miasta. Zrobiły swoje również godziny szczytu i w rezultacie doktor z Michaliną jechali równiutką godzinę. W ciągu tej godziny zdążyli się właściwie zaprzyjaźnić. Michalina miała wrażenie, że zna tego człowieka od mniej więcej stu lat. Może trochę dłużej zresztą. Opowiedziała mu o swoim życiu, ojcu Irlandczyku, matce malkontentce, studiach w Warszawie, pracy na cmentarzu, ripleju studniówki, klubie, księdzu Hieronimie i swojej decyzji co do rozpoczęcia nowego życia. On jej opowiedział o swojej pracy wraz z jej licznymi, jak to nazywał, „odnogami", oprócz tego bowiem, że normalnie praktykował, zajmował się od lat różnymi konsultacjami, współpracował z policją, udzielał się w mediach, przed czym nie miał najmniejszych oporów, a wprost przeciwnie, nawet to lubił. Wspomniał swoją żonę, która zginęła w wypadku, a Michalina wspomniała o jedynym prawdziwym narzeczonym, jakiego miała przed laty, to znaczy Darku, synu obecnego wiceministra spraw zagranicznych. Dogadali się nader podobnych poglądów politycznych oraz ogólnie zbliżonego podejścia do rzeczywistości.

– Pan stosuje jakieś chytre sztuczki? – spytała, wysiadając przed niewielkim domkiem, ewidentnie po remoncie. – Uczą was tego na Akademii Psychiatrycznej?

– Ma pani na myśli naszą świeżą zażyłość? Nie, nie stosuję sztuczek. To się samo robi. Albo się nie robi. Jeżeli się robi, to znaczy, że tak ma być.

– A jeżeli się nie robi, to znaczy, że nie ma być.

– Jaki pani ma iloraz inteligencji?

– Cholernie wysoki.

– Tak myślałem. Zapraszam. Może ma pani ochotę na coś do picia? Może jakiegoś drinka?

– W pracy? Chyba mi nie wypada.

– E tam, nie wypada. Zrobię nam po szklaneczce czegoś dobrego, sobie, oczywiście, tylko odrobinę, bo będę panią odwoził... będzie nam się przyjemniej rozmawiało o interesach.

– Od interesów jest mój szef, ja jestem od sztuki. Nawiasem mówiąc, nie mam pojęcia, jaki mam iloraz.

– Naprawdę wysoki, pani Misiu – zaśmiał się doktor, lejąc i mieszając płyny z różnych butelek. Dołożył do każdej szklaneczki po kilka kostek lodu. – Powinno być dobre. To taka mieszaninka typu „witajcie wszyscy razem". Pani zdrowie.

– I pańskiego ogródka. Chodźmy go pooglądać.

Ogródek przedstawiał obraz nędzy i rozpaczy. Właściwie ostały się tylko krzewy na jego obrzeżach. Gdzieniegdzie z morza bylicy, lebiody i, oczywiście, podagrycznika wysuwały się nieśmiało jakimś cudem ocalałe kwiaty.

– Cały ten środek trzeba będzie sprzątnąć. Przywieźć ziemię. No i właściwie wszystko zrobić od nowa.

– Pani Misiu… mogę tak do pani mówić?

– Może pan do mnie mówić, jak pan chce.

– Ja chcę „Misiu" bez „pani". To nie za duża bezczelność?

Michalina zaprzeczyła, śmiejąc się, a ponieważ oboje mieli kieliszki w rękach, wypili bruderszaft na ruinie ogródka. Grzegorzowi przemknęło przez myśl, że ta sytuacja ma w sobie coś symbolicznego, ale się z tym nie wyrywał, ponieważ uznał, że jeszcze nie pora. Na własny użytek jednak postanowił, że przyjdzie taka chwila, kiedy powie o tym Michalinie.

– Powiedz mi, Grzegorzu – zaczęła Michalina, nieświadoma jego rozmyślań – jaki chcesz mieć ten ogródek?

– Nie rozumiem pytania. Ładny.

– Dla ciebie ładny to jest taki raczej ugrzeczniony, czy typu śmietnik? Jak ten twój drink; „witajcie wszyscy razem"? Czy wolałbyś wszystko mieć w równym rządku?

– Równy rządek? To jakoś okropnie brzmi. Nie, chyba wolałbym jakiś taki twórczy bałagan. Żeby było kolorowo.

– I żebyś się nie musiał narobić, co?

– Mówiłem ci, że masz wysoki iloraz.

– Jest na to prosty patent i bardzo przyjemny. Krzewy, byliny i trawnik. Rozumiem, że te krzewy, które tu widzę, chciałbyś zachować?

– Jeśli się da...

– Da się, oczywiście. Grzegorzu, ja teraz muszę trochę porysować i pomierzyć, zrobię sobie taki planik...

– Proszę cię bardzo, a czy ja jestem ci do czegoś potrzebny?

– Chwilowo nie. Potem poproszę cię jeszcze o chwilę rozmowy.

– Z największą przyjemnością. Może ja bym zrobił coś do jedzenia tymczasem? Jakiś makaron? Umiem zrobić makaron z sosem.

Michalina poczuła, że coś ją ssie.

– Ty też masz wysoki iloraz. Rób ten makaron, a ja tu popracuję.

Przez jakiś czas każde z nich robiło swoje, jednak myśli obojga tylko częściowo zajęte były pracą. Michalina chodziła po zrujnowanym ogródku, wykonywała pomiary i rysowała prowizoryczny plan, zaznaczając drzewa i krzewy mające szansę na przetrwanie. Grzegorz pichcił coś, co sympatycznie pachniało sosem pomidorowym. Michalina pociągnęła nosem i postanowiła zaplanować doktorkowi grządkę z ziołami – do tego sosu przydałaby się bazylia. No, a jak bazylia, to i cała reszta. Tymianek, majeranek, oregano, kilka odmian mięty i szałwi. Lubczyk.

Lubczyk.

Do rosołu, oczywiście.

– Skończyłem!

Omal nie zapytała go, czy dodał lubczyku do sosu, ale się powstrzymała.

– Ja w zasadzie też.

Zjedli zupełnie smaczne danie, doktor zrobił kawę i przystąpili do omawiania wstępnych propozycji Michaliny.

Wyglądało na to, że klient powziął absolutne zaufanie do projektantki i nie zamierza jej niczego narzucać.

– Było by mi jednak łatwiej, gdybyś zasugerował chociażby, co lubisz, czego nie lubisz.

– Misiu droga. Ja przecież nie mam pojęcia, jak się co nazywa, więc nie wiem, co lubię, a czego nie. Musiałabyś mi wszystko pokazać na jakimś obrazku albo, jeszcze lepiej, w naturze.

– Dobrze. Zrobię konkretny projekt, z konkretnymi roślinami, zaproszę cię do nas i większość pokażę ci w naturze. A to, czego nie będę miała pod ręką w naturze, znajdę ci na obrazkach. Swoją drogą, powiedz, jakim cudem ten ogród egzystował? Rozumiem, że dbała o niego twoja żona, ale mówiłeś, że ona dawno nie żyje. Zatrudniałeś kogoś?

– Taki jeden chłopek do mnie przychodził. Pogoniłem go rok temu, kiedy wyciął mój ulubiony bez. Zasadziła go jeszcze moja żona, a temu bałwanowi przeszkadzał w wymianie siatki.

– Posadzę ci bez w tym samym miejscu. Jakiego koloru?

– Biały.

– Proszę uprzejmie. W lewym rogu od ulicy, prawda? Widziałam pieniek. Tam od korzeni jeszcze odbije stary krzak, ale dosadzę nowy. Obiecałeś mnie odwieźć…

W drodze powrotnej rozmawiali o Marcelinie. Michalina usiłowała wydusić z Grzegorza jakieś prognozy, ale on nie dawał się wpuścić w żadne gdybanie.

– Nic ci nie wymyślę, moja droga. Wszyscy musimy czekać. Czy lekarze powiedzieli coś nowego?

– Nie, nic. Marcela dalej jest na OIOM-ie. Boże, co ona sobie narobiła? Sobie i tej malutkiej? Co będzie, jeżeli nie przeżyje? Grzegorz, ona może nie przeżyć?

– Misiu droga, tam o nią teraz walczą. Nie możemy zakładać, że przegrają. A jak już im się uda, to my będziemy walczyć, żeby sobie jakoś poradziła. Może byście mnie przyjęły do tego klubu dziewic? Uważam, że się kwalifikuję.

Pani Bożena Konik-Hart siedziała na ganku i popijała herbatkę wiśniową, z przyjemnością obserwując harce dwóch kociąt w wysokiej trawie, kiedy pod furtkę zajechała nieznana jej szara corolla. Wysiadł z niej jakiś rudy facet i jej własna ruda córka.

W pierwszej chwili pani Bożena omal się nie przeżegnała. Wydało jej się, że oto pojawił się Noel w swojej własnej irlandzkiej osobie, żeby go pokręciło kompletnie!

Kiedy pani Bożenie udało się złapać oddech, zorientowała się w pomyłce. Facet był wprawdzie rudy, ale inaczej niż Noel. Noel był raczej ciemnorudy, ten jest jaśniejszy... a może Noel posiwiał i tak zjaśniał od tego?

Nie, bzdura. Ten tu rudy jest młodszy. Starszy od Michaliny, ale młodszy od Noela.

Pani Bożena z godnością wstała z trzcinowego fotelika i podeszła do ogrodzenia. Rudy zawahał się, jakby nie wiedząc, czy będzie jakieś powitanie, czy nie, jednak już w gotowości do całowania rąk i wygłaszania stosownie okrągłych zdań.

Matrona za płotem zdawała się go nie dostrzegać.

– Kupiłaś chleb? – zapytała spiżowym tonem.

Michalinę, też już gotową do przedstawiania Grzegorza, zastopowało w pół kroku.

– Wiedziałam. Nie obchodzi cię, czy matka ma coś do zjedzenia, czy nie ma. Cóż, taką właśnie jesteś córką.

Wygłosiwszy to imponujące zdanie, pani Konik-Hart oddaliła się, nie zwracając więcej uwagi na kociaki.

– To była moja mamusia – powiedziała Michalina.

– Domyśliłem się. Ciężki przypadek, droga Misiu

– Przypadek czego? Jakiejś nerwicy?

– Wiesz, praktycznie nie używamy już pojęcia „nerwica". A zresztą miałem na myśli coś zupełnie innego. Kliniczny przypadek ciężkiego egoizmu. Zaczynam lepiej rozumieć to wszystko, o czym mi opowiadałaś.

– Musisz mi to wszystko kiedyś wytłumaczyć. Powiem dziewczynom, że cię poznałam, pękną chyba!

– Jakim dziewczynom? Ach, twoim dziewicom! Pozdrów je ode mnie serdecznie.

～

– Macie pozdrowienia od doktora Wrońskiego.

Michalina wygłosiła te słowa, kiedy wszystkie trzy zeszły się przed bramą szpitala. Biuletyn o zdrowiu Marceli głosił, że jest lepiej i można ją odwiedzić. Postanowiły przyjść gremialnie, dla lepszego efektu terapeutycznego.

– Ty go znasz?!

Ten okrzyk Agnieszka i Alina wydały unisono ku zadowoleniu koleżanki.

– Robię mu ogródek. Całkiem przypadkowo. Przyszedł do nas na Przytulną jako normalny klient.

– Bo powiem ci, moja droga, jest to jeden z niewielu naprawdę normalnych ludzi – powiedziała z przekonaniem Agnieszka. – Chodźmy do tej bidnej Marceli.

Bidna Marcela starała się, jak mogła wyglądać i zachowywać, jakby nie uciekła przed chwilą śmierci spod kosy i jakby ogólnie biorąc, nic specjalnego się nie stało. Ot, narzeczony odszedł w siną dal, nie pierwszy i nie ostatni w historii związków międzyludzkich.

Prawdopodobnie usłyszałaby, co koleżanki klubowiczki mają na ten temat do powiedzenia, ale na jej szczęście zapomniały skonsultować się z doktorem Wrońskim i nie były pewne, czy w rozmowie z osobą w tym stanie psychicznym należy wszystko owijać w bawełnę, czy też raczej należy tę osobę walnąć prawdą jak pięścią między oczy. Agnieszka była zwolenniczką walenia między oczy, ale została zakrzyczana przez mniej odważne, a może tylko delikatniejsze Alinę i Michalinę.

– Cześć, dziewczynki – powiedziała sztucznie wesołym głosem Marcela, a właściwie ta jej część, która wystawała spod kołdry. Nie było tego dużo. – Kurczę, czy jest tak zimno, czy mi się wydaje?

– Wydaje ci się – zawyrokowała Agnieszka. – A poza tym jak się czujesz?

– Podobno wróciłam z drugiej strony. Nie wiem, czy mam się z tego powodu cieszyć, czy smucić.

– Chyba zwariowałaś, że tak mówisz – obruszyła się z kolei Alina. – Dziecko masz, zapomniałaś? Chcesz, żeby Krzysia wychowywała się w domu dziecka?

– Alka, cicho bądź – syknęła Michalina. – Miało być w białych rękawiczkach!

– Kiedy ona mnie denerwuje. No dobrze, Marcela, powiedz nam, co ci do głowy strzeliło z tą nocną wycieczką? To wtedy Mikołaj cię zawiadomił, że zmienił plany życiowe?

Widoczny spod kołdry czubek głowy Marceli poruszył się kilkakrotnie.

– Wtedy. Jakoś mnie to rozkleiło, wyobraźcie sobie. Słuchajcie, czy wy macie zamiar mnie umoralniać? Bo uprzedzam was, że jestem słaba i mogę tego nie wytrzymać. Sama się katuję, odkąd odzyskałam przytomność. A doktor Gawęcki chciał mnie zabić, taki był na mnie wściekły.

– To jakiś fajny doktor – mruknęła Agnieszka półgębkiem. – Jak Krzysia?

– Bardzo dobrze. Słuchajcie, dziewczyny, czy ja bym mogła mieć do was prośbę? Zwłaszcza do Agnieszki albo Miśki? Musiałabym zrobić duże zakupy, bo nic jeszcze dla małej nie mam, a bez samochodu… same rozumiecie.

– Rozumiemy – Misia kiwała głową energicznie. – We wszystkim ci pomożemy. Tylko nie rób już żadnych głupot.

– Możecie być spokojne.

~

– Uważacie, że naprawdę możemy być spokojne? – Agnieszka stała z ręką na klamce samochodu. – Moim zdaniem całe to jej zachowanie było sztuczne jak szczęka mojej babci Margisi. Cholera, ja tam się boję.

– A ja uważam, że jak poczuje odpowiedzialność za dzieciaka, to się zmobilizuje. Tu nie ma zmiłuj. – Alina, jako odpowiedzialna matka, nie miała wątpliwości. – Sama to przerabiałam i wiem, że to niesamowity bodziec do czynu, za przeproszeniem.

– Tylko nie wiadomo, czy Marcela będzie miała siły – dołożyła swoje zdanie Michalina. – Z drugiej strony doktor jej proponował rok zwolnienia, czy jak tam się to nazywa, dla ratowania zdrowia. Po operacji należy jej się pół roku, jak psu kość, a z powodu tych wszystkich powikłań dadzą jej rok. Będzie spokojnie siedziała w domu... no, może się wszystko uda, a my się niepotrzebnie denerwujemy.

Alina coś sobie przypomniała.

– Hej, dziewczynki, a ten jej notariusz? Może by coś z tego było?

– O czym ty myślisz? – Agnieszka skrzywiła się bez przekonania. – Książę z bajki? Rycerz na białym koniu? Może on się i trochę zafascynował, ale przecież jej nie przygarnie, szczególnie z dziecięciem przy piersi. Apeluję o przytomność, drogie kobiety.

– Przytomność to jedno, a nadzieja to drugie – westchnęła Alina, która lubiła dobre zakończenia. – Ja tam zawsze miałam nadzieję, że jakiś rycerz jednak nadjedzie. Niekoniecznie na koniu. Byłabym skłonna zaakceptować BMW. Ewentualnie starego poloneza. Chodzi o to, by rzeczony rycerz siedział w środku.

– No, ale nie nadjechał – przerwała nieco brutalnie Agnieszka. – I co, załamałaś się z tego powodu?

– Żartujesz! Życie nie składa się wyłącznie z romansów. Zwłaszcza, kiedy jest się matką karmiącą.

– Ile czasu ty jesteś karmiąca? – roześmiała się Michalina, która natychmiast wyobraziła sobie Alinę z szesnastoletnią córką przy piersi.

– Dopóki dziecko nie stanie na własnych nogach – odrzekła spokojnie Alina. – Nie dosłownie, tylko w przenośni. Będę matką karmiącą jeszcze jakieś osiem lat. A Marcela dwadzieścia cztery... Która z was mnie podrzuci do domu, samochodziary?

∼

Klasa – w sensie pomieszczenia – wydała się Jadze Grosikównie jakaś dziwna. Nie było ławek, tylko stoliki, w szafach stały książki, wazoniki, figurki i różne inne durnostojki, ścianę zdobiły rozmaite obrazki, spośród których wyróżniały się portrety psich mord. Był tam buldog angielski, basset, bokser, buldożek francuski, bernardyn i dog de Bordeaux.

– Mogę usiąść koło ciebie?

Jaga odwróciła się od ściany z psami i ujrzała wysokiego młodziana o łysej głowie i inteligentnych oczach w raczej brzydkiej twarzy. Nie wiedziała, że podszedł do niej niezupełnie z własnej inicjatywy. Agnieszka zdążyła już dzisiaj złapać gibona i pokazać mu Jagę w jakimś przejściu.

– Mam do ciebie osobistą prośbę – powiedziała półgłosem. – Zaopiekuj się tą dziewczyną, dobrze? W tajemnicy powiem ci, że też powtarza rok. Ty już jesteś tutejszy, ona dopiero przyszła, coś mi mówi, że przyda jej się dyskretna opieka. Co ty na to?

Dawid Niepiera spojrzał na dyrektorkę niepewnie.

– Myśli pani, że ja się nadam na opiekuna?

– Myślę, że tak. Oczywiście, nie możesz jej zdradzić, że wiesz, co wiesz. Nikomu innemu tego nie mówiłam.

– Rozumiem. – Gibon kiwnął głową i wyglądało na to, że naprawdę rozumie. – Postaram się. Ale ona może mi powiedzieć, żebym poszedł na drzewo.

– Oczywiście. Ale warto spróbować.

Dyrektorka poklepała Niepierę po ramieniu, co wcale nie wypadło protekcjonalnie. Odeszła do swoich zajęć, a on przyjrzał się dziewczynie, którą miał otoczyć męską opieką.

Ładna czarnula, tylko trochę spięta. Wszyscy dzisiaj byli trochę spięci. Taki to dzień. Dla wszystkich w tej klasie oprócz Dawida pierwszy dzień w nowej szkole.

W odpowiedzi na pytanie, które gibon zadał lekko schrypniętym głosem, czarnula kiwnęła głową i coś tam zamamrotała.

– Dziękuję – powiedział wyraźnie. – Ja się nazywam Dawid Niepiera. A ty?

– Jaga Grosik.

– Jaga? Jak Baba Jaga?

Czarnula spojrzała na niego z ukosa takim wzrokiem, że przestraszył się lekko. Ale nie kazała mu się odczepić, tylko wyjaśniła dość niechętnie.

– Bo ja mam na imię Jadwiga.

– Jadzia. Ładnie. Staroświecko.

– Nie Jadzia, tylko Jaga. I żeby ci nie przyszło do głowy mówić do mnie Wisienka!

– No coś ty, dlaczego? Wisienka jest jeszcze ładniej niż Jadzia.

– Jaga.

– Dobrze, dobrze. Nie wściekaj się od razu. Może być Jaga. Jak się czujesz w nowym miejscu?

– Dziwnie. Jeszcze nie widziałam takiej klasy. Ale nawet mi się to podoba. Te psy są zabójcze.

– Słyszałaś o niejakim Frajmanie?

– To jakiś fizyk, nie?

– Fizyk jest Feynman. A Frajman uczy tutaj biologii. Te psy są na jego cześć.

– Jak to?

– Tak to. Był w szkole plebiscyt na temat tych psów i Frajmana. Do którego on jest najbardziej podobny.

– Frajman do psa?

– Tak. Wygrał basset. Z powodu oczu.

Jaga wbrew sobie zaczęła się śmiać.

– Przestań!

– Wszystko prawda, co ci mówię. Zobaczysz.

– Wkręcasz mnie! Skąd to wszystko wiesz?

Dawid Niepiera westchnął głęboko.

– Bo ja tu jestem drugi rok, w tej klasie. I w tej szkole. Przerżnąłem z kilku przedmiotów. Chyba będę się starał więcej nie przerżnąć. Ale znam szkołę i znam belfrów. Obiektywnie są w porządku.

– Podobno tu każdy ma opiekuna. Masz opiekuna?

– Mam. Dyrektorkę. Ona też jest w porządku. Nie wiem, jak ona to robi, ale tak mi powiedziała, że zostaję w pierwszej klasie, że wcale nie było to jakieś upokarzające, ani nic z tych rzeczy. A ty wiesz, kogo ci przydzielili?

– Jeszcze nie. A z kim mamy lekcję? Tu są jacyś wychowawcy?

– Coś w rodzaju opiekunów klas, ale takich bardziej administracyjnych, bo każdy ma swojego, mówiłem ci. Tu wszyscy cię będą wychowywać na wyścigi, zobaczysz.

– A kto jest opiekunem naszej klasy?

– Właśnie Frajman. Patrz, to on!

Do sali wchodził właśnie facet w wieku starczym (z punktu widzenia uczniów, obiektywnie właśnie przekroczył pięćdziesiątkę), łysy, o wielkich uszach i podkrążonych oczach.

– Matko, jaki on brzydki!

Dawid zaśmiał się pod nosem.

– Mówiłem ci, że basset. Ale jest naprawdę w porządku. Tu są takie plebiscyty robione, na najfajniejszego belfra. Walduś je wszystkie wygrywa. Zobaczysz, będziesz go lubiła. Nie ma innej możliwości.

Jaga właśnie skonstatowała, że zaczyna lubić przede wszystkim Dawida Niepierę, który też urodą nie grzeszy, a przecież jest w nim coś bardzo sympatycznego. No i to zupełnie niesamowite, że przysiadł się właśnie do niej. Może kiedyś powie mu, że ona też powtarza pierwszą klasę.

～

– Zrobiłam projekt typu śmietnik, albo jeśli wolisz wytworną terminologię, ogród angielski.

Michalina rozłożyła przed nosem doktora Wrońskiego sporą płachtę. Rozpoznał na niej obrys swojego ogródka oraz istniejące drzewa i krzewy. Płachta była poznaczona różnej wielkości kółeczkami i nieregularnymi plackami.

– Nie bawiłam się w jakieś wyrafinowane zestawienia kolorystyczne, chociaż, oczywiście, nie pchałam roślin jak popadnie. Kombinowałam większe plamy kolorów i starałam się, żeby zawsze coś ci w tym ogródku kwitło. Oczywiście, wyłącznie krzewy i byliny. Wiesz, co to są byliny, prawda? Rośliny dla leniwych inteligentów. Jak już raz je posadzisz, to ci rosną. Nie przypuszczam, żebyś miał czas bawić się w jednoroczne. Ale gdybyś się uparł, zawsze możesz do nas przyjść i kupić coś gotowego.

– A mogę zadzwonić i poprosić, żeby fachowiec przyszedł i posadził mi to, co mówiłaś? Te jednoroczne?

– Jasne. No to teraz ci wytłumaczę, co znaczą te wszystkie kółka i krzyżyki. Tu mamy katalogi i jeśli nie będziesz wiedział, jak co wygląda, to powiedz, a ja ci pokażę na obrazku.

– Ja w ogóle nie mam pojęcia, jak co wygląda!

– Zdziwisz się, ile wiesz. Na przykład bez. Wiesz, jak wygląda bez?

– No tak. Bez, tak.

– Inne też. Fiołki, konwalie, jaskry, niezapominajki. W góry jeździłeś?

– Namiętnie.

– No to goryczkę znasz, pięciornik, sasankę, aster alpejski...

– Astra nie znam.

– Znasz. Taki mały, fioletowy. Tam, w końcu ogrodu zaplanowałam ci skalniaczek. Chcesz mieć skalniaczek?

– A na skalniaczku samo rośnie? To chcę. Misiu, ja jestem pewny, że wszystko będzie pięknie, co wymyśliłaś. Powiedz mi, robiłaś trochę jak dla siebie?

– Skąd to wiesz?

– Tak mi się wydaje. Rozmawialiśmy i trochę zdołałem cię poznać. Maksimum natury, minimum sztuczności. Te fiołki i konwalie! Romantyczna Irlandka z ciebie, po tym tatusiu.

– Nigdy nie myślałam o ojcu jak o kimś romantycznym. Ale coś w tym jest...

– Misiu droga, jeśli dorosły mężczyzna śpiewa ballady i opowiada córeczce bajki o wróżkach z wrzosowisk, to on JEST romantyczny. Masz geny romantyzmu. Stąd u ciebie miłość do fiołków i konwalii.

– Grzesiu, nie dorabiaj ideologii na siłę! Gdybyś był innym klientem, to bym ci posadziła wszystkie snobistyczne nowości i tyle! Ja się dostosowuję do upodobań klientów! Patrz, tu masz zakątek leśny. Wiesz, co będziesz miał pod świerkiem? Kokorycz wonną, Grzesiu! Kokorycz wonną!

– Bosko. Żaden z moich kolegów nie ma kokoryczy wonnej. Będę się nią okadzał. Zjesz ze mną obiad?

– Zmieniasz temat! Sam zrobisz, czy pójdziemy do jakiegoś baru?

– Znam jeden fajny bar, ale on jest dosyć daleko.

– W Zakopanem?

– Nie, w Nowym Warpnie. Przejechałabyś się nad wodę? Patrz, jaka piękna pogoda, a już niedługo o tej porze będzie kompletnie ciemno. Zaliczymy zachód słońca nad Zalewem, chcesz?

Michalina zastanowiła się. Propozycja była sympatyczna, zachodzik powinien być piękny, towarzystwo Grzegorza sprawiało jej coraz większą przyjemność. Jednakowoż, w domu czekała matka. Jej niezadowolenie z życia wezbrało znacznie, odkąd Michalina zaczęła pracować na Przytulnej, bo chociaż zarobki córki wzrosły ewidentnie, to czas jej pracy się przesunął. Wracała teraz do domu po osiemnastej, czasem jeszcze później, do tego doszły odwiedziny u Marceli w szpitalu – jednym słowem, pani Bożena czuła się zaniedbana i permanentnie lekceważona. Stanu swoich uczuć nie pozostawiała domysłom córki, przeciwnie, głośno, wyraźnie i po wielekroć artykułowała swoje do niej pretensje. Prawdopodobnie i teraz za dwie godziny przyjemności trzeba będzie zapłacić całym wieczorem wysłuchiwania maminych utyskiwań.

Kiedy Michalina się zastanawiała, Grzegorz patrzał na nią spod oka i też się zastanawiał. Jako człowiek wybitnie inteligentny oraz doświadczony psycholog, wiedział doskonale, co właśnie przeżywa. A przeżywał regularne oczarowanie. Gorzej. Był zakochany. Dawno mu się to nie zdarzyło i nawet obawiał się, że już nigdy mu się nie zdarzy. Ostatnimi laty podkochiwał się to w tej, to w owej pani, nie miało to jednak nic wspólnego z porządnym, zapierającym dech w piersiach uczuciem. To, co czuł do Michaliny, w sensie zarówno fizycznym, jak i psychicznym – owszem, dech mu zapierało. Gdyby nie ten nieszczęsny rozsądek wieku dojrzałego, najchętniej rzuciłby się na nią nieobyczajnie i niechby mu dała w pysk... a może by nie dała? Miał nadzieję, że nie dałaby, niemniej nie zaryzykował rzucania się. Przeciwnie, był doskonale spokojny (nikt nie wie, ile go to kosztowało), z leciuteńką nutką autoironii. Ostatecznie, choć Michalina dawno już przestała być podlotkiem, on był od niej jakieś piętnaście lat starszy. Przeszło mu przez myśl coś takiego, że gdyby nawet zdołał ją uwieść, to cały czas dręczyłoby go pytanie, czy nie był jej potrzebny w charakterze zastępczego tatusia. Zwłaszcza że, do diabła, był rudy, tak samo jak ten jej irlandzki ojczulek – romantyk od wróżek i ballad.

Inna rzecz, że rudość rudości nierówna. Jego własna, odziedziczona po kądzieli, była raczej jasna, cera na szczęście nie prosiaczkowata, nie zdradzał też skłonności do czerwoniutkich rumieńców i nie miał piegów. Michalina miała piękne włosy w kolorze ciemnorudym i złocistą skórę usianą piegami. Od pierwszego spotkania na cmentarzu Grzegorz wyobrażał sobie jej ciało – nie była, chwalić Boga, chudą tyczką, miała to ciało i Grzegorz był przekonany, iż jest ono cudowne. On sam, owszem, był dość tyczkowaty, poza tym raczej brzydki. Miał nadzieję, że Michalinie ta brzydota wyda się sympatyczna – wszystkie znajome panie twierdziły, że jest sympatyczny...

Do diabła ze znajomymi paniami. Grzegorz Wroński chciał Michaliny!

A ona właśnie myślała intensywnie, jechać z nim do tego Warpna, czy nie jechać.

– Myślisz o mamie?

– Skąd wiesz? Żal mi jej, sama siedzi.

– A nie ma w pobliżu jakiej kumosi, żeby się z nią przyjaźnić i do niej latać na ploty?

– Nawet jest, pani Zuzia, mieszka obok, ale mama lubi, kiedy wieczorami jestem w domu.

Grzegorz też by lubił, żeby Michalina wieczorami była w domu. Jego domu.

– W ten sposób chyba nie masz za wiele własnego życia?

– Trochę mam... ale masz rację, niewiele. I to jest zawsze tak trochę na siłę wyrwane, rozumiesz.

– Rozumiem. W dodatku, nawet jeśli już wyrwiesz coś dla siebie, to męczą cię wyrzuty sumienia, prawda? Mama pewnie choruje na wiele chorób, cierpi...

– Skąd wiesz? Kurczę, Grzesiu, stale cię pytam, skąd wiesz, zauważyłeś?

– Zauważyłem. To mi pochlebia. A co do tych chorób twojej mamy, to uwierz mi, mama nie jest w tym osamotniona. Tak bywa dosyć często, że starsi ludzie wręcz hodują w sobie choroby, w możliwie największych ilościach. Albo je udają. Albo nawet są przekonani, że je mają, a tak naprawdę cieszą się niezłym zdrowiem. Wszystko po to... Nie obraź się, Misiu, proszę. Wszystko po to, żeby terroryzować bliskich. Przepraszam, że tak brutalnie ci to mówię.

– Nie, nie. Nie przepraszaj. Ja wiem, że chyba masz rację, sama to podejrzewałam od dawna. Tylko zrozum, to moja mama. I ona naprawdę jest samotna. I źle się czuje, kiedy mnie nie ma. Kiedyś mi mówiła, że boi się, że coś jej się może stać.

– To też stary sposób, niestety. Mama się czymś interesuje czy niespecjalnie?

– Niespecjalnie. Pewno się domyśliłeś, co?

– Tak, bo to też typowe. Misiu, ja już pomijam moją egoistyczną zachciankę, żeby pojechać z tobą do Nowego Warpna, ale przecież w ten sposób ty jesteś regularnie ubezwłasnowolniona. Nie masz takiego wrażenia?

– Myślisz?

– Popatrz, nawet teraz, zamiast radośnie wskakiwać ze mną do samochodu i jechać gdzie oczy poniosą, siedzisz tu i pozwalasz, żeby narastało w tobie poczucie winy. Tego chciała twoja mama i to jej się udało osiągnąć.

– Trudno mi uwierzyć, że w ogóle nie obchodziło jej, co ja czuję…

– Może działała podświadomie, ale nie sądzę. Chciała cię mieć przy sobie i tyle. Powiedz mi, jeśli idziesz gdzieś w sprawach swojej przyjaciółki Marceliny, to nie masz wyrzutów sumienia w stosunku do mamy, prawda?

– Prawda, doktorku.

– A jeśli idziesz gdzieś dla przyjemności, to je masz, prawda?

– Prawda. Ale pomaganie Marceli też mi sprawia przyjemność.

– Ale ma ten altruistyczny podtekst. Mamie udało się wpoić ci przekonanie, że ty jako ty nie masz żadnych praw. A ty je przecież masz.

– Mówisz?

– Mówię, mówię. Jedźmy do tego Warpna, to po drodze zrobię ci regularny wykład z psychologii. Będziesz mogła dorobić sobie motywację, rozumiesz: nie jedziesz dla przyjemności, tylko dla podniesienia poziomu wiedzy. A ja cię będę agitował celem podniesienia w tobie poziomu zdrowego egoizmu. Twoja mama wyprała cię z niego totalnie. Przez co skrzywiła ci osobowość.

W tym momencie doktor Wroński usłyszał, co powiedział i ogarnęło go przerażenie. Nie zamierzał Michalinie urządzać prania mózgu, zamierzał ją uwodzić! Tymczasem cóż on jej mówi? Że ma felerną osobowość! To on sam ma zboczenie zawodowe, wszystko musi wytłumaczyć, a po co? PO CO?

Michalina nie wyglądała jednak na obrażoną i nie zamierzała dać mu w pysk, na co był absolutnie przygotowany i co by go wcale nie zdziwiło. Przeciwnie, chyba była zainteresowana.

– Dobrze – powiedziała z namysłem. – Jedźmy do Warpna. Masz chyba rację z tym egoizmem. Jeżeli uważasz, że mam prawo do jednego zachodziku i do jednego obiadu w jakimś podejrzanym barze, to ja chętnie to prawo wykorzystam.

Grzegorz miał ochotę ją ucałować za te słowa, ale bał się, że ona uzna całą jego gadkę za pretekst do taniej podrywki. Oczywiście, nie uprawiał żadnej taniej podrywki, ale czy Michalina o tym wiedziała?

Jak widzimy, słynny z przytomności umysłu doktor Wroński zaczynał się właśnie na dobre zapętlać.

Pojechali. Mniej więcej do Tanowa Grzegorz tłumaczył Michalinie różne zjawiska psychologiczne, zachowania ludzi i tym podobne, ale kiedy wjechali do Puszczy Wkrzańskiej, otoczenie popsuło im wenę do tematów naukowych. Było po prostu bajkowo pięknie, liście na drzewach wciąż jeszcze zielone, słońce prześwietlało drzewa, wrześniowe niebo zdobiły potężne, malarskie kumulusy – cała psychologia musiała poczekać. Dojechali na sam skraj Polski, powałęsali się nad jeziorem, którego wody przybrały barwę ołowiu, potem przeszli nad Zalew, do niewielkiego portu rybackiego. Byli właściwie sami, bo letnicy już wyjechali, a weekendowi turyści czekali na weekend, pogardzając środowym popołudniem. Słońce było jeszcze dość wysoko, więc Grzegorz zaprowadził Michalinę do znanego sobie od dawna niewielkiego baru ukrytego w bocznej uliczce. Bar okazał się absolutnie bezpretensjonalny, nazywał się, nie wiedzieć czemu „Argus", a jego wystrój stanowiły mapy nawigacyjne, sieci rybackie i stare zdjęcia miasteczka.

– Podoba mi się tutaj – oznajmiła Michalina. – Te zdjęcia są fajne. Tu kiedyś kwitło życie, co?

– Przed wojną. Ludzie przyjeżdżali na lato, były plaże, przystanie, stateczki pasażerskie, restauracje, zabawy. Jeśli chcesz mnie spytać, komu to przeszkadzało, to od razu powiem ci, że nie wiem. Nie mówmy o polityce. Jeżeli natomiast zastanawiasz się, co zjeść, to przyjmij radę człowieka doświadczonego: rosół rybny z pierogami z leszcza. Jest to absolutna delicja, bo te ryby są tu świeże, od rybaków. Na drugie też bym radził rybkę. Trzeba korzystać, jak wiadomo, najlepsze ryby są w porcie rybackim.

– Czy to też jest przejaw zdrowego egoizmu? Obżarstwo?

– Nie obżarstwo, tylko biesiadowanie. Połączone z miłą rozmową. Rozmawiaj ze mną miło, proszę.

– Mogę z tobą rozmawiać, czemu nie? Skąd znasz taką fajną knajpeczkę? Przecież ona wcale nie jest na wierzchu i trzeba wiedzieć, że tu jest, żeby trafić.

– Widzisz te mapy na ścianach?

– Nawigacyjne. Widzę.

– W Warpnie jest jakaś delegatura, czy jak tam to się nazywa, Urzędu Morskiego i ci faceci tu się żywią. A mnie tu przywiózł kiedyś znajomy mojej znajomej dziennikarki z telewizji, niejaki Roch Solski. Coś wtedy kręcili, a ja byłem potrzebny jako ekspert od dziwnych zachowań.

– Facetów z Urzędu Morskiego?

– Nie, jednej pani, która tu szajby dostawała i twierdziła, że jej dziad i ojciec tutaj mieli dom. A nie mieli, bo ona zza Buga przyjechała z mężem, mąż dawno nie żył, w sumie nieprzyjemna historia. Zresztą nie pamiętam szczegółów. O patrz, to dla nas ten rosołek…

Rybny rosołek z rybnymi pierogami okazał się rzeczywiście arcydziełem. Podobnie jak smażony sandacz. Michalina i Grzegorz siedzieli więc i biesiadowali, rozmawiając miło, dopóki nie doszli do wniosku, że pora na zachodzik, dla którego przecież tu przyjechali.

Pozbierali się szybko i wrócili do portu rybackiego, gdzie już raz dzisiaj byli. Słońce w istocie prawidłowo chyliło się ku zachodowi, chociaż widać już było, że zajdzie za chmury, których gruby wał utworzył się nad wodą. Na wodzie odbijały się czerwone blaski, kolorystyka nieba nabrała intensywności, jednym słowem brakowało tylko chórów anielskich, a byłoby tak pięknie, jak w jednym z tych filmów typu western, produkowanych w Hollywood w latach pięćdziesiątych. Zauważyła to Michalina, jako w gruncie rzeczy artystka.

– Ja mogę zaśpiewać – zaproponował Grzegorz. – Tylko nie mam pewności, czy mi nie uciekniesz.

– To nie śpiewaj, bo mi się nie chce stąd uciekać.

Podeszli do samego skraju niewielkiego pirsu i stanęli tuż nad wodą. Słońce właśnie dotykało górnej krawędzi chmur i zaczynało się w nich pomału zagłębiać.

Michalina uśmiechała się rozmarzona. Grzegorz oddałby wiele, żeby wiedzieć, w jakiej sprawie ten uśmiech…

– Założę się, że jakieś wróżki tu za nami latają – machnęła ręką. – Grzesiu, a co ci mówi twoje poczucie romantyzmu?

Poczucie romantyzmu Grzegorza dawało mu w tej chwili taki oto wybór: albo natychmiast ją pocałuje, albo rzuci się do tej wody i utopi.

Wybrał to pierwsze.

Michalina oddała mu pocałunek dokładnie z takim żarem, jakiego się po niej spodziewał, ale zaraz potem wysunęła się z jego objęć.

Nie nalegał na nic więcej. Prawdę mówiąc, był w lekkim szoku.

Do domu Michaliny mieli stąd jakieś sześćdziesiąt czy siedemdziesiąt kilometrów. Przejechali je w milczeniu, ale nie było to milczenie niezręczne. Może milczeli o tym samym.

Matka Michaliny bynajmniej nie zamierzała milczeć. Przeciwnie, mówiła dużo i głośno, dopóki nie zorientowała się, że mówi do ściany. Jej wyrodna córka poszła na swoją górkę i tam zaległa, nie dając znaku życia.

Ponieważ znowu przywiózł ją ten rudy, pani Bożena postanowiła przy kolejnej takiej okazji zapytać bezczelnego faceta wprost – co on właściwie sobie myśli?

Uczciwie mówiąc, niewiele myślał w tej chwili. Wciąż jeszcze przebywał na pirsie w porcie rybackim w Nowym Warpnie.

～

W połowie września, kiedy już ogród doktora Wrońskiego wyglądał, jakby od dziesięciu lat szalony ogrodnik wciąż dosadzał w nim krzewy i byliny, Jaga Grosikówna zdążyła się na dobre zaprzyjaźnić z gibonem i na śmierć zakochać w bassetowatym biologu, a remont mieszkań pani Róży i tego po Kaczmarskich był niemal na ukończeniu – Marcelina wróciła do domu.

Po Mikołaju Firleju nie było tam już ani śladu – jeżeli nie liczyć raczej szpetnego, za to okazałego wazonu, który swego czasu Mikołaj dostał na imieniny od personelu, a potem ofiarował go na urodziny Marcelinie.

Marcelina wzięła ów wazon, włożyła do niego trzy jedwabne storczyki, których nigdy nie lubiła (te z kolei ona dostała od koleżanek z pracy) i wyniosła wytworną całość na półpiętro, gdzie ozdobiła nią parapet okienny. W ten sposób ostatecznie zamknęła pewien etap w swoim życiu.

Pierwsze trzy dni spędziła niesłychanie pracowicie, załatwiając formalności związane z rocznym zwolnieniem lekarskim oraz przy pomocy usamochodowionych przyjaciółek, Agnieszki i Michaliny kupując hurtem i zwożąc do domu wyprawę dla swojej małej córeczki. Wieczorami układała wszystko pedantycznie w szafach, a nocami zaczytywała się w podręcznikach dla młodych mam.

Czwartego dnia po południu, taksówką, za to dla odmiany w towarzystwie Aliny (również matki, na dodatek doświadczonej) przywiozła ze szpitala Krystynę Marię Heską czyli Krzysię-Marysię.

Nie wiadomo, czy piguły doktora Wrońskiego zrobiły wreszcie swoje, czy może jednak zbawiennie zadziałało rozstanie z Mikołajem, w każdym razie Marcelina przestała się bać. Przyjaciółki z klubu uważały, że jedno i drugie. Omówiły ten problem przy kieliszku wina w jazzowej piwnicy. Grał tym razem i saksofonista, któremu odrosły włosy, i cały zespół, i atmosfera była jakaś taka optymistyczna.

– Ja wam powiem, dziewczynki. – Michalina pomachała ręką saksofoniście, który chyba już się przyzwyczaił do ich obecności, bo wykorzystał moment, kiedy nie przebierał palcami po klawiszach i odmachał jej przyjaźnie. – Ja wam powiem, bo ja się ostatnio popprzyjaźniłam z waszym doktorkiem i on mnie edukuje psychologicznie! Niedługo będę mogła robić magisterkę z psychologii, bo to jest szalenie interesujące, wcale nie wiem, czy bym poszła w te ogródki, gdybym dwadzieścia lat temu wiedziała to, co teraz...

– Nie bredź – przywołała ją do porządku Agnieszka. – Ty, słuchaj, a dlaczego właściwie nasz doktorek cię edukuje psychologicznie? On tak robi z każdym, kto mu grzebie w ogródku?

– Po pierwsze, ja mu nie grzebię, od tego jest kto inny. Ja mam koncepcję, kochane. Koncepcję. On to docenia. Jest koneserem. Wiecie, że on się zna na sztuce jak jaki historyk sztuczny?

– Wiemy, bo obie u niego bywałyśmy, zanim dowiedziałaś się o jego istnieniu – odparła Alina. – Przywołuję cię do porządku. O czym ty właściwie chcesz nam powiedzieć? O tym, dlaczego Marcela się nie boi, czy o tym, co robisz z naszym doktorkiem?

– No, Alka, uważaj, czy to na pewno jest jeszcze nasz doktorek? O ile widzę w tych ciemnościach, koleżanka Michalina się zaczerwieniła jak burak pastewny ćwikłowy! Tak to się nazywa?

– Beta vulgaris – rzuciła od niechcenia Michalina. – Albo pastewny, albo ćwikłowy. A jeszcze może być cukrowy. I buraczki w occie. Ja się zawsze czerwienię od alkoholu. W winie jest alkohol! No to co wolicie wiedzieć?

– Co robisz z doktorkiem, oczywiście! – Alina chichotała nad swoim kieliszkiem jak pensjonarka.

– Dobrze, powiem wam. Mnie do niego ciągnie. I moim zdaniem jego do mnie też ciągnie. Byliśmy razem w Nowym Warpnie...

– W celach romantycznych? Alka, słyszysz?

– Na rybce. Ale romantyzm też był, bo słońce zachodziło. Alina postukała kieliszkiem w stolik.

– Nie kręć. Skąd wiesz, że jego do ciebie ciągnie?

– Aaaa... tak mi się zdaje. – Coś powstrzymało Michalinę od pełniejszych zwierzeń. – W każdym razie, jak jechaliśmy, to mnie edukował psychologicznie. I teraz wam powiem, co myślę. Agnieszka miała rację...

– Ja zawsze mam rację!

– Proszę bardzo, może być, że zawsze. W każdym razie, Agnieszka trafnie rozpoznała szczurka, którego myśmy z Alką przeceniły.

A Marcela cały czas dobrze wiedziała, jakiego chłopa sobie wzięła na kark. Jeżeli on przy nas zachowywał się jak ostatni cymbał, to w domu, bez świadków, musiał być dużo gorszy.

– Niekoniecznie – zaprotestowała Alina, była posiadaczka męża, więc ktoś w rodzaju eksperta. – Oni się potrafią kamuflować. Ale Marcela mogła cały ten kamuflaż przeniknąć...

– I zobaczyć stuprocentowego dupka oraz egoistę – uzupełniła wywód Agnieszka. – Dla mnie to też jasne. Marcela jest inteligentna, ale strasznie nie chciała być sama. I tu jej nie rozumiem, bo dla mnie o wiele lepszy jest brak chłopa niż taki Firlejek. Ale to już jej sprawa. Może miała taką potrzebę.

– Przemożną – mruknęła Michalina. – W każdym razie miała go, ale cały czas spodziewała się, że on jej może wywinąć numer. No i wywinął. I jej wtedy ulżyło. To tak, jak z odkładaniem wizyty u dentysty. Jak już ząb rąbnie zdrowo i trzeba go wyrwać, to od razu robi się lepiej. Niemniej, coś wam powiem, dziewczynki. Grzegorz twierdzi...

– Ooo – zdziwiła się niewinnie Agnieszka. – Jesteś z nim na „Grzegorz"?

– I na „Misia". Tak nam jakoś od razu wyszło. No więc Grzegorz twierdzi, że teraz ona może przeżywać coś w rodzaju euforii, ale kazał nam na nią uważać, bo to może się załamać. I Marcela z powrotem wpadnie nam w depresję.

– O Boże – westchnęła Agnieszka. – Oczywiście, że się nią będziemy dalej opiekować. Klub to klub. No i same powiedzcie, czy nie lepiej całe życie polegać wyłącznie na sobie?

– Na pewno bezpieczniej – westchnęła z kolei Alina. – Ale czasem z mężczyzną bywa przyjemniej...

～

Pani Bożena Konik-Hart była głęboko niezadowolona. Doszła do oczywistego wniosku, że córka chce jej się pozbyć. Najpierw sanatorium, potem dom starców.

– Tak to sobie zaplanowałaś? Mogłam się tego spodziewać. W domu już cię prawie nigdy nie ma, porozmawiać z tobą nie można, dobrze, że chociaż te koty mam, bo bym chyba zapomniała języka w gębie.

– Właśnie rozmawiamy, mamusiu. Teraz będę miała dużo więcej czasu, bo lato się skończyło, a sama wiesz, że ogrodnik pracuje od wiosny do jesieni. A musisz przyznać, że pracę mam ciekawszą, więcej zarabiam…

– Nic nie muszę przyznać. Tobie jest z tym wszystkim dobrze, oczywiście, ale nie pomyślałaś, jak z tym będzie twojej matce?

Michalina już-już zaczynała czuć się winna, jednak w porę przypomniała sobie nauki Grzegorza.

– Ale to jest moje życie, mamo. Nie możesz mieć do mnie pretensji, że chcę je sobie poprawić.

– Sobie, sobie. Zawsze sobie – mruknęła pani Bożena zupełnie nieprzekonana, po czym zmieniła taktykę. – Nie myśl, że ja od ciebie czegoś wymagam. Możesz mnie zostawić na śmietniku, mnie już nic nie zdziwi.

Numer ze śmietnikiem zazwyczaj wstrząsał Michaliną dogłębnie, tym razem jednak nie zadziałał.

– Mamo, wstydziłabyś się tak mówić. Naprawdę. Doskonale wiesz, że cię nigdy nie zostawię. Ale nie mogę być stale do twojej dyspozycji. Chciałabym cię prosić, żebyś się postarała nie mówić takich rzeczy, bo sprawiasz mi przykrość.

– Ty mi też sprawiasz przykrość.

– Zastanów się nad tym sanatorium. Podreperowaliby ci kręgosłup i serce. Rozerwałabyś się trochę. Jeszcze wciąż są dobre pogody. Mogłabyś wyjechać nawet za kilka dni.

– Oszalałaś? Za jakie kilka dni? Po pierwsze, musiałabym się jakoś przygotować, a po drugie nie dostanę skierowania tak od razu!

– Chyba mogłabyś dostać, ale to nie będzie potrzebne. Uważaj, mamo. Ja naprawdę zarobiłam trochę pieniędzy i chcę ci takie sanatorium zafundować.

– Naprawdę oszalałaś! I co ci tak zależy, żeby się mnie pozbyć z domu! Chcesz przyjmować tego rudzielca, co cię parę razy odwoził do domu, jak byś nie miała samochodu!

Michalina miała dość.

– Mamo, ten rudzielec jest jednym z najlepszych psychiatrów w Szczecinie, a ponadto ma własny dom. Nie musiałabym przyjmować go w naszym. Robiłam mu ogród, nawiasem mówiąc. Na tym też zarobiłam trochę pieniędzy. Posłuchaj mnie teraz. Idź do pani Zuzi, pogadaj z nią, niech ona ci doradzi, czy jechać do sanatorium, czy nie. I podejmij decyzję. Chciałam ci sprawić przyjemność, ale w tym układzie jest mi wszystko jedno, co z tym zrobisz. Powiesz mi, co zdecydowałaś. A ja wychodzę. Idę do Marceliny, obiecałam jej zrobić zakupy. Aha, ty już jadłaś obiad, prawda? To ja wezmę te naleśniki do odgrzania, dobrze?

– Ty masz jakąś dziwną pracę – krzyknęła za nią niestrudzona matka. – W ciągu dnia możesz sobie wychodzić!

Michalina nie słuchała. Matka nic mogła tego wiedzieć, ale sporo ją to kosztowało. Starała się jednak trzymać pion – zgodnie z sugestiami pewnego rudzielca, który nie zdobył sobie, niestety, zaufania pani Bożeny.

~

Marcelina nakarmiła Krzysię, pokołysała trochę w ramionach, a kiedy mała zasnęła snem sprawiedliwego, beknąwszy uprzednio jak najedzony Chińczyk – zapakowała ją do łóżeczka. Od dnia powrotu ze szpitala czuła się dobrze. Konstatowała to z pewnym zdziwieniem; spodziewała się raczej jakichś kolejnych komplikacji, infekcji, zapaści i nie wiadomo czego jeszcze, ale nic złego się nie działo. Powoli zaczynała dopuszczać do siebie myśl, że jakoś sobie poradzi. Jednocześnie, co było zupełnie bez sensu, bardzo jej brakowało Mikołaja.

Oczywiście nie tego Mikołaja, który objawił się ostatnio, tylko tego poprzedniego, którego miłość – może i nieco wybrakowana

–jednak jakaś tam była, pozwalała jej marzyć o przyszłości we troje (wbrew nadziejom Mikołaja, Marcelina bała się planować następne dziecko), ogrzewała serce.

Serce Marceli męczyło się trzydzieści kilka lat w samotności, szukało, przeżywało rozczarowania, żeby wreszcie zażyć dwóch czy trzech lat względnego szczęścia. Trudno mu było teraz pogodzić się z kolejną porażką.

Miłość macierzyńska okazała się niewystarczająca. Zwłaszcza że jeszcze jej wcale nie było. Marcela nie chciała się do tego przyznawać nie tylko przyjaciółkom, ale nawet samej sobie. Faktem było jednak, że bardziej się Krzysi bała niż ją kochała.

Patrzyła teraz na różowe, opatulone w miękki becik dziecko i nie czuła nic oprócz chłodu połączonego z poczuciem winy. Sprawdzały się oto jej najgorsze obawy sprzed kilku miesięcy: nie potrafi pokochać własnego dziecka.

Tego z pewnością nie powie nikomu. Nawet doktorowi Wrońskiemu. Doktor może mieć pigułki przeciw depresji, przeciw panice, przeciw lękom, ale nikt chyba jeszcze nie wynalazł pigułek wywołujących miłość macierzyńską.

Dzwonek do drzwi od jakiegoś czasu pokazywał, co potrafi. Marcelina poszła otworzyć i zobaczyła za progiem Michalinę, obładowaną jak niewielki wielbłąd.

– Cześć, mamo Marcelko. Mam nadzieję, że nie obudziłam królewny?

– Królewna zjadła obiad, a kiedy jest najedzona, możesz przy niej strzelać z armaty. Gdyby zbliżała się pora jedzeniowa, już by wrzeszczała. Właź. Boże, ile tego jest!

– To pieluchy zajmują tyle miejsca. Kupiłam ci jeszcze te różne duperele, o których poprzednio pozapominałyśmy z Alką. Gdzie ci to wszystko mogę złożyć?

– Ciepnij na tapczan, potem zrobię z tym porządek. Napijesz się herbatki? Kawy? Czegokolwiek innego? Może coś zjesz?

– Herbaty, z przyjemnością. Przyniosłam ci naleśniki produkcji mojej mamy, bardzo dobre, możemy od razu odgrzać, bo ja też nie jadłam obiadu. Pokaż mi lalunię. Ale fajna dziewuszka, sam spokój, wdzięk i uroda! Ty to masz szczęście, Marcela. Tatuś się nią interesował?

– Tatuś nie interesuje się ani nią, ani mną – powiedziała z goryczą Marcelina. – Załatwiliśmy tylko formalnie zobowiązanie do płacenia alimentów. Mój notariusz mi pomógł, kojarzysz, prawda? Pan Jerzy Brański.

– To ty masz fajnego notariusza. Poznałam go, kiedy przyszedł do szpitala. Marcela, czy on cię podrywa?

– Zwariowałaś. Nie miałby kogo podrywać. Po co mu baba z dzieckiem, w dodatku starsza od niego?

– Starsza jesteś? Porównywaliście wiek? No to prowadzicie niesłużbowe rozmowy!

Michalina sama była ostatnio entuzjastką niesłużbowych rozmów z jednym ze swych klientów. Po wycieczce do Nowego Warpna spotkali się jeszcze kilka razy, ale romantyczna sytuacja jakoś się nie powtórzyła. Jak gdyby oboje przestraszyli się tego, co się wydarzyło na pirsie o zachodzie.

Od razu wyjaśnijmy, że doktor Wroński miał trochę kompleksów na tle swojego wieku. Jako psycholog, psychiatra i psychoterapeuta w jednej uczonej osobie, starał się, jak mógł, przetłumaczyć sobie, że to idiotyzm, ale kompleksy trzymały się nieźle, mając za pożywkę fakt, że doktor był od Michaliny starszy o piętnaście lat. Zastanawiał się już nawet kiedyś nad ostatecznym wycofaniem z konkurencji. Położył więc chwilowo uszy po sobie i zaniechał romantyzmów. Przy każdej okazji jednak wydzwaniał do Henryka Radwańskiego z prośbą, żeby pani projektantka wpadła jeszcze coś sprawdzić, zobaczyć, czy wszystko rośnie zgodnie z koncepcją i tak dalej. Michalina chętnie wpadała, co zazwyczaj kończyło się kawą, herbatą, a czasem drobnym posiłkiem, który doktor Wroński przyrządzał naprędce. Nawiasem mówiąc, kucharzem był równie dobrym, jak psychiatrą – w przeciwieństwie do Michaliny, która świetnie komponowała rośliny i dużo gorzej potrawy.

– To co z tym notariuszem? Będziesz miała z niego pociechę?

– Cały czas mam z niego pociechę, tyle że nie taką, jaką masz na myśli.

Istotnie, Jerzy Brański od samego początku był pożyteczny. Perfekcyjnie załatwił wszystkie sprawy związane z domem w Stolcu, przejął się stanem zdrowia klientki, znalazł ją w rowie, odwiedził w szpitalu, załatwił ugodę z Mikołajem o alimenty, a teraz już kilkakroć wpadał do niej po pracy. Przynosił jedną różę (tuż pod jego biurem stacjonowała zazwyczaj uliczna kwiaciarka), wypijał herbatę, podziwiał niemowlę, wykazywał troskę i wychodził. Prawdopodobnie sam nie wiedział, czego chce – w przeciwieństwie do doktora Wrońskiego, który dobrze wiedział, tylko poległ w nierównej walce z zaniżonym poczuciem własnej wartości. Tak czy inaczej, w sensie męsko-damskim, chwilowo żadnego z nich pożytku nie było.

Przyjaciółki opowiedziały sobie o tym w szczerej rozmowie przy odsmażonych na chrupko naleśnikach. Romantyczna scena na pirsie o zachodzie zrobiła na Marceli spore wrażenie.

– Misia, a ty co? Zakochałaś się w nim?

– Nie mam pojęcia. Trochę chyba tak. Ale nie wiem, co z nim, bo po tym Warpnie jakby stracił zainteresowanie. Strasznie to skomplikowane. A jak twoja psyche? Wybierasz się do Grzegorza?

– Na razie sobie radzę. Mam zapas prochów, depresja mnie nie łapie. Chyba już jest dobrze.

～

– Mam dla pani bardzo dobrą wiadomość, pani Alino.

– Franek wychodzi ze szpitala?

– Jeszcze nie. U Franka wszystko przebiega zgodnie z naszymi przewidywaniami i za jakieś pół roku nasz mały przyjaciel będzie mógł iść do domu. Miałem na myśli Jowitę. Pamięta pani, że na samym początku dawałem jej dziesięć procent szans w stosunku do dziewięćdziesięciu. Mogę zaryzykować twierdzenie, że teraz jest odwrotnie. Nie chciałem się specjalnie wyrywać wcześniej, ale już właściwie jestem pewny. Bardzo dobrze dziewczynka zniosła operację, przerzutów nie ma, nic złego się nie dzieje, chemia robi swoje. Będzie z Jowitki pociecha.

– Ona wie?

– Wie, powiedziałem jej mamie, a mama powiedziała jej. No i czemu pani płacze?

– Panie doktorze, ja się już nauczyłam nie płakać przy złych wiadomościach, niech pan mi przynajmniej nie zabrania płakać przy dobrych!

Doktor Orzechowski nalał do szklanki wody mineralnej i podał Alinie.

– Naprawdę udało się pani trochę znieczulić?

– Staram się. Chyba mam wyniki. Już się tak nie przywiązuję do nowych dzieci. Ale Jowita i Franek…

– Rozumiem. Też to kiedyś przerabiałem.

– I długo pan się uczył tej sztuki… nieprzywiązywania?

– Może i niedługo, ale to była najtrudniejsza nauka w moim życiu. Żadne egzaminy w akademii nie mogły się z tym równać. Człowiek musi zaprzeczyć sam sobie. Tylko, że inaczej nie da się tutaj pracować.

– Panie doktorze… po tych paru miesiącach, kiedy tu przychodzę… uważa pan, że to ma sens?

– Ma, oczywiście. Od razu przecież mówiłem, że ma. Przecież pani też o tym wie, pani Alino. A niech mi pani powie coś takiego: jak już otworzymy z kolegami tę klinikę, o której pani wie, bo mi pani pomagała załatwiać kredyt, nie chciałaby pani u nas pracować?

– Ja u was? W prywatnej klinice? Jako kto?

– Jako ciocia Grosik, naturalnie. Ktoś w rodzaju opiekunki, na pełnym etacie. Może nawet byśmy zaangażowali kogoś pani do pomocy. Rozmawiałem o tym wczoraj z kolegami, spotkaliśmy się na urodzinach jednego z nas… nie mnie, więc nie musi mi pani składać życzeń…

– Ja i tak życzę panu wszystkiego najlepszego – roześmiała się Alina. – Niezależnie od urodzin czy imienin. Przez cały rok równo i systematycznie.

– Bardzo dziękuje i wzajemnie. No, a wracając do mojej propozycji, zapewne nie przyda się pani wykształcenie ani doświadczenie bankowe, ale może nie byłaby to mniej ciekawa praca. Co do honorarium, dalibyśmy pani tyle, ile teraz zarabia pani w banku.

– Rozumiem, że nie zamierzacie stosować standardów finansowych państwowej służby zdrowia...

– Nie zamierzamy. Nie planujemy też strajków ani przesadnej płynności kadr. Chcemy zebrać taki zespół, który niełatwo będzie rozbić. Niech pani się zastanowi, pani Alino. Jeszcze nam się nie spieszy, dopiero będziemy się zabierać do projektowania. Byłoby nam naprawdę miło, gdyby pani zechciała wejść do naszego zespołu.

– To mnie jest miło, że pan o mnie pomyślał. A nie przeszkadza panu, że nie mam żadnego przygotowania pedagogicznego czy czegoś w tym rodzaju?

– Ależ ma pani coś w tym rodzaju. Naturalne ciepło, inteligencję, podejście do dzieci bez tego fałszywego ciumciania, zmysł organizacyjny. Nam nie zależy na papierkach, droga ciociu Grosik.

– Nietypowi jesteście, wujciu Orzechu!

– A co, wszyscy musimy być typowi? Niech pani się prześpi z moją propozycją, a ja będę czekał z poszukiwaniem kogoś innego, dopóki mi pani nie odpowie wiążąco – tak lub nie.

– Prześpię się – obiecała Alina, ale właściwie już podjęła decyzję.

~

Pani Bożena Konik-Hart też podjęła decyzję. Może nie tej wagi, co Alina, ale dla niej był to istny Rubikon do przekroczenia.

Zgodziła się jechać do Kołobrzegu, do sanatorium.

Miała złe przeczucia.

Rudy facet w niewytłumaczalny sposób wydawał jej się obecny w ich życiu – ich, to znaczy zarówno Michaliny, jak i jej samej, Bożeny Konik-Hart, matki. Wyczuwała to w sposób najzupełniej metafizyczny, bo rudy już nie odwoził Michaliny na Czeremchową. Gdzieś jednak się pętał w okolicy. Metafizycznie.

Pani Bożena omówiła zjawisko z przyjaciółką Zuzanną Duszycką i obydwie doszły do wniosku, że to serce matki przemawia wielkim głosem.

– Ja ci mówię, Bożenko – stwierdziła stanowczo pani Zuzia, osoba doświadczona. – Jeśli serce matki się odzywa, to coś jest na rzeczy. Mnie się zawsze sprawdzało. Synowe wyczuwałam, zanim jeszcze chłopcy wiedzieli, że są zakochani. Co to za jeden, ten rudy?

– Lekarz. Podobno wybitny. Psychiatra.

– Matko Boska, psychiatra! To ja nie wiem, kochana, ja bym się raczej bała. Podobno oni wszyscy nadają się na własnych pacjentów. Od kontaktów z wariatami im szajba odbija. Boże, Boże, bałabym się o Michalinkę! To podobno nie jest zaraźliwe, ale mieć męża nienormalnego to strach!

– Przestań mnie straszyć, Zuzanno! Sama się boję. Ale nie chcę Michaliny na siłę odrywać od niego, bo to zawsze ma skutek odwrotny.

– Jasne, jasne, im bardziej będziesz go jej obrzydzać, tym szybciej wskoczy w jego objęcia…

– No więc pomyślałam sobie, że pojadę do tego sanatorium, Michalina mi funduje, nie będę jak ten żebrak z Funduszu Zdrowia, tylko jak pani. Wiesz, Zuziu, zawsze są dwie możliwości. Albo sobie podleczę to serce i ten kręgosłup i będę się lepiej czuła, albo mnie tam szlag trafi do reszty i Michalina będzie miała wyrzuty sumienia do końca życia… a wtedy żaden psychiatra jej nie pomoże.

～

Notariusz Brański miał dylemat. Marcelina poprosiła go o pomoc, a on nie miał najmniejszej ochoty tej pomocy jej udzielić.

– Nie jest to moja sprawa – powiedział, kiedy przyszła do kancelarii z prośbą, aby jej pomógł sprzedać mieszkanie na Wojska Polskiego. – I nie powinienem się tu wypowiadać. Mniemam jednak, że to wszystko, co wydarzyło się w czasie ostatnich miesięcy, pozwala mi uważać się nie tylko za wynajętego przez panią prawnika, ale i za przyjaciela. Proszę więc pozwolić, że jednak powiem, co o tym sądzę. Pozbycie się mieszkania w centrum miasta jest wysoce nierozsądne. To mieszkanie jest pani potrzebne i będzie potrzebne jeszcze bardziej, kiedy mała Krzysia zacznie chodzić do przedszkola, a potem do szkoły.

– Cieszę się, że uważa się pan za mojego przyjaciela – odrzekła Marcelina cichym głosem, bujając w wózku uśpioną córeczkę. – Jestem przekonana, że nigdy nie miałam lepszego przyjaciela od pana. No więc, niech pan mnie spróbuje zrozumieć. Nienawidzę tego mieszkania. Nigdy za nim nie przepadałam, a teraz go nienawidzę. Czuję się w nim źle. Wiem, że ono mi źle robi. Mnie i Krzysi też. Postanowiłam przenieść się do tego domu w Stolcu i to jeszcze przed zimą. Dom nie powinien w zimie stać niezamieszkany. Wiem, że tam mi będzie o wiele lepiej.

– Pani Marcelino… na jakiej podstawie ma pani tę pewność? Była pani tam raz. Dom wymaga remontu. Remont wymaga finansów…

– Właśnie dlatego muszę jak najszybciej sprzedać mieszkanie.

– Nie zdoła pani zrobić remontu przed zimą. Jest początek października. Ma pani upatrzonych wykonawców?

– Nie. Ale nie zamierzam zaczynać remontu przed zimą. Teraz tylko trzeba sprawdzić, jaki jest stan budynku, czy jest zabezpieczony na zimę w dostatecznym stopniu. Remont zacznę wiosną.

– A tymczasem chce pani tam mieszkać? I wiosną robić remont, mieszkając cały czas? Czy nie lepiej zaczekać do tej wiosny i skoro pani już się tak upiera, wprowadzić się dopiero po remoncie? A nade wszystko, nie sprzedawać mieszkania na Wojska!

– Muszę sprzedać mieszkanie na Wojska, bo nie mam pieniędzy ani na remont, ani na samochód. Mieszkając dwadzieścia czy ile tam kilometrów od Szczecina, muszę mieć samochód.

Jerzy Brański nie wiedział, jak argumentować. Widać było, że Marcelina zaparła się rękami i nogami i nie popuści. Co, na litość boską, pchało ją do starego domiszcza? Jak zamierzała tam dawać sobie radę – sama z małym dzieckiem? Zapytał ją o to.

– Panie Jerzy – uśmiechnęła się do niego z lekka nieobecnym uśmiechem. – Wszystko przemyślałam. Mam dom, prawda? W pięknym miejscu, które się trochę dziwnie nazywa. Nie mam pieniędzy, ale mam co sprzedać, żeby je zdobyć. Mam też rok urlopu, który pozwoli mi się tam zagnieździć. Chcę to zrobić. Chcę doprowadzić sad do kultury. Chcę, żeby moje dziecko rosło w czystym środowisku, a nie w szczecińskich spalinach. Ten sad kiedyś na mnie zarobi. Może zdecyduję się na agroturystykę. Zobaczę. Nie widzę niczego, co by mi mogło przeszkodzić.

Notariusz, owszem, widział i trochę go przerażał jej brak wyobraźni.

– Pani Marcelino, naprawdę chce pani to wszystko zrobić sama? Zapomina pani, że nie jest pani osobą całkowicie zdrową? Zapomina pani, że usunięto pani śledzionę? Że roku zwolnienia lekarze nie dają za darmo? Mogą się wydarzyć różne rzeczy, które pani przeszkodzą. Moim zdaniem, chce pani wziąć na swoje barki ciężar, który może okazać się zbyt wielki.

– Zaryzykuję, panie mecenasie.

Notariusz był bliski rozpaczy. Przecież jej nie powie prosto w oczy, że jest sama i nie ma na kogo liczyć, bo ani on z całą życzliwością, ani te wszystkie… dziewice nie będą dyżurować na wsi, na wypadek gdyby coś się wydarzyło.

– Pani Marcelino droga. Proszę spojrzeć na swoją córeczkę i z ręką na sercu powiedzieć, czy ma pani prawo ryzykować? Co będzie, jeśli coś się pani stanie?

– Nic mi się nie stanie. Panie mecenasie, ja wiem, że to nie należy do obowiązków notariusza, ale sam pan powiedział, że czuje się moim przyjacielem. Czy mogę liczyć na to, że pomoże mi pan sprzedać mieszkanie?

Jerzy Brański skinął głową, pokonany i nieco przerażony.

～

Marcelina nikomu poza notariuszem nie powiedziała o swoich zamiarach. Niezawodne członkinie Klubu wciąż konsekwentnie pomagały jej w zakupach, woziły do przychodni, wpadały na plotki i czujnym okiem obserwowały, czy przypadkiem nie szwankuje nadszarpnięte zdrowie przyjaciółki. Ich uwagę zwróciła jedna rzecz.

– Zauważyłyście to samo, co ja? – Pierwsza poruszyła tę kwestię Agnieszka na spotkaniu w jazzowej piwnicy. – Marcela przestała sprzątać.

– Fakt – przyświadczyła Alina. – Ja jej parę razy wyniosłam śmieci, ale nie tylko o to chodzi. Marcela niczego nie chowa do szafy, wszystko leży u niej na wierzchu, jakieś kupy starych gazet i nowych zresztą też, bo ona prenumeruje z pięć czasopism ekologicznych, ogrodniczych, dendrologicznych i nie wiem jakich jeszcze… jakieś książki w hałdach, jakieś torby wybebeszone, strasznie to wygląda. Nie przypuszczałabym, żeby w tak krótkim czasie można było w mieszkaniu zrobić taki bajzel. Panie wybaczą ekspresję wypowiedzi.

– Ja ci wybaczam – oświadczyła wspaniałomyślnie Michalina. – Też to zauważyłam. Proponowałam, że jej pomogę ten śmietnik posprzątać, ale nie chciała. Powiedziała, że musi sama wszystko poukładać, na przykład te gazety, bo jeszcze je czyta po drodze i robi wycinki. Moim zdaniem, ona chce uporządkować ten sad, co go dostała razem z domem. Dokształca się w przerwach między przewijaniem Krzysi.

– No ale to chyba nie teraz, tylko na wiosnę? – Agnieszka postukiwała po swojemu słomką w blat stolika. – Miśka, może powinnaś na nią napuścić doktorka? Moim zdaniem ona się zrobiła jakaś dziwna.

Alina uważała, że Agnieszka przesadza.

– Oczywiście, że trochę się zmieniła, ale dlaczego mówisz, że jest dziwna? Musiała się zmienić, bo zmieniła się jej sytuacja. Dziecko ma, malutkie, chłop ją rzucił i zostawił samą sobie, zdrowie jej podupadło przez tę śledzionę... Nawiasem mówiąc, czy śledziona ma coś wspólnego ze śledziem? Nie wiecie? No właśnie, nikt nie wie. Co do Marceli, to trzeba jej dać trochę czasu. Po takich przeżyciach musi dopiero dojść do siebie.

~

Doktor Wroński w zasadzie potwierdził tezę Aliny. Nie widział Marceli od miesiąca, ale zgadzał się z tym, że trzeba jej dać szansę, żeby sobie sama poradziła – oczywiście przy wspomaganiu farmaceutyków, które jej przepisał. Ma ich jeszcze zapas na jakieś dwa tygodnie, potem powinna się do niego zgłosić, a on postara się zobaczyć, czy podejrzenia koleżanek mają jakieś podstawy, czy niekoniecznie.

Niestety, nie Michalina zwróciła się do niego z tym zapytaniem, tylko Alina. Przez telefon. Michalina jakoś zniknęła... być może dlatego, że on do niej nie dzwonił, a nie dzwonił, bo, jak już mówiliśmy, dał się zwariować własnym kompleksom.

Zadzwonił za to ktoś inny. Michalina zajęta była właśnie porządkowaniem wielkich donic, porozstawianych przez klientów gdzie popadnie, kiedy szef wielkim głosem zawołał ją do biura.

– Halo, halo – powiedział męski głos. – Czy to piękna Michalinka, królowa kwiatów?

– Jestem – odpowiedziała krótko, bo nie lubiła takich inwokacji. Głos był raczej nieznajomy.

– No proszę – kontynuował głos. – Okazuje się, że jeśli komuś naprawdę zależy, to każdego można znaleźć. Misiaczku, ty mnie, oczywiście, nie poznajesz?

– Nie poznaję. I nie przepadam za grą w ciuciubabkę.

– Rozumiem cię. Ja też. Takie gadki są idiotyczne. Mówi Darek.

– Jaki Darek?

– Jurecki, kotku. Dariusz Jurecki. I nie mów, że mnie nie pamiętasz, bo nie uwierzę.

– Darek!

– Przecież mówię. Cieszysz się?

– Jasne! Jak mnie znalazłeś?

– Używając inteligencji, którą, jak wiesz, mam rozwiniętą od dziecka. Oraz dzięki temu, że tylko raz zmieniłaś pracę. Zadzwoniłem na twój były cmentarz i tam mi powiedzieli, że pracujesz w jakimś centrum ogrodniczym. To jest trzecie, do którego dzwonię. Proste.

– Rzeczywiście, ale że ci się chciało…

– Chciało mi się, bo jestem w twoim mieście, spotkaj się ze mną natychmiast.

– Natychmiast nie mogę. Kończę o osiemnastej.

– Jakoś wytrzymam. Chociaż z trudem. Zapraszam cię na obiad. Gdzie tu dobrze karmią?

– W różnych miejscach. – Michalinie przyszedł do głowy bar „Argus" w Nowym Warpnie, ale coś jej mówiło, że, po pierwsze, nie jest on w stylu syna dyplomaty, a po drugie, to niech już Warpno zostanie miasteczkiem Grzegorza. Coś ją jakby ukłuło. Czemu Grzegorz nie dzwoni? – A gdzie ty jesteś?

– W Radissonie na konferencji.

– A, wiem. Gospodarka morska. Co masz wspólnego z gospodarką morską, Darciu?

– Pracuję w ministerstwie tejże gospodarki. Jako dyrektor departamentu.

– Moje gratulacje. Słuchaj, ja po prostu podjadę do ciebie, jak skończę pracę. Daj mi numer komórki.

Darek podał jej numer, a ona wklepała go do własnego telefonu. Zauważyła przy tym, że jej szef robi dziwne miny. Spojrzała na niego pytająco, a on przy pomocy machania rękami i różnych pomruków dał jej do zrozumienia, że jeśli chce, może już sobie iść.

– Halo, Darek. Mój szef mnie puszcza wcześniej, mogę być w mieście za godzinę, bo muszę jeszcze doprowadzić się do ładu.

– A to świetnie. Czekam na ciebie niecierpliwie.

Godzinę i dziesięć minut później Michalina, odświeżona, pięknie pachnąca i lekko podniecona, weszła do holu Radissona.

Darek wstał na jej widok z wielkiego fotela i rozjaśnił się jak słońce. Był, niewątpliwie, dawnym Darkiem, przystojnym – już nie chłopcem, tylko mężczyzną – wzrostu nieco więcej niż średniego, z czołem nieco wyższym niż miał piętnaście lat temu.

– Misia! Piękniejsza niż się spodziewałem!

Uściskali się serdecznie. Michalina była ciekawa, jak sprawdzi się porzekadło, iż stara miłość nie rdzewieje, no i teraz stwierdziła, że coś w tym jest. Oczywiście, nie oszalała na jego widok, a to, co poczuła, nie było nawet w połowie tak intensywne, jak piętnaście lat temu, niemniej było.

– Musisz mi opowiedzieć, co porabiałeś przez te wszystkie lata.

– I nawzajem. Słuchaj, a może nie będziemy niczego szukać, tylko tutaj sobie zjemy; nie sądzę, żeby chcieli nas otruć, a gdyby mnie potrzebowali moi koledzy, to będę pod ręką. Bo moja konferencja wciąż trwa, tylko ja się urwałem. Co ty na to?

– Jak na lato. Mnie wszystko jedno, gdzie zjem, najważniejsze, że mogliśmy się spotkać. Bardzo się cieszę. Wiesz, że wciąż jesteś taki sam?

– Poza tym, że się postarzałem, w przeciwieństwie do ciebie. Naprawdę, wyglądasz rewelacyjnie. Służy ci wiek dojrzały. Chodźmy, będziemy teraz gadać bez przerwy jakieś dwie do trzech godzin, a potem cię uwiodę.

Ostatnie słowa tego zdania zabrzmiały w uszach Michalinie jakoś dziwnie… choć raczej nie obrzydliwie. Kiedyś kochała tego Darka naprawdę bardzo porządnie i dość długo, jakieś dwa lata, z czego półtora roku stanowili parę, on był jej pierwszym mężczyzną, a stara miłość itd.

Poszli na obiad.

Rzeczywiście, gadali przy tym obiedzie bez przerwy i prawie jednocześnie. Michalina opowiedziała Darkowi o swoim nieciekawym, cmentarnym życiu, o księdzu Hieronimie i hospicjum, o nowym życiu w centrum ogrodniczym na Przytulnej i o Klubie Mało Używanych Dziewic (nazwa przyprawiła go o długotrwały atak serdecznego śmiechu). Dowiedziała się za to, że on robi karierę, jak sobie to zaplanował. Kierując się wyczuciem, zazwyczaj przyłącza się do partii, która właśnie zabiera się do rządzenia Polską, w ten sposób od kilku lat nie schodzi poniżej dyrektora departamentu, a ma nadzieję na jakieś wiceministrowanie, tylko nie wie jeszcze, czy powinien przeczekać w obecnej partii, czy już szukać sobie miejsca gdzie indziej.

– Kiedyś było łatwiej – powiedział filozoficznym tonem między zupą a daniem głównym. – Jak się człowiek zapisał do Peeselu, to zawsze mógł na coś liczyć, bo Peesel był obrotowy i zawsze wchodził do rządu. Teraz muszę bardziej kombinować. Do PiS-u wszedłem w samą porę, ale teraz chyba będę uciekał. W imię demokracji, oczywiście. Muszę się tylko zastanowić, czy podłączać się do Platformy, czy postawić na lewicę. Lewica bardziej ryzykowna, ale może okazać się rozwojowa. Ach, polityka to w gruncie rzeczy nudziarstwo, opowiedz mi lepiej, Misieńko, o swoim życiu erotycznym. Ilu miałaś mężów?

Michalina, śmiejąc się, przypomniała mu, że jest Mało Używaną Dziewicą. Darek zrewanżował się jej opowiadaniem o swoich trzech żonach.

– Ja mam, jak widzisz, cykl pięcioletni. Co pięć lat zmieniam życie na lepsze. Gdybyś wtedy, po studiach, została w Warszawie i wyszła za mnie, jak planowaliśmy…

– To od dziesięciu lat byłabym rozwódką!

– Nie to chciałem powiedzieć. Gdybyś za mnie wyszła, to bym się nie musiał rozwodzić. A tak, właśnie zaczynam postępowanie rozwodowe z moją trzecią. Ma na imię Julia. Ale w gruncie rzeczy nie jest Julią, już raczej Ofelią. Jej miejsce jest na dnie strumyka.

– Matko jedyna, jak możesz tak mówić?!

– Gdybyś znała moją Ofelię, sama byś ją zepchnęła do wody. Dwa lata po ślubie okazała się absolutną wariatką na punkcie swojego ciała, bardzo dobrze się kryła, ale miała bulimię, zresztą ma ją do tej pory i nie obchodzi jej nic poza nią samą. A ponieważ ma szajbę, więc niezależnie od tego, jak świetnie wygląda, bo obiektywnie biorąc, jest bardzo ładną kobietą, katuje siebie i mnie przy okazji nieustannym narzekaniem i coraz to innymi próbami doskonalenia urody. Mówię ci, Misiu, to cud, że z nią wytrzymałem cztery lata. Od dnia naszego ślubu chudnie nieustannie, już jest prawie przezroczysta. Co ci będę szklił, nie sypiamy ze sobą już dawno, bo co to za seks z widmem? No i jak ja mam całować kobietę, która stale rzyga? Przepraszam cię za ohydne naturalizmy, ale jakoś tak mi się wylało. Nie masz wrażenia, że w ogóle się nie rozstawaliśmy?

Michalina musiała przyznać, że w istocie, trochę tak.

– Sama widzisz. Rzuć to wszystko w diabły i wyjdź za mnie.

Michalina zastanawiała się, co takiego jest w tym Darku, że z reguły dostaje to, co chce. Siła woli? Przekonanie, że tak naprawdę wszystko mu się należy?

No, jej nie dostał. Ale nie dlatego, że go nie kochała.

Boże, jak ona go wtedy kochała! I ile ją kosztowała zmiana decyzji!

A teraz?

Oczywiście nie można brać poważnie tego, co on mówi o tym wychodzeniu za niego. Ale tak sobie pomyślała, że gdyby teraz chciał… teraz i tutaj… to przypuszczalnie nie miałaby siły mu się oprzeć.

Nie, nie powiedziała mu tego. Sam wiedział.

I chciał.

Rozstali się następnego dnia rano. Michalina musiała pędzić do domu, nakarmić koty, przebrać się i iść do pracy. Darek wraz z pozostałymi uczestnikami konferencji miał przemieścić się do Świnoujścia i bezpośrednio stamtąd wracać do Warszawy. Pożegnali się czule, jednak oboje unikali deklaracji o konieczności kontaktów, natychmiastowego zdzwaniania się i ponownego jak najszybszego spotkania.

Dlaczego właściwie?

To pytanie zdecydowanie przeszkadzało Michalinie w pracy. Na wszelki wypadek od razu wzięła się do podlewania, najgłupszej roboty, przy której mogła swobodnie oddawać się rozmyślaniom. Niewiele jej z nich przyszło, ponieważ nie umiała sobie odpowiedzieć na podstawowe pytanie: czy przeżyła coś więcej niż wyczerpujący i skomplikowany seks?

~

W życiu pani Róży Chrzanowskiej nastąpił oczekiwany przełom.

Wynajęci przez państwa Wajnertów fachowcy skończyli obydwa remonty (płacili Wajnertowie, a cena remontu stanowiła rekompensatę za te metry, które zyskiwali na zamianie), formalności już dawno były załatwione przez operatywną Agnieszkę, przed kamienicą na Krasińskiego pojawili się kolejni fachowcy, tym razem od przeprowadzek – i oto pani Róża z wyrywającym się Żuczkiem na kolanach siedziała we własnym fotelu, w kącie swego nowego mieszkania na parterze i nadzorowała ustawianie mebli.

Za poradą Agnieszki pozbyła się wielu rzeczy. Ubrania nieboszczyka Tadeusza, nie wiadomo po co trzymane do tej pory, oddała do PCK. Mniej więcej pół tony niepotrzebnych kołder, poduszek, koców, kap i starych szali powędrowało do schroniska dla zwierząt. Kilka szafek, jedno łóżko, kanapa i dwa fotele pojechały do rodzinnego domu dziecka, który permanentnie cierpiał na brak mebli, a o którym Agnieszka przeczytała w jakiejś gazecie.

Oczywiście to nie pani Róża taszczyła te wszystkie bambetle. W stosownym momencie pojawiła się w jej domu brygada przyjemnych licealistów, dowodzonych nominalnie przez jegomościa o wyglądzie tego długiego psa, jakmutam, basseta, a realnie przez młodziana o wyglądzie dresiarza. Basset został usadzony do picia herbatki z gospodynią i okazał się uroczym rozmówcą, a dresiarz i jego kumple oraz kumpelki sprawnie popakowali i wynieśli na ulicę cały nabój. Tam czekała już furgonetka, własność jednego z tatusiów posiadających bardzo porządną firmę budowlaną, i uwiozła stare graty do miejsc, gdzie mogły się jeszcze komuś przydać.

Okazało się, że w nowym mieszkaniu pani Róży jest o wiele więcej powietrza i przestrzeni niż w poprzednim. Chociaż tamto było większe w sumie o siedem metrów.

Kiedy wszystko, co zbędne, zostało usunięte, męska część brygady przystąpiła do ustawiania mebli pod dyktando właścicielki. Część damska zajęła się rozkładaniem serwetek i rozstawianiem drobnych sprzętów.

Pani Róża patrzała na to, co się dzieje i była bliska płaczu.

Nie z żalu, broń Boże. Ze wzruszenia. Piętnaście młodych i pięknych osób pracowało dla niej. Za nic. Tak po prostu.

Naturalnie, starsza pani wiedziała, że to element dyrektorskiego programu Agnieszki – zapędzenie młodzieży do pomocy starszym i bezradnym ludziom – ale widziała też, że małolaty robią to z chęcią, podchodzą do zagadnienia twórczo i starają się uwzględnić wszystkie jej fanaberie.

I są tacy piękni!

I ten ich śmiech, stale gdzieś rozbrzmiewający…

Awanturnicza staruszka zupełnie straciła bojowość.

Kiedy już niemal wszystko było uporządkowane, pojawili się kolejni trzej faceci. Tym razem z firmy cateringowej jednej z mamuś. Mamusia zasponsorowała ekipie, a przy okazji pani Chrzanowskiej i profesorowi Frajmanowi, posiłek regeneracyjny. Licealiści rozsiedli się na pozostałych z pogromu krzesłach, fotelach i sofach i z młodzieńczym impetem rzucili na żarcie.

Pani Róża nie mogła przełknąć ani kęsa.

Zauważyła to nieduża, pocieszna czarnula, która przedtem wieszała firanki, i wyraźnie się zmartwiła.

– Nie smakuje pani? Może pani nie lubi chińszczyzny? Tu gdzieś jeszcze widziałam kurczaka i jakieś makarony. Najlepiej dam pani jedno i drugie, tylko przełożę na jakiś normalny talerz, żeby panie nie jadła ze styropianu! A może podgrzać?

Pani Róża znowu wzruszyła się okropnie... zupełnie niezgodnie ze swoim charakterem.

– Dziękuję ci, dziecko, ale ja chyba nie dam rady...

W tym momencie wtrącił się dresiarz czyli gibon, czyli Niepiera junior we własnej osobie.

– Musi pani coś zjeść, bo nam będzie przykro – powiedział głębokim głosem i rozbroił Różę Chrzanowską, babcię niezłomną, do reszty.

Spróbowała makaronu z kawałkami kurczaka; okazał się zupełnie możliwy. Pożywiła się i poczęstowała Żuczka, który jednak w obliczu tak wielu atrakcji zlekceważył wyżerkę.

– Jak wam mogę podziękować? – spytała, kiedy młodzi ludzie zapakowali śmieci poobiednie do wora i szykowali się do wyjścia. – Byliście naprawdę kochani.

– To niech nas pani kocha – zaproponował Niepiera. – To będzie dla nas fajny rewanż, nie?

Przytakiwania i wybuchy śmiechu zaświadczyły o tym, że mądrze powiedział.

– Będę was kochać, dzieci. – Z pani Róży chwilowo wyparowały najmniejsze nawet cząsteczki awanturnictwa. – Już was kocham. Jakbyście mieli zapotrzebowanie na babcię, indywidualną albo zbiorową, to służę uprzejmie, wystarczy, że zawołacie.

– To jest zaj..., to jest tego... to jest kaczi! – zawołała śliczna blondyneczka z kółkiem w nosie. – Ludzie, niech pani Róża zostanie naszą babcią klasową! Żadna klasa nie ma własnej babci!

Nastąpiły kolejne wybuchy śmiechu, w których starsza pani wyczuła jednak życzliwość.

– A co miałabym robić jako wasza klasowa babcia?

– Być!

– A Żuczek niech będzie naszym wspólnym kotem!

– I cóż to miałoby oznaczać dla Żuczka?

– Nic! – ryknęło z dziesięć gardeł jednocześnie.

– Chyba możemy się na to zgodzić, Żuczek i ja. Tylko powiedzcie mi jeszcze, co to znaczy... jak mówiliście? Kaczi?

– To znaczy cool, czyli trendy, czyli dżezi!

– Nic nie rozumiem.

– Nie szkodzi – odparło któreś z nich bezczelnie. – Babcie nigdy nie rozumiały swoich wnuczków! Konflikt pokoleń, rozumie babcia.

– Rozumiem, córeczko.

– Ja jestem syneczek. A poza tym chyba raczej wnuczek, a nie syneczek. Mam na imię Robert. Będziemy się już chyba żegnać, panie profesorze, co?

– Wszystko zrobione? – zaktywizował się basset.

– Poustawiane i posprzątane – zameldowała potargana obecnie i niezupełnie czysta czarnula, czyli Jaga Grosik. – Nie musimy wracać do szkoły?

– Nie musicie. Tylko wyjdźmy razem, żeby nie przedłużać tumultu. Pani Różo, było nam naprawdę przyjemnie, że mogliśmy się pani przydać.

– Czy można was przy okazji zaprosić na herbatę i jakieś ciasto? Upiekę specjalnie dla was. Przyjdziecie?

– Na ciasto? Niech pani nie pyta. To ludojady. Wchłoną wszystko. Mam na myśli chłopców, bo panienki przeważnie się odchudzają. Ręce pani całuję...

To rzekłszy, basset rzeczywiście pochylił się do jej rąk, co kilku chłopców zmałpowało natychmiast mniej lub bardziej udatnie. Dziewczyny ograniczyły się do energicznych shakehandów, a dwie rzuciły się na nią z uściskami.

Pięć minut później w mieszkaniu pani Róży zapanowała cisza.

Gospodyni jeszcze chwilę stała przy oknie, patrząc za rozchodzącymi się licealistami, a potem odwróciła się i rozejrzała.

Wszystko w zasadzie wyglądało tak jak na górze, tylko było przestronniej. Brak niektórych mebli nie rzucał się w oczy, bowiem sporo jeszcze zostało. Obrazki i portrety rodzinne wisiały dokładnie tam, gdzie wisieć powinny. Serwetki i durnostojki też były na swoich miejscach. Firanki upięte dokładnie tak, jak w poprzednim mieszkaniu (za to świeżo wyprane). Żuczek, zadowolony z życia, skakał jak szalony po wyżkach, nie bacząc na pełne zgrozy okrzyki swojej pani.

Życie wróciło do normy, tylko teraz ta norma była lepiej pomyślana niż poprzednia.

~

Notariusz Jerzy Brański jako prawnik z dziada pradziada miał wśród szczecińskich prawników z dziada pradziada wielu znajomych i przyjaciół. Jednym z nich był niejaki Mateusz Terlecki, który, za namową żony, po transformacji ustrojowej przestał być sędzią i zaczął być pośrednikiem sprzedaży nieruchomości. Standard życiowy natychmiast mu się podniósł nieporównywalnie, żona rozkwitła i szczęście rodzinne też. Do niego właśnie zadzwonił Jerzy Brański i wyłuszczył mu sprawę Marceliny.

– Sam rozumiesz, że zależy mi, żebyś jak najwięcej wydusił z tej transakcji – zakończył wywód. – Mojej klientce będą potrzebne każde pieniądze, bo ten dom do remontu jest ogromny, a sad jeszcze ogromniejszy i też do remontu, czy jak tam się to w sadowniczym języku nazywa.

– Jesteś może zainteresowany osobiście?

– I tak, i nie. Sam dobrze nie wiem.

– Pomyślałem tak, bo skoro jej pomagasz, jak mówisz, bezinteresownie… Wiesz, mnie to zgoła wygląda na wielką miłość, stary.

– Powiedzmy, że jestem na rozdrożu. Wielka miłość raczej to nie jest, chociaż w jakiś dziwny sposób czuję się za Marcelinę… panią Heską… odpowiedzialny.

– Rozumiem. Odkąd ją wyciągnąłeś z rowu. To zobowiązuje.

– Powiedzmy. Najchętniej bym jej wyperswadował te pomysły i jak się domyślasz, robiłem, co mogłem, ale ona się uparła. Jeśli jej nie pomożemy, to pewnie da ogłoszenie do gazety i pozwoli się oszukać pierwszemu lepszemu cwaniakowi.

– Czy namawiasz mnie w tej chwili do pracy za darmo?

– Nie, nie, nigdy w życiu. Ty jej nie wyciągałeś z rowu. Rozumiem jednak, że jej nie obedrzesz ze skóry.

– Nie obdzieram ze skóry matek samotnych. Ze względu na ciebie zastosuję dodatkowe promocje. A teraz słuchaj. Macie szczęście, ty i twoja dama. Prawdopodobnie będę miał dla was klienta od razu, tylko muszę z nim pogadać, czy mu się nie odwidziało. Jeden taki gość szukał u mnie mieszkania koniecznie w starym centrum i o takim mniej więcej standardzie, jak opisujesz. Proponowałem mu różne nowe osiedla, ale nie chciał, bo mu było daleko do Bramy Portowej. Nie wiem, czemu się uparł na Bramę Portową. Może lubi sobie na nią popatrzeć każdego poranka. A może w pobliżu mieszka jego flama. Tak naprawdę mnie to mało obchodzi. Przypuszczam, że zapłaciłby nam trzysta tysięcy i to po odliczeniu moich kosztów. Czy taką kwotę uznałbyś za przyzwoitą?

– Bardzo przyzwoitą.

– Doskonale. To czekaj na mój telefon.

~

– Agniecha! Ty wiedziałaś, że Marcela sprzedaje mieszkanie?

– Nie wygłupiaj się! Jak to, sprzedaje?

– Normalnie, za pieniądze! Chce się przenieść do Stolca!

– Matko Boska, zwariowała! Musimy się spotkać, wołaj Alkę, ja mam zebranie z nauczycielami, ale takie robocze, szybko się skończy. Ty się możesz zerwać z tego swojego ogrodnictwa?

– Już się zerwałam, przecież byłam z Marcelą w przychodni, u nas teraz nie ma takiego ruchu jak latem. O czwartej u jazzmanów?

O zamiarze Marceli Michalina dowiedziała się przypadkiem. Zjawiła się u niej kilka godzin wcześniej, żeby zawieźć ją z małą do przychodni na kolejną kontrolę, kiedy zadzwonił Jerzy Brański z dobrą wiadomością: jego przyjaciel, pan Terlecki, ma kupca na jej mieszkanie i chciałby się umówić na obejrzenie. Marcelina z całym spokojem umówiła się na jutrzejszy wieczór i stanęła przed Michaliną, gotowa do wyjścia. W drodze do przychodni zeznała przyjaciółce wszystko.

Reakcja Michaliny była łatwa do przewidzenia, ale Marcela, podobnie jak w rozmowie z notariuszem, w ogóle nie podejmowała dyskusji i nie słuchała żadnych argumentów.

– Mnie się widzi, że ona pęknie, a nie da sobie przetłumaczyć – podsumowała Marcela swoje opowiadanie, popijając kawę w jazzowej piwnicy. – Chyba ten jej notariusz też próbował i nic mu z tego nie wyszło.

– No to co możemy zrobić? – Alina rozgrzebywała danie na talerzu.

– W tej sprawie już nic. Ale jest jeszcze inna. Ten klient ma do niej przyjść jutro. Pamiętacie, jak wygląda to mieszkanie?

– O cholera – wymknęło się Agnieszce. – Jak wysypisko. Dziewczynki, jedźcie szybko. Trzeba tam zaraz jechać. Ona sama nie da sobie z tym rady w jeden dzień!

Marcelina właśnie nakarmiła małą Krzysię-Marysię i ułożyła ją do spania, kiedy dzwonek do drzwi zadzwonił delikatnie i trzy Mało Używane Dziewice wkroczyły na pokoje.

– Cześć, dziewczynki – powiedziała Marcela beztrosko. – Dlaczego wyglądacie jak karna brygada? Czy może czarna brygada?

– Na statki wchodziła czarna brygada – wyjaśniła Alina. – Dlaczego masz takie skojarzenia, Marcelko?

– Bo wiem, co Misia wam nagadała. Jeżeli przychodzicie, żeby mi wyperswadować pomysł, to zapomnijcie.

– Dobrze, już zapomniałyśmy – zgodziła się Agnieszka. – Chociaż, jak się domyślasz, uważamy, że robisz źle, ryzykujesz ponad miarę i narażasz przyjaciół na stresy.

– Przyjaciół na stresy narażam?

Agnieszka starała się być cierpliwa

– Marcela, bo to musi kiedyś walnąć, a kto cię będzie wyciągał z opresji? Przyjaciele. Możemy wejść? Dasz jakiejś kawy?

– Jasne. Już wam robię. Chociaż nie podoba mi się, co mówisz o wyciąganiu mnie z opresji przez przyjaciół. Ja nikogo do niczego nie zmuszam.

Agnieszka padła na fotel i założyła jedną zgrabną nogę na drugą zgrabną nogę. Uczniowie płci męskiej (w szczególności z klas starszych) bardzo lubili, kiedy tak siadała w czasie lekcji. Jej cierpliwość trochę sklęsła.

– Moja kochana. Zmuszasz czy nie zmuszasz, zastanów się, jak byś dzisiaj wyglądała, gdyby nie przyjaciele. My ci nie wymawiamy, tylko, kurczę, nie traktuj nas przedmiotowo, za przeproszeniem! Nie, nic nie mów. Bo powiemy sobie o jedno zdanie za wiele. A my mamy konkretną sprawę.

Marcelina już miała na końcu języka ostrą odpowiedź, ale się pohamowała, uznając rację Agnieszki. Zakrzątnęła się wokół ekspresu do kawy i po chwili zrobiło się jakoś przyjemniej.

– To teraz powiedzcie, jaką macie sprawę.

Michalina uznała sama siebie za osobę najmniej nerwową w towarzystwie i w związku z tym przyznała sobie głos.

– Mówiłaś, że jutro przychodzi do ciebie ten kandydat na klienta?

– Jutro o ósmej wieczorem. Z pośrednikiem i notariuszem, panem Brańskim.

– Będą oglądać mieszkanie, tak?

– Tak.

– A ty chcesz wyciągnąć od faceta maksymalną cenę?

– Pośrednik wyciągnie.

Michalina straciła cierpliwość.

– Marcela, rozejrzyj się dokoła siebie. Facet przyjdzie, zobaczy to, co my widzimy, czyli śmietnik, pójdzie precz i nigdy nie wróci.

Marcelina też straciła cierpliwość.

– Nie przesadzajcie z tą kuratelą, moje kochane. Facet ma kupić mieszkanie. Bez wyposażenia i bez śmietnika, jak byłaś uprzejma to określić.

– Wrażenie się liczy – wyjaśniła uprzejmym tonem Alina.

– Pośrednik tu był?

– Nie, wszystko załatwiali przez telefon z panem Brańskim.

– No to choćby ze względu na twojego pana Brańskiego trzeba tu posprzątać.

Marcela rozzłościła się na dobre.

– Nie, nie trzeba. Ja was przepraszam, ale jeszcze nikt mnie jak do tej pory nie ubezwłasnowolnił! Nie życzę sobie takich interwencji. Jak byście się czuły, gdyby ktoś do was przyszedł do domu i powiedział, że macie śmietnik?

– Zależy, w jakim celu by to powiedział – odparła Agnieszka, wciąż trzymając nerwy na wodzy. – Jeżeli tylko po to, żeby mi dokopać, to bym go wyrzuciła za drzwi. A jeżeli po to, żeby mi pomóc posprzątać, to bym mu pokazała, gdzie trzymam szczotki. Gdzie trzymasz szczotki, Marcela?

Marcela miała dość.

– Gdzie trzymam, tam trzymam. Nie będziecie mi sprzątały mieszkania. I jeszcze coś wam powiem. To nie ja traktuję przyjaciół przedmiotowo, tylko wy traktujecie mnie jak rzecz, którą można dowolnie obracać na wszystkie strony. Wypijcie tę kawę i idźcie sobie, posprzątać we własnym domu!

Cała ta rozmowa ze względu na śpiącą Krzysię prowadzona była półgłosem, co stwarzało wrażenie nieco groteskowe. Po słowach Marceliny żadna z przyjaciółek nie próbowała już podejmować dyskusji. Wstały z godnością i wyszły gęsiego.

Jeszcze w windzie milczały jak grób.

– Chodźcie natychmiast naprzeciwko, do Kocha, wypijemy kawę w przyjaznej atmosferze – zażądała Alina. – Musimy to omówić. Kurczę, co zrobiłyśmy źle?

Przeszły przez ulicę i usiadły w kącie cukierni. Zamówiły kawę i ciastka dla odstresowania, po czym przystąpiły do analizy sytuacji.

– Może my naprawdę zapomniałyśmy o jej godności ludzkiej – wyraziła przypuszczenie Michalina. – Mnie by szlag trafił, gdybyście przyszły do mnie i powiedziały, że mam śmietnik.

– Ty byś nie zrobiła śmietnika, to raz – odpowiedziała stanowczo Agnieszka. – Po drugie, to mnie szlag trafia, kiedy widzę, jak ona robi sobie wbrew! Po cholerę wytrzymywała tak długo z tym idiotą Firlejem? Przecież widać było gołym okiem, że on ją ma w nosie i używa tylko w braku czegoś lepszego! Znalazł młodszą i puścił Marcelę kantem, nie przejmując się, że zrobił jej dziecko i że obie nie są w najlepszym stanie! I jak, waszym zdaniem, ona by sobie poradziła, gdyby nie my? Nie mówię o tym odwiedzaniu w szpitalu codziennie, bo tam by jej nie dali zginąć, tyle że luksusów by nie miała. Ale teraz, gdyby musiała sobie sama poradzić z zakupami, spacerami, przychodniami, to by zeszła!

– Może to wszystko było dla niej w gruncie rzeczy źródłem upokorzenia?

– Misia, jakiego upokorzenia? Firlej ją upokarzał, nie my!

– Nie wymagaj, żeby miała do ciebie albo do mnie czy nawet do Alinki naszej kochanej taki stosunek, jaki miała do chłopa, w którym się kochała erotycznie! Miłość ci wszystko wybaczy. To znaczy Firlejowi. A z nami to chyba było tak, że z jednej strony Marceli była potrzebna nasza pomoc, ale z drugiej każda nasza wizyta przypominała jej, że sama nie dałaby rady. To ją mogło wkurzać. Postanowiła z tym skończyć. Bóg czy diabeł, nie wiem, ale raczej siła nieczysta zesłała jej ten dom, no i Marcelka uznała, że skorzysta z czegoś, co samo wpadło jej w ręce. Przy okazji pozbędzie się nas. Bo chyba nie uważała, że będziemy dojeżdżać do Stolca?

– Ale wiecie co, moje drogie – włączyła się do rozmowy Alina, która dotąd tylko myślała intensywnie. – Mogło się tak zdarzyć, że byłyśmy nietaktowne… Może niesienie pomocy powinno się odbywać z jakąś wyjątkową delikatnością… a my czasami jesteśmy jak te czołgi…

– Staram się nie być czołgiem – oświadczyła Agnieszka. – No, dzisiaj nam chyba naprawdę puściły nerwy, ale też bez przesady. To jest jakiś cholerny paradoks, że my się złościmy, bo nam na niej zależy. Gdyby nam wisiało, co się z nią dzieje, to byśmy palcem o palec nie stuknęły i niechby sobie sama radziła. Nie, Miśka?

– Tak, prezesowo. Oraz złości nas, że ona nie myśli racjonalnie o tym domu w Stolcu. Każdy widzi, że taki duży dom z takim dużym sadem to nie jest coś do opanowania przez jedną samotną kobietę.

– Z dzieckiem – dodała Alina.

– Z dzieckiem.

– Reasumując, konstatuję. – Agnieszce wróciła już zwykła pogoda. – Nie musimy mieć wyrzutów sumienia. Marcelę w gruncie rzeczy denerwowała świadomość, że jest od nas zależna. Wolałaby może być zależna od swojego notariusza? Czekajcie, dziewczynki, to jest koncepcja!

– Ja też mam koncepcję – wtrąciła Alina. – Nie pomyślałyśmy o tym, że ona będzie miała jakieś pieniądze z tego mieszkania. Ile to może być warte?

– Mówiła, że trzysta tysięcy. – Michalina była poinformowana.

– No to tak: za remont zapłaci z pięć dych, samochód kupi sobie za drugie pięć, a resztę będzie miała na rozkręcenie interesu.

– Jakiego?

– Sadowniczego.

– Tylko że ona jest chora i ma małe dziecko – przypomniała Agnieszka. – Mówię wam, koleżanki, jeśli nie złapie notariusza, będzie miała małe szanse!

～

Notariusz, nieświadom roli, jaka została mu przypisana, poszedł na spotkanie z pośrednikiem i potencjalnym klientem. Dla kolegi Terleckiego miał w prezencie butelkę wybornej irlandzkiej whisky Tullamore Dew, zapakowaną w elegancki kartonik ze szklaneczką w komplecie. Dla konspiracji – niepotrzebnej, jak się okazało, bo klienta nie było w biurze – kartonik włożył do obszernej papierowej torby i w tej torbie wręczył przyjacielowi.

– Byłem ci coś winien, stary. Mam nadzieję, że ci się spodoba. Gdzie twój klient?

– Umówiłem się z nim pod blokiem twojej przyjaciółki.

– Ona nie jest moją przyjaciółką. Mówiłem ci, że jestem na rozdrożu.

– No, no. Pamiętam. To chodźmy.

W istocie klient czekał już na nich obok Pizzy Hut. Był to czterdziestolatek o beznadziejnie zwyczajnej powierzchowności. Nie do zapamiętania. Skoro jednak miał trzysta tysięcy na zbyciu, mógł sobie w ogóle nie mieć żadnej powierzchowności.

Marcelina czekała na nich z kawą i herbatą oraz domowym ciastem (kupionym na dole, u Pasicha) w salonie, który po wczorajszej interwencji przyjaciółek doprowadziła do jakiego takiego ładu. Nie można go jednak było porównać do wycackanego wnętrza, jakim był przed wypadkiem i chorobą gospodyni. Na inne pomieszczenia nie starczyło jej energii, nadal więc stanowiły małe wysypiska.

Nijakiemu klientowi zdawało się to nie przeszkadzać. Natomiast notariuszowi płonęły uszy, ale może da się to złożyć na karb emocji, jakie wywołało spotkanie z Marceliną. Pośrednik udawał, że nic nie widzi.

– Przepraszam za ten bałagan – odezwała się Marcelina w powietrze. – Zamierzam wyprowadzić się stąd jak najszybciej i już szykuję się do pakowania wszystkiego. Czy to mieszkanie odpowiada pańskim wymaganiom?

– Mniej więcej – odparł klient. – Trzeba tu będzie zrobić remont i pewne przeróbki, muszę się zastanowić. Lokalizacja jest w zasadzie dobra, ale samo mieszkanie...

– Samo mieszkanie jest dokładnie takie, jakiego pan szukał – wtrącił gładko pośrednik. – Metraż, rozkład, usytuowanie pomieszczeń względem siebie, wszystko się zgadza. Instalacje, stolarka w najlepszym porządku, glazura bardzo ładna.

– Mało widać spod tych wszystkich bambetli. Dobrze, ja widzę, że pani zależy na tym, żeby jak najszybciej dobić targu. Jestem w stanie zapłacić pani dwieście trzydzieści tysięcy.

– To mieszkanie warte jest trzysta dwadzieścia – pospieszył z interwencją pośrednik. – A gdybyśmy chcieli poczekać, moglibyśmy za nie dostać jeszcze więcej.

– Pani nie chce czekać – uśmiechnął się klient. – Pani już siedzi na walizkach.

Notariusz nie wytrzymał i rzucił Marcelinie spojrzenie pełne wyrzutu. Nie zareagowała. Zresztą, już było za późno.

Ciąg dalszy dialogu, podczas którego pośrednik dawał z siebie wszystko, przyniósł podwyższenie ceny o dwadzieścia tysięcy. Pięćdziesiąt poszło się bujać.

Mateusz Terlecki jako człowiek doświadczony i zawodowiec w każdym calu, cierpiał strasznie. Ze względu na przyjaźń z Jurkiem Brańskim podjął się nietypowego działania, w dzikim tempie, w sprawie tej jego donny, ale przecież nie mógł przypuszczać, że ona jest stuknięta. Naprawdę byłoby prościej, gdyby dała ogłoszenie do gazety. Mogłaby wtedy jeszcze więcej pieniędzy komuś podarować.

Brański też cierpiał i to z dwóch powodów. Jeden powód był zbieżny z odczuciami kolegi, drugi wziął się z troski o Marcelinę. Te pięćdziesiąt tysięcy było jej potrzebne, a ona tak je puściła z lekkim sercem.

Chyba z lekkim sercem... w każdym razie nie było po niej widać żadnego wrażenia.

Stała teraz z małą Krzysią na rękach i spokojnie omawiała szczegóły przekazania pieniędzy na konto i spisania odpowiednich umów. Mateusz Terlecki chciał już tylko jak najszybciej zakończyć sprawę. Klient miał minę zadowolonego kota.

Marcelina zobowiązała się opuścić mieszkanie w ciągu dziesięciu dni po otrzymaniu pieniędzy.

Wizyta dobiegła końca.

～

Od kilku dni Michalina w swoim miejscu pracy najchętniej zajmowała się podlewaniem. Dzięki temu mogła swobodnie snuć rozmyślania na temat: a) Marceliny i jej niemądrych pomysłów na życie, b) spotkania z Darkiem i tego, co wynikło oraz co nie wynikło, 3) Grzegorza.

Grzegorz, nie wiadomo dlaczego, zniknął z horyzontu. Darek też zniknął, raz zadzwonił, coś mu przerwało i nie zadzwonił ponownie. Marcelina odezwała się któregoś wieczoru i dość oficjalnym tonem podała komunikat o sprzedaży mieszkania.

– W ciągu dwóch tygodni będę już na dobre w Stolcu – powiedziała sztucznie obojętnym tonem. – Odwiedzicie mnie tam? Zapraszam.

– Marcela, a nie trzeba ci pomóc w przeprowadzce? – wyrwało się Michalinie życzliwie.

– Nie, dziękuję, poradzę sobie. I tak nie przewiozłybyście mebli swoimi samochodami. Muszę wynająć firmę.

– Ale jakieś pakowanie, coś w tym rodzaju, zaopiekowanie się małą, tobą…

– Nie chciałabym sprawiać wam kłopotu. Już dosyć mi pomogłyście. Przeprowadzka nie jest opresją, z której musiałyby mnie wyciągać przyjaciółki… cha, cha.

– Cha, cha. Marcela, nie powinnaś się na nas złościć. Chciałyśmy dobrze.

– A wyszło jak zawsze. Zapomnijmy. Po prostu przyjedźcie. Pa.

Michalina zdębiała, ale nie miała szansy na ripostę. Przyjaciółka (a może już trzeba powiedzieć „była przyjaciółka"?!) po prostu się rozłączyła.

Oczywiście Michalina porozumiała się z Aliną i Agnieszką i wszystkie trzy ustaliły, że nie będą się pchać na siłę z łapami do pomocy, tylko poczekają te dwa tygodnie i pojadą do Stolca z wizytą kurtuazyjną. A jeżeli Marcela koniecznie chce puszczać świeżo zdobyte pieniądze na wynajmowanie płatnych pomagierów, to jej broszka.

~

Marcela siedziała w biurze notariusza Brańskiego. Krzysia w przenośnej części swojego wózeczka, opatulona kocykami, spała rozkosznie.

– Coraz piękniejsza z niej panienka – zauważył uprzejmie notariusz. – Nie sprawia żadnego kłopotu, prawda?

– Tak, zupełnie jakby zdawała sobie sprawę, że już dosyć się o nią namartwiliśmy. Ale… panie mecenasie… jeśli chodzi o kłopoty, to ja ich ostatnio panu przysporzyłam tak wielu… Przyszłam, żeby pana przeprosić.

Notariusz przez ostatnie kilka dni był na nią wściekły, chociaż w żaden sposób nie dał tego po sobie poznać. Działała tak strasznie nieracjonalnie, marnowała szanse, podejmowała nietrafione decyzje (Jerzy Brański, człowiek wytworny, nawet w myślach nie użyłby określenia „idiotyczne"), zachowywała się jak w jakimś dziwnym transie.

Teraz wyglądała całkiem normalnie. Po raz pierwszy widział ją z dyskretnym makijażem, który zdecydowanie dodawał jej urody. Tak jakby zaczęła również odzyskiwać figurę. Ubrana była starannie i elegancko. Na jej twarzy malował się jednak niepewny wyraz, jakby była czymś spłoszona.

Uczucia notariusza znacznie straciły na intensywności. Oraz zmieniły nieco charakter. Nieobecny ostatnio sir Galahad wrócił na swoje miejsce.

Marcelina zakołysała wózkiem.

– Martwię się o panią – rzekł notariusz łagodnie, ale nie wyłuszczał już powodów zmartwienia, żeby jej nie denerwować. Marcelina rozłożyła dłonie w bezradnym geście.

– Czasami myślę, że we mnie jest jakiś defekt – powiedziała przez ściśnięte gardło. – Psuję wszystko, czego dotknę. Nikt nie chce ze mną mieć do czynienia…

– Tego bym nie powiedział, droga pani. Ma pani mnie, a przede wszystkim ma pani swoje przyjaciółki. Bardzo im leżą na sercu pani sprawy.

Marcelina westchnęła rozdzierająco.

– Dziękuję panu za te słowa. Boję się jednak, że tylko pan mi został... jako przyjaciel.

Notariusz uniósł brwi w niemym zdumieniu.

– Mówiłam, że psuję wszystko.

Pomilczała chwilę i zanim rozmówca zdążył pozbierać myśli, dodała:

– Nie powinnam tak reagować, nie powinnam. Wiem. Tylko czasami to staje się nie do zniesienia, taka zależność od innych, taka bezradność... I chyba każdemu zdarza się kiedyś pęknąć, no i ja też w końcu pękłam, teraz, oczywiście, żałuję, bo one miały najlepsze intencje, ale już nie mogłam znieść tej ich wyższości...

Notariusz nie stwierdzał u przyjaciółek Marceliny żadnego wybujałego poczucia wyższości, przeciwnie, podziwiał ich wdzięk i bezpretensjonalność... jednak mógł czegoś nie zauważyć, ostatecznie był tylko postronnym obserwatorem. Ogarnęło go głębokie współczucie dla Marceliny. Sam nie wyobrażał sobie, że mógłby znaleźć się w podobnej sytuacji, zdany na łaskę i niełaskę innych ludzi.

Sir Galahad stanął na pozycji z mieczem w ręku.

～

Telefon od Darka był co najmniej zaskakujący.

– Witaj, Misiu, radości moja. Tęsknisz za mną?

Michalina skierowała strumień wody z węża na niesprzedane i ładnie zadołowane iglaki.

– A bo co? – spytała ostrożnie. – Przyjeżdżasz?

Prawdę mówiąc, chyba nie chciała, żeby przyjeżdżał. Ale trochę chciała. Coś w niej chciało, może niekoniecznie rozum.

– Ja nie. To znaczy, nie w najbliższym czasie. A ty byś się nie wybrała do Warszawy?

– Nie bardzo. Wepchnąłeś już Ofelię do strumyka?

– Nie będę musiał. Odleci z wiatrem. Jej waga niebawem osiągnie wartości ujemne. Słuchaj, Misia, czy ty pamiętasz może moją siostrę?

– Kikunię? Pamiętam.

Kikunia, czyli w istocie Krystyna, była o dwa lata młodszą od Darka, niesłychanie subtelną istotą; w czasach studenckich, kiedy Michalina ją znała, mówiła ledwie dosłyszalnym głosikiem, wyglądała jak łątka, miała długie, rozwiane włosy i ubierała się w powiewne szatki więcej odsłaniające niż zasłaniające. Nikt nie mówił do niej „Krystyna", ani „Krysia", ani nawet „Kika". Była Kikunią. Studiowała na kilku różnych kierunkach jednocześnie, ale Michalinie nie udało się ustalić, czy któryś ukończyła. Nie przepadały wtedy za sobą, chociaż nie spluwały na swój widok.

– Czy mogę mieć do ciebie wielką prośbę? Chodzi właśnie o Kikunię…

– Co u niej słychać?

– Kikunia jest kobietą po przejściach. To u nas rodzinne. Jest ode mnie młodsza, rozwodziła się więc tylko dwa razy. Ma córkę. I tu jest właśnie sedno sprawy, bo córka jest teraz u jej ojca, a ojciec mieszka w Danii i za trzy dni odsyła Glorię promem do Świnoujścia. Kikunia po nią jedzie, ale wiesz, Misiu, ja się trochę o nią boję, przeżyła ostatnio wiele…

– Czekaj, ona wraca z Danii, tak?

– Tak, serce…

– I chcesz, żebym ją odebrała ze Świnoujścia? Ale przecież ona może tam od razu wsiąść do pociągu byle jakiego. Ten pociąg tam dojeżdża i staje prawie pod terminalem promowym.

– Kikunia ma coś do załatwienia w Szczecinie. Nie bardzo wiem, o co chodzi, ale musi się spotkać z adwokatem swojego męża. I jeszcze coś, ona nie znosi mieszkania w hotelach…

– No dobrze, niech przyjeżdża. Kiedy?

– Pojutrze. Może?

– Jasne.

Darek obsypał jeszcze Michalinę słowami czułości i rozłączył się.

Pojutrze. A za trzy dni wraca mama z Kołobrzegu.

No dobrze, niech coś się dzieje!

~

Agnieszka teoretycznie uważała, że należy dać Marcelinie spokój, którego ta zażądała tak dramatycznie, ale trochę męczyło ją sumienie. Marcela, jakiekolwiek by wygłaszała przemowy, potrzebuje pomocy. Z Miśką jednakże rozmawiała ponoć dość chłodno...

Agnieszka nie lubiła, żeby ktoś z nią rozmawiał chłodno, zwłaszcza kiedy ona tu wykazuje odruchy samarytańskie. Nie zależało jej na dziękczynieniach i wyrazach wdzięczności, natomiast nie zamierzała usłyszeć znowu, że ma iść do domu.

Postanowiła zadzwonić do notariusza i dowiedzieć się wszystkiego od niego. Gość musi być zorientowany.

– Dzień dobry, panie mecenasie, Agnieszka Borowska, przyjaciółka Marceli.

– A, witam serdecznie. – Głos notariusza był zdecydowanie życzliwy. – Cieszę się, że panią słyszę. Czy mogę czymś służyć?

– Dzwonię do pana, bo trochę się ostatnio poprztykałyśmy z Marcelą, obawiam się, że napadłyśmy na nią zbyt obcesowo i ona to odczuła jako afront, ale wic pan, bardzo się zaniepokoiłyśmy jej pomysłem sprzedaży mieszkania. O ile wiem, pan miał jej w tym pomagać, więc może pan jest zorientowany, na jakim ona jest etapie? To straszny pomysł, te przenosiny do Stolca.

Szczere wyłożenie sprawy trafiło notariuszowi do serca. Sensowna była ta Agnieszka, od razu mu się to u niej podobało. Podobała się też nuta troski o Marcelinę, chyba nieudawana.

– Pani Agnieszko... jeśli mogę tak mówić... jeżeli chodzi o obawy, to jesteśmy w jednym klubie. Nie mnie osądzać decyzje pani Heskiej, ale boję się, że ta ostatnia była nieco zbyt odważna.

– No właśnie, kurczę.

– Niemniej muszę pani powiedzieć, że pani Marcelina przeprowadziła wszystko według własnej woli i w dużym pośpiechu...

– I straciła na tym kupę pieniędzy, co? Pomijając inne aspekty tej sprawy.

– Nie mogę pani, niestety, informować o sprawach finansowych mojej klientki.

– Panie Jerzy, w pana głosie słyszę co najmniej dwadzieścia tysięcy do tyłu. Jak nie lepiej.

– Lepiej – wyrwało się notariuszowi. – O nie. Nie powiedziałem tego.

– Jasne. I ona teraz jest na etapie przeprowadzki? Wynajęła takich mięśniaków od pakowania i przenoszenia, bo przecież sama nie taszczy niczego, co?

– Tak jest.

– I na pewno chce kupić samochód. Mam nadzieję, że pan jej w tym pomaga, bo sama pójdzie do salonu i powie: ten poproszę i żeby nie było za tanio...

– Znalazłem bardzo korzystne promocje w Toyocie...

– W Toyocie! No słusznie, niech już będzie coś przyzwoitego. Wzięła sobie tę wypasioną terenówkę, żeby jeździć po lasach i polach dookoła Stolca? Nie, przepraszam, nie powiedziałam tego. Fajnie z sobą rozmawiamy, zauważył pan? Rozmawiamy, a nic nie mówimy. Pan nic nie powiedział, ja nic nie powiedziałam...

– Najważniejsze, że się rozumiemy. Pani Agnieszko, nic już nie możemy zrobić. Pani Marcelina wzięła ster w swoje ręce.

– A jest pan pewien, że będzie potrafiła go utrzymać? I sterować tak, żeby nie wbić się na skały?

– Trzeba będzie dyskretnie jej pomóc, droga pani.

Agnieszka pożegnała sympatycznego notariusza, ale w jej głowie zaległy się wątpliwości, czy aby na pewno ma ochotę pomagać Marceli – samotnej żeglarce, która najwyraźniej wybierała się na głęboką wodę w sicie. A nie była przecież Dżamblem.[4]

～

Kikunia nic się od piętnastu lat nie zmieniła. Nadal była nie-dużą, zwiewną osóbką i mówiła ledwie dosłyszalnym głosikiem, do którego chwilami wkradały się śpiewne nuty. Córeczka, Gloria, stanowiła jej przeciwieństwo, miała potężną nadwagę (nic dziwnego, skoro stale żuła jakieś czipsy) i nie mówiła w ogóle nic. Z matką komunikowała się ledwie artykułowanymi pomrukami, a Michalinę zignorowała. Miała jakieś dziesięć lat i zdecydowanie powinna już umieć się zachować, ale skoro Kikunia dotąd jej nie nauczyła, cóż, Michalina uznała, że to nie jej sprawa. Usiłowała zainteresować dziewczynkę tym, co się działo dookoła, a więc prze-pływającymi promami i statkami, kutrami rybackimi stojącymi w porcie, wielkimi polarnymi mewami latającymi z wrzaskiem nad nimi – Gloria miała to wszystko w nosie. Michalina dała za wygraną, pomogła zapakować liczne tobołki do samochodu i trzy damy opuściły portowe miasto Świnoujście.

Kiedy minęły Wolin, Gloria dała głos i mniej więcej zrozumiale zakomunikowała, że chce jej się jeść. Michalinie wydawało się, że na promach karmią i to nieźle, ale może one nie jadły śniadania na promie? Może było dla nich za wcześnie?

Stanęły przy gospodzie w Przybiernowie, gdzie Michalina z zain-teresowaniem obejrzała przedstawienie pod tytułem „a co kochane dziecko będzie jadło". Dziecko zażądało owoców morza, ale gospo-da nastawiona była raczej na golonkę i żeberka z grilla. Nastąpiło więc dramatyczne poszukiwanie czegoś dostatecznie delikatnego. Stanęło na jajecznicy, ale kochająca matka bez mała poleciała nad-zorować kucharza smażącego te jajka.

– Nie mam zaufania – szeptała nerwowo. – Nie wiem, czy oni umyli te jajka? Michalino, uważasz, że oni umyli te jajka?

– Oczywiście – odparła Michalina z mocą. – Tu zawsze myją jajka przed użyciem. Są z tego znani w województwie. Higiena absolutna.

Gloria znowu straciła zainteresowanie dla konwersacji i zagłę-biła się w lekturze. Ku zdumieniu Michaliny, czytała Biblię. Nie żadne wydanie dla dzieci, ale zwyczajną popularną edycję Pisma Świętego.

– Nie rozstaje się z nią – szepnęła Kikunia.

– A nie lepiej by jej dać „Anię z Zielonego Wzgórza"?

– Gloria nie czyta książeczek dla dzieci. Szkoda jej czasu.

– Jakie szkoda czasu? Przecież jest za mała na Biblię. A kiedy przeczyta „Anię", „Księgę dżungli", „Tomka Sawyera"?

– Moja droga, przecież jej nie będę narzucać. Gloria czyta Biblię. Uznała ją za fascynującą trzy lata temu i od tej pory na zawsze porzuciła Muminki. Wiesz, jedne dzieci mają głowę do „Kubusia Puchatka", a drugie do księgi Genezis.

Michalina miała już na końcu języka jakąś mało dyplomatyczną odpowiedź, kiedy kelnerka przyniosła jajecznicę. Gloria tylko spojrzała na nią i odsunęła talerz z obrzydzeniem.

– Boże, przecież to jest zanadto ścięte! – wyszeptała dramatycznie Kikunia.

Kelnerka usłyszała i zawróciła.

– Jeżeli pani sobie życzy, zrobimy mniej ściętą.

– Dobrze, tylko proszę pamiętać o umyciu jajek…

Kelnerka nie takim wymaganiom musiała dogadzać, więc tylko kiwnęła głową.

Kolejna jajecznica była jeszcze zbyt twarda, zdaniem Kikuni.

Gloria zerkała spode łba i od razu wracała do lektury. Zdaniem Michaliny, w ogóle nie czytała, tylko gapiła się na literki, no, może na pojedyncze zdania, ale nic więcej.

– Spróbujemy jeszcze raz – powiedziała kelnerka, wzór uprzejmości i uroku.

Michalina z trudem powstrzymała się od supozycji, że teraz to już na pewno kucharz napluje do tej jajecznicy.

– Wiecie co – powiedziała, żeby nie ulegać własnym głupim pomysłom. – Też mi się jeść zachciało. Wstałam o szóstej, właściwie nic nie jadłam, teraz czuję, że mnie zassało.

– Jajeczniczkę? – spytała niewinnie kelnerka.

– Broń Boże. Rosół z makaronem i golonkę z grilla. Taką malutką. Kikuniu, przepraszam, powinnam była ciebie najpierw spytać…

– Golonkę? O Boże, nie. O dziesiątej rano?

– Już prawie jedenasta...

– Myślisz, Michalino?

– Jestem pewna. I strzel sobie do niej piwko, ja nie mogę, korzystaj, że nie prowadzisz samochodu.

Gloria łypnęła w stronę matki dziwnym wzrokiem.

– A ty, Glorio, pozostaniesz przy jajeczniczce?

Mała kiwnęła tylko głową.

Trzeci wariant jajecznicy przypominający raczej zupę jajeczną zyskał wreszcie uznanie wybrednej konsumentki.

Subtelna Kikunia zjadła mniej więcej ćwierć talerza rosołu i cztery kęsy golonki, wypiła duże piwo i oświadczyła, że jest bosko.

Pojechały do Szczecina.

Michalina miała jeszcze odrobinę nadziei, że goście wieczorem wsiądą w pociąg i znikną, ale Kikunia umówiła się na to spotkanie z adwokatem następnego dnia. Nocleg był nieodzowny.

W domu Gloria zaległa z Biblią na kanapie, nie zwracając uwagi na hasające wesoło kotki dwa i nadal nie spuszczając wzroku z mamuśki. Mamuśka pozwoliła się poczęstować kawą i sporym kieliszkiem metaxy i popadła w zwierzenia.

Michalina słuchała jednym uchem, bo tak naprawdę coraz intensywniej myślała o Grzegorzu. Dlaczego się gdzieś schował? Czy już mu nie zależy na spotkaniach w sprawie kwiatków?

No nie, jest październik. Prawie listopad. Kwiatki chwilowo zdechły, a drzewka same sobie poradzą, są zabezpieczone.

Kikunia dolała sobie metaxy i dalej snuła ponure opowieści o swoich dwóch mężach biznesmenach, obydwu, jak się Michalina zorientowała, wyjątkowych bucach. Obaj ją bili, zmuszali do zupełnie koszmarnego seksu, maltretowali psychicznie i tak dalej.

Wyglądało na to, że mała Gloria miała ciężkie życie. Michalinie rzadko w podobnych przypadkach było żal dorosłych, którzy w końcu wiedzą co robią i z kim się wiążą. Co innego dzieci.

Nawet tak niesympatyczne jak Gloria.

Koło piątej po południu rozległ się dzwonek telefonu. Michalina tak intensywnie rozmyślała cały czas o Grzegorzu, że była pewna, iż to on dzwoni.

Ale była to Alina.

– Słuchaj – powiedziała dramatycznym tonem. – Zapomniałyśmy o czymś.

– No, no?

– Dzisiaj są urodziny Agniechy. Kazałam jej przyjść o szóstej do jazzmanów. Przyjdź też, koniecznie. Ja już jadę w tamtą stronę, tam jest ten antykwariat taki fajny, kupię jej od nas prezencik. Takiego małego Napoleona, ona lubi Napoleona...

– Napoleona to w monopolowym – zachichotała Michalina.

– Napoleona na koniu! Takiego na biurko. Zbieraj się.

– Alka, ja mam gości...

– Bierz ze sobą.

– A ty jesteś pewna, że dzisiaj są te urodziny?

– Dzisiaj. Agnieszka jest Skorpionica. Mówię ci, bierz gości i chodźcie wszyscy.

Michalina nie była pewna, czy bądź co bądź knajpa jest odpowiednim miejscem dla dziesięciolatki, ale Kikunia rozwiała jej wątpliwości.

– Gloria chodzi ze mną wszędzie. Zresztą mówisz, że tam grają jazz. Gloria uwielbia jazz, podobnie jak ja zresztą. Nie ma problemu, idziemy wszystkie trzy. Michalino, ty możesz prowadzić samochód?

– Nie, bo wypiłam trochę tej metaxy. Mamy tu dzielnicową taksówkę, to znaczy korporację, czekaj, już dzwonię.

Taksówka przyjechała dziesięć minut później. Gloria, oczywiście, nadęła się strasznie, ale została spacyfikowana przez żądną rozrywki mamę. Zdążyły jeszcze po drodze kupić kwiatki jako dodatek do Napoleona na koniu.

Agnieszka zdziwiła się niezmiernie, ponieważ zdążyła już zapomnieć, że podała kiedyś przyjaciółkom tę właśnie datę jako dzień swoich urodzin – do jakiejś zawiłej historii potrzebny jej był właśnie taki, a nie inny znak zodiaku. Z rozpędu powtórzyła potem historyjkę pani Róży, która też uważała ją za Skorpiona. W istocie Agnieszka była Bykiem, urodzonym dwudziestego szóstego kwietnia.

– Ależ jesteście kochane, dziewczynki! A ja zupełnie zapomniałam! Napoleon jest boski. No dobrze, to robimy bankiet. Zamówię szampana, dobrze? Kika, pijesz szampana?

– Nie Kika – szepnęła Kikunia. – Ja was przepraszam, ale nikt nie mówi na mnie Kika i ja na to w ogóle nie reaguję…

Agnieszka i Alina spojrzały pytająco na Michalinę.

– Kikunia – wyjaśniła im. – Na Kikunię mówi się Kikunia. Po prostu.

– Aha. A jak mówi się na dziewczynkę?

– Gloria. Po prostu.

– Aha. Gloria, czym mogę ci służyć? Szampana ci nie proponuję, bo jesteś za młoda, ale jakąś colę, fantę, coś z tych rzeczy? Lody? Ciastko?

– Wodę mineralną bez gazu – burknęła Gloria i wyjęła Biblię z plecaczka.

Agnieszka podniosła wysoko swoje pięknie zarysowane brwi, ale dała sobie spokój z komentarzem. Na wszelki wypadek zamówiła dla dziewczynki dużą porcję lodów. Dla reszty szampan i jakieś drobiażdżki do pogryzania.

Po kilku minutach najważniejszym tematem były już nie urodziny Agnieszki, tylko spekulacje na temat przyszłych losów Marceliny w wielkim domu z wielkim sadem w wielkim stolcu.

– Jakim wielkim? – Alina miała wątpliwości. – Przecież ten Stolec to wiocha!

– Powiedziałam to z małej litery – zachichotała Michalina. – Moim zdaniem ona się strasznie wkopała! Wku… kupała…

Kikunia chciała wiedzieć, o co chodzi, więc opowiedziały jej to i owo, żeby mogła się zorientować. Bardzo się tym przejęła i postanowiła zamieszkać tam na wsi razem z nieznaną, ale na pewno świetną Marceliną.

Ta nagła decyzja dała Michalinie do myślenia. Spojrzała na Kikunię badawczo.

Rzeczywiście, Kikunia miała już lekko mętne oczy, a głos jej się zacinał.

Słaba główka – pomyślała Michalina i postanowiła nie dawać jej więcej alkoholu.

Nic z tego jednak nie wyszło, bowiem Kikunia postanowiła uczcić specjalnie nową przyjaciółkę, poznaną w dniu jej urodzin i zamówiła kolejne butelki szampana.

Po jakimś czasie zażądała przyjęcia do Klubu Mało Używanych Dziewic. Wytłumaczono jej, że jako podwójna rozwódka nie ma właściwych kwalifikacji. Prawie się popłakała z rozczarowania, biedaczka. Gloria, wchłonąwszy olbrzymią porcję lodów z owocami, ponownie zagłębiła się w studiowaniu Pisma Świętego przy świetle świecy stojącej na stoliku.

Saksofonista Sylwek zorientował się, że stałe klientki mają święto, zagrał więc „Happy Birthday", swingując zabójczo.

Było bardzo miło. Michalina cieszyła się, że przypadek zdjął jej z głowy problem zajmowania się dwiema właściwie nieznanymi gościówkami, z którymi nie bardzo wiedziała, co zrobić. Powoli zrobiła się pora stosowna do zakończenia imprezy, pozostawało więc zawieźć damy do domu, położyć do łóżka, a jutro wysłać do tego adwokata, już spakowane do podróży, po czym spokojnie jechać po mamę do Kołobrzegu.

I zapomnieć. Męczące są obie – i nadaktywna Kikunia, i nabzdyczona Gloria.

Agnieszka zadzwoniła po dwie taksówki – ona z Aliną mogły wracać tą samą i jechać przez Krasińskiego.

Okazało się jednak, że pojawił się niespodziewany problem.

Kikunia nie była w stanie wejść na schody o własnych siłach.

Na szczęście pojawił się dobrze zbudowany kelner i uśmiechając się do stałych klientek, niemal wyniósł ich gościa na powierzchnię ziemi.

– Rano kefirek i będzie jak nowa – powiedział pocieszająco.
– Jeszcze raz najlepsze życzenia urodzinowe. Polecamy się i zapraszamy panie jak najczęściej.

Kikunia chciała dać mu buzi, ale zdążył zbiec z powrotem na schody.

Na szczęście domek przy ulicy Czeremchowej nie miał schodów zewnętrznych.

Michalina zastanawiała się, czy nie byłoby pożytecznie napoić jeszcze strąbioną Kikunię kawą, a przynajmniej rozpuszczalną aspiryną z dużą ilością witamin, potasu i magnezu, ale po pierwsze, nie miała potasu ani magnezu, a po drugie, Kikunia padła jak długa na łóżko mamy Konik-Hart i tyle jej było.

Gloria odmówiła pójścia do pokoju gościnnego i ułożyła się na kanapie w pokoju mamy, przykrywając kocem.

Michalina wzruszyła ramionami i zostawiła je obie śpiące, a przynajmniej chrapiące solidnie.

Postanowiła machnąć sobie miłą, odprężającą kąpiel z solami, woniami, herbatką miętową i dwoma zaległymi numerami „Polityki".

Machnęła.

Cudowne uczucie.

Ułożyła się do snu (z dwoma kotami w nogach łóżka) w poczuciu, że świat jest jednak niezły. A jutro po prostu zadzwoni do Grzegorza. Nie ma co kombinować. Zadzwoni i spyta, dlaczego właściwic przestali się spotykać.

～

To zabawne, ale w innym małym domku (choć, przyznajmy, o nieco lepszym standardzie), na ulicy o nazwie również roślinnej (choć rozmaryn jest ziółkiem i małą krzewinką, a czeremcha solidnym krzewem) – Grzegorz Wroński, nie mogąc zasnąć do późnej nocy, postanowił jutro definitywnie przestać być idiotą i zadzwonić do Michaliny z prostym pytaniem, czy chciałaby się z nim spotkać. I w ogóle spotykać jak najczęściej.

Możliwe bez przerwy.

Dopiero to postanowienie pozwoliło mu zasnąć.

~

Ponieważ w lecie Michalina tyrała dzień w dzień, prawie bez niedziel, teraz szef bez protestów dał jej dwa dni wolnego, mogła więc pospać jak człowiek, co jej się zresztą przydało po dosyć męczącym dniu wczorajszym.

Około dziewiątej usłyszała jakieś odgłosy, zeszła więc ze swojej górki do salonu i napotkała tam Kikunię w podkoszulce, siedzącą sztywno przez telewizorem. W ręce miała szklankę wody mineralnej.

– Dzień dobry, Michalino – zaszemrała słodko.

– Cześć, Kikunia. Główka boli, co?

– Boli, boli – zaśmiała się perliście.

– Zrobić ci kawy?

– Kawy! Tak!

Michalina nie bywała porankami przesadnie rozmowna. Zabrała się do parzenia kawy. Przyrządziła dwie filiżanki, dała jedną Kikuni, a z drugą usiadła przy stole. Jej myśli zaprzątał planowany telefon do Grzegorza i teraz właśnie układała sobie, co powie, i zastanawiała się, co on odpowie…

Kikunia wypiła swoją kawę, wstała z kanapy i lekko się zatoczyła.

– Ooo – pisnęła jak mała myszka. – Ja chyba jednak jeszcze pośpię…

– Pośpij – zgodziła się Michalina. – O której masz tego adwokata?

– Spo…po południu jakoś. A zresztą mogę do niego iść jutro.

Michalina omal nie zapytała, jakie jutro, do diabła, ale sama widziała, że z Kikunią nie najlepiej.

– Tylko wiesz co, dzisiaj wraca moja mama z sanatorium, chcę zrobić klar w jej pokoju, idź na górę i pośpij sobie w gościnnym. To ten po prawej stronie, masz tam pościelone. Dasz radę po schodach?

– Dam – pisnęła znowu Kikunia i rzeczywiście dała. Z pewnym trudem.

Michalina nie była zadowolona z perspektywy goszczenia cholernej Kikuni przez dodatkowy dzień, ale postanowiła potraktować to jako ćwiczenie charakteru. A może uda ją się za godzinę, dwie obudzić i wypchnąć do tego adwokata… jeszcze zdąży na popołudniowy pociąg do Warszawy.

Tymczasem należało doprowadzić do porządku pokój mamy, zamieniony dzisiejszego poranka przez gości w chlew. Ich bagaże, na szczęście, od wczoraj były już na górze, Kikunia od kwadransa też, teraz trzeba było tam przeflancować Glorię.

Ale Gloria już nie chciała spać. Poleciała tylko na górę, pewnie sprawdzić, czy jej matka nie wyparowała przez noc, odmówiła kąpieli i śniadania, ubrała się w to, co miała na sobie wczoraj i zasiadła w fotelu z Biblią w ręce.

Pokój mamy wymagał solidnego nakładu pracy, bo mocno się przykurzył podczas trzytygodniowej nieobecności lokatorki, no i ci goście… Minęła dobra godzina i Michalina kończyła właśnie dzieło, nie zwracając uwagi na odgłosy rozmów płynące z wnętrza domu, kiedy w drzwiach stanęła Gloria.

– Coś się dzieje z mamą – zawiadomiła mrukliwie.

– Co się dzieje?

– Zalała schody.

– Jak to, zalała schody?!

Michalina, nie czekając na odpowiedź, pobiegła sprawdzić, o co właściwie chodzi.

Niestety, komunikat Glorii należało traktować dosłownie. Kikunia w samej tylko podkoszulce siedziała na drugim stopniu od góry. Reszta schodów była totalnie zalana.

Kikunia nie zdążyła, a może nie miała już siły dojść do toalety.

Ponadto kompletnie urwał się jakikolwiek z nią kontakt. Coś tam bełkotała bez związku i gibała się na tych schodach, jakby za moment miała z nich polecieć na twarz. Michalina, wściekła niebotycznie, starając się omijać kałuże, weszła na górę i spróbowała wciągnąć Kikunię na powrót do gościnnego pokoju. Nie było to łatwe, Kikunia leciała przez ręce. Michalina sprężyła się w sobie i podołała zadaniu.

Jej uwagę zwróciły otwarte drzwi do własnego pokoju. Rzuciła okiem i omal się nie rozpłakała.

Kikunia prawdopodobnie chciała posłuchać muzyki.

Wieża, którą Michalina dopiero co kupiła sobie z pieniędzy zarobionych u pani Tomanek, leżała w kilku częściach na podłodze. Płyty również – podeptane, z połamanymi pudełkami.

Jej ukochane irlandzkie ballady.

Hamując płacz i wściekłość zarazem, zamknęła pokój i klucz schowała do kieszeni.

Zużywając dwa papierowe kuchenne ręczniki i z trudem hamując obrzydzenie, posprzątała po Kikuni. Właśnie po raz trzeci dokładnie myła ręce, kiedy zadzwoniła jej komórka.

Grzegorz – pomyślała Michalina i wściekłość jej znacznie zmalała.

Ale to nie był Grzegorz.

– Cześć, Misiu, tu Darek. – Głos w słuchawce zdradzał pewne napięcie.

– Cześć – odpowiedziała krótko.

– Słuchaj, moja droga. Dzwoniła do mnie Kikunia…

– Też miałam do ciebie zadzwonić. Słuchaj, z Kikunią dzieje się coś niedobrego…

– Michalino, czy ktoś dał jej alkohol?

– Pewnie. Wzięłam ją wczoraj na urodziny przyjaciółki, a jeszcze przedtem piłyśmy koniaczek w domu. Ale to nie wygląda na zwyczajne strąbienie…

– Michalino! Jak mogłaś! Kikunia nie może w ogóle pić alkoholu! Dwa razy miała wszywany esperal!

Michalina zmartwiała.

– Słyszysz mnie, Michalino?

Michalinę odblokowało równie szybko jak zablokowało.

– Darek, na litość boską! Jak mogłeś mnie nie uprzedzić? Przecież ona mogła umrzeć! Chryste, esperal! I ja o tym nie wiedziałam!

– Uspokój się. Ten esperal był kilka lat temu. Ale jej nie wolno pić!

– Powinieneś był mnie uprzedzić, z a n i m tu przyjechała! Przecież to normalne, że nawet gdybym jej nie zabrała na urodziny, wystawiłabym do kolacji wino, a zresztą dałam jej metaxę bez mała na dzień dobry!

– Mogłaś jej zrobić krzywdę! Zrobiłaś jej krzywdę!

– Darek, przestań! Ona też powinna była mnie uprzedzić! Nieważne. Rozłącz się. Muszę się zająć twoją siostrą i jej córką. Cześć.

Przez chwilę Michalina stała nieruchomo, zbierając myśli. Boże, co za idiota z tego Darka!

A koleżanka Kikunia ani rączką, ani nóżką. To wygląda dużo gorzej niż normalny kac.

Co z nią zrobić?

Grzegorz!

Kiedyś jej opowiadał, jak pracował kilka lat na odwyku. Grzegorz będzie wiedział, co się robi ze skacowaną klientką alkoholiczką!

Michalina zaczęła podejrzewać, że dziewczyny miały rację. Grzegorz jest absolutnie niezbędny do życia.

Nieomal drżącymi dłońmi chwyciła ponownie komórkę.

Grzesiu, bądź!

– Haloo… Misia, moja kochana! Czy wiesz, że właśnie miałem do ciebie dzwonić?

– Grzesiu, ja też miałam do ciebie dzwonić…

– Przecież dzwonisz?

– Ale nie w tej sprawie. Słuchaj, potrzebuję pomocy.

Grzegorz wyczuł w jej głosie napięcie i spoważniał natychmiast.

– Powiedz.

– Mam gościa. Od wczoraj. To siostra dawnego znajomego, jeszcze ze studiów. Wzięłam ją wczoraj na urodziny Agnieszki, strąbiła się jak szpadel, a przed chwilą dowiedziałam się, że to była alkoholiczka, miała dwa razy wszywany esperal!

– Teraz jest na esperalu?

– Nie, przepraszam, chaotycznie mówię. Od kilku lat podobno nie pije. Wytrąbiła wczoraj mnóstwo, dzisiaj dałam jej kawę rano, a ona znowu padła... zero kontaktu, bełkoce, leci przez ręce.

– Co teraz się z nią dzieje?

– Śpi.

– Długo nie pośpi. Słuchaj, Misiu. Nic już nie kombinuj sama. Ona w każdej chwili może ci dostać zapaści albo delirium, nie ryzykuj. Trzeba ją odstawić na Mączną. Ja nie mogę teraz wyjść z kliniki, bo już bym do ciebie jechał. Czy masz na podorędziu kogoś, kto ci może pomóc? Najlepiej faceta? Bo jeśli nie, to kogoś ci przyślę. Sam nie mogę, naprawdę.

– Rozumiem. Spróbuję zawołać kolegę z pracy. Nie martw się, poradzę sobie. Na jaki oddział mam ją zawieźć?

– Psychiatryczny. Jeśli jej nie zatrzymają na odtrucie, zawiózłbym ją na twoim miejscu na wytrzeźwiałkę. Powinni się nią zająć fachowcy.

– Grzesiu, tu jest jej dziesięcioletnia córka...

– No to co? Mówię ci, kochanie, trzeźwiejący alkoholik może być źródłem najróżniejszych niespodzianek. I jeszcze jedno. Nie bądź dla niej zbyt życzliwa, mam na myśli matkę, nie córkę. Ona będzie się łasić, prosić o wybaczenie. Jeśli będziesz dla niej miła, pomyśli, że wszystko w porządku. Zdaje się, że cała jej rodzina ją chroni. Alkoholika nie można chronić. Trzeba mu piętrzyć kryzys. Niech wie, że robi źle i że nikt go nie usprawiedliwia.

– Kikunia chyba rzeczywiście ma ciężkie życie.

– Jak powiedziałaś? Kikunia?

– Tak się na nią mówi.

– To ile ona ma lat?

– Moim zdaniem, trzydzieści siedem.

– Kikunia. Czy nikt jej nie traktuje jak osoby dorosłej? Co to w ogóle za imię?

– Krystyna.

– Boże. Cała ta jej rodzina traktuje ją jak dziecko, które trzeba chronić. A ona nie jest biednym, skrzywdzonym dzieckiem, tylko alkoholiczką. Obecnie w ciągu. Misiu, poradzisz sobie?

– Poradzę.

– Jakby co, to dzwoń do mnie natychmiast. Trzymaj się.

Michalinie zrobiło się o wiele lepiej. W głosie Grzegorza wyczuła autentyczną troskę. Martwił się o nią! Kurczę, to pięknie, naprawdę. Wreszcie jest ktoś, kto się o nią martwi, kogo ona obchodzi, u kogo może wywołuje jakieś uczucia!

Omal nie usiadła na schodkach i nie zajęła się analizowaniem stanu emocji własnego i Grzegorza, jednak pilniejszą sprawą było skombinowanie pomocy. Zadzwoniła na Przytulną. Odebrał szef. Opowiedziała mu pokrótce swoją rzewną historię i zakończyła pytaniem, czy mógłby zwolnić na dwie godziny któregoś z pracowników, żeby z nią jechał na Mączną.

– Nie ma sprawy – odrzekł Henryk Radwański i po dziesięciu minutach sam podjechał pod dom Michaliny.

– Pomogę – powiedział lakonicznie. – Ona chodzi, czy mam ją zanieść?

– Zaraz ją przyprowadzę.

Skłonienie Kikuni, żeby się ubrała, nie było rzeczą łatwą ani małą. Udało się jednak i po kolejnych kilkunastu minutach jechali we trójkę w stronę szpitala na Mącznej. Gloria została w domu z kotami. Obiecała zjeść kanapkę na śniadanie i cierpliwie czekać. Tak jakby zaczęła rozmawiać normalnie. No, prawie normalnie.

W samochodzie Kikunia zrobiła się po prostu rozdzierająco smutna. Po jej małej twarzyczce spływały ogromne łzy. Nie mówiła nic, tylko co jakiś czas wyciągała do Michaliny rączkę w błagalnym geście.

Michalinie ani się śniło ściskać tę rączkę, a w ogóle najchętniej trzepnęłaby biedactwo zdrowo przez łeb. Biedactwo chyba to wyczuło.

– Dobrze jest, Misieńko? – spytało ledwie dosłyszalnym szeptem.

– Nie jest dobrze – odrzekła bezlitośnie Michalina, pomna instrukcji Grzegorza, który polecał piętrzenie alkoholikowi kryzysu. – Czy ty nie widzisz, co robisz własnemu dziecku? Jeżeli nie wolno ci pić, to dlaczego mnie nie uprzedziłaś? Ech, w ogóle szkoda gadać.

Kikunia znowu wyciągnęła rączkę.

– Przestań się mazać, a zacznij myśleć. Najlepiej myśl o Glorii.

Kikunia cofnęła rączkę i ograniczyła się do obfitego lania łez.

Michalina bała się, że będzie z nią miała kłopoty w szpitalu, ale tam Kikunia przyjęła zupełnie inną taktykę. Była cicha i podporządkowana.

Do gabinetu weszły obydwie. Siedział tam młody brunet, silnie obrośnięty na twarzy, a towarzyszyła mu pielęgniarka. Michalina pokrótce opowiedziała, co wiedziała, zostawiła dowód Kikuni i wyszła.

– Skąd pani ją wytrzasnęła? – spytał życzliwie Henryk Radwański. – Przepraszam, nie powinienem się wtrącać w nieswoje sprawy...

– Tak naprawdę to nie jest też moja sprawa – westchnęła Michalina. – To siostra mojego bardzo dawnego przyjaciela, jeszcze z okresu studiów. Tak mi ją podesłał, jak kukułcze jaje. Bo Kikunia nie lubi w hotelach.

– Może chciał, żeby pani się nią zaopiekowała.

– Tak wygląda. Tylko powinien był mi powiedzieć o tej gorzale, że jej nie wolno.

– Pani Misiu, moja droga. Każdy dobry uczynek zostanie, jak wiadomo, słusznie ukarany. Czyż nie przyjemniej ze mną wraz skubać panie Tumanek i podobne?

Roześmiali się oboje.

– Już to chyba pani kiedyś mówiłem, ale powiem jeszcze raz. Cieszę się, że pani z nami pracuje.

– Ja też się cieszę. Nie tylko ze względów finansowych.

– No to miło. Od najwcześniejszej wiosny możemy realizować kolejne zamówienia. Już mam ze cztery nowe.

– Ooo, fajnie. Powie mi pan, co to jest, zacznę myśleć od razu.

Następną godzinę spędzili na przyjemnej konwersacji ściśle zawodowej. Jak wiadomo, dla zapalonych profesjonalistów nie ma większej przyjemności niż rozmowa o pracy. Przez ten czas Kikunia też rozmawiała – słychać było jej głosik dobiegający raz ciszej, raz głośniej, zza zamkniętych drzwi gabinetu.

Wreszcie drzwi się otworzyły i pielęgniarka poprosiła Michalinę do środka.

Kikunia siedziała na krześle i wcale nie wyglądała nieszczęśliwie. Zupełnie jakby ktoś ją znacznie pocieszył i dodał jej ducha.

Lekarz nie zwrócił uwagi na wchodzącą Michalinę. Wydało jej się też, że skoro młody facet siedzi, powinien na jej widok albo wstać, albo ją poprosić, żeby usiadła. Nie wpadł na żaden z tych pomysłów. Patrzył na Kikunię mniej więcej jak na święty obrazek.

– Rozmowa z panią była dla mnie wielką przyjemnością – powiedział żarliwie, a Kikunia spuściła oczęta, po czym, cała rozjaśniona, podniosła je na doktora. – Proszę mi wierzyć – podkreślił. – Tu jest pani dowód osobisty. Ładne zdjęcie…

Kikunia ani się ruszyła, więc Michalina wzięła dowód.

– No i co, panie doktorze? – spytała. – Co teraz powinnam zrobić?

– Cóż tu jest do zrobienia? – Lekarz bawił się jakimś świstkiem. – Pani powinna odpocząć do jutra. Byłbym za tym, żeby jeszcze dzisiaj nie wyjeżdżała, dopiero jutro i to nie wiem, czy rano, czy lepiej poczekać do wieczora. Trzeba pani dawać sok pomidorowy…

– Tak, tak – wtrąciła Kikunia. – Uwielbiam sok pomidorowy…

– Kefir, takie rzeczy. Pani ma w tej chwili znaczny niedobór potasu. No i wciąż jeszcze dużo alkoholu we krwi…

– Dwa pięćdziesiąt siedem – wtrąciła pielęgniarka, wymachując znacząco alkomatem. – Wczoraj musiały być cztery promile.

– Pani... kurczę, Kikunia, jak ty się teraz nazywasz? Nieważne. Pani nie musi zostać w szpitalu, doktorze?

– Nie widzę takiej potrzeby. Proszę się panią opiekować. Nic złego się nie stanie.

– Panie doktorze, a jest jeszcze taka sprawa: ja muszę teraz jechać do Kołobrzegu, zabrać matkę z sanatorium. Czy... ona może zostać sama? Bo jeśli nie, to ja coś wymyślę, ewentualnie zadzwonię do mamy, żeby została tam do jutra. Tylko mama już na mnie czeka spakowana. Powtarzam, jeśli miałoby się cokolwiek stać, to ja, oczywiście, nie pojadę...

Lekarz spojrzał na Kikunię okiem zdecydowanie męskim, a ona odpowiedziała mu rzewnym spojrzeniem skrzywdzonej łani.

– Myślę, że spokojnie może pani jechać. Pani Kikuniu, nie będzie pani robić żadnych głupstw, prawda?

– Prawda – szepnęła Kikunia i zamrugała załzawionymi oczętami.

– Proszę się trzymać, pani Kikuniu. Życzę pani powodzenia. Będzie dobrze. Niech pani będzie dobrej myśli.

Pożegnały się i wyszły. Michalina z wrażeniem, że lekarz nie widział w Kikuni pacjentki, tylko szlachetną damę, ofiarę losu. Trochę ją to zdziwiło, ale ostatecznie lekarz też mężczyzna, a Kikunia brzydka nie jest.

Henryk Radwański odwiózł je na Czeremchową, po drodze stając przy kiosku celem nabycia zapasu kefiru i soku pomidorowego, upewnił się, że już nic pożytecznego nie może zrobić i wrócił do pracy.

Michalina nalała do kubka soku i odgrzała szybko jakieś danie z mrożonki.

– Jedzcie – powiedziała krótko. – Nie mam czasu na gotowanie obiadu. Gloria, kochanie, ja teraz muszę wybyć na kilka godzin, ale ty się o nic nie martw, mamie już nic nie będzie. Wrócę w okolicy dziewiątej, dziesiątej. Jadę po moją mamę do Kołobrzegu. Słuchaj, jest ważna sprawa: twoja mama musi pić dużo soku i kefiru. Będziesz pilnować, żeby piła?

– Tak – powiedziała krótko Gloria, wsuwająca jakże niewyrafinowane, garmażeryjne pierogi bez zmrużenia oka.

– Bardzo dobrze. Jakbyście chciały jeść, to poradzisz sobie? Lodówka jest do waszej dyspozycji.

– Poradzę.

– Dzielna dziewczynka. Tu masz mój numer telefonu, gdyby coś się działo, to dzwoń koniecznie. Trzymajcie się, ja naprawdę muszę lecieć, mama na mnie czeka od południa.

Jazda matizem na łysawych letnich oponach (miała wczoraj zmienić na zimówki!) w zapadającym zmierzchu i mżącym deszczyku nie była niczym przyjemnym. Przeciwnie, była obrzydlistwem, wymagającym maksymalnej uwagi. Toteż Michalina prawie zapomniała o trzeźwiejącej w domu Kikuni i jej córeczce Glorii, zapewne czytającej Biblię na kanapie. Tylko raz, lekceważąc przepisy zadzwoniła do Grzegorza i zdała mu sprawę z wizyty na Mącznej. Nie był specjalnie zadowolony z orzeczenia swojego młodszego kolegi, a nawet uważał go za skrajnie nieodpowiedzialnego, ale się z tym nie wyrywał, żeby nie denerwować kierowcy podczas jazdy w trudnych warunkach.

Być może dzięki temu Michalina dojechała do Kołobrzegu szczęśliwie.

Znalazła mamę Konik-Hart w pełnym rozkwicie.

Sanatorium zrobiło swoje w sprawie jej serca i kręgosłupa, ponadto wciąż przystojna starsza pani miała tam dwóch zadeklarowanych adoratorów i jeszcze dwóch na doskok – wszystko to wpłynęło na nią doskonale. Nawet jakby nieco złagodniała. Nie zrobiła córce awantury o spóźnienie i w czasie drogi powrotnej powstrzymała się od komentowania jej sposobu jazdy. Michalina była ciekawa, jak długo jej się to utrzyma.

O Kikuni opowiedziała matce raczej pobieżnie. Miała nadzieję, że proces trzeźwienia z pomocą soku pomidorowego oraz kefiru przebiega pomyślnie.

Kilka minut po dziesiątej podjeżdżały po dom. Do tej pory Michalina jakieś osiem razy złożyła w myślach ślubowanie dotyczące zmiany opon na zimowe zawsze z pierwszym jesiennym załamaniem pogody, a nie dopiero kiedy pierwszy mróz łapie i stwarza dodatkowe możliwości rozbicia się w drodze na jakimś drzewie.

O doktorze Wrońskim starała się nie myśleć, choć trochę czuła się tak, jakby był wciąż obok i siedział na fotelu z prawej strony...

Zaparkowała przed furtką, żeby łatwiej było wynosić mamine bagaże.

Drzwi wejściowe były uchylone. Michalina poczuła lekki niepokój. Weszła pierwsza – w saloniku światła były zapalone, ale gości nie było widać. Zajrzała do pokoju mamy i pobiegła na górę.

Kikunia z woltażem dwa pięćdziesiąt siedem oraz jej dziesięcioletnia, mało kontaktowa córeczka Gloria zniknęły bez śladu. Jeżeli nie liczyć rozbitej wieży i połamanych płyt.

Michalina natychmiast zdenerwowała się do szaleństwa. Oczywiście pierwsze, co jej przyszło do głowy, to był telefon do Grzegorza. Odebrał, jakby cały czas na to czekał.

– No i jak? Koniec kłopotów?

– Przeciwnie. Słuchaj, ona mi zwiała!

– Jak to, zwiała? Opowiedz wszystko.

Opowiedziała wszystko.

– Niedobrze. Mówiłaś, że wczoraj miała cztery promile? Wiesz, że to dawka śmiertelna dla kobiety? Twoja Kikunia ma niezłą wprawę, ale teraz może być kiepsko. Ona może zasłabnąć, dostać delirium, tak się zdarza trzeźwiejącym alkoholikom.... Próbowałaś do niej zadzwonić?

– Nie. Już dzwonię.

Ani Kikunia, ani Gloria nie odebrały. Michalina ponownie zadzwoniła do Grzegorza. Jej matka jakimś cudem (sanatorium?) powstrzymała się od przeszkadzania. Usiadła przy stole i obserwowała akcję.

– Misiu, słuchaj. Ja bym sprawdził dworzec. Najpierw główny. Prawdopodobnie twoja Kikunia poczuła się zagrożona i będzie chciała jak najszybciej jechać do Warszawy...

– Do rodziny, która jej nie piętrzy kryzysu?...

– Piętrzyłaś? Dzielna dziewczynka. Powiedz, jak one wyglądają, będę szukał.

– Mała chuda z dużą tłustą dziesięciolatką. Już do ciebie jadę. Na razie.

Odwróciła się do matki.

– Mamo, przepraszam. Słyszałaś. Muszę je znaleźć.

– Moim zdaniem nie musisz, ale jeśli chcesz, to jedź. Jeśli to jest dla ciebie ważniejsze niż powrót matki po trzytygodniowej nieobecności...

Michalina już nie słuchała. Ruszyła na poszukiwanie.

Z samochodu próbowała się jeszcze połączyć z uciekinierkami, ale bezskutecznie. Zadzwoniła więc do Darka i po raz kolejny opowiedziała, co się stało.

– Darek, proszę. One nie odbierają moich telefonów. Zadzwoń ty. Może ci się uda. I natychmiast oddzwoń do mnie. Ja jadę właśnie na dworzec.

Darek wydawał się mało przejęty, ale obiecał zrobić, o co prosiła.

Pruła teraz Szosą Poznańską do śródmieścia. W momencie kiedy z wizgiem skręcała za wiaduktem w stronę elektrowni, żeby sobie maksymalnie skrócić drogę, jej komórka zadzwoniła.

– Słuchaj – powiedział Darek dziwnym tonem. – Daj sobie spokój. One są już w domu.

– W jakim domu? – warknęła Michalina.

– W Warszawie. Rozmawiałem z Glorią.

– Co ty gadasz? Nie miały szans, żeby dojechać! Ja je zostawiłam już po piątej, prawie wpół do szóstej, nie ma o tej porze pociągu, najbliższy jest o jedenastej!

– Misia. Są w domu. Gloria nie kłamie.

– Ale jakim cudem?

– Przyleciały samolotem.

– Darek, samolot leci o wpół do siódmej. Ode mnie na lotnisko jest czterdzieści kilometrów. Nie zdążyłyby w żaden sposób, poza tym Kikunia nie ma dowodu osobistego, ja go mam. Oszukują cię, bo nie chcą, żebym je znalazła. Słuchaj, Kika ma prawie trzy promile, mogą ją napaść, okraść, Bóg wie co jeszcze. Dzwoń do nich, dopóki się nie dowiesz, gdzie naprawdę są! Cześć, ja muszę uważać, bo jadę.

Grzegorz dojechał na dworzec szybciej i zdążył już oblecieć perony i poczekalnie. Teraz czekał na Michalinę na parkingu. Rzuciła mu się w ramiona, zanim zdążyła cokolwiek pomyśleć. Przyjął to tak naturalnie, jak gdyby rzucali się sobie w objęcia co najmniej trzy razy dziennie od trzech lub czterech lat. Oderwali się od siebie z dużą niechęcią. Obowiązki miały pierwszeństwo.

– Misiu, kochana, chyba ich tu nie ma. Byłem wszędzie.

– Grzesiu, brat Kikuni twierdzi, że one są już w Warszawie. Dla mnie to niemożliwe. Nie zdążyłyby.

– Chodź do mnie, do samochodu, siądziemy spokojnie, policzymy te czasy i pomyślimy.

Zrobili, co powiedział, ale nic im z tego myślenia nie wyszło. Może z powodu bliskości.

– Jedźmy do mnie – zaproponował Grzegorz. – Skoro ten jej brat, jak mówisz, nie jest specjalnie przejęty, to dlaczego ty miałabyś się przejmować? Jedźmy do mnie, pokażę ci ogródek…

– W nocy i zimą musi być śliczny. A może do Nowego Warpna? – zaśmiała się, już odprężona.

– Do Nowego Warpna, koniecznie. Popatrzymy na wodę, włamiemy się do baru, obudzimy właścicielki i zmusimy je, żeby nam zrobiły kolację. I poczekamy na zachodzik, najbliższy już jutro…

Michalinie nagle coś przyszło do głowy.

– Czekaj, Grzesiu, jeszcze jeden telefon… Halo, Zdroje Taxi? Proszę pani, czy miała pani między siedemnastą trzydzieści a osiemnastą trzydzieści kurs na Czeremchową, a potem na lotnisko?… Na Czeremchową tak?… A może pani wywołać przez radio pana taksówkarza i spytać?… Tak? Bardzo pani dziękuję!

– Jednak? – spytał Grzegorz.

– Jednak. Miały niesamowite szczęście. Ten samolot musiał się opóźnić. Kurczę blade!

– Misiu, czy mi się wydawało, czy mówiłaś, że ten jej brat to jakiś ministrowicz?

– Wice. Spraw zagranicznych.

– To jest jeszcze możliwość, że dziecko zadzwoniło do tatusia. Nie mam na myśli Glorii, tylko Kikunię. I tatuś dyplomata dyplomatycznie załatwił, co trzeba. Tak czy inaczej, ja bym założył, że brat jednak powiedział prawdę i zaproponowałbym ci natychmiastowe przemieszczenie się w kierunku dalekiego Krzekowa.

– Ale właśnie mama wróciła z sanatorium.

– Ale ja cię kocham.

– Coś ty powiedział?

– Powiedziałem, że cię kocham. I nie mów mi, że mama też, bo się załamię.

～

Kiedy Michalina obudziła się następnego ranka, Grzegorz siedział na łóżku i wpatrywał się w nią intensywnie. Przypomniało jej się wszystko, co się wczoraj wydarzyło. Świat jest zdecydowanie W PORZĄDKU – doszła do wniosku.

Po czym, niestety, oboje musieli raczej szybko wstać, ogarnąć się i pojechać każde do swojej pracy.

～

Mniej więcej w dniach, kiedy Michalina walczyła z cholerną Kikunią (może zresztą nie cholerną… ostatecznie spowodowane przez nią kataklizmy pomogły Michalinie zorientować się w stanie własnych uczuć do pewnego psychiatry), Marcelina, korzystając z daleko idącej pomocy pana Jerzego Brańskiego, przeprowadziła się do swojego domu w Stolcu i tam wreszcie poczuła się u siebie.

A w każdym razie uznała, że poczuła się u siebie.

Na szczęście wszystkie instalacje z centralnym ogrzewaniem na czele działały sprawnie. Co do jakichś generalnych porządków, Marcelina dała sobie spokój. Część mebli przywiezionych z Wojska Polskiego ludzie od przeprowadzki od razu postawili na z góry upatrzonych miejscach, inne upchnięto bez ładu i składu w kilku pokojach na dole. Wyglądało na to, że po rozstaniu się z Mikołajem Firlejem Marcelę opuściła jej dawna pedantyczność. Sprzątała tylko wokół siebie i dziecka, a i to bez fanatyzmu. Pierwszy tydzień poświęciła na opanowanie sztuki palenia w piecu centralnego ogrzewania, w drugim zgniewała ją ta męcząca czynność, wobec czego zakupiła kocioł gazowy.

Notariusz znowu był pomocny w znalezieniu stosownej firmy instalacyjnej.

Posiadanie samochodu (za poradą notariusza kupiła małego yarisa) znacznie ułatwiło jej życie. Nie jeździła jednak do miasta zbyt często. Wolała siedzieć w swoim dużym domu i poznawać jego zakamarki. Z dzieckiem w ramionach przedzierała się przez zapory z mebli i zaglądała do schowków, pokoików, facjatek.

Ona i dom zaczynali żyć w symbiozie.

Niebawem również Krzysia-Marysia dołączyła do tej dwójki. Nie stało się to nagle, Marcelina nie doznała żadnego niespodziewanego olśnienia. Po prostu z coraz większą intensywnością docierało do niej, że bez Krzysi nie potrafiłaby już żyć. Ze każdy jej kaszel czy płacz budzi w niej coraz większy niepokój, a każdy uśmiech czy wesołe machanie rączkami staje się przyczyną radości. Rozmawiała z nią teraz dużo, opowiadała jej swoje życie, snuła plany na przyszłość.

Nie mówiła jej o ojcu.

Mówiła natomiast dosyć sporo o Jerzym Brańskim.

~

Wizyta kurtuazyjna trzech przyjaciółek i jednego psychiatry u Marceliny w „rezydencji Stolec" odbyła się mniej więcej na tydzień przed świętami Bożego Narodzenia. Wcześniej jakoś nie udało im się pozbierać. Pojechali w dwa samochody – Alina z Agnieszką a Michalina, oczywiście, z Grzegorzem. Wyglądali bardzo organizacyjnie: zarówno Agnieszka, jak i Grzegorz mieli identyczne szare corolle rocznik 2000.

Marcelina czekała na nich z małym przyjątkiem. Małe, bo adwent – tak to wytłumaczyła. Prawdą jest jednak, że nie miała ochoty na pichcenie – o wiele bardziej cieszyło ją baraszkowanie z Krzysią na miękkim kocu w tygrysy, rozłożonym na kowarskim dywanie starszych państwa Jabłońskich. Nie musiała wszakże o tym opowiadać przyjaciółkom.

Dom zrobił na nich należyte wrażenie. Zachwyciły się metrażem, zakamarkami, różnokształtnymi oknami, pokrętnymi schodami i przepaścistą piwnicą. Zdusiły w sobie pytanie, jak Marcela zdoła to wielkie domiszcze utrzymać, kiedy już puści resztę pieniędzy otrzymanych ze sprzedaży mieszkania.

Marcela sama im opowiedziała o swoich planach reaktywacji sadu. To wzbudziło w nich jeszcze większe wątpliwości, ale też zmilczały.

Doktor Wroński również się z poglądami na te sprawy nie wyrywał.

Marcelina podała, co miała, to znaczy ciasta od Kocha, przywiezione wczoraj przez Jerzego Brańskiego, kawę i herbatę.

– A co u was słychać, dziewczynki? – zapytała gospodyni, kiedy już wyczerpano temat jej nowego życia oraz podziwu godnego rozwoju małej Krzysi. – Nie widziałyśmy się sto lat, a nie rozmawiałyśmy normalnie co najmniej dwieście… Alka, ty wciąż chodzisz do tych dzieciaków?

– Chodzę. Przyzwyczaiłam się i miałabym poczucie winy, gdybym przestała. A wiecie, co mi mój piękny doktor zaproponował? Żebym robiła za taką ciocię opiekunkę w jego prywatnej klinice. Jak ją otworzy z kilkoma kumplami.

– Rzucisz bank? – Marcelina zrobiła duże oczy.

– Rzucę. Wolę dzieci. Podobno forsę dostanę porównywalną.

– A co na to twoja córka? Ty się z nią wciąż gryziesz?

– A nie, już się nie gryzę. Agnieszka ją przerobiła. Nie ta sama dziewczyna. Zdaje się, że ma jakiegoś chłopaka w tej swojej klasie. Agnieszka, ja ci się nie wypłacę, wiesz o tym.

– Lepiej, żebyś się wypłaciła, bo Rozbiccy nie lubią, jak się nieregularnie przelewa czesne – zachichotała Agnieszka.

– Spokojnie, dam radę. Jaga mi opowiadała, jak przeprowadzali tę twoją babcię. Podobno fajna staruszka. Oni z niej zrobili babcię klasową? Naprawdę? To coś w ogóle znaczy?

– Właściwie nie, ale wysyłają do niej esemesy. Takie tam zapytania, jak się czuje zimą albo pozdrowienia dla kota. Ona to uwielbia.

– Słuchajcie, a te koty? Jak się teraz nazywają?

– Babciny tak, jak się nazywał, Żuczek. Babcia się przyzwyczaiła. Miśka, a twoje dwa?

– Matka się przymierzała do różnych imion, ale ostatecznie nic nie wymyśliła. Jak były Muszka z Motylkiem, tak i są.

– Patrzcie, to w końcu żaden nie dostał nowego imienia – roześmiała się Alina. – Moja Skolopendra tak samo, tylko w domu mówimy na nią Pędzia. Ma straszny rozpęd.

– U nich to rodzinne – machnęła ręką Agnieszka. – Wiecie, co jeszcze wymyśliłam dla mojej pani Róży? Ona o tym nie wie, chcę jej zrobić niespodziankę wiosną. Zabiorę ją w podróż wagonem sypialnym. Babcia nigdy nie podróżowała wagonem sypialnym, a jest wielbicielką wiersza o kocie wagonów sypialnych.

– I gdzie ją chcesz zabrać? – spytała Marcelina.

– Nieważne. Do Warszawy albo do Krakowa. Tu chodzi o ten wagon. Wykupię taki dwuosobowy przedział w obie strony i pojedziemy jak damy.

– Niech jej pani powie wcześniej – poradził doktor Wroński. – Będzie się babcia dłużej cieszyła. Niech o tym myśli i niech na to czeka. To jej dobrze zrobi na zdrowie.

– Psychicznie?

– Fizyczne też.

– Może to i racja. Powiem jej w święta. W charakterze dodatkowego prezentu. Panie doktorze, chciałabym coś zaproponować. Marcela już nie jest pana pacjentką, ja też od jakiegoś czasu, odpukać, nie muszę, Alka, a ty?

– Ja też nie... chociaż nie wiadomo, co będzie dalej.

– Co będzie, to będzie. Pan się, widzę, poważnie zaprzyjaźnił z naszą przyjaciółką Misią, więc skoro już w nas stracił pan pacjentki, to może ustalmy, że zyskał pan przyjaciółki?

– Będzie mi bardzo miło. Mam na imię Grzegorz.

Agnieszka wydęła wargi.

– Przecież wiemy. Wszystkie się w panu kochałyśmy. Nieszczęśliwie!

– Bo ja mam taką zasadę – powiedział doktor Wroński, spuszczając skromnie oczka. – Nie sypiam z pacjentkami.

Agnieszka i Alina aż się zatoczyły na kanapie ze śmiechu. Marcelina wtórowała im szczerze.

– Czy to znaczy, że teraz mamy szansę? – zapytała bezczelnie Alina.

– Ja wam dam szansę! – Michalina zerwała się z fotela i siadła na nim z powrotem. – On teraz sypia ze mną! Żadnej komuny się nie przewiduje! Alka, poderwij sobie swojego onkologa! Marcela, ty możesz uwieść notariusza! A ty, Agniecha, masz swojego mediewistę i niech ci się nie zdaje, że my nie wiemy, że on wcale nie jest mediewistą, tylko anglistą! I wiemy, jak się nazywa!

Agnieszka początkowo nie bardzo wiedziała, o czym Michalina mówi, ale w porę przypomniała sobie powołanego przez siebie do życia amanta.

– Przecież wam mówiłam. Jędrzej Pawełko się nazywa. A skąd ci się wziął anglista? Jędruś jest historykiem, jak ja.

– Nie kręć, Aga – przejęła głos Alina. – Sprawdziłyśmy! Na całym Uniwersytecie Śląskim nie ma żadnego Jędrzeja Pawełki, mediewisty. W całej Polsce go nie ma. Chciałaś przed nami zakonspirować prawdziwego kochasia, który na tymże Uniwersytecie

Śląskim jest anglistą i nazywa się Andrzej Pawłowski! Może nie? Jędrzej Pawełko, cha, cha! Andrzej Pawłowski! I jeszcze ci powiemy, że facet organizuje latem tu, w Szczecinie jakąś konferencję na tematy literackie, i nic ci nie pomoże, że go przed nami schowałaś! Pójdziemy na tę konferencję jako słuchaczki, a potem go dorwiemy i doprowadzimy ci przed nos!

Grzegorz bawił się coraz lepiej, natomiast Agnieszka była lekko przerażona. Te dwie wariatki (Marcela chyba jednak wypadła z konkurencji) gotowe są dopaść niewinnego faceta i narozrabiać...

Anglista. Swoją drogą trzeba będzie zajrzeć do Internetu i sprawdzić, czy aby przystojny. Żeby sobie koleżanki byle czego nie pomyślały.

W atmosferze prawie, prawie takiej jak pierwsze posiedzenia Klubu, trzy byłe pacjentki wypiły brudzia ze swoim byłym lekarzem. Czwarta-nie-pacjentka obserwowała bacznie, czy rytualne pocałunki są na pewno tylko rytualne.

Grzegorz był zachwycony.

Dał temu wyraz w drodze powrotnej.

– W najśmielszych snach nie marzyłem, że będziesz o mnie zazdrosna – chichotał, niedbale prowadząc samochód lewą ręką, podczas gdy prawą obejmował Michalinę. – Bardzo mi się to podoba, bardzo!

Michalina wstrzymała się z pytaniem, jak by się czuł, gdyby wiedział, że ona nie tak dawno przespała się z tym idiotą Darkiem... Nie, nie powie mu tego przenigdy. Dla niej też niech to będzie karta zamknięta raz na zawsze.

– Będę teraz śledziła co ładniejsze twoje pacjentki – zawiadomiła go tylko. – A jak mi która podpadnie, będę jej wysyłać anonimowe listy z pogróżkami. Słuchaj, Grzesiu, twoim zdaniem Marceli już przeszły te wszystkie depresje? Tak na dobre?

– Nie wiem, czy na dobre. Na razie jest w porządku.

– Grzesiu, wiesz co? Ja widzę, że ty ją wciąż traktujesz jako pacjentkę i słowa mi o niej nie powiesz. Ja to rozumiem i szanuję.

Ale moją pacjentką ona nie jest, ja się chcę oddać plotom! To co teraz zrobimy?

– Ja chyba naprawdę nie mogę…

– A ja mogę. To ja będę mówić, a ty kiwaj głową na tak albo nie.

Doktor Wroński kiwnął głową.

– Twoim zdaniem ona złapie notariusza?

Grzegorz roześmiał się szczerze.

– Boże, co za bezpośredniość! Nie mam pojęcia, czy złapie notariusza. Nie jestem wróżką, jestem prostym psychiatrą.

– Ale robi, co może, prawda? Grzesiu, wiesz, co ja myślę? Ja myślę, że tamto zerwanie z nami ona sobie zaplanowała, żeby mu się wydać taką kompletną sierotką, co to sama na świecie i nikt jej nie kocha. Co ty na to?

– Też miałem takie wrażenie.

– Ale numer. To taki trochę szantaż?

– Trochę tak. Bywa skuteczny.

– To ona jest wyrachowana?!

– Może trochę… Wiesz, Misiu, tak naprawdę wcale mi się nie chce o niej rozmawiać. Wolałbym porozmawiać o nas.

– Może być o nas. Wymyśliłeś coś nowego?

– Tak i to dzisiaj. Pod wpływem twojej… i mojej też… przyjaciółki Agnieszki.

– Agnieszka ma na ciebie światły wpływ?

– Ona ma wpływ na wielu ludzi, zauważyłaś? I to jest bardzo dobry wpływ. Uważam, że ona się świetnie sprawdza jako ta dyrektorka, wychowawczyni młodzieży i nauczycielka w jednej osobie. Rzadko spotykane zjawisko: właściwy człowiek na właściwym miejscu.

– Grzesiu, jesteś pewien, że nie wolisz blondynek? Krótko obciętych?

– Kochana, niewielu rzeczy jestem tak pewien. Tylko rude. O pewnym ściśle określonym odcieniu rudości. Na razie spotkałem tylko jedną taką. Nie uważasz, że nasze dzieci byłyby rude jak wiewiórki?

– Nie zmieniaj tematu!

– Dobrze, wrócimy jeszcze do wiewiórek. Agnieszka mnie zainspirowała tym wagonem sypialnym.

– Chcesz ze mną gdzieś jechać wagonem sypialnym?

– Raczej samochodem, mimo wszystko.

– Mimo co?

– Mimo ruchu lewostronnego. Co byś powiedziała, gdybyśmy na wiosnę wybrali się razem do Irlandii, odszukać twojego ojca?

– Jak to...

– Normalnie. Z tego, co mi opowiadałaś, wnoszę, że przez chwilę miałaś sympatycznego ojca. Może byśmy go poszukali? A jeśli nawet go nie znajdziemy, to zawsze chciałem zobaczyć Irlandię.

– A co na to powie moja mama?

– Jesteś pewna, że cię to interesuje?

– Nie. Jestem pewna, że mnie to nie interesuje.

～

Agnieszka wzięła kąpiel, ubrała się w elegancki, fiołkowy peniuar i zasiadła przed komputerem.

Internet. Google. Uniwersytet Śląski. Jak on się nazywał? Nieważne. Anglistyka, sam wyjdzie.

O, proszę, jest.

Andrzej Pawłowski. Adiunkt.

Przystojny... ale bez fanatyzmu.

Podobny do wielkiego szarego kota Jędrzej Pawełko jest o wiele przystojniejszy.

Poza tym, po co jej anglista? Z mediewistą przynajmniej pogadają sobie o świecie jak historyk z historykiem.

A kiedy jej się znudzi, to go wyśle gdziekolwiek. Na Księżyc.

I wymyśli następnego.

Rambo, wielki szary kot, podszedł na miękkich łapach i puknął ją wielkim łbem w łydkę. Puknięcie było najwyraźniej aluzyjne.

– Masz rację, kocie – powiedziała Agnieszka i ziewnęła. – Pora spać.

Ciąg dalszy – jak sądzę – powinien nastąpić...

---

[1] Fragmenty „Wierszy o kotach" T. S. Elliota w przekładzie Andrzeja Nowickiego.

[2] Oczywiście to też kot z Elliota i też w przekładzie Andrzeja Nowickiego.

[3] To nie mój patent, niestety, takiego anioła wymyślił Edgar Allan Poe. Michalina go namiętnie czytywała, nawiasem mówiąc. Poego, nie anioła.

[4] „Dalekie są kraje i bliskie są kraje, gdzie Dżamble pędzą życie; zielone nogi mają, niebieskie ręce mają i po morzu pływają w sicie..." – Edward Lear, oczywiście, pieśń o Żeglarzach Dżamblach w arcygenialnym tłumaczeniu Andrzeja Nowickiego. Przepraszam, że ja tak się pcham z tymi przypisami, ale może ktoś przypadkiem nie czytał?